이상 소설 전집

세계문학전집 300

이상 소설 전집

이상

권영민 책임 편집

민음사

차례

지도(地圖)의 암실

기인 동안 잠자고 짧은 동안 누웠던 것이 짧은 동안 잠자고 기인 동안 누웠었던 그이다. 네 시에 누우면 다섯, 여섯, 일곱, 여덟, 아홉 그리고 아홉 시에서 열 시까지 리상——나는 리상이라는 한 우스운 사람을 안다. 물론 나는 그에 대하여 한쪽 보려 하는 것이거니와.——은 그에서 그의 하는 일을 떼어 던지는 것이다. 태양이 양지쪽처럼 내리쪼이는 밤에 비를 퍼붓게 하여 ㄱ는 레인코트가 없으면 그깃은 이찌나 하여 방을 나선다.

離三茅閣路到北停車場 坐黃布車去*

---

* 새벽에 잠자리에 들기 전에 화장실에 가서 쭈그리고 앉아 일을 보는 장면을 그려 놓은 것이다. 離三茅閣은 '삼모각을 나서다'로 풀이되며, 路到北停車場은 '길이 북쪽(뒷쪽) 정거장에 이르다' 정도로 풀이할 수 있다. '삼모각'은 식구들이 기거하던 집이며, '정거장'은 화장실을 말하는 것으로 본다. 마지막 구절인

어떤 방에서 그는 손가락 끝을 걸린다. 손가락 끝은 질풍과 같이 지도 위를 걷는데 그는 많은 은광*을 보았건만 의지는 걷는 것을 엄격게 한다. 왜 그는 평화를 발견하였는지 그에게 묻지 않고 으레 K의 바이블 얼굴에 그의 눈에서 나온 한 조각만의 보자기를 한 조각만 덮고 가 버렸다.

옷도 그는 아니고 그의 하는 일이라고 그는 옷에 대한 귀찮은 감정의 버릇을 늘 하루에 한 번씩 벗는 것으로 이렇지 아니하냐 누구에게도 없이 반문도 하며 위로도 하여 가는 것으로도 보아 안 버린다.

친구를 편애하는 야속한 고집이 그의 발간 몸뚱이를 친구에게 그는 그렇게도 쉽사리 내어맡기면서 어디 친구가 무슨 짓을 하기도 하나 보자는 생각도 않는 못난이라고도 하기는 하지만 사실에 그에게는 그가 그의 발간 몸뚱이를 가지고 다니는 무거운 노역에서 벗어나고 싶어하는 갈망이다. 시계도 치려거든 칠 것이다 하는 마음보로는 한 시간 만에 세 번을 치고 삼 분이 남은 후에 육십삼 분 만에 쳐도 너 할 대로 내버려두어 버리는 마음을 먹어 버리는 관대한 세월은 그에게 이때에 시작된다.

坐黃布車去는 '황포차에 올라앉아 가다'로 해석된다. 이 대목은 변소에 들어가서 일을 보기 위해 자리에 쭈그리고 앉은 장면을 말한다고 할 수 있다. '황포차'는 허름한 화장실을 말한다. 앞서 화장실을 '정거장'이라고 비유한 것과 서로 의미상 연결되게 하기 위해 만들어 낸 비유적인 고안이다.

* 銀光. '하늘에 빛나는 별빛, 또는 수많은 별'을 의미한다.

앙뿌을르*에 봉투를 씌워서 그 감소된 빛**은 어디로 갔는 가에 대하여도 그는 한 번도 생각하여 본 일은 없이 그는 이러한 준비와 장소에 대하여 관대하니라 생각하여 본 일도 없다면 그는 속히 잠들지 아니할까 누구라도 생각지는 아마 않는다. 인류가 아직 만들지 아니한 글자가 그 자리에서 이랬다저랬다 하니 무슨 암시이냐가 무슨 까닭에 한 번 읽어 지나가면 듸무소용인 글자의 고정된 기술방법을 채용하는 흡족지 않은 버릇을 쓰기를 버리지 않을까를 그는 생각한다. 글자를 제 것처럼 가지고 그 하나만이 이랬다저랬다 하면 또 생각하는 것은 사람 하나 생각 둘 말 글자 셋, 넷, 다섯, 또 다섯, 또또 다섯, 또또또 다섯, 그는 결국에 시간이라는 것의 무서운 힘을 믿지 아니할 수는 없다. 한 번 지나간 것이 하나도 쓸데없는 것을 알면서도 하나를 버리는 묵은 짓을 그도 역시 거절치 않는지 그는 그에게 물어보고 싶지 않다. 지금 생각나는 것이나 지금 가지는 글자가 이따가 가질 것 하나 하나 하나 하나에서 모두씩 못쓸 것인 줄 알았는데 왜 지금 가지느냐. 안 가지면 그만이지 하여도 벌써 가져 버렸구나. 벌써 가져 버렸구나. 벌써 가졌구나. 버렸구나. 또 가졌구나. 그는 앞과 오는 시간을 입은 사람이든지 길이든지 걸어 버리고 걷어차고 싸워 대이고 싶었다. 벗겨도 옷, 벗겨도 옷, 벗겨도 옷인 다음에야 걸어도 길, 걸어도 길인 다음에야 한군데 버티고 서서 물러나지만 않

---

* ampoule. 백열전구.
** 백열전구에 봉투를 씌워 불빛을 흐리게 만들고 있다.

고 싸워 대이기만이라도 하고 싶었다.

앙뿌을르에 불이 확 켜지는 것은 그가 깨이는 것과 같다. 하면 이렇다. 즉 밝은 동안에 불인지 마안지 하는 얼마쯤이 그의 다섯 시간 뒤에 흐리멍덩히 달라붙은 한 시간과 같다. 하면 이렇다. 즉 그는 봉투에 싸여 없어진지도 모르는 앙뿌을르를 보고 침구 속에 반쯤 강삶아진 그의 몸뚱이를 보고 봉투는 침구다 생각한다. 봉투는 옷이다. 침구와 봉투와 그는 무엇을 배웠느냐. 몸을 내어다 버리는 법과 몸을 주워 들이는 법과 미닫이에 광선 잉크가 암시적으로 쓰는 의미*가 그는 그의 몸뚱이에 불이 확 켜진 것을 알라는 것이니까. 그는 봉투를 입는다. 침구를 입는 것과 침구를 벗는 것이다. 봉투는 옷이고 침구 다음에 그의 몸뚱이가 뒤집어쓰는 것으로 닮는다. 발갛게 앙뿌을르에 습기 제하고 젖는다. 받아서는 내어던지고 집어서는 내어버리는 하루가 불이 들어왔다. 불이 꺼지자 시작된다. 역시 그렇구나. 오늘은 캘린더의 붉은빛이 내어배었다고 그렇게 캘린더를 만든 사람이나 떼이고 간 사람이나가 마련하여 놓은 것을 그는 위반할 수가 없다. K는 그의 방의 캘린더의 빛이 K의 방의 캘린더의 빛과 일치하는 것을 좋아하는 선량한 사람이니까 붉은빛에 대하여 겸하여 그에게 경고하였느냐 그는 몹시 생각한다. 일요일의 붉은빛은 월요일의 흰빛이 있을 때에 못쓰게 된 것이지만 지금은 가장 쓰이는 것이로구나. 확실

---

* 미닫이에 햇빛이 비치는 모습을 마치 햇살 잉크로 글씨를 쓰는 것처럼 표현한 것이다.

치 아니한 두 자리의 숫자가 서로 맞붙들고 그가 웃는 것을 보고 웃는 것을 흉내 내어 웃는다. 그는 캘린더에게 지지 않는다. 그는 대단히 넓은 웃음과 대단히 좁은 웃음을 운반에 요하는 시간을 초인적으로 가장 짧게 하여 웃어 버려 보여 줄 수 있었다.

인사는 유쾌한 것이라고 하여 그는 게으르지 않다. 늘. 투스 브러시는 그의 이 사이로 와 보고 물이 얼굴 그중에도 뺨을 건드려 본다. 그는 변소에서 가장 먼 나라의 호외를 가장 가깝게 보며 그는 그동안에 편안히 서술한다. 지난 것은 버려야 한다고. 거울에 열린 들창*에서 그는 리상—이상히 이 이름은 그의 그것과 똑같거니와.—을 만난다 리상은 그와 똑같이 운동복의 준비를 차렸는데 다만 리상은 그와 달라서 아무것도 하지 않는다 하면 리상은 어디 가서 하루 종일 있단 말이오 하고 싶어한다.

그는 그 책임 의무 체육 선생 리상을 만나면 곧 경의를 표하여 그의 얼굴을 리상의 얼굴에다 문질러 주느라고 그는 수건을 쓴다. 그는 리상의 가는 곳에서 하는 일까지를 묻지는 않았다. 섭섭한 글자가 하나씩 하나씩 섰다가 쓰러지기 위하여 남는다.

你上那兒去 而且 做甚麽.**

---

* 벽에 걸린 거울이 '들창'으로 비유된다. 그 들창(거울)에 주인공의 모습이 비쳐 나타난다.
** 이 구절은 중국어로 '당신은 어디에 가서 무엇을 하려고 하십니까?'라는 뜻이다.

슬픈 먼지가 옷에 옷을 입혀 가는 것을 못하여 나가게 그는 얼른얼른 쫓아 버려서 퍽 다행하였다.

그는 에로센코*를 읽어도 좋다. 그러나 그는 본다. 왜 나를 못 보는 눈을 가졌느냐. 차라리 본다. 먹은 조반은 그의 식도를 거쳐서 바로 에로센코의 뇌수로 들어서서 소화가 되든지 안 되든지 밀려 나가던 버릇으로 가만가만히 시간관념을 그래도 아니 어기면서 앞선다. 그는 그의 조반을 남의 뇌에 떠맡기는 것은 견딜 수 없다고 견디지 않아 버리기로 한 다음 곧 견디지 않는다. 그는 찾을 것을 곧 찾고도 무엇을 찾았는지 알지 않는다.

태양은 제 온도에 조을릴 것이다. 쏟아뜨릴 것이다. 사람은 딱정버러지처럼 뛸 것이다. 따뜻할 것이다. 넘어질 것이다. 새까만 핏조각이 뗑그렁 소리를 내이며 떨어져 깨어질 것이다. 땅 위에 눌어붙을 것이다. 내음새가 날 것이다. 굳을 것이다. 사람은 피부에 검은빛으로 도금을 올릴 것이다. 사람은 부딪칠 것이다. 소리가 날 것이다.

사원에서 종소리가 걸어올 것이다. 오다가 여기서 놀고 갈 것이다. 놀다가 가지 아니할 것이다.

그는 여러 가지 술을 잡아당기느라고 그래서 성났을 때 내

---

* 에로센코(Vasilli Yakovlevich Erosenko, 1889~1952). 러시아의 시인. 1915년 일본 에스페란토 협회 초청으로 도일한 후 아동 문학 등에 힘쓰면서 제2차《씨 뿌리는 사람》동인으로 사회주의 운동에 가담하였다가 일본에서 추방되었다. 에로센코는 시각 장애인이었기 때문에 앞을 보지 못했다. 바로 뒤의 대목에 '나를 못 보는 눈'을 가진 것을 말한 부분은 에로센코의 시각 장애를 염두에 둔 서술이라고 할 수 있다.

어거는 표정을 장만하라고 그래서 그는 그렇게 해 받았다. 몸 뚱이는 성나지 아니하고 얼굴만 성나 자기는 얼굴 속도 성나지 아니하고 살 껍데기만 성나 자기는 남의 모가지를 얻어다 붙인 것 같아 꽤 제 멋쩍었으나 그는 그래도 그것을 앞세워 내세우기로 하였다. 그렇게 하지 아니하면 아니 되게 다른 것들 즉 나무, 사람, 옷, 심지어 K까지도 그를 놀리려 드는 것이니까. 그는 그와 관계없는 나무, 사람, 옷 심지어 K를 찾으러 나가는 것이다. 사실 바나나의 니무와 스케이팅 여자와 스커트와 교회에 가고 마안 K는 그에게 관계없었기 때문에 그렇게 되는 자리로 그는 그를 옮겨 놓아 보고 싶은 마음이다. 그는 K에게 외투를 얻어 그대로 돌아서서 입었다. 뿌듯이 쾌감이 어깨에서 잔등으로 걸쳐 있어서 비키지 않는다. 이상하구나 한다.

그의 뒤*는 그의 천문학이다. 이렇게 작정되어 버린 채 그는 별에 가까운 산 위에서 태양이 보내는 몇 줄의 볕을 압정으로 꼭 꽂아 놓고 그 앞에 앉아 그는 놀고 있었다. 모래가 많다. 그것은 모두 풀이었다. 그의 산은 평지보다 낮은 곳에 처어져서 기쁘만 아니리 움푹 오므러 들어 있었다. 그가 요술가라고 하자 별들이 구경을 온다고 하자 오리온외 좌석은 소시라고 하자 두고 보자 사실 그의 생활이 그로 하여금 움직이게 하는 짓들의 여러 가지라고는 무슨 몹쓸 흉내이거나 별들에게나

* 이 말은 '사람의 똥'을 점잖게 이르는 말이다. 화장실에서 대변을 보는 일을 '뒤를 본다'라고 말하고, 대변을 본 뒤에 항문을 닦는 종이를 '뒷지'라고 말한다. 주인공은 아침 식사를 마친 후에 이런저런 생각에 잠겨 있다가 화장실에서 대변을 보고 있다.

구경시킬 요술이거나이지 이쪽으로 오지 않는다.

　너무나 의미를 잃어버린 그와 그의 하는 일들을 사람들 사는 사람들 틈에서 공개하기는 끔찍끔찍한 일이니까 그는 피난 왔다. 이곳에 있다. 그는 고독하였다. 세상 어느 틈바구니에서라도 그와 관계없이나마 세상에 관계없는 짓을 하는 이가 있어서 자꾸만 자꾸만 의미 없는 일을 하고 있어 주었으면 그는 생각 아니할 수는 없었다.

　JARDIN ZOOLOGIQUE*

　CETTE DAME EST-ELLE LA FEMME DE MONSIEUR LICHAN?**

　앵무새 당신은 이렇게 지껄이면 좋을 것을 그때에 나는

　OUI!***

라고 그러면 좋지 않겠습니까 그렇게 그는 생각한다.

　원숭이와 절교한다. 원숭이는 그를 흉내 내이고 그는 원숭이를 흉내 내이고 흉내가 흉내를 흉내 내이는 것을 흉내 내이는 것을 흉내 내이는 것을 흉내 내인다. 견디지 못한 바쁨이 있어서 그는 원숭이를 보지 않았으나 이리로 와 버렸으나 원숭이도 그를 아니 보며 저기 있어 버렸을 것을 생각하면 가슴이 터지는 것과 같았다. 원숭이 자네는 사람을 흉내 내이는 버릇을 타고난 것을 자꾸 사람에게도 그 모양

---

* 프랑스어로 '동물원'. 화장실에 앉아 있는 주인공의 상상이 동물원으로 옮겨진다.
** 프랑스어로 '이 부인이 이상 씨의 아내입니까?'
*** 프랑스어로 '예'.

대로 되라고 하는가. 참지 못하여 그렇게 하면 자네는 또 하라고, 참지 못해서 그대로 하면 자네는 또 하라고, 그대로 하면 또 하라고, 그대로 하면 또 하라고, 그대로 하여도 그대로 하여도 하여도 또 하라고 하라고. 그는 원숭이가 나에게 무엇이고 시키고 흉내 내이고 간에 이것이 고만이다 딱 마음을 굳게 먹었다. 그는 원숭이가 진화하여 사람이 되었다는 데 대하여 결코 믿고 싶지 않았을 뿐만 아니라 같은 에호바*의 손에 된 것이라고도 믿고 싶지 않았으나 그의?

  그의 의미는 대체 어디서 나오는가. 머언 것 같아서 불러오기 어려울 것 같다. 혼자 사는 것이 가장 혼자 사는 것이 되리라 하는 마음은 낙타를 타고 싶어하게 하면 사막 너머를 생각하면 그곳에 좋은 곳이 친구처럼 있으리라 생각하게 한다. 낙타를 타면 그는 간다. 그는 낙타를 죽이리라. 시간은 그곳에 아니 오리라, 왔다가도 도로 가리라, 그는 생각한다. 그는 트렁크**와 같은 낙타를 좋아하였다. 백지를 먹는다. 지폐를 먹는다. 무엇이라고 적어서 무엇을 주문하는지 어떤 여자에게의 답장이 여자의 손이 포스트 앞에서 한 듯이 봉투째 먹힌다. 낙타는 그런 음란한 편지를 먹지 말았으면 먹으면 피로

---

* Jehovah. 여호와. 전지전능의 신. 구약 성서의 신의 이름.
** trunk. 이 말은 흔히 '여행용 큰 가방' 또는 '자동차의 짐실이 칸'으로 해석된다. '나무줄기', '철도의 간선', '건물의 기둥 줄기', '전화의 중계선', '장거리 전화'라는 뜻도 있다. 이 글에서는 어느 것으로 연결해도 문맥을 이해할 수 있다. 바로 앞에서 사막을 가는 낙타 이야기라든지 바로 뒤의 대목에서 우체통에 들어가는 편지 봉투처럼 낙타가 편지 봉투를 삼키는 장면을 말하는 것은 모두 '먼 거리를 연결하여 소식을 전해 주는 것'으로서의 낙타를 말하기 때문이다.

움이 몸의 살을 마르게 하리라는 것을 낙타는 모르니 하는 수 없다는 것을 생각한 그는 연필로 백지에 그것을 얼른 배앝아 놓으라는 편지를 써서 먹이고 싶었으나 낙타는 괴로움을 모른다.

정오의 사이렌이 호스*와 같이 뻗쳐 뻗으면 그런 고집을 사원의 종이 땅땅 때린다. 그는 튀어 오르는 고무 볼과 같은 종소리가 아무 데나 함부로 헤어져 떨어지는 것을 보아 갔다. 마지막에는 어떤 언덕에서 종소리와 사이렌이 한데 젖어서 미끄러져 내려 떨어져 한데 쏟아져 쌓였다가 확 헤어졌다. 그는 시골 사람처럼 서서 끝난 뒤를까지 구경하고 있다. 그때 그는.

풀엄 위에 누워서 봄 내음새 나는 졸음을 주판에다 놓고 앉아 있었다. 하나, 둘, 셋, 넷, 다섯, 여섯, 일곱, 여덟, 일곱, 여섯, 일곱, 여섯, 다섯, 넷, 다섯, 여섯, 일곱, 여덟, 아홉, 여덟, 아홉, 여덟, 아홉. 잠은 턱 밑에서 눈으로 들어가지 않는 것을 그는 그의 눈으로 물끄러미 바라다보면 졸음은 벌써 그의 눈알맹이에 회색 그림자를 던지고 있으나 등에서 비치는 햇볕이 너무 따뜻하여 그런지 잠은 빈찍번쩍한다. 왜 잠이 아니 오느냐. 자니 인 자나 마찬가지인 바에야 안 자도 좋지만 안 자도 좋지만 그래도 자는 것이 나았다고 하여도 생각하는 것이 있으니 있다면 그는 왜 이런 앵무새의 외국어를 듣느냐 원숭이를 가게 하느냐 낙타를 오라고 하느냐 받으면 내어버려야 할 것들을 받아 가지느라고 머리를 괴롭혀서는 안 되겠다. 마음을 몸

* hose. 수도용 고무호스.

시 상케 하느냐 이런 것인데 이것이나마 생각 아니하였으면 그나마 나을 것을 구태여 생각하여 본댔자 이따가는 소용없을 것을 왜 씨근씨근 몸을 달리느라고 얼굴과 수족을 달려 가면서 생각하느니 잠을 자지 잔댔자 아니다 잠을 자야 하느니라 생각까지 하여 놓았는데도 잠은 죽어라고 이쪽으로 자그만큼만 더 왔으면 되겠다는데도 더 아니 와서 아니 자기만 하려 들어 아니 잔다. 아니 잔다면.

차라리 길을 걸어서 길 내보이는 스커트를 보아서 의미를 찾지 못하여 놓고 아무것도 아니 느끼는 것을 하는 것이 차라리 나으니라. 그렇지만 어디 그렇게 번번이 있나 그는 생각한다. 버스는 여섯 자에서 조금 우우를 떠서 다니면 좋다. 많은 사람이 탄 버스가 많은 이 걸어가는 많은 사람의 머리 위를 지나가면 퍽 관계가 없어서 편하리라 생각하여도 편하다. 잔등이 무거워 들어온다. 죽음이 그에게 왔다고 그는 놀라지 않아 본다. 죽음이 묵직한 것이라면 나머지 얼마 안 되는 시간은 죽음이 하자는 대로 하게 내버려 두어 일생에 없던 가상 위생적인 시간을 향락하여 보는 편이 그를 위생적이세 하여 주겠다고 그는 생각하나가 그리면 그는 죽음에 서니는 세음이냐. 못 그러는 세음인 것을 자세히 알아내이기 어려워 괴로워한다. 죽음은 평행사변형의 법칙*으로 보일샤를

* law of parallelogram. 나란하지 않은 두 방향으로 진행하는 힘 또는 운동의 합성을 표현한 법칙으로 네덜란드 수학자 스테빈(Simon Stevin, 1548~1620)이 발견했다. 방향이 서로 다른 두 힘을 합하면 합쳐진 힘의 크기와 방향은 두 힘의 크기와 방향을 변으로 하는 평행사변형의 대각선으로 나타난다는 원리.

의 법칙*으로 그는 앞으로 앞으로 걸어 나가는 데도 왔다. 떠밀어 준다.

活胡同是死胡同 死胡同是活胡同.**

그때에 그의 잔등 외투 속에서.

양복 저고리가 하나 떨어졌다. 동시에 그의 눈도 그의 입도 그의 염통도 그의 뇌수도 그의 손가락도 외투도 잠방이도 모두 어얼러 떨어졌다. 남은 것이라고는 단추, 넥타이, 한 리틀의 탄산와사 부스러기였다. 그러면 그곳에 서 있는 것은 무엇이었더냐 하여도 위치뿐인 폐허에 지나지 않는다. 그는 그런다. 이곳에서 흩어진 채 모든 것을 다 끝을 내어 버려 버릴까 이런 충동이 땅 위에 떨어진 팔에 어떤 경향과 방향을 지시하고 그러기 시작하여 버리는 것이다. 그는 무서움이 일시에 치밀어서 성내인 얼굴의 성내인 성내인 것들을 헤치고 홱 앞으로 나선다. 무서운 간판 저어 뒤에서 기우웃이 이쪽을 내어다보는 틈틈이 들여다보이는 성내었던 것들의 싹둑싹둑된 모양이 그에게는 한없이 가엾어 보여서 이번에는 그러면 가엾다는 데 대하여 가장

---

* Boyle-Charles' law. 보일의 법칙은 압력은 부피에 반비례한다는 것이고, 샤를의 법칙은 기체의 부피는 일정한 압력에서는 기체의 종류에 관계없이 절대 온도에 정비례하여 증가한다는 것이다. 섭씨 0도 상태의 부피는 온도가 섭씨 1도 올라갈 때마다 섭씨 0도 상태 부피의 273분의 1씩 늘어난다. 이러한 두 사람의 원리를 합친 것을 '보일샤를의 법칙'이라고 한다. 기체의 부피는 압력에 반비례하고 절대 온도에 정비례한다는 것이 그 요체다.
** 이 구절에 대한 해석은 여러 학자가 다양하게 제시한 바 있지만, 중국어의 관용적 표현인 '살아 있는 것이 곧 죽은 것이며, 죽은 것이 곧 살아 있는 것이다.'로 해석하면 문맥상 자연스럽다.

적당하다고 생각하는 것은 무엇이니 무엇을 내어걸까 그는 생각하여 보고 그렇게 한참 보다가 웃음으로 하기로 작정한 그는 그도 모르게 얼른 그만 웃어 버려서 그는 다시 거둬들이기 어려웠다. 앞으로 나선 웃음은 화석과 같이 화려하였다.

笑怕怒*

시가지 한복판에 이번에 새로 생긴 무덤** 위로 딱정버러지에 묻은 각국 웃음이 헤뜨려 떨어뜨려져 모여들었다. 그는 무덤 속에서 다시 한 번 죽어 버리려고 죽으면 그래도 또 한 번은 더 죽어야 하게 되고 하여서 또 죽으면 또 죽어야 되고 또 죽어도 또 죽어야 되고 하여서 그는 힘들여 한 번 몹시 죽어 보아도 마찬가지지만 그래도 그는 여러 번 여러 번 죽어 보았으나 결국 마찬가지에서 끝나는 끝나지 않는 것이었다. 하느님은 그를 내어버려 두십니까. 그래 하느님은 죽고 나서 또 죽게 내어버려 두십니까. 그래 그는 그의 무덤을 어떻게 치울까 생각하던 끄트머리에 그는 그의 잔등 속에서 떨어져 나온 근거 없는 저고리에 그의 무덤 파편을 주섬주섬 싸 끌어모아 가지고 터벅터벅 걸어가 보기로 작정하여 놓고 그렇게 하여도 하느님은 가만히 있나를 또 그다음에는 기만히 있다면 어떻

---

* '웃음, 두려움, 노여움'을 말한다. 이 한자 어구 바로 앞 대목을 보면, '무서워하다', '성내다', '웃다'라는 말이 잇달아 등장한다. 이 내용을 정리해 본다면, '무서워하고 성내고 웃다'라는 문구가 만들어진다.
** 여기서 시가지 한복판에 새로 생긴 '무덤'은 '극장(영화관)'을 비유적으로 지적한 말이다. 극장은 어둡고 관객이 모두 자기 자리에 가만히 앉아 있어야 한다. 앞서 죽음에 대한 공상을 하고 있었기 때문에 '극장'을 '무덤'이라고 연상한 것이다.

게 되고 가만히 있지 않다면 어떻게 할 작정인가 그것을 차례
차례 보아 내려가기로 하였다.

K는 그에게 빌려 주었던 저고리를 입은 다음 서양 시가레
트*처럼 극장으로 몰려갔다고 그는 본다. K의 저고리는 풍기
취체 탐정처럼.

그에게 무덤을 경험케 하였을 뿐인 가장 간단한 불변색이
다. 그것은 어디를 가더라도 까마귀처럼 트릭**을 웃을 것을 생
각하는 그는 그의 모자를 벗어 땅 위에 놓고 그 가만히 있는
모자가 가만히 있는 틈을 타서 그의 구둣바닥으로 힘껏 내리
밟아 보아 버리고 싶은 마음이 종아리 살구뼈까지 내려갔건
만 그곳에서 장엄히도 승천하여 버렸다.

남아 있는 박명의 영혼 고독한 저고리의 폐허를 위한 완전한
보상 그의 영적 산술 그는 저고리를 입고 길을 길로 나섰다. 그
것은 마치 저고리를 안 입은 것과 같은 조건의 특별한 사건이
다. 그는 비장한 마음을 가지기로 하고 길을 그 길대로 생각 끝
에 생각을 겨우겨우 이어 가면서 걸었다. 밤이 그에게 그가 갈
만한 길을 잘 내어주지 아니하는 협착한 속을──그는 밤은 낮보
다 빽빽하거나 밤은 낮보다 되다랗거나*** 밤은 낮보다 좁거나 하

---

* cigarette. 빽빽한 사람들의 틈에 끼이어 극장 안으로 들어서는 모습을 서양
권연 개비에 비유하여 묘사한다.
** trick. 검정 옷을 입고 캄캄한 영화관 안에 들어섰으니 아무것도 보이지 않
는다. 일부러 검정 옷을 입고 몸을 감추기 위한 계략을 쓰는 것처럼 생각될 수
도 있음을 말한다.
*** 풀이나 죽 따위가 묽지 않고 매우 되다.

다고 늘 생각하여 왔지만 그래도 그에게는 별일 별로 없이 좋았거니와.──그는 엄격히 걸으며도 유기된 그의 기억을 안고 초초히 그의 뒤를 따르는 저고리의 영혼의 소박한 자태에 그는 그의 옷깃을 여기저기 적시어 건설되지도 항해되지도 않는 한 성질 없는 지도를 그려서 가지고 다니는 줄 그도 모르는 채 밤은 밤을 밀고 밤은 밤에게 밀리우고 하여 그는 밤의 밀집 부대의 속으로 속으로 점점 깊이 들어가는 모험을 모험인 줄도 모르고 모험하고 있는 것 같은 것은 그에게 있어 아무것도 아닌 그의 방정식 행동은 그로 말미암아 집행되어 나가고 있었다. 그렇지만.

그는 왜 버려야 할 것을 버리는 것을 버리지 않고서 버리지 못하느냐 어디까지라도 괴로움이었음에 변동은 없었구나 그는 그의 행렬의 마지막의 한 사람의 위치가 끝난 다음에 지긋지긋이 생각하여 보는 것을 할 줄 모르는 그는 그가 아닌 그이지 그는 생각한다. 그는 피곤한 다리를 이끌어 불이 던지는 불을 밟아 가며 불로 가까이 가 보려고 불을 자꾸만 밟았다.

我是二 雖說沒給得三也我是三*

그런 바에야 그는 가자. 그래서 스커트 밑에 번쩍이는 조고만 메탈에 의미 없는 베제**를 붙인 나음 그 지리에 서 있음 직이 있으려 하던 의미까지도 잊어버려 보자는 것이 그가 그의

---

* 이 대목은 '나는 둘이다. 비록 주지 않았다고 하더라도 셋을 얻으면 나는 셋이다.'로 해석된다. 거리의 불빛으로 인하여 여기저기 자신의 그림자가 만들어져서 마치 자기가 둘이나 셋인 것처럼 보이는 형상을 말한다.
** baiser. 프랑스어로 '키스'. 여기서 '스커트 밑에 번쩍이는 조고만 메탈'은 성적 표현과 관계있는 것으로 보인다. '의미 없는 베제'도 마찬가지다.

의미를 잊어버리는 경과까지도 잘 잊어버리는 것이 되고 마는 것이라고 생각하게 되는 그는 그렇게 생각하게 되자 그렇게 하여지게 그를 그런 대로 내어던져 버렸다. 심상치 아니한 음향이 우뚝 섰던 공기를 몇 개 넘어뜨렸는데도 불구하고 심상치는 않은 길이어야만 할 것이 급기해하에는 심상하고 말은 것은 심상치 않은 일이지만 그 일에 이르러서는 심상해도 좋다고 그래도 좋으니까 아무래도 좋게 되니까 아무렇다 하여도 좋다고 그는 생각하여 버리고 말았다.

LOVE PARADE*

그는 답보를 계속하였는데 페이브먼트는 후울훌 날으는 초콜릿처럼 훌훌 날아서 그의 구둣바닥 밑을 미끄러이 쏙쏙 빠져나가고 있는 것이 그로 하여금 더욱더욱 답보를 시키게 한 원인이라면 그것도 원인의 하나가 될 수도 있겠지만 그 원인의 대부분은 음악적 효과에 있다고 아니 볼 수 없다고 단정하여 버릴 만치 이날 밤의 그는 음악에 적지 아니한 편애를 가지고 있지 않을 수 없을 만치 안개 속에서 라이트는 스포츠를 하고 스포츠는 그에게 있어서는 마술에 가까운 기술로밖에는 아니 보이는 것이었다.

---

* 주인공이 극장(무덤)에서 감상한 영화가 1929년 미국 파라마운트 영화사에서 만든 뮤지컬 코미디 「더 러브 퍼레이드(The Love Parade)」다. 에른스트 루비치(Ernst Lubitsch) 감독의 이 영화에는 모리스 슈발리에(Maurice Chevalier)와 지넷 맥도널드(Jeanette MacDonald)가 출연한 바 있다. 실바니아의 루이스 여왕으로 등장하는 지넷 맥도널드와 여왕의 남편이 된 모리스 슈발리에 사이의 까다로운 로맨스를 그려 내고 있다. 1931년 10월 17일 경성 조선극장 개봉(《동아일보》, 1931년 10월 18일).

도어가 그를 무서워하며 뒤로 물러서는 거의 동시에 무거운 저기압으로 흐르는 고기압의 기류을 이용하여 그는 그 레스토랑으로 넘겨졌다 하여도 좋고 그의 몸을 게다가 내어버렸다 틀어박았다 하여도 좋을 만치 그는 그의 몸뚱이의 향방에 대하여 아무러한 설계도 하여 놓지는 아니한 행동을 직접 행동과 행동이 가지는 결정되어 있는 운명에 내어맡겨 버리고 말았다. 그는 너무나 돌연적인 탓에 그에게서 빠아져 벗어져서 엎질러졌다. 그는 이것은 이 결과는 그가 받아서는 내어던지는 그의 하는 일의 무의미에서도 제외되는 것으로 사사오입 이하에 쓸어 내었다.

그의 사고력을 그는 도막도막 내어 놓고 난 다음에는 그 사고력은 그가 도막도막 내인 것은 아니게 되어 버린 다음에 그는 슬그머니 없어지고 단편들이 춤을 한 개씩만 추고 그가 물러가 있음 직이 생각히는 데로 차례로 차례 아니로 물러가 버리니까 그의 지껄이는 것은 점점 깊이를 잃어버려지게 되니 무미건조한 그의 한 가지씩의 곡예에 경청하는 하나도 물론 없을 것이었지만 있었으나 그러나 K는 그의 새빨갛게 찢어진 얼굴을 보고 곧 나가 버렸으니까 다른 사람 하나가 있다. 그가 늘 산보를 가면 그곳에는 커다란 바윗돌이 돌연히 있으면 그는 늘 그곳에 기대이는 버릇인 것처럼 그는 한 여자를 늘 찾는데 그 여자는 참으로 위치를 변하지 아니하고 있으니까 그는 곧 기대인다. 오늘은 나도 화나는 일이 썩 많은데 그도 화가 났습니까 하고 물으면, 그는 그렇다고 대답하기 전에 그러냐고 한번 물어보는 듯이 눈을 여자에게로 흘깃 떠 보았다가 고개를 끄떡끄떡하면 여자도 곧 또 고개를 끄떡끄떡하지만 그 의미는 퍽 다른 줄을 알아도 좋고 몰라도 좋지만 그는 아알지 않는다. 오늘 모두 놀러 갔다가 오는 사람들뿐이 퍽 많던데 그도 놀러 갔었더랍니까 하고 여자는 그의 쪽 들어간 뺨을 쓱 씻겨 쓰다듬어 주면서 물어보면 그래도 그는 그렇다고 그래 버린다. 술을 먹는 것은 그의 눈에는 수은을 먹는 것과 같이밖에는 아니 보이게 아파 보이기 시작한 지는 퍽 오래되었는데 물론 그러니까 그렇지만 그는 술을 먹지 아니하며 커피를 마신다. 여자는 싫다는 소리를 한 번도 하지 아니하고 술을 마시면 얼굴에 있는 눈갓이 대단히 벌게지면 여자의 눈은 대단히 성질이 달라지면 마음은 사자와 같이 사나워져 가는 것을 그가 가만히 지키고 앉아 있노라면 여자는 그에게 별짓을 다하여도 그는 변하려는 얼굴의 표정의 멱살을 꽉 붙들고 다시는 놓지 않으니까 여자는 성이 나서 이빨로 입술을 꽉 깨물어서 피를 내이고 축음기와 같은 국어로 그에게 향하여 가느다랗고 길게 막 퍼부어도 그에게는 아무렇지도 않다. 여자는 우운다. 누가 그 여자에게 그렇게 하는 버릇이 여자에게 붙어 있는 줄 여자는 모르는지 그가 어사의 섬은 꽃 꽂힌 머리를 가만히 쓰다듬어 주면 너는 고생이 자심하냐는 말을 으레 하는 것이라 그렇게 그도 한 줄 알고 여자는 그렇다고 고개를 테이블 위에 엎드려 올려놓은 채 좌우로 조금 흔드는 것은 그렇지 않다는 말은 아니고 상하로 흔들 수는 없는 까닭인 증거는 여자는 곧 눈물이 글썽글썽한 얼굴을 들어 그에게로 주면서 팔뚝을 홀홀 걷으면서 자아 보십시오 이렇게 마르지 않았습니까 하고 암만 내어밀어도 그에게는 얼마

큼에서 얼마큼이나 말랐는지 도무지 알 수가 없어서 그렇겠다고 그저 간단히 건드려만 두면 분한 듯이 여자는 막 운다.

아까까지도 그는 저고리를 이상히 입었었지만 지금은 벌써 그는 저고리를 입은 평상시를 걷는 그이고 말아 버리게 되어서 길을 걷는다. 무시무시한 하루의 하루가 차츰차츰 끝나 들어가는구나 하는 어둡고도 가벼운 생각이 그의 머리에 씌운 모자를 쓰면 벗기고 쓰면 벗기고 하는 것과 같이 간질간질 상쾌한 것이었다. 조금 가마히 있으라고 앙뿌을르의 씌워진 채로 있는 봉투를 벗겨 놓은 다음 책상 위에 있는 여러 가지 책을 하나둘씩 셋씩 넷씩 트럼프를 섞을 때와 같이 섞기 시작하는 것은 무엇을 찾기 위한 섞은 것을 차곡차곡 추리는 것이 그렇게 보이는 것이지만 얼른 나오지 않는다. 시계는 여덟 시 불빛이 방 안에 화안하여도 시계는 친다든가 간다든가 하는 버릇을 조금도 변하지는 아니하니까 이때부터쯤 그의 하는 일을 시작하면 저녁밥의 소화에는 그다지 큰 지장이 없으리라 생각하는 까닭은 그는 결코 음식물의 완전한 소화를 바라는 것은 아니고 대개 웬만하면 그저 그대로 잊어버리고 내어버려 두리라 하는 그의 음식물에 대한 관념이다.

백지와 색연필을 들고 덧문을 열고 문 하나를 연 다음 또 문 하나를 연 다음 또 열고 또 열고 또 열고 또 열고 인제는 어지간히 들어왔구나 생각히는 때쯤 하여서 그는 백지 위에다 색연필을 세워 놓고 무인지경에서 그만이 하다가 그만두는 아름다운 복잡한 기술을 시작하니 그에게는 가장 넓은 이 벌판이 밝은 밤이어서 가장 좁고 갑갑한 것인 것 같은 것은 완전히 잊어버릴 수 있는 것이다. 나날이 이렇게 들어갈 수 있는 데까지 들어갈 수 있는 한도는 점점 늘어 가니 그가 들어갔다가는 언제든지 처음 있던 자리로 도로 나올 수는 염려 없이 있다고 믿고 있지만 차츰차츰 그렇지도 않은 것은 그가 알면서도는 그러지는 않을 것이니까 그는 확실히 모르는 것이다.

이런 때에 여자가 와도 좋은 때는 그의 손에서 피곤한 연기가 무럭무럭 기어오르는 때이다. 그 여자는 그 고생이 자심하여서 말랐다는 넓적한 손바닥으로 그를 뚜덕뚜덕 두드려 주어서 잠자라고 하지만 그는 여자는 가도 좋다 오지 않아도 좋다고 생각하는 것이지만 이렇게 가끔 정말 좀 와 주었으면 생각도 한다. 그가 만일 여자의 뒤로 가서 바지를 걷고 서면 그는 있는지 없는지 모르게 되어 버릴 만큼 화가 나서 말랐다는 여자는 넓적한 체격을 그는 여자뿐 아니라 아무에게서도 싫어하는 것이다. 넷—하나 둘 셋 넷 이렇게 그 거추장스러이 굴지 말고 산뜻이 넷만 쳤으면 여북 좋을까 생각하여도 시계는 그러지 않으니 아무리 하여도 하나 둘 셋은 내어버릴 것이니까 인생도 이럭저럭하다가 그만일 것인데 낯모를 어인에게 웃음까지 신 지고리의 시서분한 경력도 흐지부지 다 스러질 것을 이렇게 마음 조릴 것이 아니라 앙뿌을르에 봉투 씌우고 옷 벗고 몸뚱이는 침구에 떼 내어 맡기면 얼마나 모든 것을 다 잊을 수 있어 편할까 하고 그는 잔다. (1932. 2. 13)

《조선(朝鮮)》, 1932년 3월, 105~113쪽.

비구(比久)라는 필명으로 발표.

휴업과 사정(事情)

삼 년 전이 보산과 SS와 두 사람 사이에 끼어 들어앉아 있었다. 보산에게 다른 갈 길 이쪽을 가르쳐 주었으며 SS에게 다른 갈 길 저쪽을 가르쳐 주었다. 이제 담 하나를 막아 놓고 이편과 저편에서 인사도 없이 그날그날을 살아가는 보산과 SS 두 사람의 삶이 어떻게 하다가는 가까워졌다, 어떻게 하다가는 멀어졌다 이러는 것이 퍽 재미있었다. 보산의 마당을 둘러싼 담 어떤 점에서부터 수식선을 끌어 놓으면 그 선 위에 SS의 방이 들창이 있고 그 들창은 그 담의 맨 꼭대기보다도 오히려 한 자와 가웃을 더 높이 나 있으니까 SS가 들창에서 내어다보면 보산의 마당이 환히 들여다보이는 것을 보산은 적지않이 화를 내며 보아 지내 왔던 것이다. SS는 때때로 저의 들창에 매달려서는 보산의 마당의 임의의 한 점에 침을 뱉는 버릇을 한두 번 아니 내는 것을 보산은 SS가 들키는 것을 본 적도 있고 못 본

적도 있지만 본 적만 쳐서 헤어도 꽤 많다. 어째서 남의 집 기지*에다 대고 함부로 침을 뱉느냐, 대체 생각이 어떻게 들어가야 남의 집 마당에다 대고 침을 뱉고 싶은 생각이 먹힐까를 보산은 알아내기가 퍽 어려워서 어떤 때에는 그럼 내가 어디 한번 저 방 저 들창에 가 매어달려 볼까 그러면 끝끝내는 나도 이 마당에다 대이고 침을 뱉고 싶은 생각이 떠오르고야 말 것인가 이렇게까지 생각하고 하고는 하였지만, 보산은 아직 한번도 실제로 그 들창에 가 매어달려 본 적은 없다고는 하여도 보산의 SS의 그런 추잡스러운 행동에 대한 악감이나 분노는 조금도 덜어지지 않은 채로 이전이나 마찬가지다. 아침 오후 두 시 ─보산의 아침 기상 시간은 대개 오후에 들어가서야 있는데 그러면 아침이라고 할 수는 없지만 그날로서는 제일 첫번 일어나는 것이니까 아침이라고 하는 것이 좋다.─에 일어나서 투스브러시를 입에 물고 뒤지**를 손아귀에 꽉 쥐이고 마당에 내려서면 보산은 우선 SS의 얼굴을 찾아보면 으레 그 들창에서 눈에 띄는 법이었다. SS는 보산을 보자마자 기다렸는 듯이 침을 큼직하게 한 입 뿌듯이 글어모아서 이쪽 보산의 졸음 든 얼근인 얼굴로 머뭇기리는 근처를 겨냥내어서 한 번에 배앝는다. 그 소리는 퍽 완전한 것으로 처음 SS의 입을 떠날 때로부터 보산의 마당 정해진 어느 한군데 땅─흙 위에 떨어져 약간의 여운 진동을 내이며 흔들리다가 머물러 주저앉아

───────────────

* 터전.
** '뒤'는 사람의 '똥'을 점잖게 이르는 말이며, '뒤지'는 변을 닦는 휴지를 말한다.

버릴 때까지 거의 교묘한 사격이 완료된 것과 같은 모양으로 듣(고 보)는 사람으로 하여금 부족한 감이 없을 만하게 얌전한 것이다. 단번에 보산은 얼이 빠져 버려서 버엉하니 장승 모양으로 섰다가 다시 정신을 자알 가다듬어 가지고 증오와 모욕의 가득 찬 눈초리로 그 무례한 침략자 SS의 침 가까이로 가만가만히 다가서는 것이다. 빛깔은 거의 SS의 소화작용의 일부분을 담당하는 타액선의 분비물이라고는 볼 수 없을 만큼 주제가 남루하며 거의 침이라는 체면을 유지하지 못하고 있는 꼴이 보산의 마음을 비록 잠시 동안이나마 몹시 센티멘털하게 한다. SS는 그의 귀중한 침으로 하여 나의 앞에 이다지 사나운 주제를 노출시켜 스스로의 명예의 몇 부분을 훼손시키는 딱한 일이 무엇이 SS에게 기쁨이 되는 것일까 보산은 때마침 탄식하였다.

변소에서 보산의 앞에 막혀 있는 널담벼락*은 보산에게 있어서는 종이를 얻는 시간이 널이 얻는 시간보다도 훨씬 더 많을 만큼 으레 변소에 들어온 보산에게 맡겨서는 종이 노릇을 하는 것이다. 종이 노릇을 하노라면 보산은 여지없이 여러 가지 글을 썼다가 여지없이 여러 번 지우기 말아 버리나 어떤 때에는 사람 된 체면으로서는 도저히 적을 수 없는 끔찍끔찍한 사건을 만들어서 단연히 그 위에다 적어 놓고 차곡차곡 내려 읽는다. 그러고 난 다음에는 또 짓는다. 보산은 SS의 그런 나날이 의좋지 못한 도전적 태도에 대하여서 생각하여 본다.

---

* 널빤지를 대어 만든 담벼락.

결코 SS에게는 보산에게 대하여 악의가 없는 것을 보산이 알기는 쉬웠으나 그러나 그러면 왜 그 들창에서 앞으로 180도의 넓은 전개를 가졌으면서도 구태여 이 마당을 향하여 침을 배앝느냐. 그러고도 아주 천연스러운 시치미를 딱 뗀 얼굴로 앞 전망을 내어다보거나 들창을 닫거나 하는 것은 누가 보든지 혹은 도전적 태도라고 오해하기 쉽지 않은가를 SS는 알 만한데도 모르는가 모르는 체하는가 그것을 물어보고 싶지만 나는 그까짓 뚱뚱보 SS 같은 자와는 말을 주고받기는 싫으니까 그러면 나는 그대로 내어버려 두겠느냐 날마다 똑같은 일이 똑같은 정도로 계속되는 것은 인생을 심심하게 하는 것이니까 나에게 있어서 그보다도 더 무서운 일은 다시 없겠으니 하루바삐 그것을 물리쳐야 할 것인데 그러면 나는 SS의 부인에게 편지를 쓰리라.

SS 군에게.

군은 그사이 안녕한지에 대하여 소생은 이미 다 짐작하였노라. 그것은 날마다 때때로 그 들창에 나타나는 군의 얼굴의 산 문어와 같은 붉은빛과 그리고 나날이 작아 들어가는 군의 눈이 속히속히 나에 군의 선상상태의 일진월장을 승명하며 보여 주는 것이다. 나의 건강상태에 대하여서는 말할 것 없고 다만 한 가지 항의하는 것은 다른 것이 아니라 군은 대체 어찌하여 그 들창에 매어달린즉슨 반드시 나의 집 마당에다 대고—그것도 반드시 나의 똑바로 보고 섰는 앞에서—침을 배앝는가. 군은 도무지가 외면에 나타나서 사람의 심리를 지배하지 아니치 못하는 미관이라는 데 대하여 한 번이라도 고려하여 본 일이 있는가. 또는 위생이라는 관념에서 불결이 여하히 사람의 육체뿐만 아니라 정신적으로도 사람에게 해를 끼치는가를 아는가 모르는가. 바라건댄 군은 속히 그 비신사적 근성을 버리는 동시에 침 배앝는 짓을 근신하라. 이만. ―

이런 편지를 써서는 떡 SS의 부인에게 먼저 전하여 주면 SS의 부인은 반드시 이것을 읽으리라. 읽고 난 다음에는 마음 가운데에 이는 분노와 모욕의 염을 이기지 못하여 반드시 남편 SS에게 육박하리라.   어보 대체 이런 창피를 왜 당하고 있단 말이오. 당신은 도야지만도 못한 사람이오. 하고 들이대이면 뚱뚱보 SS는 반드시 황겁하여 아아 그런가, 그렇다면 오늘부터라도 그 침 배앝는 것만은 그만두지. 배앝을지라도 보산의 집 마당에다 대고 배앝지 않으면 고만이지 창피할 것이야 무엇이 있나. 이러면 SS의 부인은 화가 막 법꼭*까지 치받쳐서 편지를 짝짝 찢어 버리고 그만 울고 말 것이니까 SS는 그러면 내 다시는 침 배앝지 않으리라 그래 가면서 드디어 항복하고 말 것이다. 아아 그러면 된다. 보산은 기쁜 생각이 아침의 기분을 상쾌히 한 것을 좋아하면서 변소를 나서면 삼십 분이라는 적지 아니한 시간이 없어졌다. 나와 보면 아직도 SS는 들창에 매어달려 있으며 보산이 이리로 어슬렁어슬렁 걸어오면서 싱글싱글 웃는 것을 보자마자 또 침을 큼직하게 한 번 탁 뱉었다. 역시 이번에도 보산의 마당의 아까운 한 점에 가래가 떨어진다. 그것을 보는 보산은 다시 화가 치뻗쳐서 어찌할 길

---

* 보꾹. 지붕의 안쪽 더그매의 천장. 여기서는 머리끝까지 화가 남을 말한다.

을 모르고 투스브러시를 빼어 던지고 물을 한 입 문 다음 움질 움질하여 가지고 SS의 들창 쪽을 향하여 확 뿜어 본다. 이리하 기를 서너 번이나 하다가 나중에는 목젖에다 넘겨 가지고 그 렁그렁해 가지고는 여러 번 해매 내이면 SS도 견딜 수 없다는 듯이 마지막으로 침을 한 번 탁 배알은 다음에 들창을 홱 닫 쳐 버리고 SS의 그 보산의 두 갑절이나 되는 큰 대가리는 자취 를 감추어 버리고야 말았다. 보산은 세숫대야에다 손을 꽂아 담그고는 오늘 싸움에는 대체 누가 이겼나, 자칫하면 저 뚱뚱 보 SS가 이긴 것인지도 모른다. 그렇지만 십상팔구는 내가 이 긴 것이다. 그렇게 생각하여 버리면 상쾌하기는 하나 도무지 한 구석에 꺼림칙한 생각이 남아 있어 씻겨 나가지를 않아서 보산은 세수를 하는 동안에 몹시도 고생을 한다. 노랫소리가 들려온다. SS의 오지 뚝배기 긁는 소리 같은 껄껄한 목소리다. 아하 그러면 SS가 이긴 모양이다. 그렇지 않고야 저렇게 유쾌 한 목소리로 상규를 일한 높고 소란한 목소리로 유유히 노래 를 부를 수야 있을 수가 있을까. 보산은 사지가 별안간 저상하 여 초췌한 얼굴빛을 치마 님에게 보여 줄 수가 없어서 뜨거운 물에다 야난스럽게 문질러 댄다. 문득 보산을 기쁘게 할 수 있 는 죽어 가는 보산을 살려 낼 수 있는 생각 하나가 보산의 머 릿속에 떠오른다. 옳다 되었다. 나도 저렇게 노래를 부르면 그 만이 아닌가. 나도 개선가를 부르면,

　　삭풍은 나무 끝에 불고 명월은 눈 위에 찬데
　　만리변성에 일장검 짚고 서서

수파람 한 큰 소리에 거칠 것이 없어라.*

꼭 한 시간만 자고 일어날까. 그러면 네 시 또 조금 있다가
는 밥을 먹어야지 아니지 다섯 시 왜 그러냐 하면 소화가 안
되니까 한 시간은 앉았다가 네 시에 드러누우면 아니지 여섯
시 왜 그러냐 하면 얼른 잠이 들지 아니하고 적어도 다섯 시까
지 한 시간을 끄을 것이니까 여섯 시 여섯 시에 일어나서야 전
깃불이 모두 늘어와 있을 것이고 해도 져서 도로 밤이 되어 있
을 터이고 저녁 밤 끼**도 벌써 지냈을 것이니 그래서야 낮에
일어났다는 의의가 어느 곳에 있는가. 공원으로 산보를 가자.
나무도 보고 바위도 보고 소학교 아이들도 보고 빨래하는 사
람도 보고 산도 보고 시가지를 내려다보고 매우 효과적이고
의미심장한 일이 아닐까. 보산은 곧 일어나서 문간을 나선다.
공원은 가까이 바로 산 밑에서 산과 닿아 있으니 시가지에
서 찾을 수 없는 신선한 공기와 청등한 경치가 늘 사람을 기
다리고 있는 곳으로 보산은 그러한 훌륭한 장소가 자기 집 바
로 가까이 있다는 것을 퍽 기뻐하여 믿음직하게 여기어 오는
것이나. 가지는 않지만 언제라노 가고 싶으면 곧 갈 수 있시
않으냐. 이다지 불결한 공기 속에서 살아간다고 하지만 신선
한 공기가 필요한 때에는 늘 곁에 있다는 것을 생각할 수 있으
며 또 곧 가서 충분히 마시고 올 수가 있지 아니하냐. 마시지

---

* 조선 시대 김종서가 쓴 것으로 알려진 시조. 『청구영언』에 수록되어 있다.
** 끼니때. 밥을 먹는 시간.

는 않는다 하여도 벌써 심리적으로는 마신 것과 마찬가지가
아니냐. 사람에게는 생리적으로보다도 심리적으로 위생이 더
필요한 것이 아닐까 그런고로 보산은 늘 건강지대에서 살고
있는 것과 조금도 다름이 없는 것이 아닐까. 아니 차라리 더
한층 나은 것이 아닐까. 때로는 비록 보산일망정 이렇게 신선
한 공기를 마시러 공원으로 산보를 가고 있지 아니하냐. 보산
의 마음은 기뻐졌다.

문간을 나서자 보산은 SS를 만났다. 느니보다도 SS가 SS의
집 문간에 나와 있는 것을 보지 않을 수 없었다. SS는 그 바위
만 한 가슴과 배 사이 체내로 치면 횡격막의 위치 부근에다
SS의 딸 어린아이를 안고 나와 서 있다. 느니보다도 어린아이
는 바위 위에 열렸거나 올려놓여 앉아 있거나 달라붙어 매어
달려 있거나의 어느 하나이었다.

　—에 끔찍끔찍이도 흉한 분장이로군. 저것이 가면이라면?
엣 엣 에엣.—

뚱뚱보 SS의 뇌는 대단히 나쁠 것은 정한 이치다. 그렇지 아
니하고야 그런 혹은 이런 추태를 평연히 노출시키지는 대개
아니할 것이니까. 보산은 이렇게 생각하며 못내 그 딸 어린아
이를 불쌍히 여기느라고 한참이나 애를 쓴 이유는 어린아이
도 따라서 뇌가 나쁘리라 장래 어린아이의 시대가 돌아왔을
때에는 뇌가 나쁜 사람은 오늘의 뇌가 나쁜 사람보다도 훨씬
더 불행할 것이 틀림없을 것이니까. SS는 어린아이의 장래 갈

은 것은 꿈에도 생각할 줄 모르는가. 왜 스스로 뇌를 개량치를 않는가. 아니 그것은 이미 할 수 없는 일이라고 하자 하여도 왜 피임법을 써서 불행함에 틀림없을 딸 어린아이를 낳기를 미연에 막지 않았는가. 그것도 SS가 뇌가 나쁜 까닭이겠지만 참으로 딱하고도 한심한 일이라고 볼 수밖에 없을 것이다. SS의 딸 어린아이는 벌써 세 살 딸 어린아이의 시대도 멀지 아니하였으니 SS나 나이나 그 어린아이의 얼마나 불행한가를 눈으로 바로 볼 것이니 그것은 건딜 수 없는 일이다. 차라리 SS에게 자살을 권할까. 그렇지만 뇌가 나쁜 SS로서는 이것을 나의 살인행위로밖에는 해석지 아니할 것이니 SS가 자살할 수 있을까는 싶지도 않은 일이다. 보산은 다시는 SS의 딸 어린아이를 안고 문간에 나와 선 사나운 모양은 보지 아니하리라 결심하려 하였으나 그것은 도저히 보산의 마음대로 되는 일은 아닐 터이니까고 결심하는 것까지는 그만두기로 하였으나 될 수 있으면 피할 도리를 강구할 것을 깊이 마음 가운데 먹어두기로 하였다. 또 하나 옳다, 그러면 SS에게 그렇지 아니하면 SS의 부인에게 피임법에 관한 비결을 몇 가지만 적어서 보낼까. 그렇게 하자면 나는 흥미도 없는 피임법에 관한 책을 적어도 몇 권은 읽어야 할 터이니 그것도 도무지 귀찮은 일이다. 그만두자, 그러자니 참으로 SS의 부부와 딸 어린아이는 불행하고 나를 생각하면 보산은 또 한 번 마음이 센티멘털하여 들어오는 것을 느끼지 아니할 수는 없었다.

밤이 이슥히 보산의 한낮이 다달아 와 있었다. 얼마 있으면 보산의 오정이 친다. 보산은 고인의 말대로 보산이 얼마나 음양에 관한 이치를 잘 이해하여 정신수양을 하고 있는 것인가를 다른 사람들은 하나도 모르는 것이 섭섭하기도 하였으며 또는 통쾌하기도 하였다. 보산은 보산의 정신상태가 얼마나 훌륭히 수양되어 있는 것인가 모른다는 것을 마음속에 굳게 믿어 오고 있는 것이었다. 양의 성한 때를 잠자며 음의 성한 때를 깨어 있어 학문하는 것이 얼마나 이치에 맞는 일인가 세상 사람들아 왜 모르느냐 도탄에 묻힌 현대도시의 시민들이 완전히 구조되기에는 그들이 빠져 있는 불행의 깊이가 너무나 깊어 버리고 만 것이로구나. 보산은 가엾이 여긴다. 읽던 책을 덮으며 그는 종이를 내어놓아 시를 쓴다.

세상에서 땅바닥에 달라붙어 뜯어 먹고사는 천하 인간들의 쓰는 시와는 운소*로 차가 나는 훌륭한 시를 보산은 몇 편이나 몇 편이나 써 놓는 것이건만 그 대신 세상 사람들은 그의 시를 이해하여 줄 리가 없는 과대망상으로밖에는 볼 수 없는 것이었다. 이것을 보산 혼자만이 설워하고 있으니 누가 보산이 이것을 설워하고 있다는 깃조차 알아줄 이가 있을까 보산은 보산이야말로 외로운 사람이라고 그렇게 정하여 놓고 앉아 있노라면 눈물 나는 한 구 고인의 글이 그의 머리에 떠오른다. 보산을 위로한답시고 보산아 보산아 들어 보아라.

---

* 雲霄. 글자 그대로의 뜻은 구름 낀 하늘. 높은 지위를 비유하는 말.

德不孤 必有隣*

보산의 방 안에 걸린 여러 가지 그림틀들은 똑바로 걸려서 있지 아니하면 안 된다. 보산은 곧 일어나서 똑바로 서 있지 아니한 것을 똑바로 세워 놓는다. 보산은 보산의 방 안에 있는 무엇이든지이고는 반드시 보산을 본받아야 할 것이라고 생각하자마자 고단한 몸 불편한 몸을 비스듬히 담벼락에 기대이고 있던 것을 얼른 놀단 듯이 고쳐서는 똑바로 앉는다. 그러고는 그림틀들은 다 보산을 본받은 것이 아니냐라고 생각하며 흔연히 기뻐하는 것이었다.

시계가 세 시를 쳤다. 보산은 오후 같았다. 밤은 너무가 고요하여서 때로는 시계도 제걱거리기를 꺼리는 듯이 그네질**을 자고 그만두려고만 드는 것 같았다. 보산은 피곤한 몸을 자리 위에 그대로 잠깐 눕혀 본다. 이제부터 누우면 잠이 들 수 있을까 없을까를 시험하여 보기 위하여 그러나 잠은 보산에게서는 아직도 미언 것으로 도무지가 보산에게 올까 싶지는 않았다. 보산은 다시 몸을 일으키어 책상머리에 기대이면 가만가만히 들려오는 노랫소리는 분명히 SS의 노랫소리에 틀림이 없는데 아마 SS도 저렇게 밤을 낮으로 삼아서 지내는가 그러면 SS도 음양의 좋은 이치를 터득하였단 말인가 아니다. 그

---

* 덕불고 필유인. 『논어(論語)』의 「이인편(里仁篇)」에 나오는 공자의 말. '덕 있는 사람은 외롭지 않나니, 반드시 이웃을 가진다.'라는 뜻이다.
** 시계추가 좌우로 왔다 갔다 하는 모양을 비유적으로 한 말.

따위 뚱뚱보 SS의 나쁜 뇌를 가지고는 도저히 그런 것을 깨달아 낼 수가 있다고는 추측되지 않는 일이다. 저것은 분명히 SS의 불섭생으로 말미암아 일어나는 불면증이다. 병이다 잠이 아니 오니까 저렇게 청승스럽게 일어나 앉아서 가장 신비로운 것을 보기나 하는 듯이 노래를 부르고 있는 것이다. 그러나 그것은 그렇다고 하여 두겠지만 아까 낮에 들리던 개선가의 SS의 목소리는 들을 수 없을 만치 지저분히 흉한 것이었음에 반대로 이 밤중의 SS의 목소리의 무엇이라고 저렇게 아름다움이여. 하고 보산은 감탄하지 아니할 수 없었을 만치 가늘고 기일고 떨리고 흔들리고 얇고 머얼고 얕고 한 것을 듣고 앉아 있는 보산은 금시로 모든 것을 다아 잊어버릴 수밖에는 없었을 만치 멍하니 앉아서 듣기는 듣고 있지만 그것이 과연 SS의 목소리일까, 뚱뚱보 SS의 나쁜 뇌로서 저만치 고운 목소리를 자아낼 만한 훌륭한 소질이 어느 구석에 박혀 있었던가. 그렇다면 뚱뚱보 SS는 그다지 업수이 여길 수는 없는 뚱뚱보 SS가 아닐까. 목소리가 저만하면 사람을 감동시킬 만한 자격이 넉넉히 있지만 그까짓 깃쯤 두려울 것은 없다 하여 버리더리도, 하여간 SS가 이 한밤중에 저만큼 아름다운 목소리를 내일 수 있다는 것은 참 신기한 일이라고 아니 칠 수 없지만, 그렇다고 이 보산이 그에게 경의를 별안간 표하기 시작하게 된다거나 할 일이야 천부당만부당에 있을 법한 일도 아니런만, 보산이 그래도 SS의 노랫소리에 이렇게도 감격하고 있는 것은 공연히 여태까지 가지고 오던 SS에 대한 경멸감과 우월감을 일시에 무너뜨려 버리는 것이 되고 말지나 않을까, 그것이

픽 불안하면서도 보산은 가만히 SS의 노랫소리에 귀를 기울이고 앉아 있다.

　오늘은 대체 음력으로 며칟날쯤이나 되나. 아니 양력으로 물어도 좋다. 달은 음력으로만 뜨는 것이 아니고 양력으로 뜨는 것이 아니냐. 하여간 날짜가 어떻게 되어 있길래 이렇게 달이 밝을까. 달이 세 시가 지내었는데 하늘 거의 한복판에 그대로 남아 있을까. 보산의 그림자는 보산을 닮지 아니하고 대단히 키가 작고 뚱뚱하다느니보다도 뚱뚱한 것이 거의 SS를 닮았구나. 불유쾌한 일이로구나. 왜 하필 그까짓 뇌가 나쁜 뚱뚱보 SS를 닮는단 말이냐. 그렇지만 뚱뚱한 것과 똥똥한 것은 대단히 다른 것이니까, 하필 닮았다고 말할 것도 아니니까, 그까짓 것은 아무래도 좋지 않으냐 하더라도 웬일로 이렇게 SS의 목소리가 아름다울까 하고 보산은 그 SS가 매어달리기만 하면 반드시 이 마당에다 대고 침을 배앝는 불결한 들창이 있는 담 밑으로 가까이 가서 가만히 그쪽 SS의 방 노랫소리가 흘러 나오는 것이 과연 여기인가 아닌가 하고 자세히 엿들어 보아도 분명히 노랫소리가 나오는 것은 여기인데 그렇다면 그 노래는 SS의 노랫소리에는 틀림이 없을 것을 생각하니 더욱더욱 이상하다는 생각만이 보산의 여러 가지 생각의 앞을 서는 것이었다. 그러나 보산은 또다시 생각하여 보면 그 노랫소리는 SS의 부인의 노랫소리가 아닌지도 모르지만 그렇다고 SS와 SS의 부인은 한 방에 있는지 그렇다면 딸 어린아이가 세 살 먹었는데 피곤한 어머니의 몸이 여태껏 잠이 들지 않았다고는이야 생각할 수는 없는 사정이 아니냐. 잠이 안 들었다 하여도 어린아이가 잠에서 깨일까 봐 결코 노래를 부르거나 할 리는 없지만 또 누가 남의 속을 아느냐. 혹은 어린아이가 도무지 잠이 들지 아니하므로 자장가를 부르는 것이나 아닐까 하지만 보산이 아무리 아무것도 모른다 한대야 불리우는 노래가 자장가이고 아닌 것쯤이야 구별하여 낼 수 있음 직한데 그래도 누가 아나. 때가 때인 만큼. 그렇지만 보산의 귀에는 분명히 일본 야스기부시*에 틀림없었다. 설마 SS의 부인이 일본 야스기부시를 한밤중에 부르려 하여도 그런 것들은 하여간 SS와 SS의 부인이 한 방에 있다는 것은 대단히 문란한 일이라고 생각한다. 더욱이 둘이 한 방에 있다는 것을 보산에게 알린다는 것은 다시없이 말 들을 만한 문란한 일이다 보산은 이렇게 여러 가지로 생각하며 그 담 밑에서 노랫소리에 귀를 기울이고 있다.

한 개의 밤 동안을 잤는지 두 개의 밤 동안을 잤는지 보산에게는 똑똑히 나서지 않았을 만하니 시계가 아홉 시를 가리키고 있디라는 우연한 일이다. 마당에 나서는 보산의 마음은 아직 자리 가운데에 있었는데 아침은 이상한 차림차림으로 보산은 놀라게 하였을 때에 보산의 방 안에 있던 마음이 냉큼 보산의 몸뚱어리 가운데로 튀어 들고 보니 그러고 난 다음의 보

---

* 일본 시마네〔島根〕 현의 항구인 야스기〔安來〕 일대에서 부른 뱃노래의 일종이며, 1920년대에는 일본 전역에 널리 소개되어 유행하였다.

산은 아침의 흔히 보지 못하던 경치에 놀라지 아니할 수 없었다. 지붕 위에 까치가 한 마리가 있는데 그것이 어떻게도 마음 놓고 머물러 있는 것같이 보이는지 그곳은 마치 까치의 집으로밖에 아니 여겨진다면 또 왜 까치는 늘 보산이 일어나는 시간인 오후 세 시가량 해서는 어디를 가고 없느냐 하면 그것은 까치는 벌이를 하러 나간 것으로 아직 돌아오지 아니한 탓이라고 그렇게 까닭을 붙여 놓고 나면 보산에게는 그럴듯하게 생각히게 되니 보산이 일어날 때마다 보살펴 보지도 아니하는 지붕 위에 한 자리는 까치가 사는 집 ─사람으로 치면.─이 있는 것을 보산은 몰랐구나 생각하노라면 보산은 웃고 싶었는데 그럼 까치는 어느 때에 벌이 자리를 향하여 떠나서는 집을 뒤에 두고 나서는 것일는지가 좀 알고 싶어서 한참이나 서서 자꾸만 치어다보아도 까치는 영영 날아가지는 않으니 아마 까치가 집을 나설 시간은 아직 아니 되고 먼 모양이로구나 한즉 보산은 오늘은 나도 꽤 일찍 일어났구나 생각을 먹는 것이 부끄럽지 않고 무어 거리낌한 일도 없어서 퍽 상쾌한 기분이다.

그러나 SS가 여전히 그 들청에 메어달려서는 이쪽 보산의 마당을 노려보고 있는 것을 본 보산은 가슴이 꽉 막히는 것같아지며 별안간 앞이 팽팽 돌아 들어오는 것을 못 그러게 할 수 없었다. 대체 SS가 이 이른 아침에 웬일일까. SS는 이렇게 일찍 일어날 수 있는 사람은 물론 보산에게는 아니었고 아침으로부터 보산이 일어나서 처음 SS를 만나는 시간까지 그동안 SS는 죽은 사람이라고 쳐도 관계치 않을 것인데 인제 보니 SS는 있구나. 밤 네 시로부터 아침 이맘때까지는 구태여 SS를 없는 사람이라고 치지는 않는다. 피차에 잠자는 시간이라고 치고라도 이것은 천만에 뜻하지 못한 일이다. SS는 보산을 향하여 예언자와 같은 엄숙한 얼굴을 하더니 떡 큼직하게 하품을 한 번 하고 나서는 소프라노에 가까운 목소리로 소가 영각*할 때 하는 소리와 같은 기성을 한번 내어 보더니 입맛을 쩍쩍 다시면서 지난밤에 아름다운 노랫소리를 그대는 들었는지 과연 그것이 이 SS라면 그대는 바야흐로 놀라지 아니하려는가 하는 듯이 보산의 표정의 내어걸린 간판의 무슨 빛깔인가를 기다린다는 듯이 흠뻑해야 그것이 그것이지 하는 듯이 보산을 내려 보며 어디 다른 곳에서 얻어 온 것 같은 아름다운 미소를 얼굴에 띠우는 것이었다. 보산은 그 다음은 그러면 무엇이냐는 듯이 SS를 바라다보면 SS는 아아 그것은 네가 왜 잘 알고 있지 아니하냐는 듯이 침을 입 하나 가득히 거의 보산의 발 가까운 한 점에다 배알아 놓고는 만족하다는 데 가까운 표정을 쓱 하여 보이면 보산은 저것이 아마 SS가 만족해서 못 견디는 때에 하는 얼굴인가 보다 끔찍이도 번변치 못하다 생각히었다는 제하는 표정을 보산은 SS에게 대항하는 뜻으로 하여 보여도 SS는 그까짓 것은 몰라도 좋다는 듯이 한 번 해 놓은 표정을 변경치 ─좀체로는─ 않는다.

---

* '영각'은 '암소를 찾는 황소가 길게 우는 소리'를 말한다. 흔히 관용적으로 '영각을 치다', '영각을 쓰다'라고 쓴다. 여기서는 황소가 암소를 부르며 큰 울음소리를 내는 것처럼 소리를 내어 크게 하품하는 모습을 묘사하고 있다.

횡포한 마술사 보산이 나타나자 그 널조각은 또 종이 노릇을 하노라면 종이가 상상할 수 있는 바 글자라는 글자, 말이라는 말 쳐 놓고 안 씌우는 것이 없다. SS야 나는 너에게 도저히 경의를 표할 수는 없다.

너의 그 동물적 행동은 무엇이냐. 나의 자조의 너에게 대한 모멸적 표정을 너는 눈이 있거든 보느냐 못 보느냐. 보고 나서는 노하느냐 웃느냐. 너도 사람이거든 좀 노할 줄도 알아 두어라, 모르거든 너의 부인에게 물어보아라. 빨리 노하라. 그리하여 다시는 그와 같은 파렴치적 행동을 거듭하지 말기를 바란다. 그러면 SS는 보산아 노하는 것이란 다 무엇이냐. 나는 적어도 그까짓 일에 노하고 싶지는 않다. 따라서 나의 그 동물적 행동이란 대체 나의 어떠한 행동을 가리켜 말하는 것인지는 모르나 나의 행동의 어느 하나라도 너를 위하여 변경할 수는 없다. 이렇게 답장이 오면 SS야 나는 너에게 최후통첩을 보낸다. 너 같은 사회적 저능아를 그대로 두어서는 인류의 해독이 될 것이니까 나는 너를 내일 아침 네가 또 그따위 짓을 개시하는 것과 동시에 총살을 하여 버리리라. 총 총 총 총 총은 나의 친한 친구가 공기총을 가진 것을 나는 잘 알고 있으니까 그는 그것을 얼른 빌려 줄 줄로 믿는다. 너는 그래도 조금도 무섭지 않은가. 네가 즉사까지는 하지 않을지 모르지만 얼굴에 생길 무서운 흠을 무엇으로 가리려는가. 너는 그 흉한 흠으로 말미암아 일생을 두고 결혼할 수 없는 불행을 맛보리라. 그러면 보산아 너는 무슨 정신이냐. 나는 이미 결혼하였다는 것을 모르느냐. 나의 아내는 너를 미워하리라. 그러면 SS 들어 보아라. 나는 너의 부인에게 편지를 하여 버릴 것이다. 너의 그 더러운 행동을 사실대로 일일이 적어서는 그러면 너의 부인은 너를 얼마나 모욕하며 혐오할 것인가를 너 같은 뚱뚱보의 나쁜 뇌를 가지고는 아마 추측해 내기는 어려울 것이다. 그러면 보산아 너는 무엇이라고 나를 놀리느냐. 너는 나의 아내를 탐내는 자인 것이 분명하다. 나는 너를 살인죄로 고소할 것이다. 법률이 너에게 가할 고통을 너는 무서워하지 않느냐 그러면.

보산은 적을 물리치기 준비에 착수하였다. 잉크와 펜 원고지에 적히는 첫 자가 오자로 생겨 먹고 마는 것을 화를 내는 것 잡히지 않는 보산의 마음에 매어달려 데룽데룽하는 보산의 손이 종이를 꼬깃꼬깃 구겨서는 마당 한가운데에 휙 내어던진다는 것이 공교스러이도 SS가 오늘 아침에 배알아 놓은 침에서 대단히 가까운 범위 안에 떨어지고 만 것이 보산을 불유쾌하게 하여서 보산은 얼른 일어나 마당으로 내려가서는 그 구긴 종이를 다시 집어서는 보산이 인제 이만하면 저당하겠지 생각하는 자리에 갖다 떡 놓고 나서 생각하여 보니 그것은 버린 것이 아니라 갖다가 놓은 것이라 보산의 이 종이에 대한 본의를 투철치 못한 위반된 것이 분명하므로 그러면 이것을 방 안으로 가지고 돌아가서 다시 한 번 버려 보는 수밖에 없다 하여 그렇게 이번에야 하고 하여 보니 너무나 공교스러운 일에 공교스러운 일이 계속되는 것은 이것도 공교스러운 일인지 아닌지 자세히 모르는 것 같은 것쯤은 그대로 내어버려 두어도 관계치 않고 우선 이것을 내가 적당하다고 인정할 때까지 고쳐 하는 것이 없는 시간에 급선무라 하여 자꾸 해도 마찬가지고 고쳐 해도 마찬가지였다. 하다가는 흥분한 정신에 몇 번이나 했는지 도무지 모르는 동안에 일이 성공이 되고 보니 상쾌하지 않은지 그것도 도무지 보산 자신으로서는 판단하기 어려운 일이었는데 그렇다면 당할 사람이라고는 아무도 없지 아니하냐고 하지만 우선 편지부터 써야 하지 않겠느냐 생각나니까 보산은 편지부터 써서 이번에는 그런 고생은 안하리라 하고 정신을 차려 썼다는 것이 겨우 다음과 같은 것이었다.

　—'SS야 내가 어떠한 사람인가 너의 부인에게 물어보아라. 너의 부인은 조금도 미인은 아니다.'—

　오늘은 분명히 무슨 축제일인가 보다 하고 이상한 소리에 무슨 일이 생겼을까 하고 생각하며 귀를 기울이고 있노라면 보산의 방에 걸린 세계에 제일 구식인 시계가 장엄한 격식으로 시계가 칠 수 있는 제일 많은 수효를 친다. 보산은 일어나 문간을 나섰다가 편지를 SS의 집 문간에 넣으려는 생각이 막 일기 전에 이상스러운 것을 본 것이 있다. SS의 집 대문을 가로질러 매어진 새끼줄에는 숯과 붉은 고추가 매달려 있었다. 이런 세상에 추태가 어디 있나. SS는 참으로 이 세상에서 제일 가엾은 사람이니까 나는 SS에게 절대 행동을 하는 것만은 그만두겠다고 결심하고 난 다음에는 보산은 그대로 대단히 슬픈 마음도 있기는 있는 것이다 하면서 어슬렁어슬렁 걸어서는 간다는 것이 와 보니 보산의 마당이다.

《조선(朝鮮)》, 1932년 4월, 115~125쪽.

보산(甫山)이라는 필명으로 발표.

지팡이 역사(轢死)*

아침에 깨이기는 일찍 깨였다는 증거로 닭 우는 소리를 들었는데 또 생각하면 여관으로 돌아오기를 닭이 울기 시작한 후에 ─참 또 생각하면 그 밤중에 달도 없고 한 시골길을 닷 마장**이나 되는 읍내에서 어떻게 걸어서 돌아왔는지 술을 먹어서 하나도 생각이 안 나지만 둘이 걸어오면서 S가 코를 곤 것은 기억합니다. 여관 주인아주머니가 아주 듣기 싫은 여자 목소리로 "김 상! 오정이 지났는데 무슨 잠이오 어서 일어나요." 그러는 바람에 일어나 보니까 잠은 한잠도 못 잔 것 같은데 시계를 보니까 아홉 시 반이니까 오정이란 말은 여관 주인아주머니 에누리가 틀림없습니다. 곁에서 자던 S는 벌써 담배

---

* 차에 치여 죽음.
** 다섯 마장. 10리가 못 되는 짧은 거리를 일컫는 거리의 단위. 여기서 다섯 마장은 '5리'에 해당한다.

로 꽁다리 네 개를 만들어 놓고 어디로 나갔는지 없고 내가 늘 흉보는 S의 인생관을 꾸려 넣어 가지고 다니는 것 같은 참 궁상스러운 가방이 쭈굴쭈굴하게 놓여 있고 그 속에는 S의 저서(著書)가 들어 있을 것이 분명합니다. 양말을 신지 않은 채로 구두를 신고 툇마루에 걸터앉아서 S가 어데로 갔나 하고 생각하고 있으려니까 건너편 방에서 묵고 있는 참 뚱뚱한 사람이 나를 자꾸 보길래 좀 계면쩍어서 문밖으로 나갔더니 문 앞에 늑대같이 생긴 시골뜨기 개가 두 마리가 나를 번갈아 홀끔홀끔 치어다보길래 그것도 싫어서 도로 툇마루로 오니까 그 뚱뚱한 사람은 부처님처럼 아까 앉았던 고대로 앉힌 채 또 나를 보길래 참 별사람도 다 많군. 왜 내 얼굴에 무에 묻었나. 그런 생각에 또 대문간으로 나가니까 그때야 S가 어슬렁어슬렁 이리로 오면서 내 얼굴을 보더니 공연히 싱글벙글 웃길래 나는 또 나대로 공연히 한 번 싱글벙글 웃었습니다. 대체 어디를 갔다 왔느냐고 그랬더니 참 새벽에 일어나서 수십 리 길을 걸었는데 그것도 모르고 여태 잤느냐고 나더러 게으른 사람이라고 그러길래 대체 어디어디를 갔다 왔는지 일러바쳐 보라고 그랬더니 문무정(文武亭)에 가서 영감님하고 기생이 활 쏘는 것을 맨 처음에 보고——그래서 나는 무슨 기생이 새벽부터 활을 쏘느냐고 그랬더니 그 대답은 아니하고 또 문회서원(文會書院)*에 가서 팔선생(八先生)의 사당을 보고 기운정(起雲亭)에

---

* 황해도 배천에 있는 서원이다. 이 글이 배천 온천장에서의 체험과 연결되어 있음을 확인할 수 있다. S가 실제로 서원이나 정자를 둘러본 것이 아니라 식당에서 커피를 마시면서 그림엽서를 사 보고 왔음을 말한 대목이다.

가서 약물을 먹고 오는 길이라고 그러길래 내가 가만히 쳐다보니까 참 수십 리 길에 틀림은 없지만 그게 원 정말인지 곧이들리지는 않는다고 그랬더니 '에하가끼'*를 내어놓으면서 저 건너 천일각(天一閣) 식당에 가서 커피를 한잔 먹고 왔으니까 탐승 비용은 십 전이라고 그러길래 나는 내가 이렇게 싱겁게 S에게 속은 것은 잠이 덜 깨었거나 잠이 모자라는 까닭이라고 그랬더니 참 그렇다고 나도 잠이 모자라서 죽겠다고 S는 그랬습니다,

밥상이 들어왔습니다. 반찬이 열 가지나 되는데 풋고추로 만든 것이 다섯 가지—내 마음에 꼭 들었습니다. 여관 주인 아주머니가 오더니 찬은 없지만 많이 먹으라고 그러길래 구첩반상이 찬이 없으면 찬 있는 밥상은 그럼 찬을 몇 가지나 놓아야 되느냐고 그랬더니 가짓수는 많지만 입에 맞지 않을 것이라고 그러면서 그래도 여전히 많이 먹으라고 그러길래 아주머니는 공연히 천만에 말씀이라고 그랬더니 그렇지만 소고기만은 서울서 얻어먹기 어려운 것이라고 그러길래 서울서도 소고기는 팔아도 경찰서에서 꾸지람하지 않는다고 그랬더니 그런 게 아니라 송아지 고기가 어디 있겠느냐고 그럽니다. 나는 상에 놓인 송아지 고기를 다 먹은 뒤에 냉수를 청하였더니 아주머니가 손수 가져오는지라 죄송스럽다고 그러니까 이 냉수 한 지게에 오 전 하는 줄은 김 상이 서울 살아도—서울 사니까 모르리라고 그러길래 그것은 또 어째서 그렇게 냉수가

---

* 일본어 繪葉書(えはがき). 그림엽서.

값이 비싸냐고 그랬더니 이 온천 일대가 어디를 파든지 펄펄
끓는 물밖에는 안 솟는 하느님한테 죄받은 땅이 되어서 냉수
가 먹고 싶으면 보통 같으면 거저 주는 온천물을 듬뿍 길어다
가 잘 식혀서 냉수를 만들어서 먹을 것이로되 유황 내음새가
몹시 나는 고로 서울서 수돗물만 홀짝홀짝 마시고 살아오던
손님들이 딱 질색들을 하는 고로 부득이 지게를 지고 한 마장
이나 넘는 정거장까지 냉수를 한 지게에 오 전씩을 주고 사서
길어다 먹는데 너무 거리가 멀어서 물통이 좀 새든지 하면 오
전어치를 사도 이 전어치밖에 못 얻어먹으니 세음을 따지고
보면 이 냉수는 한 대접에 일 전씩은 받아야 경우가 옳은 것이
아니냐고 아주머니는 그러는지라 그것 참 수고가 많으시다고
그럼 이 냉수는 특별히 조심조심하여서 마시겠다고 그랬더
니 그렇지만 냉수는 얼마든지 거저 드릴 것이니 염려 말고 꿀
떡꿀떡 먹으라고 그러는 말을 듣고서야 S와 둘이 비로소 마음
놓고 벌떡벌떡 먹었습니다.

발동기 소리가 온종일 밤 새도록 탕탕 나는 것이 하릴없이
항구에 온 것 같은 기분이 난다고 S가 그러는데 알고 보니까
그게 바로 한 시게에 오 선씩 하는 질기고 튼튼한 냉수를 길어
올리는 '펌프 모터' 소리인 줄 누가 알았겠습니까.

밥값을 치르려고 얼마냐고 그러니까 엊저녁을 안 먹었으니
까 칠십 전씩 일 원 사십 전만 내이라고 그러는지라 일 원짜리
두 장을 주니까 거스를 돈이 없는데 나가서 다른 집에 가서 바
꾸어 가지고 오겠다고 그러는 것을 말리면서 그만두라고 그
만두고 나머지는 아주머니 왜떡을 사 먹으라고 그러고 나서

생각을 하니까 아주머니더러 왜떡을 사 먹으라는 것도 좀 우습기도 하고 하지만 또 돈 육십 전을 가지고 '파라솔'을 사 가지라고 그럴 수도 없고 말인즉 잘한 말이라고 생각하고 나니까 생각나는 것이 주인아주머니에게는 슬하에 일점혈육으로 귀여운 따님이 한 분 계신데 나이는 세 살입니다. 깜박 잊어버리고 따님 왜떡을 사 주라고 그렇게 가르쳐 주지 못한 것은 퍽 유감입니다. 주인 영감을 못 보고 가는 것 같은데 섭섭하다고 그러면서 주인 영감은 어디를 이렇게 볼일을 보러 갔느냐고 그러니까 '세루' 양복*을 입고 '넥타이'를 매고 읍내에 들어갔다고 아주머니는 그러길래 나는 안녕히 계시라고 인사를 하고 곧 두 사람은 정거장으로 나갔습니다.

대체로 이 황해선(黃海線)이라는 철도의 '레일' 폭은 너무 좁아서 똑 '트럭 레일'** 폭만 한 것이 참 앙증스럽습니다. 그리로 굴러다니는 기차 그 기차를 끌고 달리는 기관차야말로 가엾어 눈물이 날 지경입니다. 그야말로 사람이 치우면 사람이 다칠는지 기관차가 다칠는지 참 알 수 없을 만치 귀엽고도 갸륵한 데다가 그래도 '크로씽'***에 오면 말뚝에다가 간판을 써서 가로대 '기차에 조심' 그것을 읽은 다음에 나는 S더러 농담으로 그 간판을 사람에서 보이는 쪽에는 '기차게 조심' 그렇게

---

* '세루'는 모직물의 하나. 서지(serge) 비슷하나 그보다 바탕이 얇고 올새가 가늘다.
** truck rail. 광산이나 토목 공사장에서 사용하던 무개차(無蓋車)의 좁은 궤도를 말한다.
*** crossing. 철도의 건널목.

쓰고 기차에서 보이는 쪽에는 '사람에 조심' 그렇게 따로따로 썼으면 여러 가지 의미로 보아 좋겠다고 그래 보았더니 뜻밖에 S도 찬성하였습니다. S의 그 인생관을 집어넣어 가지고 다니는 가방은 캡을 쓴 여관 심부름꾼 녀석이 들고 벌써 '플랫폼'에 들어서서 저쪽 기차가 올 쪽을 열심으로 바라보고 섰는지라 시간은 좀 남았는데 혹 그 '갸꾸비끼'* 녀석이 그 가방 속에 든 인생관을 건드리지나 않을까 겁이 나서 얼른 그 가방을 이리 빼앗으려고 얼른 우리도 개찰을 통과하여서 '플랫폼'으로 가는데 여관 '보이'나 '갸꾸비끼'나 호텔 자동차 운전수들은 일 년간 입장권을 한꺼번에 샀는지는 모르지만 함부로 드나드는데 다른 사람은 전송을 하려 '플랫폼'에 들어가자면 입장권을 사야 된다고 역부가 강경하게 막는지라 그럼 입장권은 값이 얼마냐고 그랬더니 십 전이라고 그것 참 비싸다고 그랬더니 역부가 힐끗 십 전이 무엇이 호되어서 그러느냐는 눈으로 그 사람을 보니까 그 사람은 그만 십 전이 아까워서 그 사람의 친한 사람의 전송을 '플랫폼'에서 하는 것만은 중지하는 모양입니다. 장난감 같은 '시그널'이 떨어지더니 갸륵한 기관차가 연기를 제법 펄석펄석 뿜으면서 기적도 쑥 한번 울려 보면서 들어옵니다. 금테를 둘이나 두른 월급을 많이 타는 높은 역장과 금테를 하나밖에 아니 두른 월급을 좀 적게 타는 조역이 나와 섰다가 그 의례히 주고받고 하는 굴렁쇠를 이 얌전하게 생긴 기차도 역시 주고받는지라 하도 어쭙지않아서 S와 나와는

_____

* 일본어 客引(きゃくひき). 호객꾼.

그래도 이 기차를 타기는 타야 하겠지만도 원체 겁도 나고 가엾기도 하여서 몸뚱이가 조곰해지는 것 같아서 간질리우는 것처럼 남 보기에는 좀 쳐다보일 만치 웃었습니다. 종이 울리고 호루라기가 불리고 하는 체는 다 하느라고 기적이 쓱 한 번 울리고 기관차에서 픽— 소리가 났습니다. 기차가 떠납니다. 십 전이 아까워서 '플랫폼'에 들어오지 아니한 맥고자*를 쓴 사람이 누구를 향하여 그러는지 쭈굴쭈굴한 한정하지도 못한 손수건을 흔드는 것이 보였습니다. 치치푹팍 칙칙푹팍 그러면서 징검다리로도 넉넉한 개천에 놓인 철교를 건너갈 때 같은 데는 제법 흡사하게 기차는 소리를 내일 줄 아는 것이 아닙니까.

그 불쌍한 기차가 객차를 세 채나 끌고 왔습니다. S와의 우리 두 사람이 탄 객차는 맨 꼴째 객차인데 그 객차의 안에 멤버는 다음과 같습니다. 물론 정말 기차처럼 '박스'**가 있을 수 없는 것이니까 똑 전차처럼 가로 기이다랗게 나란히 앉는 것입니다. 위선 내외가 두 쌍인데 썩 젊은 사람이 썩 젊은 부인을 거느리고 부인은 새빨간 '핸드백'을 들었는데 바깥양반은 구두가 좀 해어졌습니다. 또 하나는 꽤 늙수그레한 사람이 썩 젊은 부인을 데리고 부인은 뿔로 만든 값이 많이 보이는 부채 하나를 들었을 뿐인데 바깥어른은 뚱뚱한 '트렁크'를 하나 낑낑 메어 가면서 들고 들어왔습니다. 그 '트렁크' 속에는 무엇이 들었는지 도모지 알 수 없습니다. 그 바깥어른은 실례지만 좀

---

* 麥藁子: 맥고모자(麥藁帽子)의 준말이다. 밀짚, 보릿짚으로 만든 서양식 여름 모자로 위가 납작하고 갓양태가 크다. 밀짚모자.
** box. 기차의 좌석 칸막이.

미런하게 생겼는 데다가 무테안경을 넓적한 코에 걸쳐 놓고 신문을 참 재미있게 보고 있는 곁엣부인은 깨끗하고 살결은 희고 또 눈썹은 검고 많고 머리 밑으로 솜털이 퍽 많고 팔에 까만 솜털이 나스르르하고 입술은 얇고 푸르고 눈에는 쌍꺼풀이 지고 머리에서는 젓나무 내음새가 나고 옷에서는 우유 내음새가 나는 미인입니다. 눈알은 사금파리로 만든 것처럼 번적하고 차디찬 것 같고 아무 말도 없이 부채도 곁에 놓고 이 걸터지 같은 기차 들창 바깥 경치 어디를 그렇게 보는지 눈이 깜짝이는 일이 없습니다. 또 다른 한 쌍의 비둘기로 말하면 바깥양반은 앉았는데 부인은 섰습니다. 부인 저고리는 얇다란 항라* 홀 껍데기가 되어서 대패질한 소나무에 '니스' 칠한 것 같은 조발적인 살결이 환하게 들여다보이고 내어다보이는데 구두는 여러 조각을 누덕누덕 찍어 매인 '크림' 빛깔 나는 복스** 새 구두에 마점산 씨*** 수염 같은 구두끈이 늘어져 있고 바깥양반은 별안간 양복 웃옷을 활활 벗길래 더워서 그러나 보다 그랬더니 꾸기꾸기 뭉쳐서 조그맣게 만들더니 다리를 쭉 뻗고 저고리를 베개 삼아 기다랗게 드러누우니까 부인이 한참 바깥양반을 나려다보더니 드러누웠다는 것을 확실히 인정한 다음에 부인은 그 머리맡으로 앉아서 손수건을 먼지 터는 것처럼 흔들흔들하

---

* 亢羅. 명주, 모시, 무명실 따위로 짠 피륙의 하나로 구멍이 송송 뚫린 여름 옷감.
** box shoes. 송아지 가죽을 무두질하여 만든 제화용 가죽으로 지은 구두.
*** 馬占山(1884~1950). 중국의 청말 군인으로 중일 전쟁 당시 만주국에 반대하고 일본에 저항한 인물.

면서 바깥양반 얼굴에다 대이고 부채질을 하여 주니까 바깥양
반은 바람은 안 나고 코로 먼지가 들어간다는 의미의 표정을
부인에게 한 번 하여 보이니까 부인은 그만둡니다.

그 외에는 조끼에 금시계 줄을 늘어뜨린 특색밖에는 아무
런 특색도 없는 젊은 신사 한 사람 또 진흙투성이가 된 흰 구
두를 신은 신사 한 사람 단것 장사 같은 늙수그레한 마나님이
하나 가방을 잔뜩 끼고 앉아서 신문을 보고 있는 S '꾸르몽'*
인 '시몬' 같은 부인의 '프로필'만 구경하고 앉아 있는 말라빠
진 나 이상과 같습니다.

마루창 한 본 복판 꽤 큰 구멍이 하나 뚫려서 기차가 달아
나는 대로 철로 바탕이 들여다보이는 것이 이상스러워서 S더
러 이것이 무슨 구멍이겠냐고 의논하여 보았더니 S는 그게 무
슨 구멍일까 그러기만 하길래 나는 이것이 아마 이렇게 철로
바탕을 나려다보라고 만든 구멍인 것 같기는 같은데 그런 장
난 구멍을 만들어 놓을 리는 없으니까 내 생각 같아서는 기차
바퀴에 기름 넣는 구멍일 것에 틀림없다고 그랬더니 S는 아아
이것을 참 깜박 잊어버렸었구나 이것은 침을 배알트리는 구
멍이라고 그리면서 침을 한 번 배알아 보이더니 나더러느 섬
말인가 거짓말인가 어디 침을 한번 배알아보라고 그러길래
나는 그 '모나리자' 앞에서 침을 배알기는 좀 마음에 꺼림칙하
여서 나는 그만두겠다고 그러면서 참 아가리가 여실히 타구

* Remy de Gourmont(1858~1915). 프랑스의 시인, 소설가. 이 대목의 바로 뒤
에 이어지는 '시몬'은 구르몽의 시집 『시몬』에 시적 대상으로 등장한 여성 '시
몬'을 염두에 둔 지칭으로 보인다.

같이 생겼구나 그랬습니다. 상자깨비로 만든 것 같은 정거장에서 고무장화를 신은 역장이 굴렁쇠를 들고 나오더니 기차가 정거를 하고 기관수와 역장이 무엇이라고 커다란 목소리로 서너 마디 이야기를 하더니 기적이 울리고 동리 어린아이들이 대여섯 기차 떠나는 것을 보고 박수갈채를 하는 소리가 성대하게 들리고 나면 또 위험한 전진입니다. 어느 틈에 내 곁에는 갓 쓴 해태처럼 생긴 영감님 하나가 내 즐거운 백통색 시야를 가려 놓고 앉았습니다.

내가 너무 '모나리자'만을 바라다보니까 맞은편에 앉았는 항라적삼을 입은 비둘기가 참 못난 사람도 다 많다는 듯이 내 얼굴을 보고 나는 그까짓 일에 부끄러워할 일은 아니니까 막 '모나리자'를 보고 싶은 대로 보고 '모나리자'는 내 얼굴을 보는 비둘기 부인을 또 좀 조소하는 듯이 바라보고 드러누워 있는 바깥비둘기가 가만히 보니까 건너편에 앉아 있는 '모나리자'가 자기 안해를 그렇게 업신여겨 보는 것이 마음에 좀 흡족하지 못하여서 화를 내이는 기미로 벌떡 일어나 앉는 바람에 드러눕느라고 벗어 놓은 구두에 발이 잘 들어맞지 않아서 그만 양말로 담배 꽁다리를 밟을 것을 S가 보고 싱그레 웃으니까 나도 그 눈치를 채이고 S를 향하여 마주 싱그레 웃었더니 그것이 대단히 실례 행동 같고 또 한편으로 무슨 음모나 아닌가 퍽 수상스러워서 저편에 앉아 있는 금시계 줄과 진흙 묻은 흰 구두가 눈을 뚱그렇게 뜨고 이쪽을 노려보니까 단것 장수 할머니는 또 이쪽에 무슨 괴변이나 나지 않았나 해서 역시 눈을 두리번두리번하다가 아무 일도 없으니까 싱거워서 눈을 도로 그 맞은편의 금시계 줄로 옮겨 놓을 적에 S는 보던 신문을 척척 접어서 인생관 가방 속에다가 집어넣더니 정식으로 '모나리자'와 비둘기는 어느 편이 더 어여쁜가를 판단할 작정인 모양으로 안경을 바로잡더니 참 세계에 이런 기차는 다시 없으리라고 한마디 하니까 비둘기와 '모나리자'가 S 쪽을 일시에 보는지라 나는 또 창 바깥 논 속에 허수아비 같은 황새가 한 마리 나려앉았으니 저것 좀 보라고 소리를 질렀더니 두 미인은 또 일시에 시선을 나 있는 창 바깥으로 옮겨 보았는데 결국 아무것도 보이지 않으니까 싱그레 웃으면서 내 얼골을 한 번씩 보더니 '모나리자'는 생각난 듯이 곁에 '비프스테이크' 같은 바깥어른의 기름기 흐르는 콧잔등이 근처를 한 번 들여다보는 것을 본 나는 속마음으로 참 아깝도다 그렇게 생각하고 있는데 S는 무슨 생각으로 알았는지 개 발에 편자라는 말이 있지 않으냐고 그러면서 나에게 해태* 한 개를 주는지라 성냥을 그어서 불을 붙이려니까 내 곁에 앉았는 갓 쓴 해태**가 성냥을 좀 달라고 그러길래 주었더니 서울서 주머니에 넣어 가지고 간 '카페' 성냥이 되어서 이상스럽다는 듯이 두어 번 뒤집어 보더니 짚고 들어온 길고도 굵은 얼른 보면 몽둥이 같은 지팡이를 방해 안 되도록 한쪽으로 치워 놓으려고 놓자마자 꽤 크게 와지끈하는 소리가 나면서 그 기다란 지팡이가 간 데온데가 없습니다. 영감님은 그것도 모르고 담뱃불을 붙이

---

* 담배의 상표명.
** 해태 모양으로 생긴 노인을 말한다.

고 성냥을 나에게 돌려보내더니 건너편 부인도 웃고 곁에 앉아 있는 부인도 수건으로 입을 가리고 웃고 S도 깔깔 웃고 젊은 사람도 웃고 나만이 웃지 않고 앉았는지라 좀 이상스러워서 영감은 내 어깨를 꾹 찌르더니 요 다음 정거장은 어디냐고 은근히 묻는지라 요 다음 정거장은 요 다음 정거장이고 영감님 무어 잃어버린 거 없느냐고 그랬더니 또 여러 사람이 웃고 영감님은 위선 쌈지 괴불주머니 등속을 만져 보고 보따리 한 귀퉁이를 어루만져 보고 또 잠깐 내 얼굴을 치어다보더니 참 내 지팡이를 못 보았느냐고 그럽니다. 또 여러 사람은 웃는데 나만이 웃지 않고 그 지팡이는 이 구멍으로 빠져 달아났으니 요 다음 정거장에서는 꼭 내려서 그 지팡이를 찾으러 가라고 이 철둑으로 쭉 따라가면 될 것이니까 길은 아주 찾기 쉽지 않으냐고 그러니까 그 지팡이는 돈 주고 산 것은 아니니까 잃어버려도 좋다고 그러면서 태연자약하게 담배를 뻑뻑 빨고 앉았다가 담배를 다 먹은 다음 담뱃대를 그 지팡이 집어먹은 구멍에다 대이고 딱딱 떠는 바람에 나는 그만 전신에 소름이 쫙 끼쳤습니다. 다른 사람들도 물론 이때만은 웃을 수도 없는 업신여길 수노 없는 참 아기자기한 마음에서 역시 소름이 끼쳤으리라고 나는 생각합니다.

《월간 매신(月刊 每申)》, 1934년 8월, 33~35쪽.

지주회시(鼅鼄會豕)*

1

그날밤에그의아내가층계에서굴러떨어지고 ─ 공연히내일일을글탄**말라고 어느눈치빠른어른이 타일러놓셨다. 옳고말고. 그는하루치씩만잔뜩산〔生〕다. 이런복음에곱신히그는벙어리(속지말라,)처럼말〔言〕이없다. 잔뜩산다. 아내에게무엇을물어보리오? 그러니까아내는내딥할일이생기지않고 따라서부부는식물처럼조용하다. 그러나식물은아니다. 아닐뿐아니라여간동물이아니다. 그래서그런지그는이궐궤짝만한방안에무슨연줄로언제부터이렇게있게되었는지도무지기억에없

---

* 1936년《중앙(中央)》에 발표된 작품으로, 띄어쓰기는 원저를 따랐다.
** '글탄하다'는 '끌탕하다'의 옛말이며, '속을 태우며 걱정하다'라는 뜻이다.

다. 오늘다음에오늘이있는것. 내일조금전에오늘이있는것. 이런것은영따지지않기로하고 그저 얼마든지 오늘 오늘 오늘 오늘 하릴없이눈가린마차말의동강난시(視)야다. 눈을뜬다. 이번에는생시가보인다. 꿈에는생시를꿈꾸고생시에는꿈을꿈꾸고 어느것이나재미있다. 오후네시. 옮겨앉은아침 — 여기가아침이냐. 날마다다. 그러나물론그는한번씩한번씩이다.(어떤거대한모(母)체가나를여기다갖다버렸나.) — 그저한없이게으른것 — 사람노릇을하는체대체어디얼마나기껏게으를수있나좀해보자. — 게으르자. — 그저한없이게으르자. — 시끄러워도그저모른체하고게으르기만하면다된다. 살고게으르고죽고 — 가로대사는것이라면떡먹기다. 오후네시. 다른시간은다어디갔나. 대수냐. 하루가한시간도없는것이라기로서니무슨성화가생기나.

또 거미. 아내는꼭거미. 라고그는믿는다. 저것이어서도로환투*를하여서거미형상을나타내었으면 — 그러나거미를총으로쏘아죽였다는이야기는들은일이없다. 보통 발로밟아죽이는데 신발신기커녕일어나기도싫다. 그러니까마찬가지다. 이방에 그외에노생각하여보면 — 맥이뼈를디디는것이빤히보이고, 요밖으로내어놓는팔뚝이밴댕이처럼꼬스르하다. — 이방이그냥거민게다. 그는거미속에가넓적하게드러누워있는게다. 거미냄새. 이후덥지근한냄새는 아하 거미냄새다. 이방안이거미노릇을하느라고풍기는흉악한냄새에틀림없다. 그래도그

---

* '환퇴(幻退)'의 오식. 환생(幻生).

는아내가거미인것을잘알고있다. 가만둔다. 그리고기껏게을러서아내 — 인(人)거미 — 로하여금육체의자리 — (혹, 틈)를주지않게한다.

방밖에서아내는부시럭거린다. 내일아침보다는너무이르고그렇다고오늘아침보다는너무늦은아침밥을짓는다. 예이덧문을닫는다. (민활하게)방안에색종이로바른반닫이가없어진다. 반닫이는참보기싫다. 대체세간이싫다. 세간은어떻게하라는것인가. 왜오늘은있나. 오늘이있어서 반닫이를보아야되느냐. 어둬졌다. 계속하여게으른다. 오늘과반닫이가없어져라고. 그러나아내는깜짝놀란다. 덧문을닫는 — 남편 — 잠이나자는남편이덧문을닫았더니생각이많다. 오줌이마려운가 — 가려운가. — 아니저인물이왜잠을깨었나. 참신통한일은 — 어쩌다가저렇게사(生)는지. — 사는것이신통한일이라면또생각하여보면자는것은더신통한일이다. 어떻게저렇게자나? 저렇게도많이자나? 모든일이희한한일이었다. 남편. 어디서부터어디까지가부부람 — 남편 — 아내가아니라도그만아내이고마는고야. 그러나남편은아내에게무엇을하였느냐. — 담벼락이라고외풍이나가려주었더냐 아내는생각하다보니까참무섭다는듯이 — 또정말이지무서웠겠지만. — 이담은덧문을얼른열고 늘들어도처음듣는것같은목소리로어디말을건네본다. 여보 — 오늘은크리스마스요. — 봄날같이따뜻(이것이원체틀린화근이다.)하니 수염좀깎소.

도무지그의머리에서 그 거미의어렵디어려운발들이사라지지않는데 들은 크리스마스라는한마디말은참서늘하다. 그가 어쩌다가그의아내와부부가되어버렸나. 아내가그를따라온것은사실이지만 왜따라왔나?아니다. 와서왜가지않았나 ─ 그것은분명하다. 왜가지않았나 이것이분명하였을때 ─ 그들이부부노릇을한지 일년반쯤된때 ─ 아내는갔다. 그는아내가왜갔나를알수없었다. 그까닭에도저히아내를찾을길이없었다. 그런데아내는왔다. 그는왜왔는지알았다. 지금그는아내가왜안가는지를알고있다. 이것은분명히왜갔는지모르게아내가가버릴징조에틀림없다. 즉 경험에의하면그렇다. 그는그렇다고왜안가는지를일부러몰라버릴수도없다. 그냥 아내가설사또간다고하더라도왜안오는지를잘알고있는그에게로불쑥돌아와주었으면하고바라기나한다.

수염을깎고 첩첩이닫아버린번지에서나섰다. 딴은크리스마스가봄날같이따뜻하였다. 태양이그동안에퍽자란가도싶었다. 눈이부시고 ─ 또몸이까칫까칫도하고 ─ 땅은힘이들고 두꺼운벽이더덕더덕붙은빌딩들을쳐다보는것은보는것만으로도넉넉히숨이차다. 아내흰양말이고동색털양말로변한것 ─ 계절은방속에서묵는그에게겨우제목만을전하였다. 거울 ─ 가을이사기도전에내닥친겨울에서 처음으로인사비슷이기침을하였다. 봄날같이따뜻한겨울날 ─ 필시이런날이세상에흔히있는공일날이나아닌지. ─ 그러나바람은뺨에도콧방울에도차다. 저렇게바쁘게씨근거리는 사람 무거운짐 구두 사냥개 야단치는소리 안열린들창 모든것이 견딜수없이답답하다. 숨이막힌다. 어디로가볼까. (A취인점(取引店)) (생각나는명함) (오(吳)군) (자랑마라) (이십사일날월급이든가) 동행이라도있는듯이그는팔짱을내저으며싹둑싹둑썰어붙인것같이 얄팍한A취인점담벼락을삥삥싸고돌다가 이속에는무엇이있 나. 공기? 사나운공기리라. 살을저미는 ── 과연보통공기가아 니었다. 눈에핏줄 ── 새빨갛게달은전화 ── 그의허섭수룩한몸 은금시에타죽을것같았다. 오(吳)는어느회전의자에병마개모 양으로명쳐있었다. 꿈과같은일이다. 오(吳)는장부를뒤져 주 소씨명을차곡차곡써내려가면서미남자인채로생동생동(살고) 있었디. 조사부라는패가붉은밧하나를독차지하고 방사벽에 다가는빈틈없이방안(方眼)지에그린그림아닌그림을발라놓았 다. "저런걸많이연구하면대강은짐작이나서렷다." "도통하면 돈이돈같지않아지느니." "돈같지않으면그림방안지같은가." "방안지?" "그래도통은?" "흐흠 ── 나는도로그림이그리고싶 어지데." 그러나오(吳)는야위지않고는배기기어려웠던가싶 다. 술 ── 그림 색? 오(吳)는완전히오(吳)자신을활활열어젖혀 놓은모양이었다. 흡사 그가 오(吳)앞에서나세상앞에서나그자 신을첩첩이닫고있듯이. 오냐 왜그러니 나는거미다. 연필처럼 야위어가는것 ── 피가지나가지않는혈관 ── 생각하지않고도 없어지지않는머리 ── 킥막힌머리 ── 코없는생각 ── 서비서비 속에서 안나오는것 ── 내다보지않는것 ── 취하는것 ── 정신 없는것 ── 방 ── 버선처럼생긴방이었다. 아내였다. 거미라는 탓이었다.

오(吳)는주소씨명을멈추고그에게담배를내밀었다. 그러자 연기를가르면서문이열렸다. (퇴사시간)뚱뚱한사람이말처럼 달려들었다. 뚱뚱한신사는오(吳)와깨끗하게인사를한다. 가

느다란몸집을한오(吳)는굵은목소리를굵은몸집을한신사는가
느다란목소리로주고받고하는신선한회화다. "사장께서는나
가셨나요?" "네—참이백명이좀넘는데요." "넉넉합니다먼저
오시겠지요." "한시간쯤미리가지요." "에—또 에—또 에또
에또 그럼그렇게알고." "가시겠습니까."

툭탁하고나더니뚱뚱한신사는곁에앉은그를흘깃보고 고개
를돌리고그저나갈듯하다가다시흘깃본다. 그는 — 내인사를
하면어떻게되더라? 하고망싯망싯하다가그만얼떨결에꾸뻑
인사를하여버렸다. 이무슨염치없는짓인가. 뚱뚱신사는인사
를받더니받아가지고는그냥싱긋웃듯이나가버렸다. 이무슨모
욕인가. 그의귀에는뚱뚱신사가대체누군가를생각해보는동안
에도 "어떠십니까." 는그뚱뚱신사의손가락질같은말한마디가
남아서웽웽한다.어떠냐니무엇이어떠냐누 — 아니그게누군
가. — 옳아옳아. 뚱뚱신사는바로그의아내가다니고있는카페
R회관주인이었다. 아내가또온것 서너달전이다. 와서그를먹
여살리겠다는것이었다. 빚'백원'을얻어쓸때그는아내를앞세우
고뚱뚱이보는데타원형도장을찍었다. 그때 유카다*입고내려
다보던눈에서느낀굴욕을오늘이라고잊었을까. 그러나 그는
이게누군지도채생각나기전에어언간이뚱뚱이에게고개를수
그리지않았나. 지금. 지금. 골수에스미고말았나보다. 칙칙한
근성이 —모르고그랬다고하면말이될까? 더럽구나. 무슨구실
로변명하여야되나. 에잇!에잇!아무것도차라리억울해하지말

* 일본인들의 겉옷. 목욕을 한 뒤 입거나 여름철에 입는 무명 홑옷.

자. ─ 이렇게맹세하자. 그러나그의뺨이화끈화끈달았다. 눈
물이새금새금맺혀들어왔다. 거미 ─ 분명히그자신이거미였
다. 물부리처럼야위어들어가는아내를빨아먹는거미가 너 자
신인것을깨달아라. 내가거미다. 비린내나는입이다. 아니 아
내는그럼그에게서아무것도안빨아먹느냐. 보렴 ─ 이파랗게
질린수염자국 ─ 쾡한눈 ─ 늘씬하게만연되나마나하는형용
없는영양을 ─ 보아라. 아내가거미다. 거미아닐수있으랴. 거
미와거미거미와거미냐. 서로빨아먹느냐. 어디로가나. 마주
야위는까닭은무엇인가. 어느날아침에나뼈가가죽을찢고내
밀리려는지 ─ 그손바닥만한아내의이마에는땀이흐른다. 아
내의이마에손을얹고 그래도여전히그는 잔인하게 아내를밟
았다. 밟히는아내는삼경이면쥐소리를지르며찌그러지곤한
다. 내일아침에펴지는염낭*처럼. 그러나아주까리같은사치한
꽃이핀다. 방은밤마다홍수가나고 이튿날이면쓰레기가한삼
태기씩이나났고 ─ 아내는이묵직한쓰레기를담아가지고늦
은아침 ─ 오후네시 ─ 뜰로내려가서그도대리하여두사람치
의해를보고들어온다. 금긋듯이아내는작아들어갔다. 쇠와같
이독한꽃 ─ 독한거미 ─ 문을닫자. 생명에누껍을넓었니 사
람과사람이사귀는버릇을닫았고그자신을닫았다. 온갖벗에
서 ─ 온갖관계에서 ─ 온갖희망에서 ─ 온갖욕(慾)에서 ─ 그
리고온갖욕에서 ─ 다만방안에서만그는활발하게발광할수있

* 아가리에 잔주름을 잡고, 끈 두 개를 양쪽에 꿰어서 여닫게 된 주머니. 두루
주머니.

었다. 미역헒듯헒을수도있었다. 전등은그런숨결때문에곧잘
꺼졌다. 밤마다이방은고달팠고 뒤집어엎었고 방안은기어병
들어가면서도빠득빠득버티고있다. 방안은쓰러진다. 밖에와
있는세상 — 암만기다려도그는나가지않는다. 손바닥만한유
리를통하여 꿋꿋이걸어가는세월을볼수있을따름이었다. 그러
나밤이그유리조각마저도얼른얼른닫아주었다. 안된다고.

그러자오(吳)는그의무색해하는것을볼수없다는듯이들창
셔터를내렸다. 자 나가세. 그는여기서나가지않고그냥그의
방으로돌아가고싶었다. (육원짜리셋방) (방밖에없는방) (편한
방) 그럴수는없나. "그뚱뚱이어떻게아나?" "그저알지." "그
저라니." "그저." "친헌가." "천만에 — 대체그게누군가." "그
거 — 그건가부꾼*이지. — 우리취인점허구는 돈만원거래나
있지." "흠." "개천에서용이나려니까." "흠."

R카페는뚱뚱의부업인모양이었다. 내일밤은A취인점이고
객을초대하는망년회가R카페삼층홀에서열릴터이고오(吳)
는그준비를맡았단다. 이따가느지막해서 오(吳)는R회관에좀
들른단다. 그들은찻점에서우선홍차를마셨다. 크리스마스트
리곁에서축음기가깨끗이울렸다. 두루마기처럼기다란털외
투 — 기름바른머리 — 금시계 — 보석박힌넥타이핀 — 이런
모든오(吳)의차림차림이한없이그의눈에거슬렸다. 어쩌다가
저지경이되었을까. 아니. 내야말로어쩌다가이모양이되었을

---

* 일본어 '가부〔株〕'에 '꾼'이 결합된 말. 여기서는 돈놀이꾼을 의미하는 듯
하다.

까. (돈이었다.)사람을속였단다. 다털어먹은후에는볼품좋게 여비를주어서쫓는것이었다. 삼십까지백만원. 주체할수없이 달라붙는계집. 자네도공연히꾸물꾸물하지말고 청춘을이렇 게대우하라는것이었다. (거침없는오(吳)이야기) 어쩌다가아 니 — 어쩌다가나는이렇게훨씬물러앉고말았나를알수가없었 다. 다만모든이런오(吳)의저속한큰소리가맹탕거짓말같기도 하였으나 또아니부러워할래야아니부러워할수없는 형언안되 는것이확실히있는것도같았다.

지난봄에오(吳)는인천에있었다. 십년 — 그들의깨끗한우 정이꿈과같은그들의소년시대를그냥아름다운것으로남기게 하였다. 아직싹트지않은이른봄 건강이없는그는오(吳)와사직 공원산기슭을같이걸으며 오(吳)가긴히이야기해야겠다는이 야기를듣고있었다. 너무나뜻밖의일은 — 오(吳)의아버지는 백만의가산을날리고마지막경매가완전히끝난것이바로엊그 제라는 — 여러형제가운데이오(吳)에게만단한줄기촉망을두 는늙은기미호걸*의애끊는글을오(吳)는속주머니에서꺼내보 이고 — 저버릴수없는마음이 — 오(吳)는운다. — 우리일생 이일로정하고있던화필을요만일에버려지않으면안되겠느냐 는 — 전에도후에도한번밖에없는오(吳)의종종한**고백이었다. 그때그는봄과함께건강이오기만눈이빠지게고대하던차 — 그

---

* '기미호걸'은 미두(米豆)장이를 하던 오 군의 아버지를 가리키는 말이다. '기미(期米)'는 '정기미(定期米)'라는 뜻이며, 양곡 거래소에서 정기 거래의 목 적물이 되는 쌀을 말한다.
** 종종(淙淙)하다. 물이 흐르는 소리가 나다.

도속으로화필을던진지오래였고 — 묵묵히멀지않아쪼개질축
축한지면을굽어보았을뿐이었다. 그리고뒤미처태풍이왔다.
오너라 — 내생활을좀보아라. — 이런오(吳)의부름을빙그레
웃으며 그는인천의오(吳)를들렀다. 사사(四四) — 벅적대는해
안통 — K취인점사무실 — 어디로갔는지모르는오(吳)의형영
깎은듯한오(吳)의집무태도를그는여전히건강이없는눈으로어
이없이들여다보고오는날을오는날을탄식하였다. 방은전화자
리하나를남기고빽빽히방안지로메꿔져있었다. 낡기도전에갈
리는방안지위에붉은선푸른선의높고낮은것 — 오(吳)의얼굴
은일시일각이한결같지않았다. 밤이면오(吳)를따라양철조각
같은바(bar)로얼마든지쏘다닌다음 — (시키시마*) — 나날이
축가는몸을다스릴수없었건만 이상스럽게오(吳)는여섯시면
깨었고깨어서는홰등잔같은눈알을이리굴리고저리굴리고 빨
간뺨이까딱하지않고아홉시까지는해안통사무실에낙자없이
있었다. 피곤하지않은오(吳)의몸이아마금강력과함께 — 필
연 — 무슨도(道)고도를통하였나보다. 낮이면오(吳)의아버지
는울적한심사를하나남은가야금에붙이고이따금자그마한수
첩에믿는아들에게서설리는선화를만족한듯이석는다. 미닫이
를열면경인열차가가끔보인다. 그는오의털외투를걸치고월미
도뒤를돌아드문드문아직도덜진꽃나무사이잔디위에자리를
잡고반듯이누워서봄이오고건강이아니온것을글탄하였다. 내
다보이는바다 — 개흙밭위로바다가한벌드나들더니날이저물

---

* 敷島. 원뜻은 일본 '야마토(大和國)'의 다른 이름이다. 여기서는 '바'의 상호.

고저물고하였다. 오후네시오(吳)는휘파람을불며이날마다같은잔디로그를찾아온다. 천막친데서흔들리는포터블을들으며차를마시고사슴을보고너무긴방죽중간에서좀선선한아이스크림을사먹고굴캐는것좀보고오방(吳房)에서신문과저녁이정답게끝난다. 이러한달 ― 오월 ― 그는바로그잔디위에서어느덧배따라기를배웠다. 흉중에획책하던일이날마다한켜씩바다로흩어졌다. 인생에대한끝없는주저를잔뜩지니고 인천서돌아온그이방에서는아내의자취를찾을길이없었다. 부모를배역한이런아들을아내는기어이이렇게잘뻥겨주는구나 ― (문학) (시) 영구히인생을망설거리기위하여길아닌길을내디뎠다그러나또튀려는마음 ― 삐뚤어진젊음 (정치) 가끔그는투어리스트뷰로*에전화를걸었다. 원양항해의배는늘방안에서만기적도불고입항도하였다. 여름이그가땀흘리는동안에가고 ― 그러나그의등의땀이걷히기전에왕복엽서모양으로아내가초조히돌아왔다. 낡은잡지속에섞여서배고파하는그를먹여살리겠다는것이다. 왕복엽서 ― 없어진반 ― 눈을감고아내의살에서허다한지문내음새를맡았다. 그는그의생활의서술에귀찮은공을쳤다. 끝났다. 믹여라믹으마 미리도같리고. 머리기기는십전짜리인두 ― 속옷밖에필요치않은하루 ― R카페 ― 뚱뚱한유카다앞에서얻은백원 ― 그러나그백원을그냥쥐고인천오(吳)에게로달려가는그의귀에는지난오월오(吳)가 ― 백원을가져오너라우선석달만에 백원내놓고오백원을주마. ― 는

---

* tourist bureau. 여행사.

분간할수없지만너무든든한한마디말이쟁쟁하였던까닭이다. 그리고도전하는그에게아내는제발이저려그랬겠지만잠자코있었다. 당하였다. 신문에서배시간표를더러보기도하였다. 오(吳)는두서너번편지로그의그런생활태도를여간칭찬한것이아니다. 오(吳)가경성으로왔다. 석달은한달전에끝이났는데 — 오(吳)는인천서오(吳)에게버는족족털어바치던아내(라고오(吳)는결코부르지않았지만.)를벗어버리고 — 그까짓것은하여간에오(吳)의측량할수없는깊은우정은그넉달전의일도또한달전에으레있었어야할일도광풍제월같이잊어버린 — 참반가운편지가요며칠전에 그의닫은생활을뚫고들어왔다. 그는가을과겨울을잤다. 계속하여자는중이었다. — 예이그래이사람아한번파치*가된계집을또데리고살다니하는오(吳)의필시그럴공연한쑥석질도싫었었고 — 그러나크리스마스 — 아니다. 어디그꿩구워먹은좋은얼굴을좀보아두자 — 좋은얼굴 — 전날의오(吳) — 그런것이지. — 주체할수없게되기전에여기다가동그라미를하나쳐두자. — 물론아내는아무것도모른다.

2

그날밤에아내는멋없이층계에서굴러떨어졌다. 못났다.
도저히알아볼수없는이긴가민가한오(吳)와그는어디서술

---

* 파손되어서 못 쓰게 된 물건.

을먹었다. 분명히아내가다니고있는R회관은아닌그러나역
시그는그의아내와조금도틀린곳을찾을수없는너무많은그의
아내들을보고소름이끼쳤다. 별의별세상이다. 저렇게해놓으
면어떤것이어떤것인지 ― 오 ― 가는것을보면알겠군. ― 두
시에는남편노릇하는사람들이일일이영접하러오는그들여
급의신기한생활을그는들어알고있다. 아내는마중오지않는
그를애정을구실로몇번이나책망하였으나 들키면어떻게하
려느냐. ― 누구에게 ― 즉 ― 상내는보기싫은넓적하게생
긴세상이다. 그는이왔다갔다하는똑같이생긴화장품 ― 사
실화장품의고하가그들을구별시키는외에는표난데라고는
영없었다. ― 얼숭덜숭한아내들을두리번두리번돌아보았
다. 헤헤 ― 모두그렇겠지. ― 가서는방에서 ― (참당신은너
무닮았구려.) ― 그러나내아내는화장품을잘사용하지않으니
까. ― 아내의파리한바탕주근깨 ― 코보다작은코, 입보다얇
은입 ― (화장한당신이화장안한아내를닮았다면?) ― "용서하
오." ― 그러나내아내만은 왜그렇게야위나. 무엇때문에(네
피) (네가부르느냐.) (안지) 그러나이여자를좀보아라. 얼마나
이글이글하게살이알르나 잘쪘다. 곁에와있기만하는데노후
끈후끈하는구나. 오(吳)의귓속말이다. "이게마유미야이뚱뚱
보가 ― 하릴없이양돼진데좋아좋단말이야. ― 금알낳는게사
니이야기*알지(알지.)즉화수분이야. ― 하룻저녁에삼원사원
오원 ― 잡힐물건이없는데돈주는전당국이야(정말?)아 ― 나

---

* 황금 알을 낳는 거위 이야기. '게사니'는 '거위'의 사투리.

의사랑하는마유미거든." 지금쯤은아내도저짓을하렸다. 아
프다. 그의찌푸린얼굴을얼른오(吳)가껄껄웃는다. 흥 — 고약
하지. — 하지만들어보게. — 소바*에계집은절대금물이다. 그
러나살을저며먹이려고달려드는것을어쩌느냐 (옳다옳다.) 계
집이란무엇이냐돈없이계집은무의미다 — 아니, 계집없는돈
이야말로무의미다. (옳다옳다.) 오(吳)야어서다음을계속하여
라. 따면따는대로금시계를산다몇개든지, 또보석, 털외투를산
다, 얼마든지비싼것으로. 잃으면그놈을끄린다옳다. (옳다옳
다.) 그러나이짓은좀안타까운걸. 어떻게하는고하니계집을하
나찰짜**로골라가지고 쓱 시계보석을사주었다가도로빼앗아
다가끄리고 또사주었다가또빼앗아다가끄리고 — 그러니까
사주기는사주었는데그놈이평생가야제것이아니고내것이거
든. — 쓱얼마를그런다음에는 — 그러니까꼭여급이라야만쓰
거든. — 하룻저녁에아따얼마를벌든지버는대로털거든. — 살
을저며먹이려는데하루에아삼사원털기쯤 — 보석은또여전
히사주니까남는것은없어도여러번사준폭되고내가거미지, 거
민줄알면서도 — 아니야, 나는또제요구를안들어주는것은아
니니까. — 그렇지만셋방하나얻어가지고 같이살자는데는학
질이야. — 여보게거기까지만가면삼십까지백만원꿈은세봉***
이지. (옳다?옳다?) 소바란놈따가부자되는수효보다는지금
거지되는수효가훨씬더많으니까, 다, 저런것이하나있어야든

---

* 일본어 相場. 여기서는 미두(米豆) 또는 미두장이를 가리킨다.

** 성질이 수더분하지 않고 몹시 깐깐한 사람.

*** 좋지 않은 일, 큰 탈이 날 일을 이르는 속어.

든하지. 즉배수진을쳐놓자는것이다. 오(吳)는현명하니까이금 알낳는게사니배를가를리는천만만무다. 저더덕덕덕붙은볼따 구니두껍다란입술이생각하면다시없이귀엽기도할밖에.

그의눈은주기로하여차차몽롱하여들어왔다개개풀린시선 이그마유미라는고깃덩어리를부러운듯이살피고있었다. 아 내 — 마유미 — 아내 — 자꾸말라들어가는아내 — 꼬챙이 같은아내 — 그만좀마르지. — 마유미를좀보려무나. — 넓적 한잔등이푼더분한푹, 폭(幅), 북을 — 세상은고르지도못하 지. — 하나는옥수수과자모양으로무럭무럭부풀어오르고하나 는눈에보이듯이오그라들고 — 보자어디좀보자. — 인절미굽 듯이부풀어올라오는것이눈으로보이렸다. 그러나그의눈은어 항에든금붕어처럼눈자위속에서그저오르락내리락꿈틀거릴 뿐이었다. 화려하게웃는마유미의복스러운얼굴이해초처럼느 리게움직이는것이희미하게보일뿐이었다. 오(吳)는이런코를 찌르는화장품속에서웃고소리지르고손뼉을치고또웃었다.

왜오(吳)에게만저런강력한것이있나. 분명히오(吳)는마유 미에게여위시못하도록글하여놓았으리라. 명령하여놓았나보 다. 장하다. 힘. 의지. —? 그런강력한것 — 그런것은어디서나 오나. 내 — 그런것만있다면이노릇안하지. — 일하지. — 하여 도잘하지. — 들창을열고뛰어내리고싶었다. 아내에게서 그악 착한끈나풀을끌러던지고훨훨줄달음박질을쳐서달아나버리 고싶었다. 내의지가작용하지않는온갖것아, 없어져라. 닫자. 첩첩이닫자. 그러나이것도힘이아니면 무엇이랴 — 시뻘겋게 상기한눈이살기를띠고명멸하는황홀겸담벼락에숨쉬일구멍

을찾았다. 그냥벌벌떨었다. 텅비인골속에회오리바람이일어
난것같이완전히전후를가리지못하는일개그는추잡한취한으
로화하고말았다.

　　그때마유미는그의귀에다대이고속삭인다. 그는목을움칫
하면서혀를내밀어널름널름하여보였다. 그러나저러나너무먹
었나보다 ─ 취하기도취하였거니와이것은배가좀너무부르
다. 마유미무슨이야기요. "저이가거짓말쟁인줄제가모르는
줄아십니까. 알아요(그래서)미술가라지요. 생딴전을해놓겠
지요. 좀타일러주세요 ─ 어림없이그러지말라구요. ─ 이마
유미는속는게아니라구요. ─ 제가이러는게그야좀반하긴반
했지만. ─ 선생님은아시지요(알고말고.)어쨌든저따위끄나풀
이한마리있어야삽니다. (뭐? 뭐?)생각해보세요 ─ 그래하룻
밤에삼사원씩벌어야뭣에다쓰느냐말이에요. ─ 화장품을사
나요?옷감을끊나요하긴한두번아니여남은번까지는아주비싼
놈으로골라서그짓도하지요 ─ 하지만허구한날화장품을사
나요옷감을끊나요?거기다뭐하나요. ─ 얼마못가서싫증이납
니다. ─ 그럼거지를주나요? 아이구참 ─ 이세상에서제일미
운게기집니다. 그래두저런끄나풀을한마리가지는게화장품이
나옷감보다는훨씬낫습니다. 좀처럼싫증나는법이없으니까
요 ─ 즉남자가외도하는 ─ 아니 ─ 좀다릅니다. 하여간싸움
을해가면서벌어다가그날저녁으로저끄나풀한테빼앗기고나
면 ─ 아니송두리째갖다바치고나면속이시원합니다. 구수합
니다. 그러니까저를빨아먹는거미를제손으로기르는세음이지
요. 그렇지만또이허전한것을저끄나풀이다수굿이채워주거니

하면아까운생각은커녕즈이가되려거민가싶습니다. 돈을한푼
도벌지말면그만이겠지만인제그만해도이생활이살에척배어
버려서얼른그만두기도어렵고 허자니그러기는싫습니다. 이를
북북갈아제쳐가면서기를쓰고빼앗습니다."

양말 ── 그는아내의양말을생각하여보았다. 양말사이에서
는신기하게도 밤마다지폐와은화가나왔다. 오십전짜리가딸
랑하고방바닥에굴러떨어질때 듣는그음향은이세상아무것에
도 비길수없는가장숭엄한짐각에 틀림없었다. 오늘밤에는 아
내는또몇개의그런은화를정강이에서배앝아놓으려나그북어
와같은종아리에난돈자국 ── 돈이살을파고들어가서 ── 고놈
이아내의정기를속속들이빨아내이나보다. 아 ── 거미 ── 잊
어버렸던거미 ── 돈도거미 ── 그러나눈앞에놓여있는너무
나튼튼한쌍거미 ── 너무튼튼하지않으냐. 담배를한대피워물
고 ── 참 ── 아내야. 대체내가무엇인줄알고죽지못하게이렇게
먹여살리느냐 ── 죽는것 ── 사는것 ── 그는천하다. 그의존재
는너무나우스꽝스럽다. 스스로지나치게비웃는다.

그리ㅏ ── 누시 ── 그황홀한동굴 ── 방(房) ── 을향하여그의
걸음은빠르다. 여러골목을지나 ── 오(吳)야너는너살네로가기
라. ── 따뜻하고밝은들창과들창을볼적마다 ── 닭 ── 개 ── 소
는이야기로만 ── 그리고그림엽서 ── 이런펄펄끓는심지를부
여잡고그화끈화끈한방을향하여쏟아지듯이몰려간다. 전신의
피 ── 무게 ── 와있겠지. ── 기다리겠지. ── 오래간만에취한실
없는사건 ── 허리가녹아나도록이녀석 ── 이녀석 ── 이엉뚱한
발음 ── 숨을힘껏들이쉬어두자. 숨을힘껏쉬어라. 그리고참자.

에라. 그만아주미쳐버려라.

그러나웬일일까. 아내는방에서기다리고있지않았다. 아하 — 그날이왔구나. 왜갔는지모르는데가버리는날 — 하필? 그러나 (왜왔는지알기전에) 왜갔는지모르고 지내는중에 너는또오려느냐 — 내친걸음이다. 아니 — 아주닫아버릴까. 수챗구멍에빠져서라도섣불리세상이업신여기려도업신여길수없도록 — 트집거리를주어서는안된다. R카페 — 내일A취인점이고객을초대하는망년회를열 — 아내 — 뚱뚱주인이받아가지고간 내인사 — 이저주받아야할R카페의뒷문으로하여주춤주춤그는조바*에그의헙수룩한꼴을나타내었다. 조바내다안다 — 너희들이얼마에사다가얼마에파나. — 알면무엇을하나. — 여보안경쓴부인말좀물읍시다. (아이구복작거리기도한다이속에서어떻게들사누.) 부인은통신부같이생긴종잇조각에차례차례도장을하나씩만찍어준다. 아내는일상말하였다. 얼마를벌든지일원씩만갚는법이라고 — 딴은무이자다. — 어째서무이자냐. — (아느냐.) — 돈이 — 같지않더냐. — 그야말로도통을하였느냐. 그래"니미코가어디있습니까." "댁에서오셨나요지금경찰서에가있습니다." "뭘잘못했나요." "아아니 — 이거어째이렇게칠칠치가못할까."는듯이칼을들고나온쿡이똑똑히좀들으라는이야기다. 아내는층계에서굴러떨어졌다. 넌왜요렇게빼빼말랐니 — 아야아야노세요말좀해봐아야아야노세

---

* 일본어 帳場. 상점, 여관, 요리점 등에서 장부를 기록하거나 돈을 계산하는 곳. 카운터.

요. (눈물이핑돌면서) 당신은왜그렇게양돼지모양으로살이쪘소오 ─ 뭐이, 양돼지? ─ 양돼지가아니고. ─ 에이발칙한것. 그래서발길로채였고채여서는층계에서굴러떨어졌고굴러떨어졌으니분하고 ─ 모두분하다. "과히다치지는않았지만 그런놈은버릇을좀가르쳐주어야하느니그래경관은내가불렀소이다."말라깽이라고그런점잖은손님의농담에어찌외람히말대꾸를하였으며말대꾸도유분수지양돼지라니 ─ 그래생각해보아라네가말라깽이가아니고무엇이냐. ─ 암. ─ 내라도양돼지소리를듣고는 ─ 아니말라깽이소리를듣고는 ─ 아니양돼지소리를듣고는 ─ 아니다아니다말라깽이소리를듣고는 ─ 나도사실은말라깽이지만 ─ 그저있을수없다. ─ 양돼지라 그래줄밖에. ─ 아니그래양돼지라니그런괘씸한소리를듣고내가손님이라면 ─ 아니내가여급이라면 ─ 당치않은말 ─ 내가손님이라면그냥패주겠다. 그렇지만아내야양돼지소리한마디만은잘했다그러니까걷어채였지 ─ 아니 나는대체누구편이냐누구편을들고있는세음이냐. 그대그락대그락하는몸이은근히다쳤겠지 ─ 집씨께지듯했겠지. ─ 아프다. 아프다. 앞이다캄캄하여지기전에 사부로*가씨근씨근왔다. 님편되는이더러오랃닫디. 바로나요 ─ 마침잘되었습니다. 나쁜놈입니다. 고소하세요. 여급들과보이들과이다바**들의동정은실로나미코일신위에집중되어형세자못온건치않은것이었다.

───────────

* 일본어로 '동류 중의 셋째'.
** 일본어로 '조리사'.

경찰서숙직실—이상하다.—우선경부보와 순사그리고오(吳)R카페뚱뚱주인 그리고과연양돼지와같은범인 (저건내라도양돼지라고자칫그러기쉬울걸.) 그리고난로앞에새파랗게질린채쪼그리고앉아있는새앙쥐만하아내—그는일빠진사람모양으로이진기한—도저히있을법하지않은콤비네이션을몇번이고두루살펴보았다. 그는비칠비칠그양돼지앞으로가서그개기름흐르는얼굴을한참이나들여다보더니 떠억 "당신입디까." "당신입디까." 아마안면이무던히있나보다서로쳐다보며빙그레웃는속이—그러나아내야가만있자.—제발울음을그쳐라어디이야기나좀해보자꾸나. 후한—숨을내쉬고났더니멈췄던취기가한꺼번에치밀어올라오면서그는금시로그자리에쓰러질것같았다. 와이샤쓰자락이바지밖으로삐져나온이양돼지에게말을건넨다. "뵈옵기에퍽몸이약하신데요." "딴말씀." "딴말씀이라니." "딴말씀이지." "딴말씀이시라니." "허딴말씀이라니까." "허딴말씀이라니까라니." 그때참다못하여경부보가소리를질렀다. 그리고 그대가나미코의정당한남편인가. 이름은무엇인가직업온무엇인가하는질문에는질문마다 그저한없이공손히고개를숙여주었을뿐이었다. 고개만그렇게공연히숙였다치켰다할것이아니라그대는그래고소할터인가즉말하자면이사람을어떻게하였으면좋겠는가. 그렇습니다. (당신들눈에내가구더기만큼이나보이겠소? 이사람을어떻게하였으면좋을까는내가모르면경찰이알겠거니와 그래내가하라는대로하겠다는말이오?) 지금내가어떻게하였으면좋을까는누구에게물어보아야되나요. 거기섰는오(吳) 그리고내아내의주인 나를위히여가르쳐주소, 어떻게하였으면좋으리까눈물이어느사이에뺨을흐르고있었다. 술이점점더취하여들어온다. 그는이자리에서어떻다고차마입을벌릴정신도용기도없었다. 오(吳)와뚱뚱주인이그의어깨를건드리며위로한다. "다른사람이아니라우리A취인점전무야. 술취한개라니 그렇게만알게나그려. 자네도알다시피내일망년회에전무가없으면사장이없는것이상이야. 잘화해할수는없나." "화해라니누구를위해서." "친구를위하여." "친구라니." "그럼우리짐을위해서." "자네가사장인가." 그때뚱뚱주인이 "그럼당신의아내를위하여." 백원씩두번얻어썼다. 남은것이백오십원 ── 잘알아들었다. 나를위협하는모양이구나. "이건동화지만세상에는어쨌든이런일도있소. 즉백원이석달만에꼭오백원이되는이야긴데꼭되었어야할오백원이그게넉달이었기때문에감쪽같이한푼도없어져버린신기한이야기요. (오(吳)야내가좀치사스러우냐.) 자이런일도있는데 일개여급발길로차는것쯤이야팥고물이아니고무엇이겠소? (그러나오(吳)야일없다일없다.) 자나는가겠소왜들이렇게성가시게구느냐, 나는아무것에도참견하기싫다. 이술을곱게삭이고싶다. 나를보내주시오아내를데리고가겠소. 그러고는다마음대로하시오."

밤 ── 홍수가고갈한최초의밤 ── 신기하게도건조한밤이었다아내야너는이이상더야위어서는안된다절대로안된다명령해둔다. 그러나아내는참새모양으로깽깽신열까지내어가면서날이새도록앓았다. 그곁에서그는이것은너무나염치없이씨근씨근쓰러지자마자잠이들어버렸다. 안골던코까지골고 ─ 아 ─ 정말양돼지는누구냐 너무피곤하였던것이다. 그냥기가막혀버렸던것이다.

그동안 ─ 긴시간.

아내는아침에나갔다. 사부로가부르러왔기때문이다. 경찰서로간단다. 그도오란다. 모든것이귀찮았다. 다리저는아내를억지로내어보내놓고그는인간세상의하품을한번커다랗게하였다. 한없이게으른것이역시제일이구나. 첩첩이덧문을닫고앓는소리없는방안에서이번에는정말 ─ 제발될수있는대로아내는오래걸려서이따가저녁때나되거든돌아왔으면그러든지. ─ 경우에따라서는아내가아주가버리기를바라기조차하였다. 두다리를쭉뻗고깊이깊이잠이좀들어보고싶었다.

오후두시 ─ 십원지폐가두장이었다. 아내는그앞에서연해해죽거렸다. "누가주더냐." "당신친구오씨가줍디다." 오(吳)오(吳)역시오(吳)로구나(그게네백원꿀떡삼킨동화의주인공이다.) 그리운지난날의기억들변한다모든것이변한다. 아무리그가이방덧문을첩첩닫고일년열두달을수염도안깎고누워있다하더라도세상은그잔인한'관계'를가지고담벼락을뚫고스며든다. 오래간만에잠다운잠을참한참늘어지게잤다. 머리가차츰차츰맑아들어온다. "오(吳)가주더라 그래뭐라고그러면서주더냐." "전무가술이깨서참잘못했다고사과하더라고." "너대체어디까지갔다왔느냐." "조바까지." "잘한다그래그걸넙죽받았느냐." "안받으려다가정잘못했다고그러더라니까." 그럼오(吳)의돈은아니다. 전무? 뚱뚱주인 둘다있을법한일이다. 아니, 십원씩추렴인가, 이런때에그의머리는맑은가. 그냥흐려서 아무것도생각할수없이되어버렸으면작히좋겠나. 망년회 오후. 고소. 위자료. 구더기. 구더기만도못한인간아내는. 아프다면서재재대인다. "공돈이생겼으니써버립시다. 오늘은안나갈테야(멍든데고약사바를생각은꿈에도하지않고) 내일낮에치마가한감저고리가한감(뭣이하나뭣이하나) (그래서십원은까불린다음) 나머지십원은당신구두한켤레맞춰주기로." 마음대로하려무나. 나는졸립다. 졸려죽겠다. 코를풀어버리더라도내게의논마라. 지금쯤 R 회관삼층에얼마나상중힌언히가열렸을것이며 양돼지전무는와이샤쓰를접어넣고얼마나점잖을것인가. 유치장에서연회로(공장에서가정으로)이십원짜리 ─ 이백여명 ─ 칠면조 ─ 햄 ─ 소시지 ─ 비계 ─ 양돼지 ─ 일년전이년전십년전 ─ 수염 ─ 냉회와같은것 ─ 남은것 ─ 뼈다귀 ─ 지저분한자국 ─ 과 무엇이남았느냐. ─ 닫은일년동안 ─ 산채썩어들어가는그앞에가로놓인아가리딱벌린일월이었다.

위로가될수있었나보다. 아내는혼곤히잠이들었다. 전등이딱들하다는듯이물끄러미내려다보고있다. 진종일을물한모금마시지않았다. 이십원때문에그들부부는먹어야산다는 철칙을 ─ 그장숭한법률을 완전히 거역할수있었다.

이것이지금이기괴망측한생리현상이즉배가고프다는상태렷다. 배가고프다. 한심한일이다. 부끄러운일이었다. 그러나오(吳) 네생활에내생활을비교하여 아니 내생활에네생활을비교하여어떤것이진정우수한것이냐. 아니 어떤것이진정열등한것이냐. 외투를걸치고모자를었고 ─ 그리고잊어버리지않고그이십원을주머니에넣고집 ─ 방을나섰다. 밤은안개로

하여흐릿하다. 공기는제대로썩어들어가는지쉬적지근하여. 또 ─ 과연거미다. (환투) ─ 그는그의손가락을코밑에가져다가가만히맡아보았다. 거미내음새는 ─ 그러나이십원을요모조모주무르던그새금한지폐내음새가참그윽할뿐이었다. 요새금한내음새 ─ 요것때문에세상은가만있지못하고생사람을더러잡는다. ─ 더러가뭐냐. 얼마나많이축을내나. 가다듬을수없는어지러운심정이었다. 거미 ─ 그렇지. ─ 거미는나밖에없다. 보아라. 지금이거미의끈적끈적한촉수가어디로몰려가고있나 ─ 쪽 소름이끼치고식은땀이내솟기시작이다.

노한촉수 ─ 마유미 ─ 오(吳)의자신있는계집 ─ 끄나풀 ─ 허전한것 ─ 수단은없다. 손에쥐인이십원 ─ 마유미 ─ 십원은술먹고십원은팁으로주고그래서마유미가응하지않거든 예이 양돼지라고그래버리지. 그래도그만이라면이십원은그냥날아가 ─ 헛되다. ─ 그러나어떠냐공돈이아니냐. 전무는한번더아내를층계에서굴러떨어뜨려주려무나. 또이십원이다. 십원은술값십원은팁. 그래도마유미가응하지않거든 양돼지라고그래주고 그래도그만이면이십원은그냥뜨는것이다부탁이다. 아내야 또한번전무귀에다대이고 양돼지 그래라. 걷어차거든두말말고층계에서내리굴러라.

《중앙(中央)》, 1936년 6월, 230~242쪽.

날개

'박제가 되어 버린 천재'를 아시오? 나는 유쾌하오. 이런 때
연애까지가 유쾌하오.

육신이 흐느적흐느적하도록 피로했을 때만 정신이 은화(銀
貨)처럼 맑소. 니코틴이 내 횟[蛔]배 앓는 배 속으로 숨으면 머
릿속에 의례히 백지가 준비되는 법이오. 그 위에다 나는 위트
와 패러독스를 바둑 포석처럼 늘어놓소. 가공(可恐)할 상식의
병이오.

나는 또 여인과 생활을 설계하오. 연애 기법에마저 서먹서
먹해진 지성(智性)의 극치를 흘깃 좀 들여다본 일이 있는, 말하
자면 일종의 정신분일자(精神奔逸者) 말이오. 이런 여인의 반
(半)─그것은 온갖 것의 반이오.─만을 영수(領受)하는 생활
을 설계한다는 말이오. 그런 생활 속에 한 발만 들여놓고 흡사

두 개의 태양처럼 마주 쳐다보면서 낄낄거리는 것이오. 나는 아마 어지간히 인생의 제행(諸行)이 싱거워서 견딜 수가 없게끔 되고 그만둔 모양이오. 굿바이.

굿바이. 그대는 이따금 그대가 제일 싫어하는 음식을 탐식하는 아이러니를 실천해 보는 것도 좋을 것 같소. 위트와 패러독스와…….

그대 자신을 위조하는 것도 할 만한 일이오. 그대의 작품은 한 번도 본 일이 없는 기성품에 의하여 차라리 경편(輕便)하고 고매(高邁)하리다.

19세기는 될 수 있거든 봉쇄하여 버리오. 도스토엡스키 정신이란 자칫하면 낭비인 것 같소. 위고를 불란서의 빵 한 조각이라고는 누가 그랬는지 지언(至言)인 듯싶소. 그러나 인생 혹은 그 모형에 있어서 디테일 때문에 속는다거나 해서야 되겠소? 화(禍)를 보지 마오. 부디 그대께 고하는 것이니…….

(테이프가 끊어지면 피가 나오. 생채기도 머지않아 완치될 줄 믿소. 굿비이.)

감정은 어떤 포즈. (그 포즈의 소(素)만을 지적하는 것이 아닌지나 모르겠소.) 그 포즈가 부동자세에까지 고도화할 때 감정은 딱 공급을 정지합데다.

나는 내 비범한 발육을 회고하여 세상을 보는 안목을 규정

(規定)하였소.

여왕봉(女王蜂)과 미망인——세상의 하고많은 여인이 본질적으로 이미 미망인 아닌 이가 있으리까? 아니! 여인의 전부가 그 일상에 있어서 개개 '미망인'이라는 내 논리가 뜻밖에도 여성에 대한 모독이 되오? 굿바이.

그 33번지라는 것이 구조가 흡사 유곽이라는 느낌이 없지 않다. 한 번지에 18가구가 죽 어깨를 맞대고 늘어서서 창호가 똑같고 아궁이 모양이 똑같다. 게다가 각 가구에 사는 사람들이 송이송이 꽃과 같이 젊다. 해가 들지 않는다. 해가 드는 것을 그들이 모른 체하는 까닭이다. 턱살* 밑에다 철 줄을 매고 얼룩진 이부자리를 널어 말린다는 핑계로 미닫이에 해가 드는 것을 막아 버린다. 침침한 방 안에서 낮잠들을 잔다. 그들은 밤에는 잠을 자지 않나? 알 수 없다. 나는 밤이나 낮이나 잠만 자느라고 그런 것은 알 길이 없다. 33번지 18가구의 낮은 참 조용하다.

그 중한 것은 낮뿐이다. 어둑어둑하면 그들은 이부자리를 걷어 들인다. 전등 불이 켜진 뒤의 18가구는 낮보다 훨씬 화려하다. 저물도록 미닫이 여닫는 소리가 잦다. 바빠진다. 여러 가지 내음새가 나기 시작한다. 비웃** 굽는 내, 탕고도란*** 내,

---

* 문 아래턱의 바깥 부분에 가로질러 붙여 놓은 나무토막.
** 식료품으로 청어를 일컫는 말.
*** 1930년대에 여성들이 많이 쓰던 화장품의 상표 이름. 현재의 파운데이션과 흡사한 것.

뜨물 내, 비눗내······.

그러나 이런 것들보다도 그들의 문패가 제일로 고개를 끄덕이게 하는 것이다. 이 18가구를 대표하는 대문이라는 것이 일각이 져서 외따로 떨어지기는 했으나 있다. 그러나 그것은 한 번도 닫힌 일이 없는 한길이나 마찬가지 대문인 것이다. 온갖 장사치들은 하루 가운데 어느 시간에라도 이 대문을 통하여 드나들 수 있는 것이다. 이네들은 문간에서 두부를 사는 것이 아니라 미닫이만 열고 방에서 두부를 사는 것이다. 이렇게 생긴 33번지 대문에 그들 18가구의 문패를 몰아다 붙이는 것은 의미가 없다. 그들은 어느 사이엔가 각 미닫이 위 백인당(百忍堂)이니 길상당(吉祥堂)이니 써 붙인 한 곁에다 문패를 붙이는 풍속을 가져 버렸다.

내 방 미닫이 위 한 곁에 칼표 딱지*를 넷에다 낸 것만 한 내—아니! 내 아내의 명함이 붙어 있는 것도 이 풍속을 좋은 것이 아닐 수 없다.

나는 그러나 그들의 아무와도 놀지 않는다. 놀지 않을 뿐만 아니라 인사도 않는다. 나는 내 아내와 인사하는 외에 누구와도 인사하고 싶지 않았다.

내 아내 외의 다른 사람과 인사를 하거나 놀거나 하는 것은 내 아내 낯을 보아 좋지 않은 일인 것만 같이 생각이 들었기

---

* 여기서 '칼표'는 당시의 담뱃갑의 상표 도안을 말한다. '딱지'는 우표나 증지(證紙) 또는 어떤 마크를 그린 종잇조각의 속칭이다.

때문이다. 나는 이만큼까지 내 아내를 소중히 생각한 것이다.

내가 이렇게까지 내 아내를 소중히 생각한 까닭은 이 33번지 18가구 가운데서 내 아내가 내 아내의 명함처럼 제일 작고 제일 아름다운 것을 안 까닭이다. 18가구에 각기 별러* 든 송이송이 꽃들 가운데서도 내 아내가 특히 아름다운 한 떨기의 꽃으로 이 함석지붕 밑 볕 안 드는 지역에서 어디까지든지 찬란하였다. 따라서 그런 한 떨기 꽃을 지키고, 아니 그 꽃에 매달려 사는 나라는 존재가 도무지 형언할 수 없는 거북살스러운 존재가 아닐 수 없었던 것은 물론이다.

나는 어디까지든지 내 방이 ─집이 아니다. 집은 없다.─마음에 들었다. 방 안의 기온은 내 체온을 위하여 쾌적하였고, 방 안의 침침한 정도가 또한 내 안력을 위하여 쾌적하였다. 나는 내 방 이상의 서늘한 방도, 또 따뜻한 방도 희망하지 않았다. 이 이상으로 밝거나 이 이상으로 아늑한 방을 원하지 않았다. 내 방은 나 하나를 위하여 요만한 정도를 꾸준히 지키는 것 같이 늘 내 방에 감사하였고 나는 또 이런 방을 위하여 이 세상에 태어난 것만 같아서 즐거웠다.

그러나 이것은 행복이라든가 불행이라든가 하는 것을 계산하는 것은 아니었다. 말하자면 나는 내가 행복되다고도 생각할 필요가 없었고, 그렇다고 불행하다고도 생각할 필요가 없었다. 그냥 그날그날을 그저 까닭 없이 펀둥펀둥 게으르고만

---

* 비례에 맞춰서 여러 몫으로 나누다.

있으면 만사는 그만이었던 것이다.

내 몸과 마음에 옷처럼 잘 맞는 방 속에서 뒹굴면서, 축 처져 있는 것은 행복이니 불행이니 하는 그런 세속적인 계산을 떠난, 가장 편리하고 안일한, 말하자면 절대적인 상태인 것이다. 나는 이런 상태가 좋았다.

이 절대적인 내 방은 대문간에서 세어서 똑— 일곱째 칸이다. 러키세븐의 뜻이 없지 않다. 나는 이 일곱이라는 숫자를 훈장처럼 사랑하였다. 이런 이 방이 가운데 장지로 말미암아 두 칸으로 나뉘어 있었다는 그것이 내 운명의 상징이었던 것을 누가 알랴?

아랫방은 그래도 해가 든다. 아침결에 책보만 한 해가 들었다가 오후에 손수건만 해지면서 나가 버린다. 해가 영영 들지 않는 윗방이 즉 내 방인 것은 말할 것도 없다. 이렇게 볕 드는 방이 아내 방이요, 볕 안 드는 방이 내 방이오 하고 아내와 나 둘 중에 누가 정했는지 나는 기억하지 못한다. 그러나 나에게는 불평이 없다.

아내가 외출만 하면 나는 얼른 아랫방으로 와서 그 동쪽으로 난 들창을 열어 놓고, 열어 놓으면 들이비치는 볕살이 아내의 화장대를 비춰 가지각색 병들이 아롱이지면서 찬란하게 빛나고 이렇게 빛나는 것을 보는 것은 다시없는 내 오락이다. 나는 조꼬만 '돋보기'를 꺼내 가지고 아내만이 사용하는 지리가미*를 끄

---

* 일본어 塵紙(ちりがみ). '휴지'에 해당한다.

실러 가면서 불장난을 하고 논다. 평행광선을 굴절시켜서 한 초점에 모아 가지고 그 초점이 따끈따끈해지다가, 마지막에 는 종이를 끄시르기 시작하고 가느다란 연기를 내면서 드디 어 구멍을 뚫어 놓는 데까지에 이르는 고 얼마 안 되는 동안의 초조한 맛이 죽고 싶을 만치 내게는 재미있었다.

이 장난이 싫증이 나면 나는 또 아내의 손잡이 거울을 가지 고 여러 가지로 논다. 거울이란 제 얼굴을 비출 때만 실용품이 다. 그 외의 경우에는 노무지 장난감인 것이다.

이 장난도 곧 싫증이 난다. 나의 유희심은 육체적인 데서 정 신적인 데로 비약한다. 나는 거울을 내던지고 아내의 화장대 앞으로 가까이 가서 나란히 늘어놓인 고 가지각색의 화장품 병들을 들여다본다. 고것들은 세상의 무엇보다도 매력적이 다. 나는 그중의 하나만을 골라서 가만히 마개를 빼고 병 구멍 을 내 코에 가져다 대이고 숨죽이듯이 가벼운 호흡을 하여 본 다. 이국적인 센슈얼한 향기가 폐로 스며들면 나는 저절로 스 르르 감기는 내 눈을 느낀다. 확실히 아내의 체취의 파편이다. 나는 도로 병마개를 막고 생각해 본다. 아내의 어느 부분에서 요 내음새가 났던가를…… 그러나 그것은 분명치 않다. 왜? 아내의 체취는 여기 늘어섰는 가지각색 향기의 합계일 것이 니까.

아내의 방은 늘 화려하였다. 내 방이 벽에 못 한 개 꽂히지 않은 소박한 것인 반대로 아내 방에는 천장 밑으로 쫙 돌려 못 이 박히고 못마다 화려한 아내의 치마와 저고리가 걸렸다. 여러 가지 무늬가 보기 좋다. 나는 그 여러 조각의 치마에서 늘 아내의 동(胴)체와 그 동체가 될 수 있는 여러 가지 포즈를 연상하고 연상하면서 내 마음은 늘 점잖지 못하다.

그렇건만 나에게는 옷이 없었다. 아내는 내게는 옷을 주지 않았다. 입고 있는 코르덴* 양복 한 벌이 내 자리옷이었고 통상복과 나들이옷을 겸한 것이었다. 그리고 하이넥**의 스웨터가 한 조각 사철을 통한 내 내의다. 그것들은 하나같이 다 빛이 검다. 그것은 내 짐작 같아서는 즉 빨래를 될 수 있는 데까지 하지 않아도 보기 싫지 않도록 하기 위한 것이 아닌가 한다. 나는 허리와 두 가랑이 세 군데 다 고무 밴드가 끼어 있는 부드러운 사루마다***를 입고 그리고 아무 소리 없이 잘 놀았다.

어느덧 손수건만 해졌던 볕이 나갔는데 아내는 외출에서 돌아오지 않는다. 나는 요만 일에도 좀 피곤하였고 또 아내가 돌아오기 전에 내 방으로 가 있어야 될 것을 생각하고 그만 내 방으로 건너간다. 내 방은 침침하다. 나는 이불을 뒤집어쓰고 낮잠을 잔다. 한 번도 걷은 일이 없는 내 이부자리는 내 몸뚱이 외 일부분처럼 내게는 참 반갑다. 잠은 잘 오는 적도 있다. 그러나 또 전신이 까칫까칫하면서 영 잠이 오지 않는 적도 있다. 그런 때는 아무 제목으로나 제목을 하나 골라서 연구하였다. 나는 내 좀 축축한 이불 속에서 참 여러 가지 발명도 하였

---

* corded velveteen. 누빈 것처럼 골이 지게 짠 우단(羽緞) 비슷한 직물.
** high necked. 목둘레의 깃이 높은 옷.
*** 일본어 遠股(さるまた). 팬티보다 긴 속옷.

고 논문도 많이 썼다. 시도 많이 지었다. 그러나 그것들은 내가 잠이 드는 것과 동시에 내 방에 담겨서 철철 넘치는 그 흐늑흐늑한 공기에 다 비누처럼 풀어져서 온데간데가 없고 한참 자고 깬 나는 속이 무명 헝겊이나 메밀껍질로 띵띵 찬 한 덩어리 베개와도 같은 한 벌 신경(神經)이었을 뿐이고 뿐이고 하였다.

그러기에 나는 빈대가 무엇보다도 싫었다. 그러나 내 방에서는 겨울에도 몇 마리씩의 빈대가 끊이지 않고 나왔다. 내게 근심이 있었다면 오직 이 빈대를 미워하는 근심일 것이다. 나는 빈대에게 물려서 가려운 자리를 피가 나도록 긁었다. 쓰라리다. 그것은 그윽한 쾌감에 틀림없었다. 나는 혼곤히 잠이 든다.

나는 그러나 그런 이불 속의 사색생활에서도 적극적인 것을 궁리하는 법이 없다. 내게는 그럴 필요가 대체 없었다. 만일 내가 그런 좀 적극적인 것을 궁리해 내었을 경우에 나는 반드시 내 아내와 의논하여야 할 것이고 그러면 반드시 나는 아내에게 꾸지람을 들을 것이고 ―나는 꾸지람이 무서웠다느니보다도 성가셨다. 내가 제법 한 사람의 사회인의 자격으로 일을 해 보는 것도, 아내에게 사설 듣는 것도.

나는 가장 게으른 동물처럼 게으른 것이 좋았다. 될 수만 있으면 이 무의미한 인간의 탈을 벗어 버리고도 싶었다.

나에게는 인간 사회가 스스러웠다. 생활이 스스러웠다. 모두가 서먹서먹할 뿐이었다.

아내는 하루에 두 번 세수를 한다. 나는 하루 한 번도 세수를 하지 않는다. 나는 밤중 세 시나 네 시 해서 변소에 갔다. 달이 밝은 밤에는 한참씩 마당에 우두커니 섰다가 들어오곤 한다. 그러니까 나는 이 18가구의 아무와도 얼굴이 마주치는 일이 거의 없다. 그러면서도 나는 이 18가구의 젊은 여인네 얼굴들을 거반 다 기억하고 있었다. 그들은 하나같이 내 아내만 못하였다.

열한 시쯤 해서 하는 아내의 첫 번 세수는 좀 간단하다. 그러나 저녁 일곱 시쯤 해서 하는 두 번째 세수는 손이 많이 간다. 아내는 낮에보다도 밤에 더 좋고 깨끗한 옷을 입는다. 그리고 낮에도 외출하고 밤에도 외출하였다.

아내에게 직업이 있었던가? 나는 아내의 직업이 무엇인지 알 수 없다. 만일 아내에게 직업이 없었다면, 같이 직업이 없는 나처럼 외출할 필요가 생기지 않을 것인데—아내는 외출한다. 외출할 뿐만 아니라 내객이 많다. 아내에게 내객이 많은 날은 나는 온종일 내 방에서 이불을 쓰고 누워 있어야만 된다. 불장난도 못한다. 화장품 내음새도 못 맡는다. 그린 날은 나는 의식적으로 우울해하였다. 그러면 아내는 나에게 돈을 준다. 오십 전짜리 은화다. 나는 그것이 좋았다. 그러나 그것을 무엇에 써야 옳을지 몰라서 늘 머리맡에 던져두고 두고 한 것이 어느 결에 모여서 꽤 많아졌다. 어느 날 이것을 본 아내는 금고처럼 생긴 벙어리를 사다 준다. 나는 한 푼씩 한 푼씩 고 속에 넣고 열쇠는 아내가 가져갔다. 그 후에도 나는 더러 은화를 그 벙어리에 넣은 것을 기억한다. 그리고 나는 게을렀다. 얼마 후

아내의 머리쪽에 보지 못하던 누깔잠*이 하나 여드름처럼 돋았던 것은 바로 그 금고형 벙어리의 무게가 가벼워졌다는 증거일까. 그러나 나는 드디어 머리맡에 놓였던 그 벙어리에 손을 대지 않고 말았다. 내 게으름은 그런 것에 내 주의를 환기시키기도 싫었다.

아내에게 내객이 있는 날은 이불 속으로 암만 깊이 들어가도 비 오는 날만큼 잠이 잘 오지는 않았다. 나는 그런 때 아내에게는 왜 늘 돈이 있나 왜 돈이 많은가를 연구했다.

내객들은 장지 저쪽에 내가 있는 것을 모르나 보다. 내 아내와 나도 좀 하기 어려운 농을 아주 서슴지 않고 쉽게 해 내던지는 것이다. 그러나 아내를 찾는 내객 가운데 서너 사람의 내객들은 늘 비교적 점잖았다고 볼 수 있는 것이 자정이 좀 지나면 으레 돌아들 갔다. 그들 가운데는 퍽 교양이 옅은 자도 있는 듯싶었는데 그런 자는 보통 음식을 사다 먹고 논다. 그래서 보충을 하고 대체로 무사하였다.

나는 우선 내 아내의 직업이 무엇인가를 연구하기에 착수하였으나 좁은 시야와 부족한 지식으로는 이것을 알아내기 힘이 든다. 나는 끝끝내 내 아내의 직업이 무엇인가를 모르고 말려나 보다.

아내는 늘 진솔버선**만 신었다. 아내는 밥도 지었다. 아내가

---

* 눈깔비녀. 비녀의 일종.
** 한 번도 빨지 않은 새 버선.

밥 짓는 것을 나는 한 번도 구경한 일은 없으나 언제든지 끼니때면 내 방으로 내 조석 밥을 날라다 주는 것이다. 우리 집에는 나와 내 아내 외에 다른 사람은 아무도 없다. 이 밥은 분명히 아내가 손수 지었음에 틀림없다.

그러나 아내는 한 번도 나를 자기 방으로 부른 일이 없다. 나는 늘 윗방에서 나 혼자서 밥을 먹고 잠을 잤다. 밥은 너무 맛이 없었다. 반찬이 너무 엉성하였다. 나는 닭이나 강아지처럼 말없이 주는 모이를 넙죽넙죽 받아먹기는 했으나 내심 야속하게 생각한 적도 더러 없지 않다. 나는 안색이 여지없이 창백해 가면서 말라 들어갔다. 나날이 눈에 보이듯이 기운이 줄어들었다. 영양 부족으로 하여 몸뚱이 곳곳이 뼈가 불쑥불쑥 내밀었다. 하룻밤 사이에도 수십 차를 돌쳐 눕지 않고는 여기저기가 배겨서 나는 배겨 낼 수가 없었다.

그렇기 때문에 나는 내 이불 속에서 아내가 늘 흔히 쓸 수 있는 저 돈의 출처를 탐색해 보는 일변 장지 틈으로 새어 나오는 아랫방의 음식은 무엇일까를 간단히 연구하였다. 나는 잠이 잘 안 왔다.

깨달았다. 아내가 쓰는 돈은 그 내게는 다만 실없는 사람들로밖에 보이지 않는 까닭 모를 내객들이 놓고 가는 것에 틀림없으리라는 것을 나는 깨달았다. 그러나 왜 그들 내객은 돈을 놓고 가나, 왜 내 아내는 그 돈을 받아야 되나 하는 예의(禮儀) 관념이 내게는 도무지 알 수 없는 것이었다.

그것은 그저 예의에 지나지 않는 것일까 그렇지 않으면 혹

무슨 대가일까 보수일까. 내 아내가 그들의 눈에는 동정을 받아야만 할 가엾은 인물로 보였던가.

이런 것들을 생각하노라면 의례히 내 머리는 그냥 혼란하여 버리곤 하였다. 잠들기 전에 획득했다는 결론이 오직 불쾌하다는 것뿐이었으면서도 나는 그런 것을 아내에게 물어보거나 한 일이 참 한 번도 없다. 그것은 대체 귀찮기도 하려니와 한잠 자고 일어나면 나는 사뭇 딴사람처럼 이것도 저것도 다 깨끗이 잊어버리고 그만두는 까닭이다.

내객들이 돌아가고, 혹 밤 외출에서 돌아오고 하면 아내는 경편한 것으로 옷을 바꾸어 입고 내 방으로 나를 찾아온다. 그리고 이불을 들치고 내 귀에는 영 생동생동한 몇 마디 말로 나를 위로하려 든다. 나는 조소도 고소도 홍소도 아닌 웃음을 얼굴에 띠우고 아내의 아름다운 얼굴을 쳐다본다. 아내는 방그레 웃는다. 그러나 그 얼굴에 떠도는 일말의 애수를 나는 놓치지 않는다.

아내는 능히 내가 배고파하는 것을 눈치챌 것이다. 그러나 아랫방에서 먹고 남은 음식을 나에게 주려 들지는 않는다. 그것은 어니까시는시 나를 존성하는 마음일 것임에 틀림없다. 나는 배가 고프면서도 적이 마음이 든든한 것을 좋아했다. 아내가 무엇이라고 지껄이고 갔는지 귀에 남아 있을 리가 없다. 다만 내 머리맡에 아내가 놓고 간 은화가 전등불에 흐릿하게 빛나고 있을 뿐이다.

고 금고형 벙어리 속에 고 은화가 얼마큼이나 모였을까. 나는 그러나 그것을 쳐들어 보지 않았다. 그저 아무런 의욕도 기원도 없이 그 단춧구멍처럼 생긴 틈사구니로 은화를 들어뜨려 둘 뿐이었다.

왜 아내의 내객들이 아내에게 돈을 놓고 가나 하는 것이 풀수 없는 의문인 것같이 왜 아내는 나에게 돈을 놓고 가나 하는 것도 역시 나에게는 똑같이 풀 수 없는 의문이었다. 내 비록 아내가 내게 돈을 놓고 가는 것이 싫지 않았다 하더라도 그것은 다만 고것이 내 손가락에 닿는 순간에서부터 고 벙어리 주둥이에서 자취를 감추기까지의 하잘것없는 짧은 촉각이 좋았달 뿐이지 그 이상 아무 기쁨도 없다.

어느 날 나는 고 벙어리를 변소에 갖다 넣어 버렸다. 그때 벙어리 속에는 몇 푼이나 되는지는 모르겠으나 고 은화들이 꽤 들어 있었다.

나는 내가 지구 위에 살며 내가 이렇게 살고 있는 지구가 질풍신뢰*의 속력으로 광대무변의 공간을 달리고 있다는 것을 생각했을 때 참 허망하였다. 나는 이렇게 부지런한 지구 위에서는 현기증도 날 것 같고 해서 한시바삐 내려 버리고 싶었다.

이불 속에서 이런 생각을 하고 난 뒤에는 나는 고 은화를 고 벙어리에 넣고 넣고 하는 것조차도 귀찮아졌다. 나는 아내가 손수 벙어리를 사용하였으면 하고 희망하였다. 벙어리도 돈도 사실에는 아내에게만 필요한 것이지 내게는 애초부터 의

---

* 疾風迅雷. 심한 바람과 번개. 또는 그것처럼 빠르고 심함의 비유.

미가 전연 없는 것이었으니까 될 수만 있으면 그 벙어리를 아내는 아내 방으로 가져갔으면 하고 기다렸다. 그러나 아내는 가져가지 않는다. 나는 내가 아내 방으로 가져다 둘까 하고 생각하여 보았으나 그즈음에는 아내의 내객이 원체 많아서 내가 아내 방에 가 볼 기회가 도무지 없었다. 그래서 나는 하는 수 없이 변소에 갖다 집어넣어 버리고 만 것이다.

나는 서글픈 마음으로 아내의 꾸지람을 기다렸다. 그러나 아내는 끝내 아무 말도 나에게 묻지도 하지도 않았다. 않았을 뿐 아니라 여전히 돈은 돈대로 내 머리맡에 놓고 가지 않나? 내 머리맡에는 어느덧 은화가 꽤 많이 모였다.

내객이 아내에게 돈을 놓고 가는 것이나 아내가 내게 돈을 놓고 가는 것이나 일종의 쾌감—그 외의 다른 아무런 이유도 없는 것이 아닐까 하는 것을 나는 또 이불 속에서 연구하기 시작하였다. 쾌감이라면 어떤 종류의 쾌감일까를 계속하여 연구하였다. 그러나 그것은 이불 속의 연구로는 알 길이 없었다. 쾌감, 쾌감 하고 나는 뜻밖에도 이 문제에 대해서만 흥미를 느꼈다.

아내는 물론 나를 늘 감금하여 두다시피 하여 왔다. 내게 불평이 있을 리 없다. 그런 중에도 나는 그 쾌감이라는 것의 유무를 체험하고 싶었다.

나는 아내의 밤 외출 틈을 타서 밖으로 나왔다. 나는 거리에서 잊어버리지 않고 가지고 나온 은화를 지폐로 바꾼다. 5원이나 된다. 그것을 주머니에 넣고 나는 목적을 잃어버리기 위하여 얼마든지 거리를 쏘다녔다. 오래간만에 보는 거리는 거의 경이에 가까울 만치 내 신경을 흥분시키지 않고는 마지않았다. 나는 금시에 피곤하여 버렸다. 그러나 나는 참았다. 그리고 밤이 이슥하도록 까닭을 잊어버린 채 이 거리 저 거리로 지향 없이 헤매었다. 돈은 물론 한 푼도 쓰지 않았다. 돈을 쓸 아무 엄두도 나서지 않았다. 나는 벌써 돈을 쓰는 기능을 완전히 상실한 것 같았다.

나는 과연 피로를 이 이상 견디기가 어려웠다. 나는 가까스로 내 집을 찾았다. 나는 내 방으로 가려면 아내 방을 통과하지 아니하면 안 될 것을 알고 아내에게 내객이 있나 없나를 걱정하면서 미닫이 앞에서 좀 거북살스럽게 기침을 한 번 했더니 이것은 참 또 너무 암상스럽게* 미닫이가 열리면서 아내의 얼굴과 그 등 뒤에 낯선 남자의 얼굴이 이쪽을 내다보는 것이다. 나는 별안간 내어쏟아지는 불빛에 눈이 부셔서 좀 머뭇머뭇했다.

나는 아내의 눈초리를 못 본 것은 아니다. 그러나 나는 무른 체하는 수밖에 없었다. 왜? 나는 어쨌든 아내의 방을 통과하지 아니하면 안 되니까…….

나는 이불을 뒤집어썼다. 무엇보다도 다리가 아파서 견딜 수가 없었다. 이불 속에서는 가슴이 울렁거리면서 암만해도 까무러칠 것만 같았다. 걸을 때는 몰랐더니 숨이 차다. 등에

---

* 남을 미워하고 샘을 잘 내는 잔망스러운 마음이 있다.

식은땀이 쭉 내배인다. 나는 외출한 것을 후회하였다. 이런 피로를 잊고 어서 잠이 들었으면 좋겠다. 한잠 잘 자고 싶었다.

얼마 동안이나 비스듬히 엎드려 있었더니 차츰차츰 뚝딱거리는 가슴 동기가 가라앉는다. 그만해도 우선 살 것 같았다. 나는 몸을 돌쳐 반듯이 천장을 향하여 눕고 쭉 다리를 뻗었다.

그러나 나는 또다시 가슴의 동기를 피할 수 없게 되었다. 아랫방에서 아내와 그 남자의 내 귀에도 들리지 않을 만치 옅은 목소리로 소곤거리는 기척이 장지 틈으로 전하여 왔던 것이다. 청각을 더 예민하게 하기 위하여 나는 눈을 떴다. 그리고 숨을 죽였다. 그러나 그때는 벌써 아내와 남자는 앉았던 자리를 툭툭 털며 일어섰고 일어서면서 옷과 모자 쓰는 기척이 나는 듯하더니 이어 미닫이가 열리고 구두 뒤축 소리가 나고 그리고 뜰에 내려서는 소리가 쿵 하고 나면서 뒤를 따르는 아내의 고무신 소리가 두어 발자국 찍찍 나고 사뿐사뿐 나나 하는 사이에 두 사람의 발소리가 대문간 쪽으로 사라졌다.

나는 아내의 이런 태도를 본 일이 없다. 아내는 어떤 사람과도 결코 소곤거리는 법이 없다. 나는 윗방에서 이불을 쓰고 누웠는 동안에도 혹 술이 취해서 혀기 잘 돌아가지 않는 내객들의 담화는 더러 놓치는 수가 있어도 아내의 높지도 얕지도 않은 말소리를 일찍이 한마디도 놓쳐 본 일이 없다. 더러 내 귀에 거슬리는 소리가 있어도 나는 그것이 태연한 목소리로 내 귀에 들렸다는 이유로 충분히 안심이 되었다.

그렇던 아내의 이런 태도는 필시 그 속에 여간하지 않은 사정이 있는 듯싶이 생각이 되고 내 마음은 좀 서운했으나 그러나 그보다도 나는 좀 너무 피곤해서 오늘만은 이불 속에서 아무것도 연구치 않기로 굳게 결심하고 잠을 기다렸다. 잠은 좀처럼 오지 않았다. 대문간에 나간 아내도 좀처럼 들어오지 않았다. 그러는 동안에 흐지부지 나는 잠이 들어 버렸다. 꿈이 얼쑹덜쑹 종을 잡을 수 없는 거리의 풍경을 여전히 헤맸다.

나는 몹시 흔들렸다. 내객을 보내고 들어온 아내가 잠든 나를 잡아 흔드는 것이다. 나는 눈을 번쩍 뜨고 아내의 얼굴을 쳐다보았다. 아내의 얼굴에는 웃음이 없다. 나는 좀 눈을 비비고 아내의 얼굴을 자세히 보았다. 노기가 눈초리에 떠서 얇은 입술이 바르르 떨린다. 좀처럼 이 노기가 풀리기는 어려울 것 같았다. 나는 그대로 눈을 감아 버렸다. 벼락이 내리기를 기다린 것이다. 그러나 쌔근하는 숨소리가 나면서 푸시시 아내의 치맛자락 소리가 나고 장지가 여닫히며 아내는 아내 방으로 돌아갔다. 나는 다시 몸을 돌쳐 이불을 뒤집어쓰고는 개구리처럼 엎드리고, 엎드려서 배가 고픈 가운데서도 오늘 밤의 외출을 또 한 번 후회하였다.

나는 이불 속에서 아내에게 사죄하였다. 그것은 네 오해라고…….

나는 사실 밤이 퍽이나 이슥한 줄만 알았던 것이다. 그것이 네 말마따나 자정 전인 줄은 나는 정말이지 꿈에도 몰랐다. 나는 너무 피곤하였었다. 오래간만에 나는 너무 많이 걸은 것이 잘못이다. 내 잘못이라면 잘못은 그것밖에는 없다. 외출은 왜

하였더냐고?

나는 그 머리맡에 저절로 모인 5원 돈을 아무에게라도 좋으니 주어 보고 싶었던 것이다. 그뿐이다. 그러나 그것도 내 잘못이라면 나는 그렇게 알겠다. 나는 후회하고 있지 않나?

내가 그 5원 돈을 써 버릴 수가 있었던들 나는 자정 안에 집에 돌아올 수 없었을 것이다. 그러나 거리는 너무 복잡하였고 사람은 너무도 들끓었다. 나는 어느 사람을 붙들고 그 5원 돈을 내주어야 할지 갈피를 잡을 수가 없었다. 그러는 동안에 나는 여지없이 피곤해 버리고 말았던 것이다.

나는 무엇보다도 좀 쉬고 싶었다. 눕고 싶었다. 그래서 나는 하는 수 없이 집으로 돌아온 것이다. 내 짐작 같아서는 밤이 어지간히 늦은 줄만 알았는데 그것이 불행히도 자정 전이었다는 것은 참 안된 일이다. 미안한 일이다. 나는 얼마든지 사죄하여도 좋다. 그러나 종시 아내의 오해를 풀지 못하였다 하면 내가 이렇게까지 사죄하는 보람은 그럼 어디 있나? 한심하였다.

한 시간 동안을 나는 이렇게 초조하게 굴지 않으면 안 되었다. 나는 이불을 휙 젖혀 버리고 일어나서 장지를 열고 아내 방으로 비철비철 달려갔던 것이다. 내게는 거의 의식이라는 것이 없었다. 나는 아내 이불 위에 엎드러지면서 바지 포켓 속에서 그 돈 5원을 꺼내 아내 손에 쥐여 준 것을 간신히 기억할 뿐이다.

이튿날 잠이 깨었을 때 나는 내 아내 방 아내 이불 속에 있었다. 이것이 이 33번지에서 살기 시작한 이래 내가 아내 방에서 잔 맨 처음이었다.

해가 들창에 훨씬 높았는데 아내는 이미 외출하고 벌써 내 곁에 있지는 않다. 아니! 아내는 엊저녁 내가 의식을 잃은 동안에 외출한 것인지도 모른다. 그러나 나는 그런 것을 조사하고 싶지 않았다. 다만 전신이 찌뿌두둑한 것이 손가락 하나 꼼짝할 힘조차 없었다. 책보보다 좀 작은 면적의 볕이 눈이 부시다. 그 속에서 수없는 먼지가 흡사 미생물처럼 난무한다. 코가 칵 막히는 것 같다. 나는 다시 눈을 감고 이불을 푹 뒤집어쓰고 낮잠을 자기에 착수하였다. 그러나 코를 스치는 아내의 체취는 꽤 도발적이었다. 나는 몸을 여러 번 여러 번 비비 꼬면서 아내의 화장대에 늘어선 고 가지각색 화장품 병들과 고 병들의 마개를 뽑았을 때 풍기던 내음새를 더듬느라고 좀처럼 잠은 들지 않는 것을 나는 어찌하는 수도 없었다.

견디다 못하여 나는 그만 이불을 걷어차고 벌떡 일어나서 내 방으로 갔다. 내 방에는 다 식어 빠진 내 끼니가 가지런히 놓여 있는 것이다. 아내는 내 모이를 여기다 주고 나간 것이다. 나는 우선 배가 고팠다. 한 숟갈을 입에 떠 넣었을 때 그 촉감은 참 너무도 냉회와 같이 써늘하였다. 나는 숟갈을 놓고 내 이불 속으로 들어갔다. 하룻밤을 비워 버린 내 이부자리는 여전히 반갑게 나를 맞아 준다. 나는 내 이불을 뒤집어쓰고 이번에는 참 늘어지게 한잠 잤다. 잘—.

내가 잠을 깬 것은 전등이 켜진 뒤다. 그러나 아내는 아직도 돌아오지 않았나 보다. 아니! 들어왔다 또 나갔는지도 알 수 없다. 그러나 그런 것을 삼고하여 무엇하나?

정신이 한결 난다. 나는 지난밤 일을 생각해 보았다. 그 돈 5원을 아내 손에 쥐어 주고 넘어졌을 때에 느낄 수 있었던 쾌감을 나는 무엇이라고 설명할 수가 없었다. 그러니 내객들이 내 아내에게 돈 놓고 가는 심리며 내 아내가 내게 돈 놓고 가는 심리의 비밀을 나는 알아낸 것 같아서 여간 즐거운 것이 아니다. 나는 속으로 빙그레 웃어 보았다. 이런 것을 모르고 오늘까지 지내 온 나 자신이 어떻게 우스꽝스러워 보이는지 몰랐다. 나는 어깨춤이 났다.

따라서 나는 또 오늘 밤에도 외출하고 싶었다. 그러나 돈이 없다. 나는 엊저녁에 그 돈 5원을 한꺼번에 아내에게 주어 버린 것을 후회하였다. 또 고 벙어리를 변소에 갖다 처넣어 버린 것도 후회하였다. 나는 실없이 실망하면서 습관처럼 그 돈이 들어 있던 내 바지 포켓에 손을 넣어 한번 휘둘러 보았다. 뜻밖에도 내 손에 쥐어지는 것이 있었다. 2원밖에 없다. 그러나 많아야 맛은 아니다. 얼마간이고 있으면 된다. 나는 그만한 것이 여간 고마운 것이 아니었다.

나는 기운을 얻었다. 나는 그 단벌 다 떨어진 코르덴 양복을 걸치고 배고픈 것도 주제 사나운 것도 다 잊어버리고 활갯짓을 하면서 또 거리로 나섰다. 나서면서 나는 제발 시간이 화살 닫듯 해서 자정이 어서 홱 지나 버렸으면 하고 조바심을 태웠다. 아내에게 돈을 주고 아내 방에서 자 보는 것은 어디까지든지 좋았지만 만일 잘못해서 자정 전에 집에 들어갔다가 아내의 눈총을 맞는 것은 그것은 여간 무서운 일이 아니었다. 나는 저물도록 길가 시계를 들여다보고 들여다보고 하면서 또 지향 없이 거리를 방황하였다. 그러나 이날은 좀처럼 피곤하지는 않았다. 다만 시간이 좀 너무 더디게 가는 것만 같아서 안타까웠다.

경성역 시계가 확실히 자정을 지난 것을 본 뒤에 나는 집을 향하였다. 그날은 그 일각대문에서 아내와 아내의 남자가 이야기하고 섰는 것을 만났다. 나는 모른 체하고 두 사람 곁을 지나서 내 방으로 들어갔다. 뒤이어 아내도 들어왔다. 와서는 이 밤중에 평생 안하던 쓰게질을 하는 것이다. 조금 있다가 아내가 눕는 기척을 엿듣자마자 나는 또 장지를 열고 아내 방으로 가서 그 돈 2원을 아내 손에 덥석 쥐어 주고 그리고— 하여간 그 2원을 오늘 밤에도 쓰지 않고 도로 가져온 것이 참 이상하다는 듯이 아내는 내 얼굴을 몇 번이고 엿보고—아내는 드디어 아무 말도 없이 나를 자기 방에 재워 주었다. 나는 이 기쁨을 세상의 무엇과도 바꾸고 싶지는 않았다. 나는 편히 잘 잤다.

이튿날도 내가 잠이 깨었을 때는 아내는 보이지 않았다. 나는 또 내 방으로 가서 피곤한 몸이 낮잠을 잤다.

내가 아내에게 흔들려 깨었을 때는 역시 불이 들어온 뒤였다. 아내는 자기 방으로 나를 오라는 것이다. 이런 일은 또 처음이다. 아내는 끊임없이 얼굴에 미소를 띠고 내 팔을 이끄는 것이다. 나는 이런 아내의 태도 이면에 엔간치 않은 음모가 숨어 있지나 않은가 하고 적이 불안을 느끼지 않을 수 없었다.

나는 아내의 하자는 대로 아내 방으로 끌려갔다. 아내 방에는 저녁 밥상이 조촐하게 차려져 있는 것이다. 생각하여 보면 나는 이틀을 굶었다. 나는 지금 배고픈 것까지도 긴가민가 잊어버리고 어름어름하던 차다.

나는 생각하였다. 이 최후의 만찬을 먹고 나자마자 벼락이 내려도 나는 차라리 후회하지 않을 것을. 사실 나는 인간 세상이 너무나 심심해서 못 견디겠던 차다. 모든 일이 성가시고 귀찮았으나 그러나 불의의 재난이라는 것은 즐거웁다.

나는 마음을 턱 놓고 조용히 아내와 마주 이 해괴한 저녁밥을 먹었다. 우리 부부는 이야기하는 법이 없었다. 밥을 먹은 뒤에도 나는 말이 없이 그냥 부스스 일어나서 내 방으로 건너가 버렸다. 아내는 나를 붙잡지 않았다. 나는 벽에 기대어 앉아서 담배를 한 대 피워 물고 그리고 벼락이 떨어질 테거든 어서 떨어져라 하고 기다렸다.

오 분! 십 분!

그러나 벼락은 내리지 않았다. 긴장이 차츰 늘어지기 시작한다. 나는 어느덧 오늘 밤에도 외출할 것을 생각하고 있었다. 돈이 있었으면 하고 생각하고 있었다.

그러나 돈은 확실히 없다. 오늘은 외출하여도 나중에 올 무슨 기쁨이 있나. 나는 앞이 그냥 아득하였다. 나는 화가 나서 이불을 뒤집어쓰고 이리 뒹굴 저리 뒹굴 굴렀다. 금시 먹은 밥이 목으로 자꾸 치밀어 올라온다. 메스꺼웠다.

하늘에서 얼마라도 좋으니 왜 지폐가 소낙비처럼 퍼붓지

않나, 그것이 그저 한없이 야속하고 슬펐다. 나는 이렇게밖에 돈을 구하는 아무런 방법도 알지는 못했다. 나는 이불 속에서 좀 울었나 보다. 돈이 왜 없냐면서…….

그랬더니 아내가 또 내 방에를 왔다. 나는 깜짝 놀라 아마 인제서야 벼락이 내리려나 보다 하고 숨을 죽이고 두꺼비 모양으로 엎디어 있었다. 그러나 떨어진 입을 새어 나오는 아내의 말소리는 참 부드러웠다. 정다웠다. 아내는 내가 왜 우는지를 안다는 것이다. 돈이 없어서 그러는 게 아니란다. 나는 실없이 깜짝 놀랐다. 어떻게 저렇게 사람의 속을 환―하게 들여다보는구 해서 나는 한편으로 슬그머니 겁도 안 나는 것은 아니었으나 저렇게 말하는 것을 보면 아마 내게 돈을 줄 생각이 있나 보다, 만일 그렇다면 오죽이나 좋은 일일까. 나는 이불 속에 뚤뚤 말린 채 고개도 들지 않고 아내의 다음 거동을 기다리고 있으니까, 옜소― 하고 내 머리맡에 내려뜨리는 것은 그 가뿐한 음향으로 보아 지폐에 틀림없었다. 그리고 내 귀에다 대고, 오늘일랑 어제보다도 좀 더 늦게 들어와도 좋다고 속삭이는 것이다. 그것은 어렵지 않다. 우선 그 돈이 무엇보다도 고맙고 반가웠다.

어쨌든 나섰다. 나는 좀 야맹증이다. 그래서 될 수 있는 대로 밝은 거리를 골라서 돌아다니기로 했다. 그러고는 경성역 일이등 대합실 한 곁 티룸에를 들렀다. 그것은 내게는 큰 발견이었다. 거기는 우선 아무도 아는 사람이 안 온다. 설사 왔다가도 곧 가니까 좋다. 나는 날마다 여기 와서 시간을 보내리라

속으로 생각하여 두었다.

　제일 여기 시계가 어느 시계보다도 정확하리라는 것이 좋
았다. 섣불리 서투른 시계를 보고 그것을 믿고 시간 전에 집에
돌아갔다가 큰 코를 다쳐서는 안 된다.

　나는 한 박스에 아무것도 없는 것과 마주 앉아서 잘 끓은 커
피를 마셨다. 총총한 가운데 여객들은 그래도 한잔 커피가 즐
거운가 보다. 얼른얼른 마시고 무얼 좀 생각하는 것같이 담벼
락도 좀 쳐다보고 하다가 곧 나가 버린다. 서글프다. 그러나
내게는 이 서글픈 분위기가 거리의 티룸들의 그 거추장스러
운 분위기보다는 절실하고 마음에 들었다. 이따금 들리는 날
카로운 혹은 우렁찬 기적 소리가 모차르트보다도 더 가깝다.
나는 메뉴에 적힌 몇 가지 안 되는 음식 이름을 치읽고 내리읽
고 여러 번 읽었다. 그것들은 아물아물한 것이 어딘가 내 어렸
을 때 동무들 이름과 비슷한 데가 있었다.

　거기서 얼마나 내가 오래 앉았는지 정신이 오락가락하는
중에, 객이 슬며시 뜸해지면서 이 구석 저 구석 걷어치우기 시
작하는 것을 보면 아마 닫을 시간이 된 모양이다. 열한 시가
좀 지났구나, 여기도 결코 내 안주의 곳은 아니구나, 어디 가
서 자정을 넘길까, 두루 걱정을 하면서 나는 밖으로 나섰다.
비가 온다. 빗발이 제법 굵은 것이 우비도 우산도 없는 나를
고생을 시킬 작정이다. 그렇다고 이런 괴이한 풍모를 차리고
이 홀에서 어물어물하는 수는 없고, 에이 비를 맞으면 맞았지
하고 나는 그냥 나서 버렸다.

　대단히 선선해서 견딜 수가 없다. 코르덴 옷이 젖기 시작하

더니 나중에는 속속들이 스며들면서 처근거린다. 비를 맞아 가면서라도 견딜 수 있는 데까지 거리를 돌아다녀서 시간을 보내려 하였으나 인제는 선선해서 이 이상은 더 견딜 수가 없다. 오한이 자꾸 일어나면서 이가 딱딱 맞부딪는다.

나는 걸음을 재치면서 생각하였다. 오늘 같은 궂은 날도 아내에게 내객이 있을라구. 없겠지 하는 생각이 드는 것이다. 집으로 가야겠다. 아내에게 불행히 내객이 있거든 내 사정을 하리라. 사정을 하면 이렇게 비가 오는 것을 눈으로 보고 알아주겠지.

부리나케 와 보니까 그러나 아내에게는 내객이 있었다. 나는 그만 너무 춥고 척척해서 얼떨결에 노크하는 것을 잊었다. 그래서 나는 보면 아내가 좀 덜 좋아할 것을 그만 보았다. 나는 감발 자국 같은 발자국을 내면서 덤벙덤벙 아내 방을 디디고 그리고 내 방으로 가서 쭉 빠진 옷을 활활 벗어 버리고 이불을 뒤썼다. 덜덜덜덜 떨린다. 오한이 점점 더 심해 들어온다. 여전 땅이 꺼져 들어가는 것만 같았다. 나는 그만 의식을 잃어버리고 말았다.

이튿날 내가 눈을 떴을 때 아내는 내 머리맡에 앉아서 제법 근심스러운 얼굴이다. 나는 감기가 들었다. 여전히 으스스 춥고 또 골치가 아프고 입에 군침이 도는 것이 쏩쏠하면서 다리 팔이 척 늘어져서 노곤하다.

아내는 내 머리를 쓱 짚어 보더니 약을 먹어야지 한다. 아내 손이 이마에 선뜩한 것을 보면 신열이 어지간한 모양인데, 약을 먹는다면 해열제를 먹어야지 하고 속생각을 하자니까 아내는 따뜻한 물에 하얀 정제약 네 개를 준다. 이것을 먹고 한 잠 푹— 자고 나면 괜찮다는 것이다. 나는 널름 받아먹었다. 쌉싸름한 것이 짐작 같아서는 아마 아스피린인가 싶다. 나는 다시 이불을 쓰고 단번에 그냥 죽은 것처럼 잠이 들어 버렸다.

나는 콧물을 훌쩍훌쩍하면서 여러 날을 앓았다. 앓는 동안에 끊이지 않고 그 정제약을 먹었다. 그러는 동안에 감기도 나았다. 그러나 입맛은 여전히 소태처럼 썼다.

나는 차츰 또 외출하고 싶은 생각이 났다. 그러나 아내는 나더러 외출하지 말라고 이르는 것이다. 이 약을 날마다 먹고 그러고 가만히 누워 있으라는 것이다. 공연히 외출을 하다가 이렇게 감기가 들어서 저를 고생을 시키는 게 아니냔다. 그도 그렇다. 그럼 외출을 하지 않겠다고 맹세하고 그 약을 연복하여 몸을 좀 보해 보리라고 나는 생각하였다.

나는 날마다 이불을 뒤집어쓰고 밤이나 낮이나 잤다. 유난스럽게 밤이나 낮이나 졸려서 견딜 수가 없는 것이다. 나는 이렇게 잠이 자꾸만 오는 것은 내가 몸이 훨씬 튼튼해진 증거라고 굳게 믿었다.

나는 아마 한 달이나 이렇게 지냈나 보다. 내 머리와 수염이 좀 너무 자라서 훗훗해서 견딜 수가 없어서 내 거울을 좀 보리라고 아내가 외출한 틈을 타서 나는 아내 방으로 가서 아내의 화장대 앞에 앉아 보았다. 상당하다. 수염과 머리가 참 산란하였다. 오늘은 이발을 좀 하리라 생각하고 겸사겸사 고 화장품 병들 마개를 뽑고 이것저것 맡아 보았다. 한동안 잊어버렸던 향기 가운데서는 몸이 배배 꼬일 것 같은 체취가 전해 나왔다.

나는 아내의 이름을 속으로만 한번 불러 보았다. '연심(蓮心)이!' 하고…….

오래간만에 돋보기 장난도 하였다. 거울 장난도 하였다. 창에 든 볕이 여간 따뜻한 것이 아니었다. 생각하면 오월이 아니냐.

나는 커다랗게 기지개를 한번 켜 보고 아내 베개를 내려 베고 벌떡 자빠져서는 이렇게도 편안하고도 즐거운 세월을 하느님께 흠씬 자랑하여 주고 싶었다. 나는 참 세상의 아무것과도 교섭을 가지지 않는다. 하느님도 아마 나를 칭찬할 수도 처벌할 수도 없는 것 같다.

그러나 다음 순간, 실로 세상에도 이상스러운 것이 눈에 띄었다. 그것은 최면약 아달린* 갑이었다. 나는 그것을 아내의 화장대 밑에서 발견하고 그것이 흡사 아스피린처럼 생겼다고 느꼈다. 나는 그것을 열어 보았다. 똑 네 개가 비었다.

나는 오늘 아침에 네 개의 아스피린을 먹은 것을 기억하고 있었다. 나는 잤다. 어제도 그제도 그끄제도—나는 졸려서 견딜 수가 없었다. 나는 감기가 다 나았는데도 아내는 내게 아스피린을 주었나. 내가 잠이 드는 동안에 이웃에 불이 난 일이 있다. 그때에도 나는 자느라고 몰랐다. 이렇게 나는 잤다. 나는 아스피린으로 알고 그럼 한 달 동안을 두고 아달린을 먹어 온 것이다. 이것은 좀 너무 심하다.

별안간 아뜩하더니 하마터면 나는 까무러칠 뻔하였다. 나

---

* adalin. 1930년대 사용되던 최면제의 상품명.

는 그 아달린을 주머니에 넣고 집을 나섰다. 그리고 산을 찾아 올라갔다. 인간 세상의 아무것도 보기가 싫었던 것이다. 걸으면서 나는 아무쪼록 아내에 관계되는 일은 일체 생각하지 않도록 노력하였다. 길에서 까무러치기 쉬우니까. 나는 어디라도 양지가 바른 자리를 하나 골라서 자리를 잡아 가지고 서서히 아내에 관하여서 연구할 작정이었다. 나는 길가의 돌창, 핀 구경도 못한 진 개나리꽃, 종달새, 돌멩이도 새끼를 까는 이야기, 이런 것만 생각하였다. 다행히 길가에서 나는 졸도하지 않았다.

거기는 벤치가 있었다. 나는 거기 정좌하고 그리고 그 아스피린과 아달린에 관하여 연구하였다. 그러나 머리가 도무지 혼란하여 생각이 체계를 이루지 않는다. 단 오 분이 못 가서 나는 그만 귀찮은 생각이 버쩍 들면서 심술이 났다. 나는 주머니에서 가지고 온 아달린을 꺼내 남은 여섯 개를 한꺼번에 질경질경 씹어 먹어 버렸다. 맛이 익살맞다. 그러고 나서 나는 그 벤치 위에 가로 기다랗게 누웠다. 무슨 생각으로 내가 그 따위 짓을 했나? 알 수가 없다. 그저 그러고 싶었다. 나는 게서 그냥 깊이 잠이 들었다. 잠결에도 바위 틈을 흐르는 물소리가 좔좔 하고 귀에 언제까지나 어렴풋이 들려왔다.

내가 잠을 깨었을 때는 날이 환―히 밝은 뒤다. 나는 거기서 일주야를 잔 것이다. 풍경이 그냥 노―랗게 보인다. 그 속에서도 나는 번개처럼 아스피린과 아달린이 생각났다.

아스피린, 아달린, 아스피린, 아달린, 마르크스, 맬서스, 마도로스, 아스피린, 아달린.

아내는 한 달 동안 아달린을 아스피린이라고 속이고 내게 먹였다. 그것은 아내 방에서 이 아달린 갑이 발견된 것으로 미루어 증거가 너무나 확실하다.

무슨 목적으로 아내는 나를 밤이나 낮이나 재웠어야 됐나?

나를 밤이나 낮이나 재워 놓고 그러고 아내는 내가 자는 동안에 무슨 짓을 했나?

나를 조곰씩 조곰씩 죽이려 든 것일까?

그러나 또 생각하여 보면, 내가 한 달을 두고 먹어 온 것은 아스피린이었는지도 모른다. 아내는 무슨 근심되는 일이 있어서 밤이면 잠이 잘 오지 않아서 정작 아내가 아달린을 사용한 것이나 아닌지, 그렇다면 나는 참 미안하다. 나는 아내에게 이렇게 큰 의혹을 가졌다는 것이 참 안됐다.

나는 그래서 부리나케 거기서 내려왔다. 아랫도리가 홰홰 내어저이면서 어쩔어쩔한 것을 나는 겨우 집을 향하여 걸었다. 여덟 시 가까이였다.

나는 내 잘못된 생각을 죄다 일러바치고 아내에게 사죄하려는 것이다. 나는 너무 급해서 그만 또 말을 잊어버렸다.

그랬더니 이건 참 너무 큰일 났다. 나는 내 눈으로는 절대로 보아서 안 될 것을 그만 딱 보아 버리고 만 것이다. 나는 얼떨결에 그만 냉큼 미닫이를 닫고 그러고 현기증이 나는 것을 진정시키느라고 잠깐 고개를 숙이고 눈을 감고 기둥을 짚고 섰자니까 일 초 여유도 없이 홱 미닫이가 다시 열리더니 매무새를 풀어 헤친 아내가 불쑥 내밀면서 내 멱살을 잡는 것이다. 나는 그만 어지러워서 게서 그냥 나둥그라졌다. 그랬더니 아내는 넘어진 내 위에 덮치면서 내 살을 함부로 물어뜯는 것이다. 아파 죽겠다. 나는 사실 반항할 의사도 힘도 없어서 그냥 넙적 엎디어 있으면서 어떻게 되나 보고 있자니까 뒤이어 남자가 나오는 것 같더니 아내를 한 아름에 덥석 안아 가지고 방으로 들어가는 것이다. 아내는 아무 말 없이 다소곳이 그렇게 안겨 들어가는 것이 내 눈에 여간 미운 것이 아니다. 밉다.

아내는 너 밤새워 가면서 도둑질하러 다니느냐, 계집질하러 다니느냐고 발악이다. 이것은 참 너무 억울하다. 나는 어안이 벙벙하여 도무지 입이 떨어지지를 않았다.

너는 그야말로 나를 살해하려던 것이 아니냐고 소리를 한번 꽥 질러 보고도 싶었으나 그런 긴가민가한 소리를 섣불리 입 밖에 내었다가는 무슨 화를 볼는지 알 수 있나. 차라리 억울하지만 잠자코 있는 것이 우선 상책인 듯싶이 생각이 들길래 나는 이것은 또 무슨 생각으로 그랬는지 모르지만 툭툭 털고 일어나서 내 바지 포켓 속에 남은 돈 몇 원 몇 십 전을 가만히 꺼내서는 몰래 미닫이를 열고 살며시 문지방 밑에다 놓고 나서는 그냥 줄달음박질을 쳐서 나와 버렸다.

여러 번 자동차에 치일 뻔하면서 나는 그대로 경성역을 찾아갔다. 빈자리와 마주 앉아서 이 쓰디쓴 입맛을 거두기 위하여 무엇으로나 입가심을 하고 싶었다.

커피—. 좋다. 그러나 경성역 홀에 한 걸음을 들여놓았을 때 나는 내 주머니에는 돈이 한 푼도 없는 것을, 그것을 깜빡 잊었던 것을 깨달았다. 또 아뜩하였다. 나는 어디선가 그저 맥없이 머뭇머뭇하면서 어쩔 줄을 모를 뿐이었다. 얼빠진 사람처럼 그저 이리 갔다 저리 갔다 하면서…….

나는 어디로 어디로 들입다 쏘다녔는지 하나도 모른다. 다만 몇 시간 후에 내가 미쓰꼬시* 옥상에 있는 것을 깨달았을 때는 거의 대낮이었다.

나는 거기 아무 데나 주저앉아서 내 자라 온 스물여섯 해를 회고하여 보았다. 몽롱한 기억 속에서는 이렇다는 아무 제목도 불그러져 나오지 않았다.

나는 또 나 자신에게 물어보았다. 너는 인생에 무슨 욕심이 있느냐고. 그러나 있다고도 없다고도, 그런 대답은 하기가 싫었다. 나는 거의 나 자신의 존재를 인식하기조차도 어려웠다.

허리를 굽혀서 나는 그저 금붕어나 들여다보고 있었다. 금붕어는 잘 참들 키웠다. 작은 놈은 작은 놈대로 큰 놈은 큰 놈대로 다 싱싱하니 보기 좋았다. 내리비치는 오월 햇살에 금붕어들은 그릇 바닥에 그림자를 내려뜨렸다. 지느러미는 하늘하늘 손수건을 흔드는 흉내를 낸다. 나는 이 지느러미 수효를 헤어 보기도 하면서 굽힌 허리를 좀처럼 펴지 않았다. 등허리가 따뜻하다.

나는 또 회탁의 서리를 내려다보았다. 거기서는 피곤한 생활이 똑 금붕어 지느러미처럼 흐늑흐늑 허비적거렸다. 눈에 보이지 않는 끈적끈적한 줄에 엉켜서 헤어나지들을 못한다. 나는 피로와 공복 때문에 무너져 들어가는 몸뚱이를 끌고 그 회탁의 거리 속으로 섞여 들어가지 않는 수도 없다 생각하였다.

---

* 일본어 三越. 미스코시 백화점.

나서서 나는 또 문득 생각하여 보았다. 이 발길이 지금 어디로 향하여 가는 것인가를……

그때 내 눈앞에는 아내의 모가지가 벼락처럼 내려 떨어졌다. 아스피린과 아달린.

우리들은 서로 오해하고 있느니라. 설마 아내가 아스피린 대신에 아달린 정량을 나에게 먹여 왔을까? 나는 그것을 믿을 수는 없다. 아내가 그럴 대체 까닭이 없을 것이니 그러면 나는 날밤을 새면서 도적질을, 계집질을 하였나? 정말이지 아니다.

우리 부부는 숙명적으로 발이 맞지 않는 절름발이인 것이다. 내나 아내나 제 거동에 로직을 붙일 필요는 없다. 변해할 필요도 없다. 사실은 사실대로 오해는 오해대로 그저 끝없이 발을 절뚝거리면서 세상을 걸어가면 되는 것이다. 그렇지 않을까?

그러나 나는 이 발길이 아내에게로 돌아가야 옳은가 이것만은 분간하기가 좀 어려웠다. 가야 하나? 그럼 어디로 가나?

이때 뚜— 하고 정오 사이렌이 울었다. 사람들은 모두 네 활개를 펴고 닭처럼 푸드덕거리는 것 같고 온갖 유리와 강철과 대리석과 지폐와 잉크가 부글부글 끓고 수선을 떨고 하는 것 같은 찰나, 그야말로 현란을 극한 정오다.

나는 불현듯이 겨드랑이가 가렵다. 아하 그것은 내 인공의 날개가 돋았던 자국이다. 오늘은 없는 이 날개, 머릿속에서는 희망과 야심의 말소된 페이지가 딕셔너리 넘어가듯 번뜩였다.

나는 걷던 걸음을 멈추고 그러고 어디 한번 이렇게 외쳐 보고 싶었다.

날개야 다시 돋아라.

날자. 날자. 날자. 한 번만 더 날자꾸나.

한 번만 더 날아 보자꾸나.

《조광(朝光)》, 1936년 9월, 196~214쪽.

봉별기(逢別記)

1

스물세 살이오.—삼월이오.—각혈이다. 여섯 달 잘 기른 수염을 하루 면도칼로 다듬어 코밑에다만 나비만큼 남겨 가지고 약 한 제 지어 들고 B라는 신개지(新開地) 한적한 온천으로 갔다. 게서 나는 죽어도 좋았다.

그러나 이내 아직 깃을 펴지 못한 청춘이 야탕관을 붙들고 늘어져서는 날 살리라고 보채는 것은 어찌하는 수가 없다. 여관 한등(寒燈) 아래 밤이면 나는 늘 억울해했다.

사흘을 못 참고 기어 나는 여관 주인 영감을 앞장세워 밤에 장고(長鼓) 소리 나는 집으로 찾아갔다. 게서 만난 것이 금홍(錦紅)이다.

"몇 살인구?"

체대(體大)가 비록 풋고추만 하나 깡그라진 계집이 제법 맛이 맵다. 열여섯 살? 많아야 열아홉 살이지 하고 있자니까,

"스물한 살이에요."

"그럼 내 나인 몇 살이나 돼 뵈지?"

"글세 마흔? 서른아홉?"

나는 그저 흥! 그래 버렸다. 그리고 팔짱을 떡 끼고 앉아서는 더욱더욱 점잖은 체했다. 그냥 그날은 무사히 헤어졌건만—.

이튿날 화우(畵友) K 군이 왔다. 이 사람인즉 나와 농(弄)하는 친구다. 나는 어쨌는 수 없이 그 나비 같다면서 달고 다니던 코밑수염을 아주 밀어 버렸다. 그리고 날이 저물기가 급하게 또 금홍이를 만나러 갔다.

"어디서 뵌 어른 겉은데."

"엊저녁에 왔든 수염 난 냥반 내가 바루 아들이지. 목소리꺼지 닮었지?"

하고 익살을 부렸다. 주석(酒席)이 어느덧 파하고 마당에 내려서다가 K 군의 귀에 대고 나는 이렇게 속사였다.

"어때? 괜찮지? 자네 한번 얼러 보게."

"관두게, 자네나 얼러 보게."

"어쨌든 여관으로 껄구 가서 짱껭뽕*을 해서 정허기루 허세나."

"거 좋지."

_____

* 일본어로 '가위바위보'.

그랬는데 K 군은 측간에 가는 체하고 피해 버렸기 때문에
나는 부전승으로 금홍이를 이겼다. 그날 밤에 금홍이는 금홍
이가 경산부(經産婦)라는 것을 감추지 않았다.

"언제?"

"열여섯 살에 머리 얹어서 열일곱 살에 낳았지."

"아들?"

"딸."

"이뻤니?"

"돌 만에 죽었어."

지어 가지고 온 약은 집어치우고 나는 전혀 금홍이를 사랑
하는 데만 골몰했다. 못난 소린 듯하나 사랑의 힘으로 각혈이
다 멈췄으니까—.

나는 금홍이에게 노름채*를 주지 않았다. 왜? 날마다 밤마
다 금홍이가 내 방에 있거나 내가 금홍이 방에 있거나 했기 때
문에—.

그 대신—.

우(禹)라는 붇란서 유학생의 유야랑(遊冶郎)을 나는 금홍이
에게 권하였다. 금홍이는 내 밀대로 우 씨의 더블어 '독탕(獨
湯)'에 들어갔다. 이 '독탕'이라는 것은 좀 음란한 설비였다.
나는 이 음란한 설비 문간에 나란히 벗어 놓은 우 씨와 금홍이
신발을 보고 언짢아하지 않았다.

나는 또 내 곁방에 와 묵고 있는 C라는 변호사에게도 금홍

---

* 함께 놀아 준 대가로 주는 돈. 화대(花代).

이를 권하였다. C는 내 열성에 감동되어 하는 수 없이 금홍이 방을 범했다.

그러나 사랑하는 금홍이는 늘 내 곁에 있었다. 그리고 우, C 등등에게서 받은 십 원 지폐(紙幣)를 여러 장 꺼내 놓고 어리광 섞어 내게 자랑도 하는 것이었다.

그러자 나는 백부님 소상 때문에 귀경하지 않으면 안 되게 되었다. 복숭아꽃이 만발하고 정자 곁으로 석간수(石間水)가 졸졸 흐르는 좋은 터전을 한군데 찾아가서 우리는 석별의 하루를 즐겼다. 정거장에서 나는 금홍이에게 십 원 지폐 한 장을 쥐여 주었다. 금홍이는 이것으로 전당(典當) 잡힌 시계를 찾겠다고 그러면서 울었다.

2

금홍이가 내 아내가 되었으니까 우리 내외는 참 사랑했다. 서로 지나간 일은 묻지 않기로 하였다. 과거래야 내 과거가 무엇 있을 까닭이 없고 말하자면 내가 금홍이 과거를 묻지 않기로 한 약속이나 다름없다.

금홍이는 겨우 스물한 살인데 서른한 살 먹은 사람보다도 나았다. 서른한 살 먹은 사람보다도 나은 금홍이가 내 눈에는 열일곱 살 먹은 소녀로만 보이고 금홍이 눈에 마흔 살 먹은 사람으로 보인 나는 기실 스물세 살이요 게다가 주책이 좀 없어서 똑 여남은 살 먹은 아이 같다. 우리 내외는 이렇게 세상에도 없이 현란(絢爛)하고 아기자기하였다.

부질없는 세월이—.

일 년이 지나고 팔월, 여름으로는 늦고 가을로는 이른 그 북새통에—.

금홍이에게는 예전 생활에 대한 향수가 왔다.

나는 밤이나 낮이나 누워 잠만 자니까 금홍이에게 대하여 심심하다. 그래서 금홍이는 밖에 나가 심심치 않은 사람들을 만나 심심치 않게 놀고 돌아오는—

즉 금홍이의 협착한 생활이 금홍이의 향수를 향하여 발전하고 비약하기 시작하였다는 데 지나지 않는 이야기다.

그런데 이번에는 내게 자랑을 하지 않는다. 않을 뿐만 아니라 숨기는 것이다.

이것은 금홍이로서 금홍이답지 않은 일일밖에 없다. 숨길 것이 있나? 숨기지 않아도 좋지. 자랑을 해도 좋지.

나는 아무 말도 하지 않는다. 나는 금홍이 오락의 편의를 돕기 위하여 가끔 P 군 집에 가 잤다. P 군은 나를 불쌍하다고 그랬던가 싶이 지금 기억된다.

나는 또 이런 것을 생각하지 않았던 것도 아니다. 즉 남의 아내라는 것은 정조를 지켜야 하느니라고!

금홍이는 나를 내 나태한 생활에서 깨우치게 하기 위하여 우정 간음하였다고 나는 호의로 해석하고 싶다. 그러나 세상에 흔히 있는 아내다운 예의를 지키는 체해 본 것은 금홍이로서 말하자면 천려(千慮)의 일실(一失) 아닐 수 없다.

이런 실없은 정조를 간판 삼자니까 자연 나는 외출이 잦았고 금홍이 사업에 편의를 돕기 위하여 내 방까지도 개방하여 주었다. 그러는 중에도 세월은 흐르는 법이다.

하루 나는 제목 없이 금홍이에게 몹시 얻어맞았다. 나는 아파서 울고 나가서 사흘을 들어오지 못했다. 너무도 금홍이가 무서웠다.

나흘 만에 와 보니까 금홍이는 때 묻은 버선을 윗목에다 벗어 놓고 나가 버린 뒤였다.

이렇게도 못나게 홀애비가 된 내게 몇 사람의 친구가 금홍이에 관한 불미한 가십을 가지고 와서 나를 위로하는 것이었으나 종시(終始) 나는 그런 취미를 이해할 도리가 없었다.

버스를 타고 금홍이와 남자는 멀리 과천 관악산으로 가는 것을 보았다는데 정말 그렇다면 그 사람은 내가 쫓아가서 야단이나 칠까 봐 무서워서 그런 모양이니까 퍽 겁쟁이다.

3

인간이라는 것은 임시(臨時) 거부하기로 한 내 생활이 기억력이라는 민첩한 작용 하지 않았기 때문에 두 달 후에는 나는 금홍이라는 성명 삼 자까지도 말쑥하게 잊어버리고 말았다. 그런 두절된 세월 가운데 하루 길일을 복(卜)하여 금홍이가 왕복엽서처럼 돌아왔다. 나는 그만 깜짝 놀랐다.

금홍이의 모양은 뜻밖에도 초췌하여 보이는 것이 참 슬펐다. 나는 꾸짖지 않고 맥주와 붕어과자와 장국밥을 사 먹여 가면서 금홍이를 위로해 주었다. 그러나 금홍이는 좀처럼 화를 풀지 않고 울면서 나를 원망하는 것이었다. 할 수 없어서 나도 그만 울어 버렸다.

"그렇지만 너무 늦었다. 그만해두 두 달지간(之間)이나 되지 않니? 헤어지자, 응?"

"그럼 난 어떻게 되우. 응?"

"마땅헌 데 있거든 가거라, 응."

"당신두 그럼 장가가나? 응?"

헤어지는 한에도 위로해 보낼지어다. 나는 이런 양식(良識) 아래 금홍이와 이별했더니라. 갈 때 금홍이는 선물로 내게 베개를 주고 갔다.

그런데 이 베개 말이다.

이 베개는 2인용이다. 싫대도 자꾸 떠맡기고 간 이 베개를 나는 두 주일 동안 혼자 베어 보았다. 너무 길어서 안됐다. 안됐을 뿐 아니라 내 머리에서는 나지 않는 묘한 머리 기름때 내 때문에 안면(安眠)이 적이 방해된다.

나는 하루 금홍이에게 엽서를 띄웠다.

'중병에 걸려 누 있으니 얼른 오라.'고.

금홍이는 와서 보니까 내가 참 딱했다. 이대로 두었다가는 역시 며칠이 못 가서 굶어 죽을 것같이만 보였던가 보다. 두 팔을 부르걷고 그날부터 나서 벌어다가 나를 먹여 살린다는 것이다.

'오―케―.'

인간천국―그러나 날이 좀 추웠다. 그러나 나는 대단히 안

일하였기 때문에 재채기도 하지 않았다.

이러기를 두 달? 아니 다섯 달이나 되나 보다. 금홍이는 홀연히 외출했다.

달포를 두고 금홍이 '홈씩'*을 기대하다가 진력이 나서 나는 기명집물(器皿什物)을 뚜들겨 팔아 버리고 이십일 년 만에 '집'으로 돌아갔다.

와 보니 우리 집은 노쇠했다. 이어 불초 이상(李箱)은 이 노쇠한 가정을 아주 쑥밭을 만들어 버렸다. 그동안 이태가량—.

어언간 나도 노쇠해 버렸다. 나는 스물일곱 살이나 먹어 버렸다.

천하의 여성은 다소간 매춘부의 요소를 품었느니라고 나혼자는 굳이 신념한다. 그 대신 내가 매춘부에게 은화를 지불하면서는 한 번도 그네들을 매춘부라고 생각한 일이 없다. 이것은 내 금홍이와의 생활에서 얻은 체험만으로는 성립되지 않는 이론같이 생각되나 기실 내 진담이다.

4

나는 몇 편의 소설과 몇 줄의 시를 써서 내 쇠망해 가는 심신 위에 치욕을 배가하였다. 이 이상 내가 이 땅에서의 생존을 계속하기가 자못 어려울 지경에까지 이르렀다. 나는 하여간

---

* homesick. 향수병을 가리킨다.

허울 좋게 말하자면 망명해야겠다.

　어디로 갈까. 나는 만나는 사람마다 동경(東京)으로 가겠다고 호언했다. 그뿐 아니라 어느 친구에게는 전기기술에 관한 전문 공부를 하러 간다는 둥, 학교 선생님을 만나서는 고급 단식인쇄술(單式印刷術)을 연구하겠다는 둥, 친한 친구에게는 내 5개 국어에 능통할 작정일세 어쩌구 심하면 법률을 배우겠소까지 허담을 탕탕 하는 것이다. 웬만한 친구는 보통들 속나 부다. 그러나 이 헛 선전을 안 믿는 사람도 더러는 있다. 하여간 이것은 영영 빈빈털터리가 되어 버린 이상(李箱)의 마지막 공포(空砲)에 지나지 않는 것만은 사실이겠다.

　어느 날 나는 이렇게 여전히 공포를 놓으면서 친구들과 술을 먹고 있자니까 내 어깨를 툭 치는 사람이 있다. '긴 상'이라는 이다.

　"긴 상(이상(李箱)도 사실은 긴 상이다.) 참 오래간만이수. 건데 긴 상 꼭 긴 상 한 번 만나 뵙자는 사람이 하나 있는데 긴 상 어떻거시려우."

　"거 누군구. 남자야? 여자야?"

　"여지니끼 일이 제미있지 않으나 거런 말야."

　"여자라?"

　"긴 상 옛날 옥상.*"

　금홍이가 서울에 나타났다는 이야기다. 나타났으면 나타났지 나를 왜 찾누?

----

* 일본어로 '상대방의 부인'.

나는 긴 상에게서 금홍이의 숙소를 알아 가지고 어쩔 것인가 망설였다. 숙소는 동생 일심(一心)이 집이다.

드디어 나는 만나 보기로 결심하고 그리고 일심이 집을 찾아가서

"언니가 왔다지?"

"어유— 아제두, 돌아가신 줄 알았구려! 그래 자그만치 인제 온단 말슴유, 어서 드로수."

금홍이는 역시 초췌하다. 생활전선에서의 피로의 빛이 그 얼굴에 여실하였다.

"네눔 하나 보구 져서 서울 왔지 내 서울 뭘 허려 왔다디?"

"그러게 또 난 이렇게 널 차저오지 않었니?"

"너 장가갔다드구나."

"얘 디끼 싫다. 그 육모초 겉은 소리."

"안 갔단 말이냐 그럼."

"그럼."

당장에 목침이 내 면상을 향하여 날아 들어왔다. 나는 예나 다름이 없이 못나게 웃어 주었다.

술상을 보았다. 나도 한잔 먹고 금홍이도 한잔 먹었다. 나는 영변가(寧邊歌)를 한 마디 하고 금홍이는 육자배기를 한 마디 했다.

밤은 이미 깊었고 우리 이야기는 이게 이 생(生)에서의 영이별(永離別)이라는 결론으로 밀려갔다. 금홍이는 은수저로 소반 전을 딱딱 치면서 내가 한 번도 들은 일이 없는 구슬픈 창가를 한다.

"속아도 꿈결 속여도 꿈결 굽이굽이 뜨내기 세상 그늘진 심정에 불 질러 버려라 운운(云云)."

《여성(女性)》, 1936년 12월, 44~46쪽.

동해(童骸)

촉각

촉각(觸角)이 이런 정경(情景)을 도해(圖解)한다.

유구한 세월에서 눈뜨니 보자, 나는 교외 정건(淨乾)한 한 방에 누워 자급자족하고 있다. 눈을 둘러 방을 살피면 방은 추억처럼 착석한다. 또 창이 어둑어둑하다.

불원간 나는 군이 지킬 한 개 슈트케이스를 발견하고 놀라야 한다. 계속하여 그 슈트케이스 곁에 화초처럼 놓여 있는 한 젊은 여인도 발견한다.

나는 실없이 의아하기도 해서 좀 쳐다보면 각시가 방긋이 웃는 것이 아니냐. 하하, 이것은 기억에 있다. 내가 열심으로 연구한다. 누가 저 새악시를 사랑하던가! 연구 중에는,

"저게 새벽일까? 그럼 저묾*일까?"

부터 이런 소리를 했다. 여인은 고개를 끄덕끄덕한다. 하더니 또 방긋이 웃고 부시시 오월 철에 맞는 치마저고리 소리를 내면서 슈트케이스를 열고 그 속에서 서슬이 퍼런 칼을 한 자루만 꺼낸다.

이런 경우에 내가 놀라는 빛을 보이거나 했다가는 뒷갈망하기가 좀 어렵다. 반사적으로 그냥 손이 목을 눌렀다 놓았다 하면서 제법 천연스럽게,

"님재**는 자객입늬까요?"

서투른 서도(西道) 사투리다. 얼굴이 더 깨끗해지면서 가느다랗게 잠시 웃더니, 그것은 또 언제 갖다 놓았던 것인지 내 머리맡에서 나쓰미캉***을 집어다가 그 칼로 싸각싸각 깎는다.

"요곳 봐라!"

내 입 안으로 침이 쫘르르 돌더니 불현듯이 농담이 하고 싶어 죽겠다.

"가시내애요, 날 쭘 보이소, 나캉 결혼할랑기오? 맹서(盟誓)되나? 듸제?"

또—

"유(ㅠ)이 날도 빼아 수봇 내사 그마 마사 수울라나 /담 늬능 우앨랑가? 잉?"

우리 둘이 맛있게 먹었다. 시간은 분명히 밤이 쏟아져 들어

---

* 저물녘. 저녁때.
** '임자'의 사투리. 친한 사람끼리 '자네'라고 하기는 좀 거북할 때 쓰는 이인칭 대명사. 나이가 지긋한 부부 사이에서 남편이 아내를 부르는 말.
*** 일본어로 '여름밀감'.

온다. 손으로 손을 잡고,

"밤이 오지 않고는 결혼할 수 없으니까."

이렇게 탄식한다. 기대하지 않은 간지러운 경험이다.

낄낄낄낄 웃었으면 좋겠는데 ─ 아 ─ 결혼하면 무엇하나,
나 따위가 생각해서 알 일이 되나? 그러나 재미있는 일이로다.

"밤이지요?"

"아─냐."

"왜─ 밤인데─. 에─ 우습다─. 밤인데 그렇네."

"아─냐, 아─냐."

"그러지 마세요, 밤이에요."

"그럼 뭐, 결혼해야 허게."

"그럼요?"

"히히히히?"

결혼하면 나는 임(姙)이를 미워한다. 윤(尹)? 임이는 지금
윤한테서 오는 길이다. 윤이 내어대었단다. 그래 보는 거다.
그런데 임이가 채 오해했다. 정말 그러는 줄 알고 울고 왔다.

(애개─ 밤일세.)

"어떻거구 있누."

"건 알아 뭐허세요?"

"그래두."

"제가 버리구 왔세요."

"족히?"

"그럼요!"

"히히."

"절 모욕허지 마세요."

"그래라."

일어나더니? 나는 지금 이러한 임이를 좀 묘사해야겠는데, 최소한도로 그 차림차림이라도 알아 두어야겠는데 — 임이 슈트케이스를 뒤집어엎는다. 왜 저러누 — 하면서 보자니까 야단이다. 죄다 파헤치고 무엇인지 찾는 모양인데 무엇을 찾는지 알아야 나도 조력을 하지, 저렇게 방정만 떠니 낸들 손을 대일 수가 있나, 내버려 두었다. 가도 참다 참다 못해서,

"거 뭘 찾누?"

"엉—엉— 반지— 엉—엉—."

"원 세상에, 반진 또 무슨 반진구."

"결혼반지지."

"옳아, 옳아, 옳아, 응, 결혼반지렷다."

"아이구 어딜 갔누, 요게, 어딜 갔을까."

결혼반지를 잊어버리고 온 신부(新婦). 라는 것이 있을까? 가소롭다. 그러나 모르는 말이다. 라는 것이 반지는 신랑이 준비하라는 것인데 — 그래서 아주 아는 척하고,

"그건 내 슈트케이스에 들어 있는 게 원칙적으루 옳지!"

"슈트케이스 어딨에요?"

"없지!"

"쯧, 쯧."

나는 신부 손을 붙잡고,

"이리 좀 와 봐."

"아야, 아야, 아이, 그러지 마세요, 놓세요."

하는 것을 잘 달래서 왼손 무명지에다 털붓으로 쌍줄 반지를 그려 주었다. 좋아한다. 아무것도 낑기운 것은 아닌데 제법 간질간질한 게 천연 반지 같단다.

천연 결혼하기 싫다. 트집을 잡아야겠기에,

"몇 번?"

"한 번."

"정말?"

"꼭."

이래도 안 되겠고 간발(間髮)을 놓지 말고 다른 방법으로 고문을 하는 수밖에 없다.

"그럼 윤 이외에?"

"하나."

"예이!"

"정말 하나예요."

"말 마라."

"둘."

"잘헌다."

"셋."

"잘헌다, 잘헌다."

"넷."

"잘헌다, 잘헌다, 잘헌다."

"다섯."

속았다. 속아 넘어갔다. 밤은 왔다. 촛불을 켰다. 껐다. 즉 이런 가짜 반지는 탄로가 나기 쉬우니까 감춰야 하겠기에 꺼도 얼른 켰다. 밤이 오래 걸려서 밤이었다.

패배 시작

이런 정경은 어떨까? 내가 이발소에서 이발을 하는 중에 ──.
이발사는 낯익은 칼을 들고 내 수염 많이 난 턱을 치켜든다.
"님재는 자객입늬까?"
하고 싶지만 이런 소리를 여기 이발사를 보고도 막 한다는 것
은 어쩐지 아내라는 존재를 시인하기 시작한 나로서 좀 양심
에 안 된 일이 아닐까 한다.
싹뚝, 싹뚝, 싹뚝, 싹뚝,
나쓰미캉 두 개 외에는 또 무엇이 채용이 되었던가 암만해
도 생각이 나지 않는다. 무엇일까.
그러다가 유구한 세월에서 쫓겨나듯이 눈을 뜨면, 거기는
이발소도 아무 데도 아니고 신방이다. 나는 엊저녁에 결혼했
단다.
창으로 기웃거리면서 참새가 그렇게 외젓스럽게 싹뚝거리
는 것이다. 내 수염은 조곰도 없어지진 않았고.
그러나 큰일 난 것이 하나 있다. 즉 내 곁에 누워서 보통 아
침잠을 자고 있어야 할 신부가 온데간데가 없다. 하하, 그럼
아까 내가 이발소 걸상에 누워 있던 것이 그쪽이 아마 생시더
구나, 하다가도 또 이렇게까지 역력한 꿈이라는 것도 없을 줄
믿고 싶다.

속았나 보다. 밑진 것은 없다고 하지만 그동안에 원 세월은 얼마나 유구하게 흘렀을까. 그렇게 생각을 하고 보니까 어저께 만난 윤이 만난 지가 바로 몇 해나 되는 것도 같아서 익살맞다. 이것은 한번 윤을 찾아가서 물어보아야 알 일이 아닐까, 즉 내가 자네를 만난 것이 어제 같은데 실로 몇 해나 된 세음인가, 필시 내가 임이와 엊저녁에 결혼한 것 같은 착각이 있는데 그것도 다 허망된 일이렷다. 이렇게—.

그러나 다음 순간 일은 더 커졌다. 신부가 홀연히 나타난다. 오월 철로 치면 좀 더웁지나 않을까 싶은 양장(洋裝)으로 차렸다. 이런 임이와는 나는 면식이 없는 것이다. 그나 그뿐인가 단발(斷髮)이다. 혹 이이는 딴 아낙네가 아닌지 모르겠다. 단발 양장의 임이란 내 친근(親近)에는 없는데, 그럼 이렇게 서슴지 않고 내 방으로 들어올 줄 아는 남이란 나와 어떤 악연일까?

가시내는 손을 톡톡 털더니,

"갖다 버렸지."

이렇다면 임이에는 틀림없나 보니 안심하기로 하고,

"뭘?"

"입구 옹 거."

"입구 옹 거?"

"입고 옹 게 치마저고리지 뭐예요?"

"건 어째 내다 버렸다능 거야."

"그게 바로 그거예요."

"그게 그거라니?"

"어이 참, 아, 그게 바로 그거라니까 그래."

초가을옷이 늦은 봄옷과 비슷하렷다. 임이 말을 가량(假量) 신용하기로 하고 임이가 단 한 번 윤에게─.

가만있자, 나는 잠시 내 신세에 대해서 석명(釋明)해야 할 것 같다. 나는 이를테면 적지않이 참혹하다. 나는 아마 이 숙명적 업원(業寃)을 짊어지고 한평생을 내리 번민해야 하려나 보다. 나는 형상 없는 모던 보이다. 라는 것이 누구든지 내 꼴을 보면 돌아서고 싶을 것이다. 내가 이래 봬도 체중이 십사 관(貫)이나 있다고 일러 드리면 귀하는 알아차리시겠소? 즉 이 척신(瘠身)*이 총알을 집어 먹었기로니 좀처럼 나기 어려운 동굴을 보이는 것은 말하자면 나는 전혀 뇌수(腦髓)에 무게가 있다. 이것이 귀하가 나를 겁낼 중요한 비밀이외다.

그러니까─.

어차어피(於此於彼)에 일은 운명에 파문(波紋)이 없는 듯이 이렇게까지 전개하고 말았으니 내 목적이라는 것을 피력할 필요도 있는 것 같다. 그러면─.

윤, 임이 그리고 나,

누가 제일 미운가, 즉 나는 누구 편이냐는 말이다.

어쩔까. 나는 한 빈만 똑똑히 말하고 싶지만 또한 그만두는 것이 옳은가도 싶으니 그럼 내 예의와 풍봉(風丰)을 확립해야 겠다.

지난 가을 아니 늦은 여름 어느 날─그 역사적인 날짜는 임이 잘 기억하고 있을 것이다만.─나는 윤의 사무실에서 이

---

* 삐쩍 마른 몸.

른 아침부터 와 앉아 있는 임이의 가련한 좌석을 발견한 것이다. 그러나 그것은 온 것이 아니라 가는 길인데 집의 아버지가 나가 잤다고 야단치실까 봐 무서워서 못 가고 그렇게 앉아 있는 것을 나는 일찌감치도 와 앉았구나 하고 문득 오해한 것이다. 그때 그 옷이다.

같은 슈미즈, 같은 드로어즈, 같은 머리쪽,* 한 남자 또 한 남자.

이것은 안 된다. 너무나 어색해서 급히 내다 버린 모양인데 나는 좀 엄청나다고 생각한다. 대체 나는 그런 부유(富裕)한 이데올로기를 마음 놓고 양해하기 어렵다.

그뿐 아니다. 첫째 나의 태도 문제다. 그 시절에 나는 무엇을 하고 세월을 보냈더냐? 내게는 세월조차 없다. 나는 들창이 어둑어둑한 것을 드나드는 안집 어린애에게 일 전씩 주어 가면서 물었다.

"애, 아침이냐, 저녁이냐."

나는 또 무엇을 먹고 살았는지 생각이 나지 않는다. 이슬을 받아 먹었나? 설마.

이런 나에게 임이는 부질없이 체면을 차리려 든 것이다. 가련하다.

그런데 이상한 것은 그 시절에 나는 제가 배가 고픈지 안 고픈지를 모르고 지냈다면 그것이 듣는 사람을 능히 속일 수 있나. 거짓부렁이리라. 나는 걷잡을 수 없이 피부로 거짓부렁이

---

* 부인네의 아래 뒤통수에 땋아서 틀어 올려 비녀를 꽂는 머리털.

를 해 버릇하느라고 인제는 저도 눈치채지 못하는 틈을 타서 이렇게 허망한 거짓부렁이를 엉덩방아 찧듯이 해 넘기는 모양인데, 만일 그렇다면 나는 큰일 났다.

그러기에 사실 오늘 아침에는 배가 고프다. 이것으로 미루면 아까 임이가 스커트, 슬립, 드로어즈 등속을 모조리 내다 버리고 들어왔더라는 소개조차가 필연 거짓말일 것이다. 그것은 내 인색한 애정의 타산(打算)이 임이더러,

"너 왜 그러지 않았더냐."

하고 암암리에 퉁명? 심술을 부려 본 것일 줄 나는 믿는다.

그러나 발음 안 되는 글자처럼 생동생동한 임이는 내 손톱을 열심으로 깎아 주고 있다.

'맹수가 가축이 되려면 이 흉악한 독아(毒牙)를 전단(剪斷)해 버려야 한다.'

는 미술적인 권유임에 틀림없다. 이런 일방(一方) 나는 못났게도,

"아이 배고파."

하고 여지없이 소박한 얼굴을 임이에게 디밀면서 아침이냐 저녁이냐 과연 이것만은 묻지 않았다.

신부는 어디까지든지 귀엽다. 돋보기를 가지고 보아도 이 가련한 일타화(一朶花)*의 나이를 알아내기는 어려우리라. 나는 내 실망(失望)에 수비(守備)하기 위하여 열일곱이라고 넉넉잡아 준다. 그러나 내 귀에다 속삭이기를,

---

* 한 송이 꽃.

"스물두 살이라나요. 어림없이 그러지 마세요. 그만하면 알 텐데 부러 그러시지요?"

이 가련한 신부가 지금 적수공권(赤手空拳)으로 나갔다. 내 짐작에 쌀과 나무와 숯과 반찬거리를 장만하러 나간 것일 것이다.

그동안 나는 심심하다. 안집 어린 애기 불러서 같이 놀까. 하고 전에 없이 불렀더니 얼른 나와서 내 방 미닫이를 열고,

"아침이에요."

그런다. 오늘부터 일 전 안 준다. 나는 다시는 이 어린애와는 놀 수 없게 되었구나 하고 나는 할 수 없어서 덮어놓고 성이 잔뜩 난 얼굴을 해 보이고는 뺨 치듯이 방 미닫이를 딱 닫아 버렸다. 눈을 감고 가슴이 두근두근하자니까, 으아 하고 그 어린애 우는 소리가 안마당으로 멀어 가면서 들려왔다. 나는 오랫동안을 혼자서 덜덜 떨었다. 임이가 돌아오니까 몸에서 우유내가 난다. 나는 서서히 내 활력을 정리하여 가면서 임이에게 주의한다. 똑 갓난아기 같아서 썩 좋다.

"목장까지 갔다 왔지요."

"그래서?"

카스텔라와 산양유를 책보에 싸 가지고 왔다. 집시족 아침 같다.

그러고 나서도 나는 내 본능 이외의 것을 지껄이지 않았나 보다.

"어이, 목말라 죽겠네."

대개 이렇다.

이 목장이 가까운 교외에는 전등도 수도도 없다. 수도 대신에 펌프.

물을 길러 갔다 오더니 운다. 우는 줄만 알았더니 웃는다. 조런— 하고 보면 눈에 눈물이 글썽글썽하다. 그러고도 웃고 있다.

"고게 누우 집 아일까. 아, 쪼꾸망 게 나더러 너 담발했구나, 핵교 가니? 그러겠지, 고게 나알 제 동무루 아아나 봐, 참 내 어이가 없어서, 그래, 난 안 간단다 그랬더니, 요게 또 헌다는 소리가 나 발 씻게 믈 즘 끼엱어 수려무나 얘, 아주 이러겠지, 그래 내 물을 한 통 그냥 막 쫙쫙 끼엱어 주었지, 그랬더니 너두 발 씻으래, 난 이따가 씻는단다 그러구 왔어, 글쎄, 내 기가 맥혀."

누구나 속아서는 안 된다. 햇수로 여섯 해 전에 이 여인은 정말이지 처녀대로 있기는 성가셔서 말하자면 헐값에 즉 아무렇게나 내어주신 분이시다. 그동안 만(滿) 5개년 이분은 휴게(休憩)라는 것을 모른다. 그런 줄 알아야 하고 또 알고 있어도 나는 때마침 변덕이 나서,

"가만있자. 거 얼마 들었더라?"

나쓰미킹이 두 개에 제아무리 비씨야 이십 전, 옳지 깜빡 잊어버렸다. 초 한 가락에 이십 전, 카스텔라 이십 전, 산양유는 어떻게 해서 그런지 그저,

"사십삼 전인데."

"어이쿠."

"어이쿠는 뭐이 어이쿠예요."

"고놈이 아무 수(數)로두 제(除)해지질 않는군 그래."

"소수(素數)?"

옳다.

신통하다.

"신통해라!"

걸인 반대

이런 정경마저 불쑥 내어놓는 날이면 이번 복수(復讐) 행위
는 완벽으로 흐지부지하리라. 적어도 완벽에 가깝기는 하리라.

한 사람의 여인이 내게 그 숙명을 공개해 주었다면 그렇게
쉽사리 공개를 받은 — 참회를 듣는 신부(神父) 같은 지위에
있어서 보았다고 자랑해도 좋은 — 나는 비교적 행복스러웠
을는지도 모른다. 그러나 나는 어디까지든지 약다. 약으니까
그렇게 거저먹게 내 행복을 얼굴에 나타내거나 하지는 않는
다는 것이다.

이와 같은 로직*을 불언실행(不言實行)하기 위하여서만으
로도 내가 그 구중중한 수염을 깎지 않은 것은 지당한 숭에도
지당한 맵시일 것이다.

그래도 이 우둔한 여인은 내 얼굴에 더덕더덕 붙은 바 추
(醜)를 지적하지 않는다. 그것은 두말할 것도 없이 그 숙명을

---

* logic. 논리, 타당성.

공개하던 구실도 헛되거니와 그 여인의 애정이 부족한 탓이
리라. 아니 전혀 없다.

나는 바른 대로 말하면 애정 같은 것은 희망하지도 않는다.
그러니까 내가 결혼한 이튿날 신부를 데리고 외출했다가 다
행히 길에서 그 신부를 잃어버렸다고 하자. 내가 그럼 밤잠을
못 자고 찾을까.

그때 가령 이런 엄청난 글발이 날아 들어왔다고 내가 은근
히 희망한다

'소생이 모월 모일 길에서 주운바 소녀(少女)는 귀하의 신
부임이 확실한 듯하기에 통지하오니 찾아가시오.'

그래도 나는 고집을 부리고 안 간다. 발이 있으면 오겠지,
하고 나의 염두(念頭)에는 그저 왕양(汪洋)한 자유가 있을 뿐
이다.

돈지갑을 어느 포켓에다 넣었는지 모르는 사람만이 용이
하게 돈지갑을 잃어버릴 수 있듯이, 나는 길을 걸으면서도 결
코 신부 임이에 대하여 주의를 하지 않기로 주의한다. 또 사실
나는 좀 편두통이다. 오월의 교외 길은 좀 눈이 부셔서 실없이
이찔이찔히디.

—— 주마가편(走馬加鞭) ——

이런 느낌이다.

임이는 결코 결혼 이튿날 걷는 길을 앞서지 않으니 임이로
치면 이날 사실 가 볼 만한 데가 없다는 것일까. 임이는 그럼
뜻밖에도 고독하던가.

닫는 말에 한층 채찍을 내리우는 형상, 임이의 작은 보폭이

어디 어느 지점에서 졸도를 하나 보고 싶기도 해서 좀 심청맞으나* 자분참** 걸었던 것인데—.

아니나 다를까? 떡 없다.

내 상식으로 하면 귀한 사람이 가축을 끌고 소요(逍遙)하려 할 때 으레 가축이 앞선다는 것이다.

앞서 가는 내가 놀라야 하나. 이 경우에 그러면 그렇지 하고 까딱도 하지 않아야 더 점잖은가.

아직은? 했건만도 어언간 없어졌다.

나는 내 고독과 내 노년을 생각하고 거기는 은행 벽 모퉁이인 것도 채 인식하지도 못하는 중 서서 그래도 서너 번은 뒤 혹은 양 곁을 둘러보았다. 단발 양장의 소녀는 마침 드물다.

'이만하면 유실(遺失)이구?'

닥쳐와야 할 일이 척 닥쳐왔을 때 나는 내 갈팡질팡하는 육신을 수습해야 한다. 그러나 임이는 은행 정문으로부터 마술처럼 나온다. 하이힐이 아까보다는 사뭇 무거워 보이기도 하는데, 이상스럽지는 않다.

"십 원째리를 죄다 십 전째리루 바꿨지, 이거 좀 봐, 이망쿰이야, 주머니에다 늫세요.'

주마가편이라는 상쾌(爽快)한 내 어휘에 드디어 슬럼프가 왔다는 것이다.

나는 기뻐하지 않는다. 그렇다고 대담하게 그럴 성싶은 표

---

* 마음에 들지 않아 관심이 없다. 심드렁하다.
** 자분자분. 온순하고 침착하게.

정을 이 소녀 앞에서 하는 수는 없다. 그래서 얼른,

SOUVENIR!

균형된 보조(步調)가 똑같은 목적을 향하여 걸었다면 겉으로 보기에 친화(親和)하기도 하련만, 나는 내 마음에 인내를 명령하여 놓고 패러독스에 의한 복수(復讐)에 착수한다. 얼마나 요런 암상*은 참 나? 계산은 말잔다.

애정은 애초부터 없었다는 증거!

그러나 내 입에서 복수라는 말이 떨어진 이상 나만은 내 임이에게 대한 애정을 있다고 우길 수 있는 것이다.

보자! 얼마간 피곤한 내 두 발과 임이의 한 켤레 하이힐이 윤의 집 문간에 가 서게 되었는데도 깜찍스럽게 임이가 성을 안 낸다. 안차고** 겸하여 다라지기도*** 하다.

윤은 부재(不在)요, 그러면 내가 뜻하지 않고 임이의 안색을 살필 기회가 온 것이기에,

'PM 다섯 시까지 따이먼드****로 오기를.'

이렇게 적어서 안잠자기*****에게 전하고 흘낏 임을 노려보았더니—.

얼떨결에 색소가 없는 혈액이라는 섬넝할 수사학(修辭學)을 나는 내가 마치 임이 편인 것처럼 민첩하게 찾아 놓았다.

---

* 남을 미워하고 샘을 잘 내는 잔망스러운 마음. 여기서는 '암상꾸러기'의 준말.
** 겁이 없고 야무지다.
*** 됨됨이가 야무지고 여간한 일에는 겁내지 아니하다.
**** 다이아몬드. 여기서는 다방 이름이다.
***** 남의 집에서 자고 먹으며 일을 해 주는 여자. 가정부.

폭풍이 눈앞에 온 경우에도 얼굴빛이 변해지지 않는 그런 얼굴이야말로 인간고(人間苦)의 근원이리라. 실로 나는 울창한 삼림 속을 진종일 헤매고 끝끝내 한 나무의 인상(印象)을 훔쳐 오지 못한 환각(幻覺)의 인(人)이다. 무수한 표정의 말뚝이 공동묘지처럼 내게는 똑같아 보이기만 하니 멀리 이 분주한 초조를 어떻게 점잔을 빼어서 구하느냐.

따이먼드 다방 문 앞에서 너무 머뭇머뭇하느라고 들어가지 못하고 말기는 처음이다. 윤이 오면 ─ 따이먼드 보이 녀석은 윤과 임이 여기서 그늘을 사랑하는 부부인 것까지도 알고, 하니까 나는 다시 내 필적을,

'PM 여섯 시까지 집으로 저녁을 토식(討食)하러 가리로다. 물경(勿驚) 부처(夫妻).'

주고 나왔다. 나온 것은 나왔다 뿐이지,

DOUGHTY DOG

라는 가증(可憎)한 장난감을 살 의사는 없다. 그것은 다만 십 원짜리 체인지와 아울러 임이의 분간 못할 천후(天候)에서 나온 경증(輕症)의 도박이리라.

여섯 시에 일이닌 사건에서 나는 완전히 실각(失脚)했다.

가령 ─ (내가 윤더러)

"아아 있군그래, 따이먼드에 갔던가, 게다 여섯 시에 오께 밥 달라구 적어 놨는데 밥이라면 술이 붙으렷다."

"갔지, 가구말구, 밥은 예펜네가 어딜 가서 아직 안 됐구, 술은 미리 먹구 왔구."

첫째 윤은 따이먼드까지 안 갔다. 고 안잠자기 말이 아이

구 댕겨가신 지 오 분두 못 돼서 드로세서 여태 기대리셨는데
요. ─PM 다섯 시는 즉 말하자면 나를 힘써 만날 것이 없다는
태도다.

"대단히 교만하다."

이러려다 그만두어야 했다. 나는 그 대신 배를 좀 불쑥 앞으
로 내어밀고,

"내 아내를 소개허지, 이름은 임이."

"아내? 허─ 착각을 일으켰군그래, 내 짐작 같애서는 그게
내 아내 비슷두 헌데!"

"내가 더 미안헌 말 한마디만 허까, 이 따위 서푼째리 소설
을 쓰느라고 내가 만년필을 쥐이지 않았겠나, 추억이라는 건
요컨대 이 만년필망큼두 손에 직접 잽히능 게 아니란 내 학설
이지, 어때?"

"먹다 냉길 걸 몰르구 집어 먹었네그려. 자넨 자고로 귀족
취미는 아니라니까, 아따 자네 위생(衛生)이 부족헌 체허구 그
저 그대루 견디게그려, 내게 암만 통명을 부려야 낸들 또 한
번 다 버린 만년필을 인제 와서 어쩌겠나."

네 얼골은 딤빅 잠잠하나, 할 말이 없다 빙계 삼아 내 포켓
에서,

DOUGHTY DOG

를 꺼내 놓고 스프링을 감아 준다. 한 마리의 그레이하운드가
제 몸집만이나 한 구두 한 짝을 물고 늘어져서 흔든다. 죽도록
흔들어도 구두는 구두대로 개는 개대로 강철의 위치를 변경
하는 수가 없는 것이 딱하기가 짝이 없고 또 내가 더럽다.

DOUGHTY

는 더럽다는 말인가. 초조하다는 말인가. 이 글자의 위압에 참
나는 견딜 수 없다.

"아닝 게 아니라 나두 깜짝 놀랐네, 놀란 것이 지애가(안잠
자기가) 내 뎅겨 두로니까 헌다는 소리가, 한 마흔댓 되는 이가
열칠팔 되는 시앳시를 데리구 날 찾어왔드라구, 딸 겉기두 헌
데 또 첩 겉기두 허드라구, 종이쪼각을 봐두 자네 이름을 안 썼
으니 누군지 알 수 없구, 덮어놓구 따이먼드루 찾어갔다가 또
혹시 실수허지나 않을까 봐, 예끼 그만 내버려 둬라 제 눔이
누구등 간에 날 보구 싶으면 찾어오겠지 허구 기대리든 차에,
하하 이건 좀 일이 제대루 되질 않은 것 겉기두 허예 어째."

나는 좋은 기회에 임이를 한번 어디 돌아다보았다. 어족(魚
族)이나 다름없이 뭉툭한 채 그 이 두 남자를 건드렸다 말았다
한 손을 솜씨 있게 놀려,

DOUGHTY DOG

스프링을 감아 주고 있다. 이것이 나로서 성화가 날 일이 아
니면 죄(罪) 씨인*이다. 아─ 아─.

나는 아─ 아─ 하기를 면하고 싶이도 디 음에 내 무너져 들
어가는 육체를 지지할 수 있는 말을 할 수 있도록 공부하지 않
고는 이 구중중한 아─ 아─를 모른 체할 수는 없다.

---

* '죄'라는 말의 영어 단어에 해당하는 sin을 반복하여 말한 부분이다.

명시(明示)

여자란 과연 천혜(天惠)처럼 남자를 철두철미 쳐다보라는 의무를 사상(思想)의 선결조건으로 하는 탄성체(彈性體)던가.

다음 순간 내 최후의 취미가,

'가축은 인제는 싫다.'

이렇게 쾌히 부르짖은 것이다.

나는 모든 것을 망각(忘却)의 벌판에다 내다 던지고 얄따란 취미 한 풀만을 질질 끌고 다니는 자기 자신 문지방을 이제는 넘어 나오고 싶어졌다.

우환!

유리 속에서 웃는 그런 불길한 유령의 웃음은 싫다. 인제는 소리를 가장 쾌활하게 질러서 손으로 만지려면 만져지는 그런 웃음을 웃고 싶은 것이다. 우환이 있는 것도 아니요, 우환이 없는 것도 아니요, 나는 심야에 차도(車道)에 내려선 초연한 성격으로 이런 속된 혼탁에서 돌아서 보았으면—.

그러기에는 이번에 적잖이 기술을 요했다. 칼로 물을 베듯이,

"아차! 나는 T가 월급이군그래, 잊어버렸구나!(하건만 나는 덜 배앝아 놓은 것이 혀에 미꾸라지처럼 걸려서 근질근질한다. 윤은 혹은 식물과 같이 인문(人文)을 떠난 방탄 조끼를 입었나.) 그러나 윤! 들어 보게, 자네가 모조리 핥았다는 임이의 나체는 그건 임이가 목욕할 때 입는 비누 드레스나 마찬가질세! 지금 아니! 전무후무하게 임이 벌거숭이는 내게 독점된 걸세, 그러게 자넨 그만큼 해 두구 그 병정 구두 겉은 교만을 좀 버리란 말

일세, 알아듣겠나."

윤은 낙조(落照)를 받은 것처럼 얼굴이 불콰하다. 거기 조소 (嘲笑)가 지방(脂肪)처럼 윤이 나서 만연하는 것이 내 전투력 을 재채기시킨다.

윤은 내가 불쌍하다는 듯이,

"내가 이만큼꺼지 사양허는데 자네가 공연히 자꾸 그러면 또 모르네, 내 성가셔서 자네 따귀 한 대쯤 갈길는지두."

이런 어리석어 빠진 논쟁을 왜 내게 재판(裁判)을 청하지 않 느냐는 듯이 그레이하운드가 구두를 기껏 흔들다가 그치는 것을 보아 임이는 무용(舞踊)의 어떤 포즈 같은 손짓으로,

"지이가 됴스의 여신*입니다. 둘이 어디 모가질 한번 바꿔

---

* 디오스(Dios)의 여신. 즉 그리스 신화에 등장하는 제우스 신의 쌍둥이 아들 인 디오스쿠리(Dioscuri)를 낳은 레다를 말한다. 그리스 신화를 보면, 올림포스 에서 인간 세상을 내려다보던 제우스가 아름다운 미녀를 보고 마음을 태우는 데 그 여자가 바로 스파르타의 왕비 레다이다. 제우스는 때를 기다린다. 마침 레 다가 작은 연못에서 목욕하는 모습을 보게 된다. 목욕하는 레다 옆으로 하늘에 서 백조 한 마리가 날아든다. 그리고 커다란 독수리 한 마리가 백조를 잡아먹기 위해 주위를 맴돈다. 레다는 백조를 가엾게 여겨 자기 품에 꼭 안아 숨긴다. 레 다가 백조를 품은 사이 백조는 제우스로 변한다. 그리고 마침내 레다를 범하게 된다. 얼떨결에 제우스와 일을 치른 그날 밤, 레다는 남편 퇸다레오스와 잠자리 를 가진다. 그 후 달이 차고, 레다가 출산한다. 그녀는 사람 대신 알을 두 개 낳 는다. 그 두 알 가운데 하나는 제우스의 후손이요, 다른 알은 인간 퇸다레오스 의 후손이다. 알에서 각각 남녀 한 명씩 두 쌍의 쌍둥이가 태어난다. 제우스의 알에서 태어난 자식은 헬레네와 오빠인 폴뤼데우케스(폴룩스)이고, 퇸다레오 스의 알에서 태어난 자식은 클뤼타임네스트라와 오빠 카스토르이다. 이 가운 데 남자 형제인 카스토르와 폴뤼데우케스를 디오스쿠로이(디오스쿠리, '제우 스의 아들들')라고 부른다. 여기서 '임'이라는 여인이 두 남자와 관계를 가지는 대목은 신화 속의 레다의 경우를 패러디하여 표현하고 있는 것으로 볼 수 있다.

붙여 보시지요. 안 되지요? 그러니 그만들 두시란 말입니다. 윤헌테 내어준 육체는 거기 해당한 정조가 법률처럼 붙어 갔던 거구요, 또 지이가 어저께 결혼했다구 여기두 여기 해당한 정조가 따라왔으니까 뽐낼 것두 없능 거구, 질투헐 것두 없능 거구, 그러지 말구 겉은 선수(選手)끼리 악수나 허시지요, 네?"

윤과 나는 악수하지 않았다. 악수 이상의 통봉(痛棒)이 윤은 몰라도 적어도 내 위에는 내려앉았는 것이니까. 이것은 여기 앉았다가 배댕이처럼 납작해질 징조가 아닌가, 겁이 차츰차츰 나서 나는 벌떡 일어나면서 들창 밖으로 침을 탁 배앝을까 하다가 자분참,

"그렇지만 자네는 만금(萬金)을 기울여두 이젠 임이 나체스냅 하나 보기두 어려울 줄 알게. 조끔두 사양헐 게 없이 국으루 나허구 병행해서 온전한 정의(正義)를 유지허능 게 어떵가?"

하니까,

"이착(二着) 열 번 헌 놈이 아무래두 일착(一着) 단 한 번 헌 놈 앞에서 고갤 못 드는 법일세, 자네두 그만헌 예의쯤 분간이 슬 듯힌데 왜 그리 비들짝비들짝히니ㅇ? 그러구 그 만금이니 만만금이니 허능 건 또 다 뭔가? 나라는 사람은 말일세 자세 듣게, 여자가 날 싫여하면 헐수록 좋아하는 체허구 쫓아댕기다가두 그 여자가 섣불리 그럼 허구 좋아허는 낯을 단 한 번 허는 나달에는, 즉 말허자면 마즈막 물건을 단 한 번 건드리구 난 다음엔 당장 눈앞에서 그 여자가 싫여지는 성질일세, 그건 자네가 아주 바루 정의가 어쩌니 허지만 이거야말루 내 정

의에서 우러나오는 걸세. 대체 난 나버덤 낮은 인간이 싫으예. 여자가 한 번 제 마즈막 것을 구경시킨 다음엔 열이면 열, 백이면 백, 밑우루 내려가서 그 남자를 쳐다보기 시작이거든, 난 이게 견딜 수 없게 싫단 그 말일세."

나는 그제는 사뭇 돌아섰다. 그만큼 정밀(精密)한 모욕에는 더 견디기 어려워서.

윤은 새로 담배에 불을 붙여 물더니 주머니를 뒤적뒤적한다. 나를 살해하기 위한 흉기를 찾는 것일까. 담뱃불은 이미 붙었는데—.

"여기 십 원 있네. 가서 가난헌 T 군 졸르지 말구 자네가 T 군헌테 한잔 사 주게나. 자넨 오늘 그 자네 서푼쩨리 체면 때문에 꽤 우울해진 모양이니 자네 소위 신부허구 같이 있다가는 좀 위험헐걸, 그러니까 말일세 그 신부는 내 오늘 같이 키네마루 모시구 갈 테니 안헐 말루 잠시 빌리게, 응? 왜 맘이 꺼림찍헝가?"

"너무 세밀허게 내 행동을 지정하지 말게, 하여간 난 혼자 좀 나가야겠으니 임이, 윤 군허구 키네마 가지 응, 키네마 좋아허지 왜."

하고 말끝이 채 맺기 전에 임이 뾰루퉁하면서—.

"임이 남편을 그렇게 맘대루 동정허거나 자선하거나 헐 권리는 남에겐 더군다나 없습니다. 자— 그거 받아서는 안 됩니다. 여깄에요."

하고 내어놓은 무수한 십 전짜리.

"하 하 야 이겁 봐라."

윤은 담뱃불을 재떨이에다 벌레 죽이듯이 꼭꼭 이기면서 좀처럼 웃음을 얼굴에서 걷지 않는다. 나도 사실 속으로,

"하 하 야 요겁 봐라."

안한 것이 아니다. 그러나 나도 웃어 보였다. 그러고는 임의 등을 어루만져 주고 그 백동화(白銅貨)를 한 움큼 주머니에 넣고 그리고 과연 윤의 집을 나서는 길이다.

"이따 파헐 임시(臨時)해서 내 키네마 문 밖에서 기대리지, 어디지?"

"단성사, 헌데 말이 났으니 말이지 난 오늘 친구헌테 술값 꾀 주는 권리를 완전히 구속당했능걸! 어! 쯧 쯧."

적어도 백 보가량은 앞이 매음을 돌았다. 무던히 어지러워서 비척비척하기까지 한 것을 나는 아무에게도 자랑할 수는 없다.

TEXT

"불 장난 정조(貞操) 책임이 없는 불장난이면? 저는 즐거합니다. 저를 믿어 주시나요? 정조 책임이 생기는 나잘에 벌써 이 불장난의 기억을 저의 양심의 힘이 말살하는 것입니다. 믿으세요."

평(評) ── 이것은 분명히 다음에 서술되는 같은 임이의 서술 때문에 임이의 영리한 거짓부렁이가 되고 마는 일이다. 즉,

"정조 책임이 있을 때에도 다음 같은 방법에 의하여 불장

난은—주관적(主觀的)으로만이지만—용서될 줄 압니다. 즉 아내면 남편에게, 남편이면 아내에게, 무슨 특수한 전술로든지 감쪽같이 모르게 그렇게 스무드하게 불장난을 하는데 하고 나도 이렇달 형적(形蹟)을 꼭 남기지 말아야 한다는 것입니다. 네?

그러나 주관적으로 이것이 용납되지 않는 경우에 하였다면 그것은 죄요 고통일 줄 압니다. 저는 죄도 알고 고통도 알기 때문에 저로서는 어려울까 합니다. 믿으시나요? 믿어 주세요."

평(評)—여기서도 끝으로 어렵다는 대문 부근이 분명히 거짓부렁이라는 것이다. 그것은 역시 같은 임이의 필적, 이런 잠재의식 탄로현상에 의하여 확실하다.

"불장난을 못하는 것과 안하는 것과는 성질이 아주 다릅니다. 그것은 컨디션 여하에 좌우되지는 않겠지요. 그러니 어떻다는 말이냐고 그러십니까. 일러 드리지요. 기뻐해 주세요. 저는 못하는 것이 아니라 안하는 것입니다.

자각된 연애니까요.

안하는 경우에 못하는 것을 관망하고 있노라면 좋은 어휘가 생각납니다. 구토. 저는 이것은 견딜 수 없는 육체적 형벌이라고 생각합니다. 온갖 자연발생적 자태가 저에게는 어째 유취만년(乳臭萬年)의 넝마쪼각 같습니다. 기뻐해 주세요. 저를 이런 원근법에 좇아서 사랑해 주시기 바랍니다."

평(評)—나는 싫어도 요만큼 다가선 위치에서 임이를 설유(說喩)하려 드는 대시(dash)의 자세를 취소해야 하겠다. 안하는 것은 못하는 것보다 교양, 지식 이런 척도로 따져서 높다. 그러나 안한다는 것은 내가 빚어내는 기후(氣候) 여하에 빙자해서 언제든지 아무 겸손이라든가 주저 없이 불장난을 할 수 있다는 조건부 계약을 차도(車道) 복판에 안전지대 설치하듯이 강요하고 있는 징조에 틀림은 없다.

나 스스로도 불쾌할 에필로그로 귀하들을 인도하기 위하여 다음과 같은 박빙을 밟는 듯한 회화(會話)를 조직하마.

"너는 네 말마따나 두 사람의 남자 혹은 사실(事實)에 있어서는 그 이상 훨씬 더 많은 남자에게 내주었던 육체를 걸머지고 그렇게도 호기 있게 또 정정당당하게 내 성문(城門)을 틈입할 수가 있는 것이 그래 철면피가 아니란 말이냐?"

"당신은 무수한 매춘부에게 당신의 그 당신 말마따나 고귀한 육체를 염가로 구경시키셨습니다. 마찬가지지요."

"하하! 너는 이런 사회조직을 깜박 잊어버렸구나. 여기를 너는 서장(西藏)으로 아느냐, 그렇지 않으면 남자도 포유(哺乳) 행위를 하던 피테칸트로푸스 시대로 아느냐. 가소롭구나. 미안하오나 남자에게는 육체라는 관념이 없다. 알아듣느냐?"

"미안하오나 당신이야말로 이런 사회수식을 어째 급속도로 역행하시는 것 같습니다. 정조(貞操)라는 것은 일대일의 확립에 있습니다. 약탈(掠奪) 결혼이 지금도 있는 줄 아십니까?"

"육체에 대한 남자의 권한에서의 질투는 무슨 걸레쪼각 같은 교양 나부랭이가 아니다. 본능이다. 너는 이 본능을 무시하거나 그 치기만만한 교양의 장갑(掌匣)으로 정리하거나 하는 재주가 통용될 줄 아느냐?"

"그럼 저도 평등하고 온순하게 당신이 정의(定義)하시는 '본능'에 의해서 당신의 과거(過去)를 질투하겠습니다. 자— 우리 숫자로 따져 보실까요?"

평(評)——여기서부터는 내 교재(教材)에는 없다.

신선한 도덕을 기대하면서 내 구태의연하다고 할 만도 한 관록(貫祿)을 버리겠노라.

다만 내가 이제부터 내 부족하나마나 노력에 의하여 획득해야 할 것은 내가 탈피할 수 있을 만한 지식(智識)의 구매(購買)다.

나는 내가 환갑을 지난 몇 해 후 내 무릎이 일어서는 날까지는 내 오크재(材)로 만든 포도송이 같은 손자들을 거느리고 끽다점(喫茶店)에 가고 싶다. 내 아라모드*는 손자들의 그것과 태연히 맞서고 싶은 현재의 내 비애다.

전질(顚跌)

이러다가는 내 중립지대로만 일고 있던 긴깅술(健康術)이 자칫하면 붕괴할 것 같은 위구(危懼)가 적지 않다. 나는 조심조심 내 앉은 자리에 혹 유해한 곤충이나 서식하지 않는가 보살펴야 한다.

T군과 마주 앉아 싱거운 술을 마시고 있는 동안 내 눈이

---

*à la mode. 유행. 멋.

여간 축축하지 않았단다. 그도 그럴밖에. 나는 시시각각으로 자살할 것을, 그것도 제 형편에 꼭 맞춰서 생각하고 있었으니—.

내가 받은 자결(自決)의 판결문 제목은,

"피고는 일조(一朝)에 인생을 낭비하였느니라. 하루 피고의 생명이 연장되는 것은 이 건곤(乾坤)의 경상비(經常費)를 구태여 등귀(騰貴)시키는 것이거늘 피고가 들어가고자 하는 쥐구녕이 거기 있으니 피고는 모름지기 그리 가서 꽁무니 쪽을 돌아다보지는 말지어다."

이렇다.

나는 내 언어가 이미 이 황막(荒漠)한 지상에서 탕진된 것을 느끼지 않을 수 없을 만치 정신은 공동(空洞)이요, 사상(思想)은 당장 빈곤하였다. 그러나 나는 이 유구한 세월을 무사히 수면(睡眠)하기 위하여, 내가 몽상하는 정경을 합리화하기 위하여, 입을 다물고 꿀항아리처럼 잠자코 있을 수는 없는 일이다.

"몽골피에 형제*가 발명한 경기구(輕氣球)가 결과로 보아 공기보다 무거운 비행기의 발달을 훼방 놀 것이다. 그와 같이 또 공기보다 무거운 비행기 발명의 힌트의 술말섞인 날개가 도리어 현재의 형태를 갖춘 비행기의 발달을 훼방 놓았다고 할 수도 있다. 즉 날개를 펄럭거려서 비행기를 날게 하려는 노

---

* 1783년 6월 5일 프랑스의 조제프 몽골피에(Joseph Michel Montgolfier, 1740~1810)와 자크 몽골피에(Jacques Etienne Montgolfiere, 1745~1799) 형제가 최초로 열기구(hot air balloon) 실험 비행에 성공한 사실을 말한다. 이들은 고도 2000미터까지 상승해 약 삼십 분간 비행하였다.

력이야말로 차륜(車輪)을 발명하는 대신에 말의 보행(步行)을 본떠서 자동차를 만들 궁리로 바퀴 대신 기계장치의 네 발이 달린 자동차를 발명했다는 것이나 다름없다."

억양도 아무것도 없는 사어(死語)다. 그럴밖에. 이것은 장 콕토*의 말인 것도.

나는 그러나 내 말로는 그래도 내가 죽을 때까지의 단 하나의 절망, 아니 희망을 아마 텐스를 고쳐서 지껄여 버린 기색이 있다.

"나는 어떤 규수(閨秀) 작가를 비밀히 사랑하고 있소이다그려!"

그 규수 작가는 원고 한 줄에 반드시 한 자씩의 오자(誤字)를 삽입하는 쾌활한 태만성(怠慢性)을 가진 사람이다. 나는 이 여인 앞에서는 내 추한 짓밖에는, 할 수 있는 거동의 심리적 여유가 없다. 이 여인은 다행히 경산부(經産婦)다.

그러나 곧이듣지 마라. 이것은 다음과 같은 내 면목을 유지하기 위해 발굴한 연장에 지나지 않는다.

"내가 결혼하고 싶어하는 여인과 결혼하지 못하는 것이 결이 나서** 결혼하고 싶지도, 저쪽에서 결혼하고 싶어하시도 않는 여인과 결혼해 버린 탓으로 뜻밖에 나와 결혼하고 싶어하던 다른 여인이 그 또 결이 나서 다른 남자와 결혼해 버렸으니 그야말로―나는 지금 일조(一朝)에 파멸하는 결혼 위에 저립

---

* Jean Cocteau(1889~1963). 프랑스의 문인.
** 화가 나다. 성깔이 일다. 반대로는 '결이 삭다'(성이 난 마음이 풀려 부드러워지다.)라는 표현이 있다.

(佇立)하고 있으니—일거(一擧)에 삼첨(三尖)*일세그려.”

즉 이것이다.

T 군은 암만해도 내가 불쌍해 죽겠다는 듯이 나를 물끄러미 바라다보더니,

“자네, 그중 어려운 외국으로 가게, 가서 비로소 말두 배우구, 또 사람두 처음으루 사귀구 그리구 다시 채국채국 살기 시작허게. 그럭허능 게 자네 자살을 구할 수 있는 유일의 방도가 아니가 그렇게 생각하는 내가 그럼 박정한가?”

자살? 그럼 T 군이 눈치를 채었던가.

“이상스러워할 것도 없는 게 자네가 주머니에 칼을 넣고 댕기지 않는 것으로 보아 자네에게 자살하려는 의사가 있다는 걸 알 수 있지 않겠나. 물론 이것두 내게 아니구 남한테서 꿔온 에피그램이지만.”

여기 더 앉았다가는 복어처럼 탁 터질 것 같다. 아슬아슬한 때 나는 T 군과 함께 바를 나와 알맞추 단성사 문 앞으로 가서 삼 분쯤 기다렸다.

윤과 임이가 일조(一條) 이조(二條) 하는 문장(文章)처럼 나란히 나온다. 나는 T 군과 같이 ‘만춘(晩春)’** 시사(試寫)를 보겠다. 윤은 우물쭈물하는 것도 같더니,

“바통 가져가게.”

한다. 나는 일없다. 나는 절을 하면서,

---

* 한 번에 세 꼭짓점에 서다.
** 1936년 6월 단성사에서 개봉된 미국 영화 *The Flame within*의 제목.(《동아일보》, 1936. 6. 20)

"일착 선수여! 나를 열차가 연선(沿線)의 소역(小驛)을 잘 디잔 바둑돌 묵살하고 통과하듯이 무시하고 통과하여 주시기(를) 바라옵나이다."

순간 임이 얼굴에 독화(毒花)가 핀다. 응당 그러리로다. 나는 이착의 명예 같은 것은 요새쯤 내다 버리는 것이 좋았다. 그래 얼른 릴레이를 기권했다. 이 경우에도 어휘를 탕진한 부랑자의 자격에서 공구(恐懼) 요코미쓰 리이치* 씨의 출세를 사글세 내어 온 것이다.

임이와 윤은 인파 속으로 숨어 버렸다.

갤러리 어둠 속에 T 군과 어깨를 나란히 앉아서 신발 바꿔 신은 인간 코미디를 내려다보고 있었다. 아랫배가 몹시 아프다. 손바닥으로 꽉 누르면 밀려 나가는 김이 입에서 홍소(哄笑)로 화해 터지려 든다. 나는 아편이 좀 생각났다. 나는 조심도 할 줄 모르는 야인(野人)이니까 반쯤 죽어야 껍적대지 않는다.

스크린에서는 죽어야 할 사람들은 안 죽으려 들고 죽지 않아도 좋은 사람들이 죽으려 야단인데 수염 난 사람이 수염을 혀로 핥듯이 만지작만지작하면서 이쪽을 향하더니 하는 소리다.

"우리 의사(醫師)는 죽으려 드는 사람을 부득부득 살려 가면서도 살기 어려운 세상을 부득부득 살아가니 거 익살맞지 않소."

----

* 橫光利一(1898~1947). 일본 쇼와(昭和) 문단에서 신감각파를 대표하는 작가로 알려져 있으며, 「기계」, 「여수」 등의 작품이 있다.

말하자면 굽 달린 자동차를 연구하는 사람들이 거기서 이리 뛰고 저리 뛰고 하고들 있다.

나는 차츰차츰 이 객(客) 다 빠진 텅 빈 공기 속에 침몰하는 과실(果實) 씨가 내 허리띠에 달린 것 같은 공포에 지질리면서 정신이 점점 몽롱해 들어가는 벽두에 T 군은 은근히 내 손에 한 자루 서슬 퍼런 칼을 쥐어 준다.

(복수하라는 말이렷다.)

(윤을 찔러야 하나? 내 결정적 패배가 아닐까? 윤은 찌르기 싫다.)

(임이를 찔러야 하지? 나는 그 독화(毒花) 핀 눈초리를 망막에 영상(映像)한 채 왕생(往生)하다니.)

내 심장이 꽁꽁 얼어 들어온다. 빠드득빠드득 이가 갈린다.

(아하 그럼 자살을 권하는 모양이로군, 어려운데—. 어려워, 어려워, 어려워.)

내 비겁을 조소(嘲笑)하듯이 다음 순간 내 손에 무엇인가 뭉클 뜨뜻한 덩어리가 쥐어졌다. 그것은 서먹서먹한 표정의 나쓰미캉, 어느 틈에 T 군은 이것을 제 주머니에다 넣고 왔든구.

입에 침이 쫘르르 돌기 전에 내 눈에는 식은 컵에 어리는 이슬처럼 방울지지 않는 눈물이 핑 돌기 시작하였다.

《조광(朝光)》, 1937년 2월, 222～238쪽.

종생기(終生記)

극유산호(郤遺珊瑚)*──요 다섯 자 동안에 나는 두 자 이상의 오자를 범했는가 싶다. 이것은 나 스스로 하늘을 우러러 부끄러워할 일이겠으나 인지(人智)가 발달해 가는 면목이 실로 약여(躍如)하다.

----

* 당나라 시인 최국보(崔國輔)가 「소년행(少年行)」이란 시에서 인유한 구절이지만 글자의 순서를 서로 바꾸어 놓았다. 시의 원문은 아래와 같다.

遺郤珊瑚鞭(유극산호편)　산호 채찍을 잃고 나니
白馬驕不行(백마교불행)　백마가 교만해져 가지 않는다.
章臺折楊柳(장대절양유)　장대(지명, 유곽 있는 곳)에서 여인을 희롱하니
春日路傍情(춘일노방정)　봄날 길가의 정경이여.

이 시의 첫 구절 遺郤珊瑚鞭이라는 다섯 글자에서 앞의 두 글자 순서를 바꾸고, 鞭 자를 탈락시켜 버린 채 郤遺珊瑚라고 썼다. 그러면서 바로 뒤에 "다섯 자 동안에 나는 두 자 이상의 오자를 범했는가 싶다."라고 밝힌다.

죽는 한이 있더라도 이 산호(珊瑚) 채찍일랑 꽉 쥐고 죽으리라. 내 폐포파립(廢袍破笠) 우에 퇴색한 망해(亡骸) 우에 봉황이 와 앉으리라.

나는 내 「종생기」가 천하 눈 있는 선비들의 간담을 서늘하게 해 놓기를 애틋이 바라는 일념 아래의 만큼 인색한 내 맵씨의 절약법을 피력하여 보인다.

일발포성(一發砲聲)에 부득이 영웅이 되고 만 희대의 군인 모(某)는 아흔에 귀를 단* 황송한 일생을 끝막던 날 이렇다는 유언 한마디를 지껄이지 않고 그 임종의 장면을 곧잘 (무사히 후— 한숨이 나올 만큼) 넘겼다.

그런데 우리들의 레우오치카— 애칭 톨스토이—는 괴나리봇짐을 짊어지고 나선 데까지는 기껏 그럴 성싶게 꾸며 가지고 마지막 오 분에 가서 그만 잡았다. 자지레한 유언 나부랭이로 말미암아 칠십 년 공든 탑을 무너뜨렸고 허울 좋은 일생에 가실 수 없는 흠집을 하나 내어 놓고 말았다.

나는 일 개 교활한 옵서버의 자격으로 그런 우매한 성인(聖人)들의 생애를 방청하여 있으니 내가 그런 따위 실수를 알고도 재범(再犯)할 리가 없는 것이다.

거울을 향하여 면도질을 한다. 잘못해서 나는 생채기를 내인다. 나는 골을 벌컥 내인다.

그러나 와글와글 들끓는 여러 '나'와 나는 정면으로 충돌하기 때문에 그들은 제각기 베스트를 다하여 제 자신만을 변호

---

* 아흔 살에 조금 미치지 못하다.

하는 때문에 나는 좀처럼 범인을 찾아내이기는 어렵다는 것이다.

그러기에 대저 어리석은 민중들은 '원숭이가 사람 흉내를 내이네.' 하고 마음을 놓고 지내는 모양이지만 사실 사람이 원숭이 흉내를 내이고 지내는 바 짜 지당한 전고(典故)를 이해하지 못하는 탓이리라.

오호라. 일거수일투족이 이미 아담 이브의 그런 충동적 습관에서는 탈각(脫却)한 지 오래다. 반사운동과 반사운동 틈사구니에 끼워서 잠시 실로 전광석화만큼 손꾸락이 자의식의 포로가 되었을 때 나는 모처럼 내 허무한 세월 가운데 한각(閑却)되어 있는 기암(奇岩), 내 콧잔등이를 좀 만지작만지작했다거나, 고귀한 대화와 대화 늘어선 쇠사슬 사이에도 정히 간발(間髮)을 허용하는 들창이 있나니 그 서슬 퍼런 날[刀]이 자의식을 걷잡을 사이도 없이 양단하는 순간 나는 내 명경같이 맑아야 할 지보(至寶) 두 눈에 혹시 눈곱이 끼지나 않았나 하는 듯이 적절하게 주름살 잡힌 손수건을 꺼내어서는 그 두 눈을 만지작만지작했다거나—.

내 혼백과 사내(四大)*의 섬삷은 태만성(怠慢性)이 그런 사소한 연화(煙火)들을 일일이 따라다니면서 (보고 와서) 내 통괄되는 처소에다 일러바쳐야만 하는 그런 압도적 망쇄(忙殺)를 나는 이루 감당해 내이는 수가 없다.

＊사대육신(四大六身)을 줄여 한 말. 사대(四大)로 이루어진 사람의 온몸, 곧 팔, 다리, 머리, 몸뚱이.

그러나 나는 내 지중(至重)한 산호편(珊瑚鞭)을 자랑하고
싶다.

'쓰레기', '우거지'

이 구지레한 단자(單字)의 분위기를 족하(足下)는 족히 이
해하십니까.

족하는 족하가 기독교식으로 결혼하던 날 네이브 앤드 아
일*에서 이 '쓰레기', '우거지'에 근이(近邇)한 감흥을 맛보았
으리라고 생가이 되는데 과연 그렇지는 않으십니까.

나는 그런 '쓰레기'나 '우거지' 같은 테이프를 — 내 종생
기 처처(處處)에다 가련히 심어 놓은 자지레한 치레를 위하
여 — 뿌려 보려는 것인데 —.

다행히 박수(拍手)하다. 이상(以上).

* * *

'치사(侈奢)한 소녀는', '해동기(解凍期)의 시냇가에 서서',
'입술의 낙화(落花) 지듯 좀 파래지면서', '박빙(薄氷) 밑으로
는 무엇이 저리도 움직이는가 고', '고개를 갸웃거리는 늧이
숙이고 있는데', '봄 운기를 품은 훈풍이 불어와서', '스커트',
아니 아니, '너무나'. 아니, 아니, '좀' '슬퍼 보이는 홍발(紅髮)
을 건드리면' 그만. 더 아니다. 나는 한마디 가련한 어휘를 첨
가할 성의를 보이자.

---

* nave and aisle. 교회의 본당 회중석과 그 측면의 통로.

‘나붓 나붓’.

이만하면 완비된 장치에 틀림없으리라. 나는 내 종생기의 서장(序章)을 꾸밀 그 소문 높은 산호편을 더 여실히 하기 위하여 위와 같은 실로 나로서는 너무나 과람(過濫)히 치사(侈奢)스럽고 어마어마한 세간살이를 장만한 것이다.

그런데——

혹 지나치지나 않았나. 천하에 형안(炯眼)이 없지 않으니까 너무 금(金)칠을 아니했다가는 서툴리 들킬 염려가 있다. 허나——

그냥 어디 이대로 써〔用〕 보기로 하자.

나는 지금 가을바람이 자못 소슬한 내 구중중한 방에 홀로 누워 종생하고 있다.

어머니 아버지의 충고에 의하면 나는 추호(秋毫)의 틀림도 없는 만 25세와 11개월의 ‘홍안(紅顔) 미소년’이라는 것이다. 그렇건만 나는 확실히 노옹(老翁)이다. 그날 하루하루가 ‘인생은 짧고 예술은 길다랗다.’ 하는 엄청난 평생이다.

나는 날마다 운명(殞命)하였다. 니는 자던 잠——이 잠이야 말로 언제 시작한 잠이더냐.——을 깨이면 내 통절(痛切)한 생애가 개시되는데 청춘이 여지없이 탕진되는 것은 이불을 폭 뒤집어쓰고 누웠지만 역력히 목도(目睹)한다.

나는 노래(老來)에 빈한한 식사를 한다. 12시간 이내에 종생(終生)을 맞이하고 그리고 할 수 없이 이리 궁리 저리 궁리 유언다운 어디 유실되어 있지 않나 하고 찾고, 찾아서는 그중 의젓스러운 놈으로 몇 추린다.

그러나 고독한 만년(晩年) 가운데 한 구의 에피그램을 얻지 못하고 그대로 처참히 나는 물고(物故)하고 만다.

일생의 하루—

하루의 일생은 대체 (위선) 이렇게 해서 끝나고 끝나고 하는 것이었다.

자—보아라.

이런 내 분장(粉裝)은 좀 과하게 치사스럽다는 느낌은 없을까 없지 않다.

그러나 위풍당당 일세를 풍미할 만한 참신무비(斬新無比)한 햄릿(망언다사(妄言多謝))을 하나 출세시키기 위하여는 이만한 출자는 아끼지 말아야 하지 않을까 하는 느낌도 없지 않다.

나는 가을. 소녀는 해동기.

어느 제나 이 두 사람이 만나서 즐거운 소꿉장난을 한번 해보리까.

나는 그해 봄에도—

부질없는 세상이 스스러워서 상설(霜雪) 같은 위엄을 갖춘 몸으로 한심(寒心)한 불우(不遇)의 일월(日月)을 맞고 보내지 않으면 안 되었다.

미문(美文), 미문, 애아(曖呀)! 미문.

미문이라는 것은 저윽이 조처하기 위험한 수작이니라.

나는 내 감상(感傷)의 꿀방구리 속에 청산 가던 나비처럼 마취 혼사(昏死)하기 자칫 쉬운 것이다. 조심 조심 나는 내 맵시를 고쳐야 할 것을 안다.

나는 그날 아침에 무슨 생각에서 그랬던지 이를 닦으면서 내 작성 중에 있는 유서 때문에 끙끙 앓았다.

열세 벌의 유서가 거의 완성해 가는 것이었다. 그러나 그 어느 것을 집어내 보아도 다 같이 서른여섯 살에 자수(自殊)*한 어느 '천재'가 머리맡에 놓고 간 개세(蓋世)의 일품(逸品)의 아류(亞流)에서 일보(一步)를 나서지 못했다. 내게 요만 재주밖에는 없느냐는 것이 다시없이 분하고 억울한 사정이었고 또 초조의 근원이었다. 미간을 찌푸리되 가장 고매한 얼굴은 지속해야 할 것을 잊어버리지 않고 그리고 계속하여 끙끙 앓고 있노라니까 (나는 일시일각을 허송하지는 않는다. 나는 없는 지혜를 끊치지 않고 쥐어짠다.) 속달(速達) 편지가 왔다. 소녀에게서다.

선생님! 어제 저녁 꿈에도 저는 선생님을 만나 뵈었습니다. 꿈 가운데 선생님은 참 다정하십니다. 저를 어린애처럼 귀여워해 주십니다.

그러나 백일(白日) 아래 표표(飄飄)하신 선생님은 저를 부르시지 않습니다.

비굴이라는 것이 무슨 빛으로 되어 있나 보시랴거든 선생님은 거울을 한번 보아 보십시오. 거기 비치는 선생님의 얼굴빛이 바로 비굴이라는 것의 빛입니다.

헤어진 부인과 3년을 동거하시는 동안에 너 가거라 소리를 한마디도 하신 일이 없다는 것이 선생님의 유일의 자만이십디다그려! 그렇게까지 선생님은 인정에 구구하신가요.

────────────

* 스스로 목숨을 끊다. 자살하다.

R과도 깨끗이 헤어졌습니다. S와도 절연한 지 벌써 다섯 달이나 된다는 것은 선생님께서도 믿어 주시는 바지요? 다섯 달 동안 저에게는 아무것도 없습니다. 저의 청절(淸節)을 인정해 주시기 바랍니다.

저의 최후까지 더럽히지 않은 것을 선생님께 드리겠습니다. 저의 히멀건 살의 매력이 이렇게 다섯 달 동안이나 놀고 없는 것은 참 무엇이라고 말할 수 없이 아깝습니다. 저의 잔털 나스르르한* 목, 영한 온도가 선생님을 기다리고 있습니다, 선생님이여! 저를 부르십시오. 저더러 영영 오라는 말을 안하시는 것은 그것 역시 가신 적 경우와 똑같은 이론에서 나온 구구한 인생 변호의 치사스러운 수법이신가요?

영원히 선생님 '한 분'만을 사랑하지요. 어서 어서 저를 전적으로 선생님만의 것을 만들어 주십시오. 선생님의 '전용(專用)'이 되게 하십시오.

제가 아주 어수룩한 줄 오산(誤算)하고 계신 모양인데 오산치고는 좀 어림없는 큰 오산이리다.

네 딴은 제법 든든한 줄만 믿고 있는 네 그 안전지대라는 것을 너는 아마 하나 가진 모양인데 그까짓 것쯤 내 말 한마디에 사태(沙汰)가 나고 말리라, 이렇게 일러 드리고 싶습니다. 또—

예끼! 구역질 나는 인생 같으니 이러고도 싶습니다.

3월 3일 날 오후 두 시에 동소문 버스 정류장 앞으로 꼭 와야 되지 그렇지 않으면 큰일 나요 내 징벌을 안 받지 못하리라.

---

* 가늘고 짧고 보드라운 털이나 풀 따위가 성기게 나 있다.

만 19세 2개월을 맞이하는

정희(貞姬) 올림

이상(李箱) 선생님께

물론 이것은 죄다 거짓부렁이다. 그러나 그 일촉즉발의 아슬아슬한 용심법(用心法)이 특히 그중에도 결미(結尾)의 비견할 데 없는 청초함이 장(壯)히 질풍신뢰(疾風迅雷)를 품은 듯한 명문이다.

나는 까무러칠 뻔하면서 혀를 내어둘렀다. 나는 깜빡 속기로 한다. 속고 만다.

여기 이 이상(李箱) 선생님이라는 허수아비 같은 나는 지난밤 사이에 내 평생을 경력(經歷)했다. 나는 드디어 쭈굴쭈굴하게 노쇠해 버렸던 차에 아침(이 온 것)을 보고 이키! 남들이 보는 데서는 나는 가급적 어쭙지않게 (잠을) 자야 되는 것이어늘, 하고 늘 이를 닦고 그러고는 도로 얼른 자 버릇하는 것이었다. 오늘도 또 그럴 세음이었다.

사람들은 나를 보고 짐짓 기이하기도 해서 그러는지 경천농지의 육중한 경륜을 품은 사람인가 보다고들 속는다. 그러니까 고렇게 하는 것이 내 시시한 자세나마 유지시킬 수 있는 유일무이의 비결이었다. 즉 나는 남들 좀 보라고 낮에 잔다.

그러나 그 편지를 받고 흔희작약(欣喜雀躍), 나는 개세(蓋世)의 경륜과 유서의 고민을 깨끗이 씻어 버리기 위하여 바로 이발소로 갔다. 나는 여간 아니 호걸답게 입술에다 치분(齒粉)을 허옇게 묻혀 가지고는 그 현란한 거울 앞에 가 앉아 이제

호화장려(豪華壯麗)하게 개막하려 드는 내 종생(終生)을 유유히 즐기기로 거기 해당하게 내 맵시를 수습하는 것이었다.

위선 그 작소(鵲巢)라는 뇌명(雷名)까지 있는 봉발(蓬髮)을 썰어서 상고머리라는 것을 만들었다. 오각수(五角鬚)*는 깨끗이 도태해 버렸다. 귀를 우비고 코털을 다듬었다. 안마도 했다. 그리고 비누 세수를 한 다음 문득 거울을 들여다보니 품 있는 데라고는 한 귀퉁이도 없어 보이는 듯하면서 또한 태생을 어찌 어기리오, 좋도록 말해서 리피엘 전파(前派)** 일원같이 그렇게 청초한 백면서생이라고도 보아 줄 수 있지 하고 실없이 제 얼굴을 미남자거니 고집하고 싶어하는 구지레한 욕심을 내심 탄식하였다.

아차! 나에게도 모자가 있다. 겨울내 꾸겨 박질러 두었던 것을 부득부득 끄집어내어다 15분간 세탁소로 가지고 가서 멀쩡하게 만들었다. 그리고 흰 바지저고리에 고동색 대님을 다 치고 차림차림이 제법 이색(異色)이 있다. 공단은 못 되나마 능직(綾織) 두루마기에 이만하면 고왕금래(古往今來) 모모

---

* 다섯모가 나게 자란 턱수염.
** Pre-Raphaelite Brotherhood. 1840년대 말 런던에서 시작되어 10여 년에 불과한 짧은 시간 동안 지속된 미술 운동이며, 1848년 로세티(Dante Gabriel Rossetti), 헌트(William Holman Hunt), 밀레이(John Everett Millais)를 중심으로 한 작가들이 런던의 고어가 83번지에 모여 '프레라파엘리티'라는 단체를 창립하면서 시작되었다. 이들은 빅토리아 왕조의 관습주의 및 산업 혁명으로 인한 사회의 부패에 항거하며 자연에서 영감을 얻은 순수하면서도 프리미티브(primitive)한 미술, 즉 인간과 자연의 아름다움을 소박하게 묘사하는 라파엘로 이전의 순수한 미술로 복귀할 것을 주장했다.

(某某)한 천재의 풍모에 비겨도 조곰도 손색이 없으리라. 나는 내 그런 여간 이만저만하지 않은 풍모를 더욱더욱 이만저만 하지 않게 모디파이어하기 위하여 가늘지도 굵지도 않은 고 다지 알맞은 단장을 하나 내 손에 쥐여 주어야 할 것도 때마침 잊어버리지는 않았다.

별수 없이—

오늘이 즉 3월 3일인 것이다.

나는 점잖게 한 30분쯤 지각해서 동소문 지정받은 자리에 도착하였다. 정희는 또 정희대로 아주 정희다웁게 한 30분쯤 일찍 와 서 있다.

정희의 입상(立像)은 제정 노서아(露西亞) 적 우표딱지처럼 적잖이 슬프다. 이것은 아직도 얼음을 품은 바람이 해토(解土) 머리*답게 싸늘해서 말하자면 정희의 모양을 얼마간 침통하 게 해 보일 탓이렷다.

나는 이런 경우에 천만 뜻밖에도 눈물이 핑 눈에 그득 돌아 야 하는 것이 꼭 맞는 원칙으로서의 의표(意表)가 아닐까 그렇 게 생각하면서 저벅저벅 정희 앞으로 다가갔다.

우리들은 이 땅을 처음 찾아온 제비 한 쌍처럼 잘 앙증스럽 게 만보(漫步)하기 시작했다. 걸어가면서도 나는 내 두루마기 에 잡히는 주름살 하나에도 단장을 한 번 휘저었는 곡절에도 세세히 조심한다. 나는 말하자면 내 우연한 종생을 깜쪽스럽 도록 찬란하게 허식(虛飾)하기 위하여 내 박빙을 밟는 듯한 포

---

* 얼었던 땅이 녹아 풀리기 시작할 때.

즈를 아차 실수로 무너뜨리거나 해서는 절대로 안 된다는 것을 굳게굳게 명(銘)하고 있는 까닭이다.

그러면 맨 처음 발언으로는 나는 어떤 기절참절(奇絶慘絶)한 경구를 내어놓아야 할 것인가, 이것 때문에 또 잠깐 머뭇머뭇하지 않을 수도 없었지만 그렇다고 바로 대이고 거 어쩌면 그렇게 똑 제정 노서아 적 우표딱지같이 초초하니 어쩌니 하는 수는 차마 없다.

나는 선뜻

"설마가 사람을 죽이느니."

하는 소리를 저 배 속에서부터 우러나오는 듯한 그런 까라앉은 목소리에 꽤 명료한 발음을 얹어서 정희 귀 가까이다 대이고 지껄여 버렸다. 이만하면 아마 그 경우의 최초의 발성(發聲)으로는 무던히 성공한 편이리라. 뜻인즉, 네가 오라고 그랬다고 그렇게 내가 불쑥 올 줄은 너 꿈에도 생각하지 못했으리라는 꼼꼼한 의도다.

나는 아침 반찬으로 콩나물을 3전어치는 안 팔겠다는 것을 교묘히 부사의 3전어치만 살 수 있는 것과 같은 미끈한 쾌감을 맛본다. 내 딴은 나행히 노랑돈* 한 푼도 참 용하게 낭비하지는 않은 듯싶었다.

그러나 그런 내 청천에 벽력이 떨어진 것 같은 인사에 대하여 정희는 실로 대답이 없다. 이것은 참 큰일이다.

아이들이 고추 먹고 맴맴 담배 먹고 맴맴 하고 노는 그런 암

---

* 몹시 아끼는 돈.

광진 수단으로 그냥 단번에 나를 어지럽뜨려서는 넘어뜨려 버릴 작정인 모양이다.

정말 그렇다면!

이 상쾌한 정희의 확호(確乎) 부동(不動) 자세야말로 엔간치 않은 출품이 아닐 수 없다. 내가 내어놓은 바 살인촌철(殺人寸鐵)은 그만 즉석에서 분쇄되어 가엾은 부작(不作)으로 내려 떨어지고 마는 것이다 하고 나는 느꼈다.

나는 나로서 할 수 있는 가장 큰 규모의 손짓발짓을 한 벌 해 보이고 이윽고 낙담(落膽)하였다는 것을 표시하였다. 일이 여기 이른 바에는 내 포즈 여부가 문제 아니다. 표정도 인제 더 써먹을 것이 남아 있을 성싶지도 않고 해서 나는 겸연쩍게 안색을 좀 고쳐 가지고 그러고 정희! 그럼 나는 가겠소, 하고 깍듯이 인사하고 그러고?

나는 발길을 돌쳐서 집을 향해 걷기 시작했다. 내 파란만장(波瀾萬丈)의 생애가 자지레한 말 한마디로 하여 그만 회신(灰燼)으로 돌아가고 만 것이다. 나는 세상에도 참혹한 풍채 아래서 내 종생을 치른 것이다 고 생각하면서 그렇다면 그림 그럴 성싶기도 하게 단장도 한두 번 휘두르고 입도 좀 일기죽일기죽 해 보기도 하면서 행차(行次)하는 체해 보인다.

5초—10초—20초—30초—1분—

결코 뒤를 돌아다보거나 해서는 못쓴다. 어디까지든지 사심 없이 패배한 체하고 걷는 체한다. 실심(失心)한 체한다.

나는 사실은 좀 어지럽다. 내 쇠약한 심장으로는 이런 자약(自若)한 체조를 그렇게 장시간 계속하기가 썩 어려운 것이다.

묘지명이라. 일세(一世)의 귀재 이상(李箱)은 그 통생(通生)의 대작 「종생기」 일 편을 남기고 서력 기원후 1937년 정축(丁丑) 3월 3일 미시(未時) 여기 백일(白日) 아래서 그 파란만장(?)의 생애를 끝막고 문득 졸(卒)하다. 향년 만 25세와 11개월. 오호라! 상심커다. 허탈이야. 잔존하는 또 하나의 이상(李箱) 구천을 우러러 호곡(號哭)하고 이 한산(寒山) 일편석(一片石)을 세우노라. 애인 정희는 그대의 몰후 수삼인(數三人)의 비첩(秘妾) 된 바 있고 오히려 상수(尙壽)하니 지하의 이상아! 바라건댄 명목(瞑目)하라.

그리 칠칠치는 못하나마 이만큼 해 가지고 이 꼴 저 꼴 구지레한 흠집을 살짝 도회(韜晦)하기로 하자. 고만 실수는 여상(如上)의 묘기로 겸사겸사 메꾸고 다시 나는 내 반생의 진용 후일에 관해 차근차근 고려하기로 한다. 이상(以上).

역대의 에피그램과 경국(傾國)의 철칙이 다 내에 있어서는 내 위선을 암장(暗葬)하는 한 스무드한 구실에 지나지 않는다. 실로 나는 내 낙명(落命)의 자리에서도 임종의 합리화를 위하여 코로*처럼 도색(桃色)의 팔레트를 볼 수도 없거니와 톨스토이처럼 탄식해 주고 싶은 쥐꼬리만 한 금언의 추억도 가지기 않다. 그냥 난데없이 다리를 삐어 넘어지듯이 스르르 죽어 가리라.

거룩하다는 칭호를 휴대하고 나를 찾아오는 '연애'라는 것을 응수하는 데 있어서도 어디서 어떤 노소간의 의뭉스러운

---

*J. B. C. Corot(1796~1875). 프랑스의 화가. 인상파에 영향을 미친 자연 풍경화가. 그의 유명한 작품에 팔레트를 든 「자화상」(1835)이 있다. 경성고등공업학교 시절의 이상 사진에도 이 작품과 비슷한 모습이 보인다.

선인들이 발라먹고 내어버린 그런 유훈(遺訓)을 나는 헐값에 걷어들여다가는 제련(製鍊) 재탕 다시 써먹는다.

는 줄로만 알았다가도 또 내게 혼나는 경우가 있으리라.

나는 찬밥 한 술 냉수 한 모금을 먹고도 넉넉히 일세를 위압할 만한 '고언(苦言)'을 적적(摘摘)할 수 있는 그런 지혜의 실력을 가졌다.

그러나 자의식의 절정 우에 발돋움을 하고 올라선 단말마의 비결을 보통 야시(夜市) 국수 버섯을 팔러 오신 시골 아주먼네에게 서너 푼에 그냥 넘겨주고 그만두는 그렇게까지 자신의 에티켓을 미화시키는 겸허의 방식도 또한 나는 무루(無漏)히 터득하고 있는 것이다. 당목(瞠目)할지어다.* 이상(以上).

난마(亂麻)와 같이 갈피를 잡을 수 없는 얼마간 비극적인 자기탐구.

이런 흙발 같은 남루한 주제는 문벌이 버젓한 나로서 채택할 신세가 아니거니와 나는 태서의 에티켓으로 차 한잔을 마실 적의 포즈에 대하여도 세심하고 세심한 용의가 필요하다.

휘파람 한 번을 분다 치더라노 내 극비리에 정선 은닉된 설차를 온고(溫古)하여야만 한다. 그런 다음이 아니고는 나는 희망 잃은 황혼에서도 휘파람 한마디를 마음대로 불 수는 없는 것이다.

동물에 대한 고매한 지식?

사슴, 물오리, 이 밖의 어떤 종류의 동물도 내 애니멀 킹덤

---

* 놀라거나 괴이쩍게 여겨 눈을 휘둥그렇게 뜨고 바라보다

에서는 탈락되어 있어야 한다. 나는 이 수렵용으로 귀여이 가
엾이 되어 먹어 있는 동물 외의 동물에 언제든지 무가내하(無
可奈何)로 무지하다.

또 ──

그럼 풍경에 대한 오만한 처신법?

어떤 풍경을 묻지 않고 풍경의 근원, 중심, 초점이 말하자
면 나 하나 '도련님'다운 소행에 있어야 할 것을 방약무인으로
강조한다. 나는 이 맹목적 신소를 두 눈을 그대로 딱 부르감고
믿어야 된다.

자진(自進)한 '우매', '몰각'이 참 어렵다.

보아라. 이 자득(自得)하는 우매의 절기(絶技)를! 몰각의 절
기를.

백구(白鷗)는 의백사(宜白沙)하니 막부춘초벽(莫赴春草碧)
하라.*

이태백(李太白). 이 전후만고(前後萬古)의 으리으리한 '화족
(華族)'. 나는 이태백을 닮기도 해야 한다. 그렇기 위하여 오언절

---

* 조선 후기 문신 이양연(李亮淵, 1771~1853)의 각품 속 한 구절로 일더거
있다. 이양연은 광평대군의 후손으로 시문에 뛰어났으며, 동지중추부사, 호조
참판, 동지돈녕부사 겸 부총관 등을 지냈다. 여기 인용된 한시는 5언절구 형태
이며 원문은 다음과 같다.

白鷺宜白沙(백로의백사)   백로는 백사장이 적당하니
莫向春草碧(막향춘초벽)   봄풀 푸른 곳으로 가지 말라.
不須自分明(불수자분명)   스스로 드러내지 않아도
易爲人所識(이위인소식)   사람들에게 쉽게 들켜 버린다.

구 한 줄에서도 한 자가량의 태연자약한 실수를 범해야만 한다. 현란한 문벌이 풍기는 가히 범할 수 없는 기품과 세도가 넉넉히 고시(古詩) 한 절쯤 서슴지 않고 생채기를 내어 놓아도 다들 어수룩한 체들 하고 속느니 하는 교만한 미신이다.

곱게 빨아서 곱게 다리미질을 해 놓은 한 벌 슈미즈에 꼬빡 속는 청절처럼 그렇게 아담하게 나는 어떠한 질차(跌蹉)에서도 거뜬하게 얄미운 미소와 함께 일어나야만 하는 것이니까—.

오늘날 내 한 씨족이 분명치 못한 소녀에게 섣불리 딴죽을 걸어 넘어진다기로서니 이대로 내 숙망의 호화유려한 종생을 한 방울 하잘것없는 오점을 내이는 채 투시(投匙)해서야 어찌 초지(初志)의 만일에 응답할 수 있는 면목이 족히 서겠는가, 하는 허울 좋은 구실이 영일(永日) 밤보다도 오히려 한 뼘 짧은 내 전정(前程)에 대두하기 시작하는 것이었다.

완만, 착실한 서술!

나는 과히 눈에 띠울 성싶지 않은 한 지점을 재재바르게 붙들어서 거기서 공중 담배를 한 갑 사 (주머니에 넣고) 피워 물고 정희의 뻔한 설음을 다시 뒤따랐다.

나는 그저 일상의 다반사를 간과하듯이 범연하게 휘파람을 불고 내 구두 뒤축이 아스팔트를 디디는 템포 음향, 이런 것들의 귀찮은 조절에도 깔끔히 정신 차리면서 넉넉잡고 3분, 다시 돌친 걸음은 정희와 어깨를 나란히 걸을 수 있었다. 부질없는 세상에 제 심각하면, 침통하면 또 어쩌겠느냐는 듯싶은 서운한 눈의 위치를 동소문 밖 신개지 풍경 어디라고 정치 잃은 한 점에 두어 두었으니 보라는 듯한 부득부득 지근거리는 자세면서도 또 그렇지도 않을 성싶은 내 묘기 중에도 묘기를 더한층 허겁지겁 연마하기에 골똘하는 것이었다.

일모(日暮) 창산—.

날은 저물었다. 아차! 저물지 않은 것으로 하는 것이 좋을까 보다.

날은 아직 저물지 않았다.

그러면 아까 장만해 둔 세간 기구를 내세워 어디 차근차근 살림살이를 한번 치러 볼 천우(天佑)의 호기(好機)가 배 앞으로 다다랐나 보다. 자—.

태생은 어길 수 없어 비천한 '타'*를 감추지 못하는 딸—.(전기 치사(侈奢)한 소녀 운운은 어디까지든지 이 바보 이상(李箱)의 호의에서 나온 곡해다. 모파상의 '지방 덩어리'를 생각하자. 가족은 미만 14세의 딸에게 매음시켰다. 두 번째는 미만 19세의 딸이 자진했다. 아— 세 번째는 그 나이 스물두 살이 되던 해 봄에 얹은 낭자를 내리우고 게다 다홍댕기를 드려 늘어트려 편발** 처자(妻子)를 위조하여서는 내 세끼어 강행으로 매끽(賣喫)하여 벌었다.)

비천한 뉘 집 딸이 해빙기의 시냇가에 서서 입술이 낙화 지듯 좀 파래지면서 박빙 밑으로는 무엇이 저리도 움직이는가고 고개를 갸웃거리는 듯이 숙이고 있는데 봄 방향(芳香)을 품은 훈풍이 불어와서 스커트, 아니 너무나 슬퍼 보이는, 아니

---

* ta. true altitude의 약어. 높이. 또는 순우리말인 '티'의 오식으로 볼 수 있다.
** 편발(辮髮·編髮). 예전에, 관례(冠禮)하기 전에 머리를 땋아 늘이던 일. 또는 그 머리.

좀 슬퍼 보이는 홍발(紅髮)을 건드리면—.

좀 슬퍼 보이는 홍발을 나붓나붓 건드리면—.

여상(如上)이다. 이 개기름 도는 가소로운 무대를 앞에 두고 나는 나대로 나다웁게 가문이라는 자지레한 '투(套)'는 어떤 일이 있더라도 잊어버리지 않고 채석장 희멀건 단층을 건너다보면서 탄식 비슷이,

"지구를 저며 내는 사람들은 필시 자연파괴자리라."는 둥,

"개아미 집이야말로 과연 정연하구나."라는 둥,

"비가 오면, 아— 천하에 비가 오면,"

"작년에 났던 초목이 올해에도 또 돋으려누. 귀불귀(歸不歸)란 무엇인가."라는 둥?

치레 잘하면 제법 의젓스러워도 보일 만한 가장 한산한 과제로만 골라서 점잖게 방심(放心)해 보여 놓는다.

정말일까? 거짓말일까. 정희가 불쑥 말을 한다. 한 소리가 "봄이 이렇게 왔군요." 하고 웃니는 좀 사이가 벌어져서 보기 흉한 듯하니까 살짝 가리고 곱다고 자처하는 아랫니를 보이지 않으려고 했지만 부지불식간에 그렇게 내어다보인 것을 또 어쩝니까 하는 듯싶이 가증하게 내어보이면서 또 여간해서 어림이 서지 않는 어중간 얼굴을 그 우에 얹어 내세우는 것이었다.

좋아, 좋아, 좋아, 그만하면 잘되었어.

나는 고개 대신에 단장을 끄떡끄떡해 보이면서 창졸간에 그만 정희 어깨 우에다 손을 얹고 말았다.

그랬더니 정희는 저윽히 해괴해하노라는 듯이 잠시는 묵묵하더니?

정희도 문벌이라든가 혹은 간편히 말해 에티켓이라든가 제법 배워서 짐작하노라고 속삭이는 것이 아닌가.

꿀꺽!

넘어가는 내 지지한 종생, 이렇게도 실수가 허(許)해서야 물화적(物貨的) 전 생애를 탕진해 가면서 사수하여 온 산호편의 본의가 대체 어디 있느냐? 내내 울화가 북받쳐 혼도할 것 같다.

흥천사(興天寺) 으슥한 구서방에 내 종생의 갈력이 정희를 이끌어 들이기도 전에 나는 밤 쓸쓸히 거짓말깨나 해 놓았나 보다.

나는 내가 그윽히 음모한 바 천고불역(千古不易)의 탕아, 이상(李箱)의 자지레한 문학의 빈민굴을 교란시키고자 하던 가지가지 진기한 연장이 어느 겨를에 빼물르기* 시작한 것을 여기서 깨단해야** 되나 보다. 사회는 어떠쿵, 도덕이 어떠쿵, 내면적 성찰, 추구, 적발, 징벌은 어떠쿵, 자의식과잉이 어떠쿵, 제 깜냥에 번지레한 칠을 해 내어걸은 치사스러운 간판들이 미상불 우스꽝스럽기가 그지없다.

'독화(毒花)'

족하는 이 꼭두각시 같은 어휘 한마디를 잠시 맡아 가지고 계셔 보구려?

예술이라는 허망한 아궁지 근처에서 송장 근처에서보다도

---

* (칼날) 이가 빠지거나 무디어지다.
** 오랫동안 생각나지 않던 것을 어떤 실마리로 인하여 환하게 깨닫다.

한결 더 썰썰 기고 있는 그들 해반죽룩한 사도(死都)의 혈족(血族)들 맷국 내 나는 틈에 가 끼어서, 나는——.

내 계집의 치마 단속곳을 갈가리 찢어 놓았고, 버선 켤레를 걸레를 만들어 놓았고, 검던 머리에 곱던 양자(樣姿), 영악한 곰의 발자국이 질컥 디디고 지나간 것처럼 얼굴을 망가뜨려 놓았고, 지기 친척의 돈을 뭉청 떼어먹었고, 좌수터 유래 깊은 상호를 쑥밭을 만들어 놓았고, 겁쟁이 취리자(取利者)는 고랑때를 먹여 놓았고, 대금업자의 수금인을 졸도시켰고, 사장과 취체역(取締役)과 사돈과 아범과 애비와 처남과 처제와 또 애비와 애비의 딸과 딸, 이 허다 중생으로 하여금 서로서로 이간을 붙이고 붙이게 하고 얼버무려서 싸움질을 하게 해 놓았고, 사글세 방 새 다다미에 잉크와 요강과 팥죽을 엎질렀고, 누구누구를 임포텐스(impotence)를 만들어 놓았고——.

'독화'라는 말의 콕 찌르는 맛을 그만하면 어렴풋이나마 어떻게 짐작이 서는가 싶소이까.

잘못 빚은 증편 같은 시 몇 줄, 소설 서너 편을 꿰어차고 조촐하게 등장하는 것을 아 무엇인 줄 알고 쌈빡 속고 섣불리 손뼉을 한두 번 쳤다는 죄로 제 계집 간음당한 것보다도 더 큰 망신을 일신에 짊어지고 그러고는 앙탈 비슷이 시침이를 떼지 않으면 안 되는 어디까지든지 치사스러운 예의절차——마귀(터주가)의 소행(덧났다)이라고 돌려 버리자?

'독화'

물론 나는 내일 새벽에 내 길들은 노상에서 무려(無慮) 내게 필적하는 한 숨은 탕아를 해후할런지도 마치 모르나, 나는 신

바람이 난 무당처럼 어깨를 치켰다 젖혔다 하면서라도 풍마우세(風磨雨洗)의 고행을 얼른 그렇게 쉽사리 그만두지는 않는다.

아— 어쩐지 전신이 몹시 가렵다. 나는 무연(無緣)한 중생의 뭇 원한 탓으로 악역(惡疫)의 범함을 입나 보다. 나는 은근히 속으로 앓으면서 토일렛(toilet) 정한 대야에다 양손을 정하게 씻은 다음 내 자리로 돌아와 앉아 차근차근 나 자신을 반성 회오(悔悟)—쉬운 말로 자지레한 세음을 좀 놓아 보아야겠다.

에티켓? 문벌? 양식? 변신술(翻身術)?*

그렇다고 내가 찔끔 정희 어깨 우에 얹었든 손을 뚝 떼인다든지 했다가는 큰 망발이다. 일을 잡치리라. 어디까지든지 내 뺨의 홍조만을 조심하면서 좋아, 좋아, 좋아, 그래만 주면 된다. 그러고 나서 피차 다 알아들었다는 듯이 어깨에 손을 얹은 채 어깨를 나란히 홍천사(興天寺) 경내로 들어갔다. 가서 길을 별안간 잃어버린 것처럼 자분참 산 우으로 올라가 버린다. 산 우에서 이번에는 정말 포즈를 할 일 없이 무너뜨렸다는 것처럼 정교하게 머뭇머뭇해 준다. 그러나 기실 말짱하다.

풍경(風磬) 소리가 똑 알맞다. 이런 경우에는 제법 번듯한 식자가 있는 사람이면—.

아— 나는 왜 늘 항례(恒例)에서 비켜서려 드는 것일까? 잊었느냐? 비싼 월사(月謝)를 바치고 얻은 고매한 학문과 예절을.

현역 육군 중좌에게서 받은 추상열일(秋霜烈日)의 훈육을 왜 나는 이 경우에 버젓하게 내세우지를 못하느냐?

---

* 몸을 뒤집는 변신의 기술. 변신술.

창연한 고찰(古刹) 유루(遺漏) 없는 장치에서 나는 정신 차려야 한다. 나는 내 쟁쟁한 이력을 솔직하게 써먹어야 한다. 나는 고개를 숙이고 담배를 한 대 피워 물고 도장(屠場)에 들어가는 소, 죽기보다 싫은 서툴고 근질근질한 포즈, 체모 독주에 어지간히 성공해야만 한다.

그랬더니 그만두 한다. 당신의 그 어림없는 몸치렐랑 그만두세요. 저는 어지간히 식상이 되었습니다 한다.

그렇다면?

내 꾸준한 노력도 일조일석에 수포로 돌아가는 것이 아닌가.

대체 정희라는 가련한 '석녀(石女)'가 제 어떤 재간으로 그런 음흉한 내 간계를 요만큼까지 간파했다는 것이다.

일시에 기진한다. 맥은 탁 풀리고는 앞이 팽 돌다 아찔하는 것이 이러다가 까무러치려나 보다고 극력(極力) 단장을 의지하여 버텨 보노라니까 희(噫)라! 내 기사회생의 종생도 이번만은 회춘하기 장히 어려울 듯싶다.

이상(李箱)! 당신은 세상을 경영할 줄 모르는 말하자면 병신이오. 그다지두 '미혹'하단 말씀이오? 건너다보니 절터지요? 그렇나 하너라도 『카라바조프의 형세』*나 『사십 년』**을

---

* 러시아 소설가 도스토옙스키의 장편 소설. 1879~1880년에 발표된 미완의 작품으로 작가 자신이 집요하게 추구해 온 사상적, 종교적 문제, 인간의 본질에 관한 사색을 장대한 규모와 긴밀한 구성으로 집대성한 걸작이다.
** 러시아 소설가 고리키의 장편 소설. 원제는 『클림삼긴(Klim Samgin)의 생애』다. 러시아 혁명기 격동의 시대를 살아가는 클림삼긴 가문 3대의 이야기를 다루었는데, '40년'이라는 부제로 널리 알려져 있다.

좀 구경 삼아 들러 보시지요.

아니지! 정희! 그게 뭐냐 하면 나도 살고 있어야 하겠으니 너도 살자는 사기, 속임수, 일부러 만들어 내어놓은 미신 중에도 가장 우수한 무서운 주문이오.

이상(李箱)! 그러지 말고 시험 삼아 한 발만 한 발자국만 저 개흙밭에다 들여놓아 보시지요.

이 악보같이 스무드한 담소(談笑) 속에서 비철비철하노라면 나는 내게 필적하는 처의무봉의 탕아가 이 목첩(目睫) 간에 있는 것을 느낀다. 누구나 제 내어놓았던 헙수룩한 포즈를 걷어치우느라고 허겁지겁들 할 것이다. 나도 그때 내 슬하에 이렇게 유산되는 자손을 느끼면서 만재(萬載)에 드리우는 이 극흉극비(極凶極秘) 종가(宗家)의 부작을 앞에 놓고서 저윽이 불안하게 또 한편으로는 저윽이 안일하게 운명하는 마지막 낙백(落魄)의 이 내 종생을 애오라지 방불히 하는 것이었다.

나는 내 분묘 될 만한 조촐한 터전을 찾는 듯한 그런 서글픈 마음으로 정희를 재촉하여 그 언덕을 내려왔다. 등 뒤에 들리는 풍경 소리는 진실로 내 심통을 돋우는 듯하다고 사자(寫字)하면 정경을 한층 더 반듯하게 매만져 놓는 한 도움이 되리라. 그럼 진실로 풍경 소리는 내 등 뒤에서 내 마지막 심통함을 한층 더 들볶아 놓는 듯하더라.

미문에 견줄 만큼 위태위태한 것이 절승(絶勝)에 혹사(酷似)한 풍경이다. 절승에 혹사한 풍경을 미문으로 번안모사(飜案模寫)해 놓았다면 자칫 실족 익사하기 쉬운 웅덩이나 다름없는 것이니 첨위(僉位)는 아예 가까이 다가서서는 안 된다.

도스토옙스키나 고리키는 미문을 쓰는 버릇이 없는 체했고 또 황량, 아담한 경치를 '취급'하지 않았으되, 이 의뭉스러운 어른들은 직 미문은 쓸 듯 쓸 듯, 절승경개는 나올 듯 나올 듯, 해만 보이고 끝끝내 아주 활짝 꼬랑지를 내보이지는 않고 그만둔 구렁이 같은 분들이기 때문에 그 기만술은 한층 더 진보된 것이며, 그런 만큼 효과가 또 절대하여 천년을 두고 만년을 두고 내리내리 부질없는 위무(慰撫)를 바라는 중속(衆俗)들을 잘 속일 수 있는 것이다. 그러나——

왜 나는 미끈하게 솟아 있는 근대건축의 위용을 보면서 먼저 철근철골, 시멘트와 세사(細砂), 이것부터 선뜩하니 감응하느냐는 말이다. 씻어 버릴 수 없는 숙명의 호곡(號哭), 몽골리언 플렉,* 오뚝이처럼 쓰러져도 일어나고 쓰러져도 일어나고 하니 쓰러지나 섰으나 마찬가지 의지할 얄팍한 벽 한 조각 없는 고독, 고고(枯稿), 독개(獨介), 초초(楚楚).

나는 오늘 대오(大悟)한 바 있어 미문을 피하고 절승의 풍광을 격(隔)하여 소조(蕭條)하게 왕생하는 것이며 숙명의 슬픈 투시벽(透視癖)은 깨끗이 벗어 놓고 온아종용(溫雅慫慂), 외로우나마 따뜻한 그늘 안에서 실명(失命)하는 것이다.

의료(意料)하지 못한 이 홀홀한 '종생' 나는 요절인가 보다. 아니 중세최절(中世摧折)인가 보다. 이길 수 없는 육박(肉迫), 눈먼 떼가마귀의 매리(罵詈) 속에서 탕아 중에도 탕아, 술객 중에도 술객, 이 난공불락의 관문의 괴멸, 구세주의 최후연(最

---

* Mongolian fleck. 몽고반점. 몽고지(蒙古痣).

後然)히 방방곡곡이 독도*는 삼투(滲透)하는 장식(裝飾) 중에
도 허식의 표백이다. 출색(出色)의 표백이다.

내부(乃夫)**가 있는 불의(不義). 내부가 없는 불의. 불의는
즐겁다. 불의의 주가낙락(酒價落落)한 풍미를 족하는 아시나
이까. 윗니는 좀 잇새가 벌고 아랫니만이 고흔, 이 한경(漢鏡)***
같이 결함의 미를 갖춘 깜쪽스럽게 새침미를 뗄 줄 아는 얼굴
을 보라. 7세까지 옥잠화(玉簪花) 속에 감춰 두었던 장분(粉)
만을 바르고 그 후 분을 바른 일도 세수를 한 일도 없는 것이
유일의 자랑거리. 정희는 사팔뜨기다. 이것은 무엇으로도 대
항하기 어렵다. 정희는 근시 6도다. 이것은 무엇으로도 대항
할 수 없는 선천적 훈장이다. 좌난시(左亂視) 우색맹(右色盲),
아— 이는 실로 완벽이 아니면 무엇이랴.

속은 후에 또 속았다. 또 속은 후에 또 속았다. 미만 14세에
정희를 그 가족이 강행으로 매춘시켰다. 나는 그런 줄만 알았
다. 한 방울 눈물—.

그러나 가족이 강행하였을 때쯤은 정희는 이미 자진하여
매춘한 후 오래오래 후다. 당홍댕기가 늘 정희 등에서 나부꼈
다. 가족들은 불의에 올 재앙을 막아 줄 단 하나 값나가는 다

---

* 毒茶. 심한 해독. 도독(荼毒).
** '내부(乃父)'라는 말의 '부(父)' 자를 '부(夫)'로 바꿔 새로 만든 말이다. '내
부(乃父)'는 일반적인 명사로 쓰일 경우에는 '그이의 아버지'라는 뜻이다. 그러
나 인칭대명사로 쓰이는 경우, 아버지가 아들에 대하여 쓰는 자칭, 곧 '네 아
비', '이 아비'의 뜻이다. 여기서는 '그이의 남편'이라는 뜻으로 풀이된다.
*** 중국 한나라 때의 동경(銅鏡).

홍댕기를 기탄없이 믿었건만—.

그러나—

불의는 귀인답고 참 즐겁다. 간음한 처녀—이는 불의 중에도 가장 즐겁지 않을 수 없는 영원의 밀림이다.

그럼 정희는 게서 멈추나?

나는 자기소개를 한다. 나는 정희에게 분수를 지기 싫기 때문에 잔인한 자기소개를 하는 것이다.

나는 벼(稻)를 본 일이 없다. 자전거를 탈 줄 모른다. 생년월일을 가끔 잊어버린다. 구십 노조모가 이팔소부(二八少婦)로 어느 하늘에서 시집온 십대조의 고성(古城)을 내 손으로 헐었고, 녹엽 천년의 호도나무 아름드리 근간을 내 손으로 베었다. 은행나무는 원통한 가문을 골수에 지니고 찍혀 넘어간 뒤 장장 4년 해마다 봄만 되면 독시(毒矢) 같은 싹이 엄 돋는 것이었다.

나는 그러나 이 모든 것에 견뎠다. 한번 석류나무를 휘어잡고 나는 폐허를 나섰다.

조숙(早熟), 난숙(爛熟), 감(柿) 썩는 골머리 때리는 내. 생사의 기로에서 완이이소(莞爾而笑), 표한부쌍(慓悍無雙)의 척구(瘠軀) 음지에 창백한 꽃이 피었다.

나는 미만 14세 적에 수채화를 그렸다. 수채화와 파과(破瓜).* 보아라 목저(木箸)같이 야윈 팔목에서는 삼동에도 김이

---

* 파과지년(破瓜之年)을 줄인 말. 여자의 16세 또는 남자의 64세를 말한다. 이것은 瓜 자를 파자(破字)하면 八八이 되는 데에 연유한 것이다.

무럭무럭 난다. 김 나는 팔목과 잔털 나스르한 매춘하면서 자라나는 회충같이 매혹적인 살결. 사팔뜨기와 내 흰자위 없는 짝짝이 눈. 옥잠화 속에서 나오는 기술(奇術) 같은 석일(昔日)의 화장과 화장전폐(化粧全廢), 이에 대항하는 내 자전거 탈 줄 모르는 아슬아슬한 천품. 당홍댕기에 불의와 불의를 방임하는 속수무책의 내 나태.

심판이여! 정희에 비교하여 내게 부족함이 너무나 많지 않소이까?

비등비등? 나는 최후까지 싸워 보리라.

홍천사(興天寺) 으슥한 구석 방 한 간, 방석 두 개, 화로 한 개. 밥상 술상ㅡ.

도전 수십 합(合). 좌충우돌. 정희의 허전한 관문을 나는 노사(老死)의 힘으로 들이친다. 그러나 돌아오는 반발의 흉기는 갈 때보다도 몇 배나 더 큰 힘으로 나 자신의 손을 시켜 나 자신을 살상한다.

지느냐. 나는 그럼 지고 그만두느냐.

나는 내 마지막 무장(武裝)을 이 전장(戰場)에 내세우기로 하였다. 그것은 즉 주란(酒亂)이다.

한 몸을 건사하기조차 어려웠다. 나는 게울 것만 같았다. 나는 게웠다. 정희 스커트에다. 정희 스타킹에다.

그러고도 오히려 나는 부족했다. 나는 일어나 춤추었다. 그리고 그 방 뒤 쌍창(雙窓) 미닫이를 열어젖히고 나는 예서 떨어져 죽는다고 마지막 한 벌 힘만을 아껴 남기고는 나머지 있는 힘을 다하여 난간을 잡아 흔들었다. 정희는 나를 붙들고 말린다. 말리는데 안 말리는 것도 같았다. 나는 정희 스커트를 잡아 젖혔다. 무엇인가 철석 떨어졌다. 편지나. 내가 집었다. 정희는 모른 체한다.

속달(S와도 절연한 지 벌써 다섯 달이나 된다는 것은 선생님께서도 믿어 주시는 바지요? 하던 S에게서다.)

'정희! 노하였소. 어젯밤 태서관(泰西舘) 별장의 일! 그것은 결코 내 본의는 아니었소. 나는 그 요구를 하려 정희를 그곳까지 데리고 갔던 것은 아니오. 내 불민(不憫)을 용서하여 주기 바라오. 그러나 정희가 뜻밖에도 그렇게까지 다소곳한 태도를 보여 주었다는 것으로 저윽이 자위를 삼겠소.

정희를 하루라도 바삐 나 혼자만의 것을 만들어 달라는 정희의 열렬한 말을 물론 나는 잊어버리지는 않겠소. 그러나 지금 형편으로는 '안해'라는 저 추물을 처치하기가 정희가 생각하는 바와 같이 그렇게 쉬운 일은 아니오.

오늘(3월 3일) 오후 여덟 시 정각에 금화장(金華莊) 주택지 그때 그 자리에서 기다리고 있겠소. 어제 일을 사과도 하고 싶고 달이 밝을 듯하니 산보를 서닙시다. 서닐면서 우리 누 사람만의 생활에 대한 설계도 의논하여 봅시다.

3월 3일 아침 S'

내게 속달을 띄우고 나서 곧 뒤이어 받은 속달이다.

모든 것은 끝났다. 어젯밤에 정희는——.

그 낮으로 오늘 정희는 내게 이상 선생님께 드리는 속달을 띄우고 그 낯으로 또 나를 만났다. 공포에 가까운 번신술이다. 이 황홀한 전율을 즐기기 위하여 정희는 무고(無辜)*의 이상 (李箱)을 징발했다. 나는 속고 또 속고 또 또 속고 또 또 또 속 았다.

나는 물론 그 자리에 혼도하여 버렸다. 나는 죽었다. 나는 황천을 헤매었다. 명부(冥府)에는 달이 밝다. 나는 또다시 눈 을 감았다. 태허(太虛)에 소리 있어 가로되, 너는 몇 살이뇨? 만 25세와 11개월이올시다. 요사(夭死)로구나. 아니올시다. 노사(老死)올시다.

눈을 다시 떴을 때에 거기 정희는 없다. 물론 여덟 시가 지 난 뒤였다. 정희는 그리 갔다. 이리하여 나의 종생은 끝났으되 나의 종생기는 끝나지 않는다. 왜?

정희는 지금도 어느 빌딩 걸상 우에서 드로어즈의 끈을 풀 르는 중이요 지금도 어느 태서관 별장 방석을 베고 드로어즈 의 끈을 풀르는 중이요, 지금도 어느 송림 속 잔디 벗어 놓은 외투 우에서 드로어즈의 끈을 성히 풀르는 중이니까다.

이것은 물론 내가 가만히 있을 수 없는 재앙이다.

나는 이를 간다.

나는 걸핏하면 까무러친다.

나는 부글부글 끓는다.

그러나 지금 나는 이 철천의 원한에서 슬그머니 좀 비켜서 고 싶다. 내 마음의 따뜻한 평화 따위가 다 그리워졌다.

---

* 아무런 잘못이나 허물이 없음.

즉 나는 시체다. 시체는 생존하여 계신 만물의 영장을 향하여 질투할 자격도 능력도 없는 것이리라는 것을 나는 깨닫는다.

정희, 간혹 정희의 훗훗한 호흡이 내 묘비에 와 슬쩍 부딪는 수가 있다. 그런 때 내 시체는 홍당무처럼 확끈 달으면서 구천을 꿰뚫어 슬피 호곡한다.

그동안에 정희는 여러 번 제 (내 때꼽째기도 묻은) 이부자리를 찬란한 일광 아래 널어 말렸을 것이다. 누누(累累)한 이 내 혼수(昏睡) 덕으로 부디 이 내 시체에서도 생전의 슬픈 기억이 창공 높이 훨훨 날아가나 버렸으면—.

나는 지금 이런 불쌍한 생각도 한다. 그럼—.

— 만 26세와 3개월을 맞이하는 이상 선생님이여! 허수아비여!

자네는 노옹일세. 무릎이 귀를 넘는 해골일세. 아니, 아니.

자네는 자네의 먼 조상일세. 이상(以上)

11월 20일 동경(東京)서

《조광(朝光)》, 1937년 5월, 348~363쪽.

환시기(幻視記)

태석(太昔)에 좌우를 난변(難辨)하는 천치(天痴) 있더니

그 불길한 자손이 백대(百代)를 겪으매

이에 가지가지 천형병자(天刑病者)를 낳았더라.

암만 봐두 여편네 얼굴이 왼쪽으로 좀 삐뚤어징 거 같단 말야. 싯?

결혼한 지 한 달쯤 해서.

처녀가 아닌 대신에 고리키* 전집을 한 권도 빼놓지 않고 독파했다는 처녀 이상의 보배가 송(宋) 군을 동(動)하게 하였고 지금 송 군의 은근한 자랑거리리라.

결혼하였으니 자연 송 군의 서가(書架)와 부인 순영 씨(이

---

* 막심 고리키(M. Gor'kii, 1868~1936). 러시아의 소설가, 극작가.

순영이라는 이름자 밑에다 씨(氏) 자를 붙이지 않으면 안 되는 지금 내 가엾은 처지가 말하자면 이 소설을 쓰는 동기지.)의 서가가 합병할밖에—합병을 하고 보니 송 군의 최근에 받은 고리키 전집과 순영 씨의 고색창연한 고리키 전집이 얼렸다.

결혼한 지 한 달쯤 해서 송 군은 드디어 자기가 받은 신판 고리키 전집 한 질을 내다 팔았다.

반만 먹세—.

반은?

반은 여편네 갖다주어야지—지난달에 그 지경을 해 놓아서 이달엔 아주 죽을 지경일세—.

난 또 마누라 화장품이나 사다 주는 줄 알았네그려—.

화장품? 암만 봐두 여편네 얼굴이라능 게 왼쪽으로 '약간' 비뚤어졌다는 감이 없지 않단 말야—자네 사 년 동안이나 쫓아댕겼다니 삐뚤어징 거 알구두 그랬나? 끝끝내 모르구 그만두었나?

좋은 하늘에 별까지 똑똑히 잘 박힌 밤이 사 년 전 첫여름 어느 날이었던지? 방송국 넘어가는 길 성벽에 가 기대선 순영의 얼굴은 월광(月光) 속에 있는 것처럼 아름다웠다. 항라적삼 성긴 구멍으로 순영의 소맥(小麥) 빛 호흡이 드나드는 것을 나는 내 가장 인색한 원근법에 의하여서도 썩 가쁘게 느꼈다. 어떻게 하면 가장 민첩하게 그러면서도 가장 자연스럽게 순영의 입술을 건드리나—.

나는 약 삼 분가량의 지도(地圖)를 설계하였다. 우선 나는 순영의 정면으로 다가서 보는 수밖에—.

그때 나는 참 이상한 것을 느꼈다. 월광(月光) 속에 있는 것처럼 아름다운 순영의 얼굴이 웬일인지 왼쪽으로 좀 삐뚤어져 보이는 것이다.

나는 큰 범죄나 한 사람처럼 냉큼 바른편으로 비켜섰다. 나의 그런 불손(不遜)한 시각을 정정하기 위하여—.

(그리하여) 위치의 불리로 말미암아서도 나는 순영의 입술을 건드리지 못하고 그만두었다. (실로 사 년 전 첫여름 어느 별빛 좋은 밤) 경관이 무엇하러 왔는지 왔다 나는 삼천포읍에 사는 사람이라고 그러니까 순영은 회령읍에 사는 사람이라고 그런다. 내 그 인색한 원근법이 일사천리지세로 남북 이천오백 리라는 거리를 급조하여 나와 순영 사이에다 펴 놓는다. 순영의 얼굴에서 순간 원광이 사라졌다.

아내가 삼천포에서 편지를 했다. 곧 돌아가게 될는지 좀 지체가 될는지 지금 같아서는 도무지 짐작이 서지 않는단다.

내 승낙 없이 한 아내의 외출이다. 고물 장수를 불러다가 아내가 벗어 놓고 간 버선짝까지 모조리 팔아먹으려다가—.

아내가 십 중의 다섯은 놓아올 것 같았고 십 중의 다섯은 안 돌아올 것 같았고 해서 사실 또 가랬댔자 갈 데가 있는 바 아니고 에라 자빠져서 어디 오나 안 오나 기다려 보자꾸나—.

싫어서 나는 저녁이면 윤(尹) 군을 이용해서는 순영이 있는 바 모로코*에를 부리나케 드나들었다.

***

* '모로코'라는 옥호의 바(술집).

아내가 달아났다는 궁상이 술 먹는 남자에게는 술 먹기 좋은 구실이다. 십 중 다섯은 아내가 돌아올 가능성이 있다는 눈치를 눈곱만치라도 거죽에 나타내어서는 안 된다. 나는 내 조금도 슬프지 않은 슬픔을 재주껏 과장해서 순영의 동정심을 끌기에 노력했다. 그러나 이런 던적스러운* 청승이 결국 순영을 어찌할 수도 없었다.

그 후 얼마 되지 않아 순영은 광주로 갔다. 가던 날 순영은 내게 술을 먹였다. 나는 그의 치맛자락을 잡아 찢고 싶었다. 나는 울었다. 인생은 허무하외다 그러면서──그랬더니 순영은 이것은 아마 술이 부족해서 그러나 보다고 여기고 맥주 한 병을 더 청하는 것이었다.

반년 동안 나는 순영을 잊을 수가 없었다. 그동안에 십 중 다섯으로 아내가 돌아왔다. 나는 이 아내를 맞을 수밖에 없었다. 사랑하지 않는 아내를 나는 전의 열 갑절이나 사랑할 수 있었다. 내 순영에게 향하여 잔뜩 곪은 애정이 이에 순영이 돌아오기 전에 터져 버린 것이다. 아내는 이런 나를 넘보기 시작했다.

반년 만에 돌아온 순영이 돌아서서 침을 탁 배앝는다. 반년 동안 외출했던 아내를 말 한마디 없이 도로 맞는 내 얼굴 위에다──.

부질없는 세월이 사 년 흘렀다. 아내의 두 번째 외출은 십

---

* 하는 짓이 보기에 더러운 데가 있다.

중 다섯은 돌아오지 않는 것이었다. 나는 내 고독을 일급 일 원 사십 전과 바꾸었다. 인쇄공장 우중충한 속에서 활자처럼 오늘도 내일도 모레도 똑같은 생활을 찍어 내었다. 그러면서 도 나는 순영이 그의 일터를 옮기는 대로 어디까지든지 쫓아 다니지 않을 수 없었다. 일급 일 원 사십 전에 팔아 버린 내 생 활에 그래도 얼마간 기꺼운 시간이 있었다면 그것은 오직 순 영 앞에서 술잔을 주무르는 동안뿐이었다. 그러나 한 번 돌아 선 순영의 마음은 아니 한 번도 나를 향하지 않은 순영의 마음은 남북 이천오백 리와 같이 차디찬 거리 저편의 것이었 다. 그 차디찬 거리 이편에는 늘 나와 나처럼 고독한 송 군이 오들오들 떨고 있었다.

나는 이미 순영 앞에서 내 고독을 호소할 수조차 없어졌다. 나는 송 군의 고독을 빌려다가 순영 앞에서 울었다. 송 군의 직업은 송 군의 양심이 증발해 버린 뒤의 것이었다. 그 때문에 그는 몹시 고민한다. 얼굴이 종이처럼 창백하다. 나는 이런 송 군의 불행을 이용하여 내 슬픔을 입증시켜 보느라고 실로 천 만 어(語)의 단자를 허비했다. 순영의 얼굴에는 봄나운 홍조가 돌기 시작하는 것 같았다. 나는 어느 틈엔지 나 자신의 위치를 그만 잃어버리고 말았다. 필사의 노력으로 겨우 내 위치를 다 시 탈환했을 때에는 이미,

송 선생님이세요? 이상(李箱) 씨하구 같이(이것은 과연 객쩍 은 덧붙이개였다.) 오늘 밤에 좀 놀러 오세요—네?

이런 전화가 끝난 뒤였다. 송 군은 상반기 상여금을 받았노

라고 한잔 먹잔다.

먹었다.

취했다.

몽롱한 가운데서 나는 이 땅을 떠나리라 생각했다. 머얼리 동경으로 가 버리리라.

갈 테야 갈 테야. 가 버릴 테야(동경으로).

아이 더 놀다 가세요. 벌써 가시면 주무시나요? 네? 송 선생 님—.

송 선생님은 점을 쳐 보나 보다. 괘(卦)는 이상(李箱)에게 '고기'를 대접하라 이렇게 나온 모양이다. 그래서 송 군은 나보다도 먼저 일어섰다. 자동차를 타자는 것이다. 나는 한사코 말렸다. 그의 재정을 생각해서도 나는 그를 그의 하숙까지 데려다 주는 데 그칠 수밖에 없었다. 하숙 이층 그의 방에서 그는 몹시 게웠다. 말간 맥주만이 올라왔다. 나는 송 군을 청결하기 위하여 한 시간을 진땀을 흘렸다. 그를 눕히고 밖으로 나왔을 때에는 유월의 밤바람이 아카시아의 향기를 가지고 내 피곤한 피부를 가지르는 것이었다. 나는 멕시코*에서 커피를 마시면서 토하면서 울고 울다가 잠이 든 송 군을 생각했다.

순영에게 전화나 걸어 볼까.

순영이? 나 상(箱)이야—송 군 집에 잘 갖다 두었으니 안심헐 일—.

오늘은 어쩐지 그냥 울적해서 견딜 수가 없단다. 집으로 가

---

* 다방 이름.

일찍 잠이나 자리라 했는데 멕시코에—.

와두 좋지— 헐 이얘기두 좀 있구—.

조용히 마주 보는 순영의 얼굴에는 사 년 동안에 확실히 피로의 자취가 늘어 보였다. 직업에 대한 극도의 염증을 순영은 나지막한 목소리로 호소한다.

나는 정색하고,

송 군과 결혼하지 응? 그야말루 송 군은 지금 절벽에 매달린 사람이오—송 군이 기린 양심, 그와 배치되는 현실의 박해로 말미암은 갈등, 자살하고 싶은 고민을 누가 알아주나—.

송 선생님이 불현듯이 만나 뵙구 싶군요.

십 분 후 나와 순영이 송 군 방 미닫이를 열었을 때 자살하고 싶은 송 군의 고민은 사실화하여 우리들 눈앞에 놓여 있었다.

아로날* 서른여섯 개의 공동(空洞) 곁에 이상(李箱)의 주소와 순영의 주소가 적힌 종잇조각이 한 자루 칼보다도 더 냉담한 촉각을 내쏘면서 무엇을 재촉하는 듯이 놓여 있었다.

나는 밤 깊은 거리를 무릎이 척척 접히도록 쏘다녀 보았다. 그러나 한 사람의 생명은 명원을 가진 의사에게 있어서 마삭(麻雀)의 패 한 조각, 한 컵의 맥주보다도 우스꽝스러운 것이었다. 한 시간 만에 나는 그냥 돌아왔다. 순영은 쩡쩡 천장이 울리도록 코를 골며 인사불성 된 송 군 위에 엎뎌 입술이 파르스레하다.

---

* Allonal. 1930년대에 널리 알려진 수면제의 상품명.

어쨌든 나는 코 고는 '사체'를 업어 내려 자동차에 실었다. 그리고 단숨에 의전병원(醫專病院)으로 달렸다. 한 마리의 세퍼드와 두 사람의 간호부와 한 분의 의사가 세 사람(?)의 환자를 맞아 주었다.

독약은 위에서 아직 얼마밖에 흡수되지 않았다. 생명에는 '별조'가 없으나 한 시간에 한 번씩 강심제 주사를 맞아야겠고 또 이 밤중에 별달리 어쩌는 도리도 없고 해서 입원했다.

시계를 들고 송 군의 어지러운 손목을 잡아 맥박을 계산하면서 한밤을 새라는 의사의 명령이다. 맥박은 '130'을 드나들면서 곤두박질을 친다. 순영은 자기도 밤을 새우겠다는 것을 나는 굳이 보냈다.

가서 자고 아침에 일찍 와요. 그래야 아침에 내가 좀 자지. 둘이 다 지쳐 버리면 큰일 아냐?

동이 훤—히 터왔다. 복도로 유령 같은 입원 환자의 발자춰 소리가 잦아 간다. 수도는 쏴— 기침은 쿨룩쿨룩— 어린애는 으아—.

거기는 완연 석탄산수 냄새 나는 활지옥에 틀림없었다. 맥박은 '100'을 조금 넘나 보다.

병원 문이 열리면서 순영은 왔다. 조그만 보따리 속에는 송 군을 위한 깨끗한 내의 한 벌이 들어 있었다. 나는 소태같이 써 들어오는 입을 수도에 가서 양치질했다.

내가 밥을 먹고 와도 송 군은 역시 깨지 않은 채다. 오전 중에 송 군 회사에 전화를 걸고 입원 수속도 끝내고 내가 있는 공장에도 전화를 걸고 하느라고 나는 병실에 없었다. 오후 두 시쯤 해서야 겨우 병실로 돌아와 보니 두 사람은 손을 맞붙들고 낮은 목소리로 이야기를 하고 있다. 나는 당장에 눈에서 불이 번쩍 나면서,

망신ㅡ. 아니 나는 대체 지금 무슨 '역할'을 하고 있는 것이냐. 순간 나 자신이 한없이 미워졌다. 얼마든지 나 자신에 매질하고 싶었고 침 뱉으며 조소하여 주고 싶었다.

나는 커다란 목소리로,

자네는 미친놈인가? 그럼 천친가? 그럼 극악무도한 사기한인가? 부처님 허리 토막인가?

이렇게 부르짖는 외에 나는 내 맵시를 수습하는 도리가 없지 않은가. 울음이 곧 터질 것 같았다. 지난밤에 풀린 아랫도리가 덜덜 떨려 들어왔다.

태산이 무너지는 줄만 알구 나는 십년감수를 하다시피 했네ㅡ. 그래 이 병실 어느 구석에 쥐 한 마리나 있단 말인가 없단 말인가?

순영은 창백한 얼굴을 푹 숙이고 있다. 송 군은 우는 것도 같은 얼굴로 나를 처다보면서,

미안히이ㅡ.

나는 이 이상 더 이 방 안에 머무를 의무도 필요도 없어진 것을 느꼈다. 병실 뒤 종친부*로 통하는 곳에 무성한 화단이 있다. 슬리퍼를 이끈 채 나는 그 화단 있는 곳으로 나갔다. 이

---

* 宗親府. 조선 때, 왕실의 계보와 초상화를 보관하고, 왕과 왕비의 의복을 관리하며, 종반(宗班)을 다스리던 관아.

름 모를 가지가지 서양 화초가 유월 볕 아래 피어 어우러졌다. 하나같이 향기 없는 색채만의 꽃들—. 그러나 그 남국적인 정열이 애타게 목말라서 벌들과 몇 사람의 환자가 화단 속을 초조히 거니는 것이었다.

어째서 나는 하는 족족 이 따위 못난 짓밖에 못하나—. 그렇지만 이 허리가 부러질 희극두 인제 아마 어떻게 종막이 되었나 보다.

잔디 위에 앉아서 볕을 쬐었다. 피로가 일시에 쏟아지는 것 같다. 눈이 스르르 저절로 감기면서 사지가 노곤해 들어온다. 다리를 쭉 뻗고,

이번에야말루 동경으루 가 버리리라—.

잔디 위에는 곳곳이 가제와 붕대 끄트러기가 널려 있었다. 순간 먹은 것을 당장에라도 게우지 않고는 견디기 어려울 것 같은 극도의 오예(汚穢)감이 오관(五官)을 스쳤다. 동시에 그 불붙는 듯한 열대성 식물들의 풍염한 화판조차가 무서운 독을 품은 요화(妖花)로 변해 보였다. 건드리기만 하면 그 자리에서 손가락이 썩어 문드러져서 뭉청뭉청 떨어져 나갈 것만 같았다.

마누라 얼굴이 왼쪽으루 삐뚤어져 보이거든 슬쩍 바른쪽으루 한번 비켜서 보게나—.

흥—.

자네 마누라가 회령서 났다능 건 거 정말이든가—.

요샌 또 블라디보스토크에서 났다구 그러데—. 내 무슨 수작인지 모르지—. 그래 난 동경서 났다구 그랬지—. 좀 더 멀

찌감치 해 둘 걸 그랬나 봐—.

블라디보스토크허구 동경이면 남북이 일만 리로구나. 굉장한 거리다—.

자꾸 삐뚤어졌다구 그랬더니 요샌 곧 화를 내데—.

아까 바른쪽으루 비켜서란 소리는 괜헌 소리구 비켜서기 전에 자네 시각을 정정—. 그 때문에 다른 물건이 죄다 바른쪽으루 삐뚤어져 보이드래두 사랑하는 아내 얼굴이 똑바루만 보인다면 시각의 직능은 그만 아닌가—. 그러면 자연 그 블라디보스토크 동경 사이 남북 만 리 거리두 베제처럼 바싹 맞다가서구 말 테니.

(2월 13일 미명)

《청색지(靑色紙)》, 1938년 6월, 58~64쪽.

실화(失花)

1

사람이

비밀이 없다는 것은 재산 없는 것처럼 가난하고 허전한 일이다.

2

꿈―꿈이면 좋겠다. 그러나 나는 자는 것이 아니다. 누운 것도 아니다.

앉아서 나는 듣는다. (12월 23일)

"언더 더 워치―시계 아래서 말이에요, 파이브 타운스―

다섯 개의 동리(洞里)란 말이지요. 이 청년은 요 세상에서 담배를 제일 좋아합니다 — 기다랗게 꾸부러진 파이프에다가 향기가 아주 높은 담배를 피워 빽— 빽— 연기를 풍기고 앉았는 것이 무엇보다도 낙(樂)이었답니다."*

(내야말로 동경 와서 쓸데없이 담배만 늘었지. 울화가 푹— 치밀을 때 저— 폐까지 쭉— 연기나 들이켜지 않고 이 발광할 것 같은 심정을 억제하는 도리가 없다.)

"연애를 했어요! 고상한 취미— 우아한 성격— 이런 것이 좋았다는 여자의 유서(遺書)예요—죽기는 왜 죽어.—선생님— 저 같으면 죽지 않겠습니다. 죽도록 사랑할 수 있나요—있다지요. 그렇지만 저는 모르겠어요."

(나는 일찍이 어리석었더니라. 모르고 연(姸)이와 죽기를 약속했더니라. 죽도록 사랑했건만 면회가 끝난 뒤 대략 이십 분이나 삼십 분만 지나면 연이는 내가 '설마' 하고만 여기던 S의 품 안에 있었다.)

"그렇지만 선생님— 그 남자의 성격이 참 좋아요. 담배도 좋고 목소리도 좋고— 이 소설을 읽으면 그 남자의 음성이 꼭—웅얼웅얼 들려오는 것 같아요. 이 남자가 같이 죽자면 그때 당해서는 또 모르겠지만 지금 생각 같아서는 저도 죽을 수 있을 것 같아요. 선생님 사람이 정말 죽을 수 있도록 사랑할 수 있나요? 있다면 저도 그런 연애 한번 해 보고 싶어요."

(그러나 철부지 C 양이여. 연이는 약속한 지 두 주일 되는 날 죽지

---

* 이 대목은 영국 작가 아널드 베넷(Arnold Benett, 1867~1931)이 쓴 장편소설 『다섯 마을의 안나(Anna of The Five Towns)』(1902)의 한 대목을 설명한 것이다.

말고 우리 살자고 그럽디다. 속았다. 속기 시작한 것은 그때부터다. 나는 어리석게도 살 수 있을 것을 믿었지. 그뿐인가. 연이는 나를 사랑하노라고까지.)

"공과(功課)는 여기까지밖에 안했어요──청년이 마지막에는──멀리 여행을 간다나 봐요. 모든 것을 잊어버리려고."

(여기는 동경이다. 나는 어쩔 작정으로 여기 왔나? 적빈(赤貧)이 여세(如洗)──콕토*가 그랬느니라.── 재주 없는 예술가야 부질없이 네 빈곤을 내세우지 말라고. 아──내게 빈곤을 팔아먹는 재주 외에 무슨 기능이 남아 있누. 여기는 간다구(神田區) 진보초(神保町), 내가 어려서 제전(帝展)** 이과(二科)***에 하가키**** 주문하던 바로 게가예다. 나는 여기서 지금 잃는다.)

"선생님! 이 여자를 좋아하십니까──좋아하시지요.──좋아요──아름다운 죽음이라고 생각해요.──그렇게까지 사랑을 받은──남자는 행복되지요.──네──선생님──선생님 선생님."

(선생님 이상(李箱) 턱에 입 언저리에 아── 수염 숱하게도 났다. 좋게도 자랐다.)

"선생님──뭘──ㄱ렇게 생각하십니까──네── 담배가 다

---

* 장 콕토(Jean Cocteau). 프랑스의 시인, 소설가.
** 일본에서 매년 개최되던 제국미술전람회(帝國美術展覽會)의 약칭.
*** 일본에서 전통적인 서양화의 화풍을 중심으로 하는 제국미전의 경향을 1과(一科)라 하는 데 반해 2과(二科)는 비교적 자유롭고 진취적인 경향의 화풍을 가리키는 말이다. 제국미전이 1과 중심으로 운영되는 관전(官展)인 반면 2과 미전은 제국미전과 쌍벽을 이루는 2과 중심의 민전(民展)이다.
**** 일본어로 '엽서(葉書)'.

탔는데—아이—파이프에 불이 붙으면 어떻게 합니까.—눈을 좀—뜨세요. 이야기는 끝났습니다. 네—무슨 생각 그렇게 하셨나요."

(아—참 고운 목소리도 다 있지. 십 리나 먼—밖에서 들려 오는—값비싼 시계소리처럼 부드럽고 정확하게 윤택이 있고—피아니시모—꿈인가. 한 시간 동안이나 나는 스토리보다는 목소리를 들었다. 한 시간—한 시간같이 길었지만 십 분—나는 좋았나? 아니 나는 스토리를 다 외운다. 나는 자지 않았다. 그 흐르는 듯한 연연한 목소리가 내 감관(感官)을 얼싸안고 목소리가 잤다.)

꿈—꿈이면 좋겠다. 그러나 나는 잔 것도 아니요 또 누웠던 것도 아니다.

3

파이프에 불이 붙으면?

끄면 그만이지. 그러나 S는 껄껄—아니 빙그레 웃으면서 나를 타이른다

"상(箱)! 연이와 헤어지게. 헤어지는 게 좋을 것 같으니. 상이 연이와 부부? 라는 것이 내 눈에는 똑 부러 그러는 것 같아서 못 보겠네."

"거 어째서 그렇다는 건가."

이 S는, 아니 연이는 일찍이 S의 것이었다. 오늘 나는 S와 더불어 담배를 피우면서 마주 앉아 담소할 수 있다. 그러면 S와

나 두 사람은 친우였던가.

"상(箱)! 자네 「EPIGRAM」이라는 글 내 읽었지. 한 번—허허—한 번. 상! 상의 서푼짜리 우월감이 내게는 우쉬 죽겠다는 걸세. 한 번? 한 번—허허—한 번."

"그러면(나는 실신할 만치 놀란다.) 한 번 이상(以上)—몇 번. S! 몇 번인가."

"그저 한 번 이상이라고만 알아 두게나그려."

꿈—꿈이면 좋겠다. 그러나 10월 23일부터 10월 24일까지 나는 자지 않았다. 꿈은 없다.

(천사는—어디를 가도 천사는 없다. 천사들은 다 결혼해 버렸기 때문에다.)

23일 밤 열 시부터 나는 가지가지 재주를 다 피워 가면서 연이를 고문했다.

24일 동이 훤—하게 터 올 때쯤에야 연이는 겨우 입을 열었다. 아! 장구한 시간!

"첫 번—말해라."

"인천 어느 여관."

"그건 안디. 둘째 번　말해라."

"……."

"말해라."

"N빌딩 S의 사무실."

"셋째 번—말해라."

"……."

"말해라."

"동소문 밖 음벽정(飮碧亭)."

"넷째 번 — 말해라."

"……."

"말해라."

"……."

"말해라."

머리맡 책상 서랍 속에는 서슬이 퍼런 내 면도칼이 있다. 경동맥을 따면 — 요물은 선혈이 댓줄기 뻗치듯 하면서 급사하리라. 그러나?

나는 일찌감치 면도를 하고 손톱을 깎고 옷을 갈아입고 그러고 예년 10월 24일경에는 사체(死體)가 며칠 만이면 썩기 시작하는지 곰곰 생각하면서 모자를 쓰고 인사하듯 다시 벗어 들고 그리고 방 — 연이와 반년 침식을 같이하던 냄새나는 방을 휘 — 둘러 살피자니까 하나 사다 놓네 놓네 하고 기어이 뜻을 이루지 못한 금붕어도 — 이 방에는 가을이 이렇게 짙었건만 국화 한 송이 장식이었다.

4

그러나 C 양의 방에는 지금 — 고향에서는 스케이트를 지친다는데 — 국화 두 송이가 참 싱싱하다.

이 방에는 C 군과 C 양이 산다. 나는 C 양더러 '부인'이라고 그랬더니 C 양은 성을 냈다. 그러나 C 군에게 물어보면 C 양은

'아내'란다. 나는 이 두 사람 중의 누구라고 정하지 않고 내 동경 생활이 하도 적막해서 지금 이 방에 놀러 왔다.

언더 더 워치──시계 아래서의 렉처는 끝났는데 C 군은 조선 곰방대를 피우고 나는 눈을 뜨지 않는다. C 양의 목소리는 꿈같다. 인토네이션이 없다. 흐르는 것같이 끊임없으면서 아주 조용하다.

나는 그만 가야겠다.

"선생님(이것은 실로 이상 옹을 지적하는 참담한 인칭대명사다.) 왜 그러세요──이 방이 기분이 나쁘세요?(기분? 기분이란 말은 필시 조선말은 아니리라.) 더 놀다 가세요──아직 주무실 시간도 멀었는데 가서 뭐하세요? 네? 얘기나 하세요."

나는 잠시 그 계간유수(溪間流水) 같은 목소리의 주인 C 양의 얼굴을 들여다본다. C 군이 범과 같이 건강하니까 C 양은 혈색이 없이 입술조차 파르스레하다. 이 오사게*라는 머리를 한 소녀는 내일 학교에 간다. 가서 언더 더 워치의 계속을 배운다.

사람이──

비밀이 없다는 것은 새산 없는 것처럼 가난하고 허전한 일이다.

강사는 C 양의 입술이 C 양이 좀 횟배를 앓는다는 이유 외에 또 무슨 이유로 조렇게 파르스레한가를 아마 모르리라.

강사는 맹랑한 질문 때문에 잠깐 얼굴을 붉혔다가 다시 제

---

* 일본어로 '둘로 갈라서 땋아 늘어뜨린 머리'.

지위의 현격히 높은 것을 느끼고 그리고 외쳤다.

"쪼꾸만 것들이 무얼 안다고?"

그러나 연이는 히힝 하고 코웃음을 쳤다. 모르기는 왜 몰라—연이는 지금 방년(芳年)이 이십, 열여섯 살 때 즉 연이가 여고 때 수신(修身)과 체조를 배우는 여가에 간단한 속옷을 찢었다. 그러고 나서 수신과 체조는 여가에 가끔 하였다.

여섯—일곱—여덟—아홉—열

다섯 해—개꼬리도 삼 년만 묻어 두면 황모(黃毛)가 된다든가 안 된다든가 원—.

수신 시간에는 학감(學監) 선생님, 할팽(割烹) 시간*에는 올드미스 선생님, 국문 시간에는 곰보딱지 선생님—.

"선생님 선생님—이 귀염성스럽게 생긴 연이가 엊저녁에 무엇을 했는지 알아내면 용하지."

흑판 위에는 '요조숙녀'라는 액(額)의 흑색이 임리(淋漓)하다.

"선생님, 선생님—제 입술이 왜 요렇게 파르스레한지 알아맞히신다면 참 용하지."

연이는 음벽정에 가던 날도 R 영문과에 재학 중이나. 선날 밤에는 나와 만나서 사랑과 장래를 맹서하고 그 이튿날 낮에는 기싱**과 호손***을 배우고 밤에는 S와 같이 음벽정에 가서 옷을 벗었고 그 이튿날은 월요일이기 때문에 나와 같이 같은 동

---

* 요리 시간을 뜻한다.
** George Gissing(1857~1903). 영국의 소설가.
*** Nathaniel Hawthorne(1804~1864). 미국의 소설가.

소문 밖으로 놀러 가서 베제했다. S도 K 교수도 나도 연이가 엊저녁에 무엇을 했는지 모른다. S도 K 교수도 나도 바보요, 연이만이 홀로 눈 가리고 야옹 하는 데 희대의 천재다.

연이는 N빌딩에서 나오기 전에 WC라는 데를 잠깐 들르지 않으면 안 되었다. 나오면 남대문통 십오 간 대로(大路) GO STOP의 인파.

"여보시오 여보시오, 이 연이가 조 이층 바른편에서부터 둘째 S 씨의 사무실 안에서 지금 무엇을 하고 나왔는지 알아맞히면 용하지."

그때에도 연이의 살결에서는 능금과 같은 신선한 생광이 나는 법이다. 그러나 불쌍한 이상 선생님에게는 이 복잡한 교통을 향하여 빈정거릴 아무런 비밀의 재료도 없으니 내가 재산 없는 것보다도 더 가난하고 싱겁다.

"C 양! 내일도 학교에 가서야 할 테니까 일찍 주무셔야지요."

나는 부득부득 가야겠다고 우긴다. C 양은 그럼 이 꽃 한 송이 가져다가 방에다 꽂아 놓으란다.

"선생님 방은 아주 살풍경이라지요?"

내 빙에는 화병도 없다. 그러나 나는 두 송이 가운데 흰 것을 달래서 왼편 깃에다가 꽂았다. 꽂고 나는 밖으로 나왔다.

5

국화 한 송이도 없는 방 안을 휘— 한 번 둘러보았다. 잘—

하면 나는 이 추악한 방을 다시 보지 않아도 좋을 수도 있을까 싶었기 때문에 내 눈에는 눈물도 고일밖에.

나는 썼다 벗은 모자를 다시 쓰고 나니까 그만하면 내 연이에게 대한 인사도 별로 유루(遺漏) 없이 다 된 것 같았다.

연이는 내 뒤를 서너 발자국 따라왔던가 싶다. 그러나 나는 예년 10월 24일경에는 사체가 며칠 만이면 상하기 시작하는지 그것이 더 급했다.

"상! 어디 가세요?"

나는 얼떨결에 되는 대로,

"동경."

물론 이것은 허담이다. 그러나 연이는 나를 만류하지 않는다. 나는 밖으로 나갔다.

나왔으니, 자— 어디로 어떻게 가서 무엇을 해야 되누.

해가 서산에 지기 전에 나는 이삼 일 내로는 반드시 썩기 시작해야 할 한 개 '사체'가 되어야만 하겠는데, 도리는?

도리는 막연하다. 나는 십 년 긴— 세월을 두고 세수할 때마다 자살을 생각하여 왔다. 그러나 나는 결심하는 방법도 결행하는 방법도 아무것도 모르는 채다.

나는 온갖 유행 약을 암송하여 보았다.

그러고 나서는 인도교, 변전소, 화신상회(和信商會) 옥상, 경원선 이런 것들도 생각해 보았다.

나는 그렇다고—정말 이 온갖 명사의 나열은 가소롭다.— 아직 웃을 수는 없다.

웃을 수는 없다. 해가 저물었다. 급하다. 나는 어딘지도 모를 교외에 있다. 나는 어쨌든 시내로 들어가야만 할 것 같았다. 시내— 사람들은 여전히 그 알아볼 수 없는 낯짝들을 쳐들고 와글와글 야단이다. 가등(街燈)이 안개 속에서 축축해한다. 영경(英京) 윤돈(倫敦)*이 이렇다지?

6

NAUKA사**가 있는 진보초 스즈란도〔鈴蘭洞〕***에는 고본(古本) 야시(夜市)가 선다. 섣달 대목— 이 스즈란도도 곱게 장식되었다. 이슬비에 젖은 아스팔트를 이리 디디고 저리 디디고 저녁 안 먹은 내 발길은 자못 창량(蹌踉)하였다. 그러나 나는 최후의 이십 전을 던져 타임스판 상용 영어 4천 자라는 서적을 샀다. 4천 자?

4천 자면 많은 수효다. 이 해양만 한 외국어를 겨드랑에 낀 나는 섣불리 배고파할 수도 없다. 아— 나는 배부르다.

진따****—(옛날 활동사진 상설관에서 사용하던 취주악대) 진동

---

* 영국의 수도 런던. '윤돈(倫敦)'은 '런던'.
** 일본 동경 간다(神田) 진보초(神保町)에 있던 러시아 전문 서점 ナウカ를 말함. 현재 Nauka사는 간다 진보초 1-34에 있다.
*** 진보초 스즈란토리(鈴蘭通り) 일대. 현재는 진보초 11번지와 13번지 사이로 통하는 길을 스즈란토리라고 칭하고 있다.
**** 일본어 ジンタ. '쿵작쿵작' 하는 소리에서 따온 말. 상업 선전을 위해 통속적인 음악을 연주하는 소인원의 취주 악단.

야*의 진따가 슬프다.

진따는 전원 네 사람으로 조직되었다. 대목의 한몫을 보려는 소백화점의 번영을 위하여 이 네 사람은 클라리넷과 코넷과 북과 소고(小鼓)를 가지고 선조 유신(維新) 당초에 부르던 유행가를 연주한다. 그것은 슬프다 못해 기가 막히는 가각풍경(街角風景)이다. 왜? 이 네 사람은 네 사람이 다 묘령의 여성들이더니라. 그들은 똑같이 진홍색 군복과 군모와 '꼭구마'를 장식하였더니라.

아스팔트는 젖었다. 스즈란도 좌우에 매달린 그 영란(鈴蘭) 꽃 모양 가등(街燈)도 젖었다. 클라리넷 소리도─눈물에─젖었다.

그리고 내 머리에는 안개가 자옥─히 끼었다.

영경 윤돈이 이렇다지?

"이상! 은 무슨 생각을 그렇게 하십니까?"

남자의 목소리가 내 어깨를 쳤다. 법정대학(法政大學) Y 군, 인생보다는 연극이 더 재미있다는 이다. 왜? 인생은 귀찮고 연극은 실없으니까.

"집에 갔더니 안 계시킬래!"

"죄송합니다."

"엠프레스에 가십시다."

"좋─지요."

---

* 일본어 チンドン屋. 19세기 후반 이후 일본에 등장한 상업 선전 가무단의 일종. 3~5인이 하나의 그룹을 이루어 상점을 광고하거나 상품을 알리기 위해 거리에서 화려한 옷으로 치장하고 음악을 연주한다.

「어드벤처 인 맨해튼(ADVENTURE IN MANHATTAN)」*에서 진 아서가 커피 한잔 맛있게 먹더라. 크림을 타 먹으면 소설가 구보 씨**가 그랬다──쥐 오줌 내가 난다고. 그러나 나는 조엘 매크리어만큼은 맛있게 먹을 수 있었으니──.

모차르트의 41번은 '목성(木星)'***이다. 나는 몰래 모차르트의 환술을 투시하려고 애를 쓰지만 공복으로 하여 저윽이 어지럽다.

"신주쿠(新宿) 가십시다."

"신주쿠라?"

"노바(NOVA)에 가십시다."

"가십시다 가십시다."

마담은 루바슈카. 노바는 에스페란토. 헌팅을 얹은 놈의 심장을 아까부터 벌레가 연해 파먹어 들어간다. 그러면 시인 지용(芝溶)****이여! 이상은 물론 자작의 아들도 아무것도 아니겠습니다그려!

12월의 맥주는 선뜩선뜩하다. 밤이나 낮이나 감방은 어둠

---

* 미국의 흑백 영화. 1936년 에드워드 루드위그(Edward Ludwig) 감독 작품이다. 남아프리카 태생의 작가 메이 에징턴(May Edginton)의 소설 *Purple and Fine Linen*을 각색한 것으로, 진 아서(Jean Arthur), 조엘 매크리어(Joel McCrea) 등이 출연했다. 일본에서는 1936년 11월 10일 「マンハッタン夜話」라는 제목으로 개봉되었다.(『20세기 아메리카 영화 사전』(2002), 710쪽)
** 소설가 박태원.
*** 모차르트의 교향곡 41번 C장조 작품 551번. 이 작품은 힘차면서도 장대하며, '주피터(Jupiter, 목성)'라는 별칭으로도 불린다.
**** 시인 정지용. 구인회의 동인으로 이상과 함께 활동했다.

다는 이것은 고리키의 「나드네」* 구슬픈 노래, 이 노래를 나는
모른다.

7

밤이나 낮이나 그의 마음은 한없이 어두우리라. 그러나 유
정(兪政)**아! 너무 슬퍼 마라. 너에게는 따로 할 일이 있느니라.

이런 지비(紙碑)가 붙어 있는 책상 앞이 유정에게 있어서는
생사의 기로다. 이 칼날같이 선 한 지점에 그는 앉지도 서지도
못하면서 오직 내가 오기를 기다렸다고 울고 있다.

"각혈이 여전하십니까?"

"네— 그저 그날이 그날 같습니다."

"치질(痔疾)이 여전하십니까?"

"네— 그저 그날이 그날 같습니다."

안개 속을 헤매던 내가 불현듯이 나를 위하여는 마코— 두
갑, 그를 위하여는 배 십 전어치를, 사 가지고 여기 유정을 찾
은 것이다. 그러나 그의 유령 같은 풍모를 두회(韜晦)하기 위

* 「라드네(На дне)」. 막심 고리키의 대표적인 희곡 작품. 1902년 모스크바 예
술극장에서 처음 공연된 후 사회주의 리얼리즘 경향을 보여 주는 연극으로 널
리 소개된 이 작품은 The Lower Depths(하층민 또는 밑바닥)라는 제목으로 서
방 세계에도 널리 알려졌으며, 일본 식민지 시대 1934년 국내에서도 '밤주막'
이라는 제목으로 무대에 올려진 적이 있다.
** 소설가 김유정(金裕貞)을 말한다. 이상과 함께 구인회의 일원으로 활동했
다. 1937년 이상이 세상을 뜨기 직전에 사망했다.

하여 장식된 무성한 화병에서까지 석탄산 내음새가 나는 것을 지각하였을 때는 나는 내가 무엇하러 여기 왔나를 추억해볼 기력조차도 없어진 뒤였다.

"신념을 빼앗긴 것은 건강이 없어진 것처럼 죽음의 꼬임을 받기 마치 쉬운 경우더군요."

"이상 형! 형은 오늘이야 그것을 빼앗기셨습니까! 인제—겨우— 오늘이야— 겨우— 인제."

유정! 유정만 싫다지 않으면 나는 오늘 밤으로 치러 버리고 말 작정이었다. 한 개 요물에게 부상해서 죽는 것이 아니라 이십칠 세를 일기로 하는 불우의 천재가 되기 위하여 죽는 것이다.

유정과 이상—이 신성불가침의 찬란한 정사(情死)— 이 너무나 엄청난 거짓을 어떻게 다 주체를 할 작정인지.

"그렇지만 나는 임종할 때 유언까지도 거짓말을 해 줄 결심입니다."

"이것 좀 보십시오."

하고 풀어 헤치는 유정의 젖가슴은 초롱(草籠)보다도 앙상하다. 그 앙상한 가슴이 부풀었다 구겼다 하면서 단말마의 호흡이 서글프다.

"명일의 희망이 이글이글 끓습니다."

유정은 운다. 울 수 있는 외의 그는 온갖 표정을 다 망각하여 버렸기 때문이다.

"유 형! 저는 내일 아침 차로 동경 가겠습니다."

"……."

"또 뵈옵기 어려울걸요."

"……."

그를 찾은 것을 몇 번이고 후회하면서 나는 유정을 하직하였다. 거리는 늦었다. 방에서는 연이가 나 대신 내 밥상을 지키고 앉아서 아직도 수없이 지니고 있는 비밀을 만지작만지작하고 있었다. 내 손은 연이 뺨을 때리지는 않고 내일 아침을 위하여 짐을 꾸렸다.

"연이! 연이는 야웅의 천재요. 나는 오늘 불우의 천재라는 것이 되려다가 그나마도 못 되고 도로 돌아왔소. 이렇게 이렇게! 응?"

8

나는 버티다 못해 조그만 종잇조각에다 이렇게 적어 그놈에게 주었다.

"자네도 야웅의 천재인가? 암만해도 천재인가 싶으이. 나는 졌네. 이렇게 내가 먼저 지껄였다는 것부터가 패배를 의미하지."

일고 휘장*이다. HANDSOME BOY ── 해협(海峽) 오전 2시의 망토를 두르고 내 곁에 가 버티고 앉아서 동(動)치 않기

---

* '일고'의 학생임을 알리는 표식. '일고'는 동경제국대학의 예과에 해당하는 '제일(第一)고등학교'를 말한다.

를 한 시간 (이상(以上)?)

나는 그동안 풍선처럼 잠자코 있었다. 온갖 재주를 다 피워서 이 미목수려한 천재로 하여금 먼저 입을 열도록 갈팡질팡했건만 급기야 나는 졌다. 지고 말았다.

"당신의 텁석부리는 말〔馬〕을 연상시키는구려. 그러면 말아! 다락 같은 말아! 귀하는 점잖기도 하다마는 또 귀하는 왜 그리 슬퍼 보이오? 네?"(이놈은 무례한 놈이다.)

"슬퍼? 응 ─ 슬플밖에 ─ 20세기를 생활하는데 19세기의 도덕성밖에는 없으니 나는 영원한 절름발이로다. 슬퍼야지 ─ 만일 슬프지 않다면 ─ 나는 억지로라도 슬퍼해야지. ─ 슬픈 포즈라도 해 보여야지. ─ 왜 안 죽느냐고? 헤헹! 내게는 남에게 자살을 권유하는 버릇밖에 없다. 나는 안 죽지. 이따가 죽을 것만 같이 그렇게 중속(衆俗)을 속여 주기만 하는 거야. 아 ─ 그러나 인제는 다 틀렸다. 봐라. 내 팔. 피골이 상접(相接). 아야 아야. 웃어야 할 터인데 근육이 없다. 울려야 근육이 없다. 나는 형해(形骸)다. 나 ─ 라는 정체는 누가 잉크 짓는 약으로 지워 버렸다. 나는 오직 내 ─ 흔적일 따름이다."

노바의 웨이트리스 나미코는 아부라에*라는 재주를 가진 노라의 따님 코론타이의 누이동생이시다. 미술가 나미코 씨와 극작가 Y 군은 4차원 세계의 테마를 불란서 말로 회화한다.

불란서 말의 리듬은 C 양의 언더 더 워치 강의처럼 애매하다. 나는 하도 답답해서 그만 울어 버리기로 했다. 눈물이 좔

---

* 일본어 油繪. 서양화 또는 유화(油畵).

좔 쏟아진다. 나미코가 나를 달랜다.

"너는 뭐냐? 나미코? 너는 엊저녁에 어떤 마치아이*에서 방석을 베고 15분 동안 — 아니 아니 어떤 빌딩에서 아까 너는 걸상에 포개 앉았었느냐. 말해라 — 헤헤 — 음벽정(飮碧亭)? N빌딩 바른편에서부터 둘째 S의 사무실? (아 — 이 주책없는 이 상아 동경에는 그런 것은 없습네.) 계집의 얼굴이란 다마네기다. 암만 벗기어 보려무나. 마지막에 아주 없어질지언정 정체는 안 내놓느니."

신주쿠의 오전 1시 — 나는 연애보다도 우선 담배를 피우고 싶었다.

9

12월 23일 아침 나는 진보초 누옥(陋屋) 속에서 공복으로 하여 발열하였다. 발열로 하여 기침하면서 두 벌 편지는 받았다.

"서글 긴정으로 사랑하시거든 오늘로라도 돌아와 주십시오. 밤에도 자지 않고 저는 형을 기나리고 있습니다 유정."

"이 편지 받는 대로 곧 돌아오세요. 서울에서는 따뜻한 방과 당신의 사랑하는 연이가 기다리고 있습니다. 연 서(書)."

이날 저녁에 부질없는 향수를 꾸짖는 것처럼 C 양은 나에

---

* 일본어 待ち合い. 서로 약속하고 기다리는 곳.

게 백국(白菊) 한 송이를 주었느니라. 그러나 오전 1시 신주
쿠 역 폼에서 비칠거리는 이상의 옷깃에 백국은 간데없다. 어
느 장화가 짓밟았을까. 그러나—검정 외투에 조화를 단, 댄
서—한 사람. 나는 이국종(異國種) 강아지올시다. 그러면 당
신께서는 또 무슨 방석과 걸상의 비밀을 그 농화장(濃化粧) 그
늘에 지니고 계시나이까?

　사람이—비밀 하나도 없다는 것이 참 재산 없는 것보다도
더 가난하외다그려! 나를 좀 보시지요?

　　　　　《문장(文章)》, 1939년 3월, 53~66쪽.

단발(斷髮)

그는 쓸데없이 자기가 애정의 거자*인 것을 자랑하려 들었고 또 그러지 않고 그냥 있을 수가 없었다.

공연히 그는 서먹서먹하게 굴었다. 이렇게 함으로 자기의 불행에 고귀한 탈을 씌워 놓고 늘 인생에 한눈을 팔자는 것이었다.

이런 그가 한 소녀와 천변을 걸어가다가 그만 잘못해서 그의 소녀에게 대한 애욕을 지껄여 버리고 말았다.

여기는 분명히 그의 음란한 충동 외에 다른 아무턴 이유도 없다. 그러나 소녀는 그의 강렬한 체취와 악의의 태만(怠慢)에 역설적인 흥미를 느끼느라고 그냥 그저 흐리멍덩하게 그의 애정을 용납하였다는 자세를 취하여 두었다. 이것을 본 그는 곧 후회하였다. 그래서 그는 이중의 역설을 구사하여 동물적

*遽者. 명령을 전달하는 심부름꾼. 역참(驛站)의 인부. 거인(遽人).

인 애정의 말을 거침없이 소녀 앞에 쏟고 쏟고 하였다. 그러면서도 그의 육체와 그 부속품은 이상스러울 만치 게을렀다.

소녀는 조금 왔다가 이 드문 애정의 형식에 그만 갈팡질팡하기 시작하였다. 그러고는 내심 이 남자를 어디까지든지 천하게 대접했다. 그랬더니 또 그는 옳지 하고 카멜레온처럼 태도를 바꾸어서 소녀에게 하루라도 얼른 애인이 생기기를 희망한다는 둥 하여 가면서 스스럽게 구는 것이었다.

소녀의 눈은 이번 허위가 그대로 무사히 지나갈 수가 없었다. 투시한 소녀의 눈이 오만을 장치하기 시작하였다. 그러기 위한 세상의 '교심(驕心)한 여인'으로서의 구실을 찾아 놓고 소녀는 빙그레 웃었다.

"세상 사람들이 모두 연(衍) 씨를 욕허니까 어디 제가 고쳐 디리지요. 연 씨는 정말 악인인지두 모르니까요."

이런 소녀의 말버릇에 그는 가슴이 뜨끔했다. 그냥 코웃음으로 대접할 일이 못 된다. 왜? 사실 그는 무슨 그렇게 세상 사람들에게 욕을 먹고 있는 것도 아닐 뿐만 아니라 악인일 것도 없었다. 말하자면 애호하는 가면(假面)을 도적을 맞는 위에 그 가면을 뒤집어 이봉당하면서 놀림감이 되고 말 것밖에 없다.

그러나 그라고 해서 소녀에게 자그마한 욕구가 없는 바는 아니었다. 아니 차라리 이것은 한 무적(無敵) '에고이스트'가 할 수 있는 최대 욕구이었는지도 모른다.

그는 결코 고독 가운데서 제법 하수(下手)*할 수 있는 진짜

---

* 손을 대어 사람을 죽이다. 여기서는 '자살'을 의미한다.

염세주의자는 아니었다. 그의 체취처럼 그의 몸뚱이에 붙어다니는 염세주의라는 것은 어디까지든지 게으른 성격이요 게다가 남의 염세주의는 어느 때나 우습게 알려 드는 참 고약한 아리아욕(我利我慾)의 염세주의였다.

죽음은 식전의 담배 한 모금보다도 쉽다. 그렇건만 죽음은 결코 그의 창호를 두드릴 리가 없으리라고 미리 넘겨짚고 있는 그였다. 그러나 다만 하나 이 예외가 있는 것을 인정한다.

A double suicide.*

그것은 그러나 결코 애정의 방해를 받아서는 안 된다는 조건이 붙는다. 다만 아무것도 이해하지 말고 서로서로 '스프링보드'** 노릇만 하는 것으로 충분히 이용할 것을 희망한다. 그들은 또 유서를 쓰겠지. 그것은 아마 힘써 화려한 애정과 염세의 문자로 가득 차도록 하는 것인가 보다.

이렇게 세상을 속이고 일부러 자기를 속임으로 하여 본연의 자기를, 얼른 보기에 고귀하게 꾸미자는 것이다. 그러나 가뜩이나 애정이라는 것에 서먹서먹하게 굴며 생활하여 오고 또 오는 기에게 고런 마침 기회가 올까 싶지도 않다.

낭연히 오지 않을 것인데도 뜻밖에 그가 소녀에게 가지는 감정 가운데 좀 세속적인 애정에 가까운 요소가 섞인 것을 알아차리자 그 때문에 몹시 자존심이 상하지나 않았나 하고 위구(危懼)하고 또 쩔쩔매었다. 이것이 엔간치 않은 힘으로 그의

---

* '한 쌍의 자살'이라는 뜻.
** spring board. 도약판.

정신생활을 섣불리 건드리기 전에 다른 가장 유효한 결과를 예기하는 처벌을 감행치 않으면 안 될 것을 생각하고 좀 무리인 줄은 알면서 노름하는 셈 치고 소녀에게 double suicide를 '프러포즈'하여 본 것이었다.

되어도 그만 안 되어도 그만 편리한 도박이다. 되면 식전에 담배 한 모금이요, 안 되면 소녀를 회피하는 구실을 내외에 선고할 수 있지 않느냐는 것이다.

거기는 좀 너무 어두운 그런 속에서 그것은 조인(調印)된 일이라 소녀가 어떤 표정을 하나 자세히 볼 수는 없으나 그의 이런 도박적 심리는 그의 앞에서 늘 태연한 이 소녀를 어디 한번 마음껏 놀려 먹을 수 있었대서 속으로 시원해하였다. 그런데 나온 패는 역시 '노'였다. 그는 후— 한번 한숨을 쉬어 보고 말은 없이 몸짓으로만,

"혼자 죽을 수 있는 수양을 허지."

이렇게 한번 배를 퉁겨 보았다. 그러나 이것 역시 빨간 거짓인 것은 물론이다.

황량한 방풍림(防風林) 가운데 서녁노을을 멀거니 바라다보고 섰는 소녀의 모양이 퍽 아팠다.

늦은 가을이라기보다 첫겨울 저물게 강을 건너서 부첩(符牒)과 같은 검은빛 새들이 떼를 지어 날았다. 그러나 발 아래 낙엽 속에서 거의 생물이랄 만한 생물을 찾아볼 수조차 없는 참 적멸의 인외경(人外境)*이었다.

---

* 사람이 살지 않는 바깥세상.

"싫습니다. 불행을 짊어지고 살아가는 것이 제게는 더없는 매력입니다. 그렇게 내어버리구 싶은 생명이거든 제게 좀 빌려 주시지요."

연애보다도 한 구(句) 위티시즘을 더 좋아하는 그였다. 그런 그가 이때만은 풍경에 자칫하면 패배할 것 같기만 해서 갈팡질팡 그 자리를 피해 보았다.

소녀는 그때부터 그를 경멸하였다느니보다는 차라리 염오하는 편이었다. 그의 틈바구니투성이의 점잖으려는 재능을 향하여 소녀의 침착한 재능의 창(槍) 끝이 걸핏하면 침략하여 왔다.

오월이 되어서 한 돌발사건이 이들에게 있었다. 소녀의 단 하나의 동지(同志) 소녀의 오빠가 소녀로부터 이반하였다는 것이다. 오빠에게 소녀보다 세속적으로 훨씬 아름다운 애인이 생긴 것이다. 이 새 소녀는 그 오빠를 위하여 애정에 빛나는 눈동자를 가졌다. 이 소녀는 소녀의 가까운 동무였다.

오빠에게 하루라도 빨리 애인이 생겼으면 하고 바랐고 그래서 동무가 오빠를 사랑하였다고 오빠가 동생과의 굳은 약속을 저버려야 되나?

소녀는 비로소 '세월'이라는 것을 느꼈다. 소녀의 방심을 어느 결에 통과해 버린 '세월'이 소녀로서는 차라리 자신에게 고소하였다.

고독──그런 어느 날 밤 소녀는 고독 가운데서 그만 별안간 혼자 울었다. 깜짝 놀라 얼른 울음을 끊쳤으나 이것을 소녀는 자기의 어휘로 설명할 수 없었다.

　이튿날 소녀는 그가 하자는 대로 교외 조용한 방에 그와 대좌하여 보았다. 그는 또 그의 그 '위티시즘'과 '아이러니'를 아무렇게나 휘두르며 산비(酸鼻)할 연막(煙幕)을 펴는 것이었다. 또 가장 이 소녀가 싫어하는 몸맵시로 넙죽 드러누워서 그냥 사정없이 지껄여 대는 것이다. 이런 그 앞에서 소녀도 인제는 어지간히 피곤하였던지 이런 소용없는 감정의 시합은 여기쯤서 그만두어야겠다고 절실히 생각하는 모양 같았다. 그러나 이런 경우에 소녀는 그에게보다도 자기 자신에게 이기고 싶었다.

　"인제 또 만나 뵙기 어려워요. 저는 내일 E하구 같이 동경으루 가요."

　이렇게 아주 순량하게 도전하여 보았다. 그때 그는 아마 이 도전의 상대가 분명히 그 자신인 줄만 잘못 알고 얼른 모가지 털을 불끈 일으키고 맞선다.

　"그래? 그거 섭섭하군. 그럼 내 오늘 밤에 기념 스탬프를 하나 찌기루 허지."

　소녀는 가벼이 흥분하였고 고개를 아래위로 흔들어 보이기만 하였다. 얼굴이 소녀가 상기한 탓도 있었겠지만 암만 보아도 이것은 가장 동물적인 동물 이외의 아무것도 아니었다.

　마지막 승부를 가릴 때가 되었나 보다. 소녀는 도리어 초조해하면서 기다렸다. 즉 도박적인 '성미'로!

(도박은 타기(唾棄)와 모멸!뿐이려나 보다.)

(그가 과연 그의 훈련된 동물성을 가지고 소녀 위에 스탬프를 찍거든 소녀는 그가 보는 데서 그 스탬프와 얼굴 위에 침을 뱉는다.

그가 초조하면서도 결백한 체하고 말거든 소녀는 그의 비겁한 정도와 추악한 가면을 알알이 폭로한 후에 소인(小人)으로 천대해 준다.)

그러나 아마 그가 좀 더 웃길가는* 배우였던지 혹 가련한 불감증이었던지 오전 한 시기 훨씬 지난 사길을 달빛을 받으며 그들은 내려왔다. 내려오면서—.

어느 날 그는 이 길을 이렇게 내려오면서 소녀의 3전 우표처럼 얄팍한 입술에 그의 입술을 건드려 본 일이 있었건만 생각하여 보면 그것은 그저 입술이 서로 닿았다 뿐이지—아니 역시 서로 음모를 내포한 암중모색이었다. 두 사람은 서로 그리 부드럽지도 않은 피부를 느끼고 공기와 입술과의 따끈한 맛은 이렇게 다르고나를 시험한 데 지나지 않았다.

이 방 소녀는 그의 거친 행동이 몹시 기다려졌다. 이것은 거의 역설적이었나, 안 만나기는 누가 안 만나—하고 조심조심 걷는 사이에 그만 산길은 시가에 끝나고 시가도 기의 이런 행동에 과히 적당치 않다.

소녀는 골목 밖으로 지나가는 자동차의 '헤드라이트'를 보고 경칠 나 쪽에서 서둘러 볼까까지 생각하여도 보았으나 그는 그렇게 초조한 듯한데 그때만은 웬일인지 바늘귀만 한 틈

---

* 윗길가다. 질적으로 더 수준이 높고 낫다.

을 소녀에게 엿보이지 않는다. 그러느라고 그랬는지 걸으면
서 그는 참 잔소리를 퍽 하였다.

"가령 자기가 제일 싫어하는 음식물을 상 찌푸리지 않고 먹
어 보는 거 그래서 거기두 있는 '맛'인 '맛'을 찾아내구야 마는
거, 이게 말하자면 '패러독스'지. 요컨대 우리들은 숙명적으로
사상, 즉 중심이 있는 사상생활을 할 수가 없도록 돼 먹었거
든. 지성—흥 지성의 힘으로 세상을 조롱할 수야 얼마든지 있
지, 있지만 그게 그 사람의 생활을 '리드'할 수 있는 근본에 있
을 힘이 되지 않는 걸 어떡허나? 그러니까 선(仙)이나 내나 큰
소리는 말아야 해. 일체 맹세하지 말자—허는 게 즉 우리가
해야 할 맹세지."

소녀는 그만 속이 발끈 뒤집혔다. 이 씨름은 결코 여기서 그
만둘 것이 아니라고 내심 분연하였다. 이 따위 연막에 대항하
기 위하여는 새롭고 효과적인 엔간치 않은 무기를 장만하지
않을 수 없다 생각해 두었다.

또 그 이튿날 밤은 질척질척 비가 내렸다. 그 빗속을 그는
소녀의 오빠와 걷고 있었다.

"연! 인젠 내 힘으로는 손을 대일 수가 없게 되구 말았으니
까 자넨 뒷갈망이나 좀 잘해 주게. 선이가 대단히 흥분한 모양
인데—."

"그건 왜 또."

"그건 왜 또 딴청을 허는 거야."

"딴청을 허다니 내가 어떻게 딴청을 했단 말인가?"

"정말 모르나?"

"뭐를?"

"내가 E허구 같이 동경 간다는 걸."

"그걸 자네 입에서 듣기 전에 내가 어떻게 안단 말인가?"

"선이는 그러니까 갈 수가 없게 된 거지. 선이허구 E허구 헌 약속이 나 때문에 깨어졌으니까."

"그래서."

"게서버텀은 자네 책임이지."

"흥."

"내가 동생버덤 애인을 더 사랑했다구 그렇게 선이가 생각 헐까 봐서 걱정이야."

"허는 수 없지."

선이—오빠에게서 모든 이야기를 듣고 나는 참 깜짝 놀랐소. 오빠도 그럽디다—운명에 억지로 거역하려 들어서는 못쓴다고. 나도 그렇게 생각하오.

나는 오랫동안 '세월'이라는 관념을 망각해 왔소. 이번에 참 한참 만에 느끼는 '세월'이 썩 슬펐소. 모든 일이 '세월'의 마음으로부터의 접대에 늘 우리들은 다 조신하게 제 부서(部署)에 나아가야 하지 않나 생각하오. 흥분하지 말어요.

아무쪼록 이제부터는 내게 괄목하면서 나를 믿어 주기 바라오. 그 맨 처음 선물로 우리 같이 동경 가기를 내가 '프러포즈'할까? 아니 약속하지. 선이 안 기뻐하여 준다면 나는 나 혼자 힘으로 이것을 실현해 보이리다.

그럼 선이의 승낙서를 기다리기로 하오.

그는 좀 겸연쩍은 것을 참고 어쨌든 이 편지를 포스트에 넣었다. 저로서도 이런 협기(俠氣)가 우스꽝스러웠다. 이 소녀를 건사한다?—당분간만 내게 의지하도록 해?—이렇게 수작을 해 가지고 소녀가 듣나 안 듣나 보자는 것이었다. 더 그에게 발악을 하려 들지 않을 만하거든, 그는 소녀를 한 마리 '카나리아'를 놓아주듯이 그의 '위티시즘'의 지옥에서 석방—아니 제 풀에 나가나? 어쨌든 소녀는 길게 그의 길에 같이 있을 것은 아니니까. 답장이 왔다.

처음부터 이렇게 되었어야 하지 않았나요? 저는 지금 조금도 흥분하거나 하지는 않았습니다. 이런 제가 연께 감사하다고 말씀 드린다면 연께서는 역정을 내이시나요? 그럼 감사한다는 기분만은 제 기분에서 삭제하기로 하지요.

연을 마음에 드는 좋은 교수로 하고 저는 연의 유쾌한 강의를 듣기로 하렵니다. 이 교실에서는 한 폭독한 교수가 사나운 목소리로 무엇인가를 강의하고 있다는 것을 안 지는 오래지만 그 문간에서 머뭇머뭇하면서 때때로 창틈으로 새어 나오는 교수의 '위티시즘'을 귓결에 들었다 뿐이지, 차마 쑥 들어가지 못하고 오늘까지 왔습니다. 그렇지만 지금은 벌써 들이와 앉았습니다. 자—무서운 강의를 어서 시작해 주시지요. 강의의 제목은 '애정의 문제'인가요. 그렇지 않으면 '지성의 극치를 흘낏 들여다보는 이야기'를 하여 주시나요.

엊그제 연을 속였다고 너무 꾸지람은 말아 주세요. 오빠의 비장한 출발을 같이 축복하여 주어야겠지요. 저는 결코 오빠를 야속하게 여긴다거나 하지 않아요. 애정을 계산하는 버릇은 미음받을 버릇이라고 생각하니까요. '세월'이오? 연께서 가르쳐 주셔서 참 비로소 이 '세월'을 느꼈습니다. '세월'! 좋군요 — 교수 —, 제가 제 맘대로 교수를 사랑해도 좋지요? 안 되나요? 괜찮지요? 괜찮겠지요 뭐?

단발(斷髮)했습니다. 이렇게도 흥분하지 않는 제 자신이 그냥 미워서 그랬습니다.

단발? 그는 또 한 번 가슴이 뜨끔했다. 이 편지는 필시 소녀의 패배를 의미하는 것인데 그에게 의논 없이 소녀는 머리를 잘랐으니, 이것은 새로워진 소녀의 새로운 힘을 상징하는 것일 것이라고 간파하였다. 그러면서도 그는 눈물 났다. 왜?

머리를 자를 때의 소녀의 마음이 필시 제 마음 가운데 제 손으로 제 애인을 하나 만들어 놓고 그 애인으로 하여금 저에게 머리를 자르도록 명령하게 한, 말하자면 소녀의 끝없는 고독이 소녀에게 1인 2역을 시킨 것에 틀림없었다.

소녀의 고독!

혹은 이 시합은 승부 없이 언제까지라도 계속하려나―이렇게도 생각이 들었고―그것보다도 싹뚝 자르고 난 소녀의 얼굴―몸 전체에서 오는 인상은 어떠할까 하는 것이 차라리 더 그에게는 흥미 깊은 우선 유혹이었다.

《조선문학(朝鮮文學)》, 1939년 4월, 6~13쪽.

김유정(金裕貞)

암만해도 성을 안 낼 뿐만 아니라 누구를 대할 때든지 늘 좋은 낯으로 해야 쓰느니 하는 타입의 우수한 견본이 김기림(金起林)이라.

좋은 낯을 하기는 해도 적(敵)이 비례(非禮)를 했다거나 끔찍이 못난 소리를 했다거나 하면 잠자코 속으로만 꿀꺽 업신여기고 그만두는, 그러기 때문에 근시 안경을 쓴 위험인물이 박태원(朴泰遠)이디.

업신여겨야 할 경우에 "이놈! 네까진 놈이 뭘 아느냐."라든가 성을 내면 "여! 어디 뎀벼 봐라."쯤 할 줄 아는, 하되, 그저 그럴 줄 알다 뿐이지 그만큼 해 두고 주저앉는 파(派)에, 고만 이유로 코밑에 수염을 저축한 정지용(鄭芝溶)이 있다.

모자를 홱 벗어 던지고 두루마기도 마고자도 민첩하게 턱 벗어 던지고 두 팔 홀떡 부르걷고 주먹으로는 적의 벌 마구*를, 발길로는 적의 사타구니를 격파하고도 오히려 행유여력(行有餘力)에 엉덩방아를 찧고야 그치는 희유(稀有)의 투사가 있으니 김유정(金裕貞)이다.

누구든지 속지 마라. 이 시인 가운데 쌍벽과 소설가 중 쌍벽은 약속하고 분만된 듯이 교만하다. 이들이 무슨 경우에 어떤 얼굴을 했댔자 기실은 그 교만에서 산출된 표정의 데포르마시옹 외의 아무것도 아니니까 참 위험하기 짝이 없는 분들이라는 것이다.

이분들을 설복할 아무런 학설도 이 천하에는 없다. 이렇게들 또 고집이 세다.

나는 자고로 이렇게 교만하고 고집 센 예술가를 좋아한다. 큰 예술가는 그저 누구보다도 교만해야 한다는 일이 내 지론이다.

다행히 이 네 분은 서로들 친하다. 서로 친한 이분들과 친한 나 불초 이상(李箱)이 보니까 여상의 성격의 순차적 차이가 있는 것은 재미있다. 이것은 혹 불행히 나 혼자의 재미에 그칠지는 우러지만 그래도 좀 재미있어야 되겠다.

작품 이외의 이분들의 일을 적확히 묘파해서 써내 비교교우학(比較交友學)을 결정적으로 여실히 하겠다는 비장한 복안이거늘,

---

* 볼 마구리. '볼'은 '얼굴', '뺨'이며, '마구리'는 '길쭉한 토막, 상자 따위의 양쪽 머리의 면' 또는 '길쭉한 물건의 양 끝에 대는 것'을 말한다. '베개'의 양쪽 끄트머리 면을 '베개 마구리'라고 한다.

소설을 쓸 작정이다. 네 분을 각각 주인으로 하는 네 편의 소설이다.

그런데 족보에 없는 비평가 김문집(金文輯) 선생이 내 소설에 59점이라는 좀 참담한 채점을 해 놓으셨다. 59점이면 낙제다. 한 끝만 더 했더면—그러니까 서울말로 '낙째 첫찌'다. 나는 참 참담했습니다. 다시는 소설을 안 쓸 작정입니다—는 즉 거짓말이고, 이 경우에 내 어쭙잖은 글이 네 분의 심사를 건드리다거나 읽는 이들의 조소를 산다거나 하지나 않을까 생각을 하니 아닌 게 아니라 등어리가 꽤 서늘하다.

그렇거든 59점짜리가 그럼 그렇지 하고 그저 눌러 덮어 주어야겠고 뜻밖에 제법 되었거든 네 분이 선봉을 서서 김문집 선생께 좀 잘 좀 말해 주셔서 부디 급제 좀 시켜 주시기 바랍니다.

김유정 편

이 유정은 겨울이면 모자를 쓰시 않는다. 그러면 딜린기? 그의 그 더벅머리 위에는 참 우글쭈글한 벙거지가 얹혀 있는 것이다. 나는 걸핏하면,

"김 형! 그 김 형이 쓰신 모자는 모자가 아닙니다."

"김 형! (이 김 형이라는 호칭인즉슨 이상을 가리키는 말이다.) 거 어떡허시는 말씀입니까."

"거 벙거지, 벙거지지요."

"벙거지! 벙거지! 옳습니다."

태원(泰遠)도 회남(懷南)*도 유정의 모자 자격을 인정하지 않는다. 벙거지라고밖에!

엔간해서 술이 잘 안 취하는데 취하기만 하면 딴사람이 되고 만다. 그것은 무엇을 보고 아느냐 하면—.

보통으로 주먹을 쥐고 쓱 둘째 손가락만 쪽 펴면 사람 가리키는 신호가 되는데 이래 가지고는 그 벙거지 차양 밑을 우벼 파면서 나사못 박는 흉내를 내는 것이다. 하릴없이 젖먹이 곤지곤지 형용에 틀림없다.

창문사(彰文社)에서 내가 집무랍시고 하는 중에 떠억 나를 찾아온다. 와서는 내 집무 책상 앞에 마주 앉는다. 앉아서는 바윗덩어리처럼 말이 없다. 낸들 또 무슨 그리 신통한 이야기가 있으리요. 그저 서로 벙벙히 앉았는 동안에 나는 나대로 교정 등속 일을 한다. 가지가지 부호를 써서 내가 교정을 보고 있노라면 그는 불쑥,

"김 형! 거 지금 그 표는 어떡허라는 표구요."

이런다. 그럼 나는 기가 막혀서,

"이거요, 글자가 곤두섰으니 바루 놓으란 표지요."

하고 나서는 또 그만이다. 이렇게 평소의 유정은 뚱보다. 이런 양반이 그 곤지곤지만 시작되면 통성** 다시 해야 한다.

* 안회남(1910~?). 1930년대의 소설가. 김유정과 휘문고보 동급생. 소설 「불」「탁류를 헤치고」, 「겸허」 등이 있으며, 해방 직후 월북하였다.

그날 나도 초저녁에 술을 좀 먹고 곤해서 한참 자는데 별안간 대문을 뚜드리는 소리가 요란하다. 한 시나 가까웠는데— 하고 눈을 비비며 나가 보니까 유정이가 B 군과 S 군과 작반(作伴)해 와서 이 야단이 아닌가. 유정은 연해 성(盛)히 곤지곤지 중이다. 나는 일견에 '익키! 이건 곤지곤지구나.' 하고 내심 벌써 각오한 바가 있자니까 나가잔다.

"김 형! 이 유정이가 오늘 술, 좀, 먹었습니다. 김 형! 우리 또 한잔허십시다,"

"아따 그러십시다그려."

이래서 나도 내 벙거지를 쓰고 나섰다.

나는 단박에 취해 버려서 역시 그 비장의 가요를 기탄없이 내뽑은가 싶다. 이렇게 밤이 늦었는데 가무음곡(歌舞音曲)으로써 가구(街衢)를 소란케 하는 것은 법규상 안 된다. 그래 주파(酒婆)가 이러니저러니 좀 했더니 S 군과 B 군은 불온하기 짝이 없는 언사로 주파를 탄압하면, 유정은 또 주파를 의미 깊게 흘낏, 한 번 흘겨보더니,

"김 형! 우리 소리합시다."

하고 그 척척 붙어 올라올 것 같은 끈적끈적한 목소리로 상원도 아리랑 팔만구암자(八萬九庵子)를 내뽑는다. 이 유정의 강원도 아리랑은 바야흐로 천하일품의 경지다.

나는 소독 젓가락으로 추탕(鰍湯) 보시깃전을 갈기면서 장

** '통성명(通姓名)'의 준말. 서로 성명을 통함. 첫 대면의 인사를 교환함. 여기서 '通姓 다시 해야 한다'는 말은 누군지 다시 인사를 하고 안면을 터야 할 정도로 엉뚱하게 변한다는 것을 뜻한다.

단을 맞춰 좋아하는데 가만히 보니까 한쪽에서 S 군과 B 군이 불화다. 취중 문학담이 자연 아마 그리된 모양인데 부전부전하게* 유정이가 또 거기 가 한몫 끼이는 것이다. 나는 술들이나 먹지 저 왜들 저러누, 하고 서서 보고만 있자니까 유정이가 예의 그 벙거지를 떡 벗어 던지더니 두루마기 마고자 저고리를 차례로 벗어젖히고는 S 군과 맞달라붙는 것이 아닌가.

싸움의 테마는 아마 춘원(春園)의 문학적 가치 운운이던 모양인데 어쨌든 피차 어지간히들 취중이라 문학은 저리 집어치우고 인제 문제는 체력이다. 뺨도 치고 제법 태껸도들 한다. S 군은 이리 비철 저리 비철하면서 유정의 착의일식(着衣一式)을 주워 들고 바로 뜯어말린답시고 한가운데 가 끼어서 꾸기적꾸기적하는데 가는 발길 오는 발길에 이래저래 피해가 많은 꼴이다.

놀란 것은 주파와 나.

주파는 술은 더 못 팔아도 좋으니 이분들을 좀 밖으로 모셔내라는 애원이다. 나는 B 군과 협력해서 가까스로 용사들을 밖으로 끌고 나오기는 나왔으나 이번에는 자동차가 줄 대서 왕래하는 대로 한복판에서들 활약이다. 구경꾼이 금시로 모여든다. 용사들의 사기는 백열화(白熱化)한다.

나는 섣불리 좀 뜯어말리는 체하다가 얼떨결에 벙거지 벗어진 것이 당장 용사들의 군용화에 유린을 당하고 말았다. 그만 나는 어이가 없어서 전선주에 가 기대서서 이 만화(漫畵)를

---

* 남의 사정은 생각지 않고 자기 일만 하려고 서두르다.

서서히 감상하자니까 ──.

　B군은 이건 또 언제 어디서 획득했는지 모를 오 합(合) 들
이 술병을 거꾸로 쥐고 육모방망이 내휘두르듯 하면서 중재
중인데 여전히 피해가 많다. B군은 이윽고 그 술병을 한 번 허
공에 한층 높이 내휘두르더니 그 우렁찬 목소리로 산명곡응
(山鳴谷應)하라고 최후의 대갈일성(大喝一聲)을 시험해도 전황
은 여전하다.

　B군은 그만 화가 벌컥 난 모양이다. 그 술병을 지면 위에다
내던지고 가로대,

　"네놈들을 내 한꺼번에 쥑이겠다."

고 결의의 빛을 표시하더니 좌충우돌로 동에 번쩍 서에 번쩍
S군, 유정의 분간이 없이 막 구타하기 시작이다.

　이 광경을 본 나도 놀랐거니와 더욱 놀란 것은 전사 두 사람
이다. 여태껏 싸움 말리는 역할을 하느라고 하던 B군이 별안
간 이처럼 태도를 표변하니 교전하던 양인이 놀라지 않을 수
가 없다.

　B군은 우선 유정이 턱 밑을 주먹으로 공격했다. 성악한 유
정은 방어의 자세를 취하면서 한쪽으로 비키니까 B군은 이번
에는 S군을 걸어찼다. S군은 눈이 뚱그레서 이 역 한 켠으로
비키면서 이건 또 무슨 생각으로,

　"너! 유정이! 뎀벼라."

　"오냐! S! 너! 나헌테 좀 맞어 봐라."

하면서 원래의 적이 다시금 달라붙으니까 B군은 그냥 두 사

람을 얼러서 걷어차면서 주먹 비를 내리우는 것이다. 두 사람
은 일제히 공격을 B 군에게로 모아 가지고 쉽사리 B 군을 격
퇴한 다음 이어 본전을 계속 중에 B 군은 이번에는 S 군의 불
두덩을 걷어찼다. 노발대발(怒發大發)한 S 군은 B 군을 향하
여 맹렬한 일축(一蹴)을 수행하니까 이 틈을 타서 유정은 S 군
에게 이 또한 그만 못지않은 일축을 결행한다. 이러면 B 군은
또 선수를 돌려 유정을 겨누어 거룩한 일축을 발사한다. 유정
은 S 군을, S 군은 B 군을, B 군은 유정을, 유정은 S 군을, S 군
은—.

　이것은 그냥 상상만으로도 족히 포복절도할 절경임에 틀
림없다. 나는 그만 내 벙거지가 여지없이 파멸한 것은 활연(豁
然)히 잊어버리고 웃음보가 곧 터질 지경인 것을 억지로 참고
있자니까 사람은 점점 꼬여 드는데 이 진무류*의 혼전은 언제
나 끝날는지 자못 묘연하다.

　이때 옆 골목으로부터 순행하던 경관이 칼 소리를 내면서
나왔다. 나와서 가만히 보니까 이건 싸움은 싸움인 모양인데
대체 누가 누구하고 싸우는 것인지 종을 잡을 수가 없는 것
이다.

　경관도 기가 막혀서,

　"이게 날이 너무 춥더니 실진(失眞)들을 한 게로군."

하는 모양으로 뒷짐을 지고 서서 한참이나 원망(遠望)한 끝에
대갈일성,

---

*珍無類. 유례없이 진귀한 것.

"가엣!"*

나는 이 추운 날 유치장에를 들어갔다가는 큰일이겠으므로,

"곧 집으로 데리구 가겠습니다. 용서하십쇼. 술들이 몹시 취해 그렇습니다."

하고 고두백배(叩頭百拜)한 것이다.

경관의 두 번째 '가에렛' 소리에 겨우 이 삼국지는 아마 종식하였던가 한다.

이 이야기를 듣고 태원(泰遠)이, "거 요코미쓰 리이치**의 기계(機械) 같소 그려."하였다. (물론 이 세 동무는 그 이튿날은 언제 그런 일 있었더냐는 듯이 계속하여 정다웠다.)

유정은 폐가 거의 결딴이 나다시피 못쓰게 되었다. 그가 웃통 벗은 것을 보았는데 기구한 수신(瘦身)이 나와 비슷하다. 늘,

"김 형이 그저 두 달만 약주를 끊었으면 건강해지실 텐데."

해도 막 무가내하***더니 지난 7월 달부터 마음을 돌려 정릉리(貞陵里) 어느 절간에 숨어 정양 중이라니, 추풍(秋風)이 전기

---

* 일본어로 '돌아가'.
** 橫光利一(1898~1947). 일본의 소설가. 가와바타 야스나리(川端康成)와 더불어 신감각파 운동을 전개한 신심리주의 문학가. 소설 「기계(機械)」, 「문장(紋章)」, 「일륜(日輪)」 등을 썼다.
*** 막 무가내하(無可奈何). 도무지 융통성이 없고 고집이 세어 어찌할 수가 없음. 무가내하. 막가내하.

(漸起)에 건강한 유정을 맞을 생각을 하면 나도 독자도 함께 기쁘다.

《청색지(青色紙)》, 1939년 5월, 89~94쪽.

십이월 십이 일

1회

이때나 저때나 박행(薄幸)에 우는 내가 십유여 년 전 그해도 저물려는 어느 날 지향도 없이 고향을 등지고 떠나가려 할 때에 과거의 나의 파란 많은 생활에도 적지 않은 인연을 가지고 있는 죽마의 구우* M 군이 나를 보내려 먼 곳까지 좇아 나와 갈림을 아끼는 정으로 나의 손을 붙들고,

"세상이라는 것은 우리가 생각하는 것과 같은 것은 아니라네."

하며 처창한 낯빛으로 나에게 말하던 그때의 그 말을 나는 오늘까지도 기억하여 새롭거니와 과연 그 후의 나는 M 군의 그

---

* 죽마고우(竹馬故友).

말과 같이 내가 생각하던 바 그러한 것과 같은 세상은 어느 한 모*도 찾아낼 수는 없이 모두가 돌연적이었고 모두가 우연적이었고 모두가 숙명적일 뿐이었었다.

'저들은 어찌하여 나의 생각하는 바를 이해하여 주지 아니할까? 나는 이렇게 생각해야 옳다 하는 것인데 어찌하여 저들은 저렇게 생각하여 옳다 하는 것일까?'

이러한 어리석은 생각은 하여 볼 겨를도 없이,

'세상이란 그런 것이야. 네가 생각하는 바와 다른 것, 때로는 정반대되는 것, 그것이 세상이라는 것이야!'

이러한 결정적 해답이 오직 질풍신뢰**적으로 나의 아무 청산도 주관도 없는 사랑을 일약 점령하여 버리고 말았다. 그 후에 나는 네가 세상에 그 어떠한 것을 알고자 할 때에는 우선 네가 먼저

'그것에 대하여 생각하여 보아라. 그런 다음에 너는 그 첫번 해답의 대칭점을 구한다면 그것은 최후의 그것의 정확한 해답일 것이니.'

하는 이러한 참혹한 비결까지 얻어 놓았었다. 예상 못한 세상에서 부질없이 살아가는 동안에 어느넛 나라는 사람은 구태여 이 대칭점을 구하지 아니하고도 쉽사리 세상일을 대할 수 있는 가련한 '비틀어진' 인간성의 사람이 되고 말았다. 그리하여 인간을 바라볼 때에 일상에 그 이면(裏面)을 보고 그러므로

---

* 여기서 '모'는 '물건이 거죽으로 쑥 나온 끝'을 말한다.
** 疾風迅雷. 심한 바람과 번개. 또는 그것처럼 빠르고 심함의 비유.

말미암아 '기쁨'도 '슬픔'도 '웃음'도 '광명'도 이러한 모든 인간으로서의 당연히 가져야 할 감정의 권위를 초월한 그야말로 아무 자극도 감격도 없는 영점(零點)에 가까운 인간으로 화하고 말았다. 오직 내가 나의 고향을 떠난 뒤 오늘날까지 십유여 년간의 방랑생활에서 얻은 바 그 무엇이 있다 하면,

'불행한 운명 가운데서 난 사람은 끝끝내 불행한 운명 가운데에서 울어야만 한다. 그 가운데에 약간의 변화쯤 있다 하더라도 속지 말라. 그것은 다만 그 '불행한 운명'의 굴곡에 지나지 않는 것이다.'

이러한 어그러진 결론 하나가 있을 따름이겠다. 이것은 지나간 나의 반생의 전부요 총결산이다. 이 하잘것없는 짧은 한편은 이 어그러진 인간 법칙을 '그'라는 인격에 붙여서 재차의 방랑생활에 흐르려는 나의 참담을 극한* 과거의 공개장으로 하려는 것이다.

1

통절한 자극 심각한 인상 그것은 사람의 성격까지도 변화시킨다. 평범한 환경 단조한** 생활 긴장 없는 전개 가운데에 살아가는 사람으로서는 도저히 그의 성격까지의 변경을 보기

---

* 참담이 더할 수 없는 정도에 이르다. 가장 참담하다.
** 단조(單調)하다. 사물이 단순하고 변화가 없어 새로운 맛이 없다.

는 어려울 것이다. 어느 때 무슨 종류의 일이고 참으로 아픈 자극과 참으로 깊은 인상을 거쳐서야 비로소 그 사람의 성격 위에까지의 결정적 변화를 찾아볼 수 있을 것이다. 이제 지금 으로부터 지나간 이삼 년 동안에 그를 만나 보지 못한 사람은 누구나 다 '그'의 성격의 어느 곳인지 집어내지 못할 변화를 인식할 것이다. 이러한 변화에 따라 그의 용모와 표정 어조까 지의 차라리 슬퍼할 만한 변화를 또한 누구나 다 놀람과 의아 를 가지고 대하지 아니할 수 없을 것이다.

'저 사람 저 사람의 그동안 생활에 저 사람의 성격을 저만 치 변화시킬 만한 무슨 큰 자극과 깊은 인상이 있었던 것이겠 지. 무엇일까?'

그러나 이와 같은 의아는 도리어 그의 그동안의 생활에도 그의 성격을 오늘의 그것으로 변화시키게까지 한 그러한 아 픈 자극과 깊은 인상이 있었다는 것을 더 잘 이야기하는 외에 아무것도 아닌 것이겠다.

2

세대와 풍정은 나날이 변한다. 그러나 그 변화는 그들을 점 점 더 살 수 없는 가운데서 그들의 존재를 발견할 수밖에 없도 록 하는 변화에 지나지 아니하였다. 이 첫 번 희생으로는 그의 아내가 산후의 발병으로 세상을 떠나고 만 것이었다. 나이 많 은(많다 하여도 사십이 좀 지난) 어머니를 위로 모시고 어미 잃은 젖먹이를 품 안에 끼고 그날그날의 밥을 구하여 어두운 거리를 헤매는 그의 인간고야말로 참담 그것이었다.

'죽어라 죽어. 차라리 죽어라. 나의 이 힘없는 발길에 걸치적대지를 말아라. 피곤한 이 다리를 위하여 평탄한 길을 내어다오.'

그의 푸른 입술이 떨리는 이러한 무서운 부르짖음이 채 그의 입술을 떨어지기도 전에 안타까운 몇 날의 호흡을 계속하여 오던 그 젖먹이마저 놓였딘 지리도 없이 죽은 어미의 뒤를 따라갔다. M 군과 그 그리고 애총* 메는 사람, 이 세 사람이 돌림돌림 얼어붙은 땅을 땀을 흘려 가며 파서 그 조그마한 시체를 묻어 준 다음에 M 군과 그는 저문 서울의 거리를 걷는 두 사람이 되었다.

"M 군, 나는 이제 나의 지게의 한 편짝 짐을 내려놓았어. 나는 아무래도 여기서 이대로는 살아갈 수 없으니 죽으나 사나 고향을 한번 뛰어나가 볼 테야."

"그야……. 그러나 늙으신 자네의 어머니를 남의 땅에서 고생시킨다면 차라리 더 아픈 일이 아니겠나."

"그러나 나는 불효한 자식이라는 것을 면치 못한 지 벌써 오래니깐."

드물게 볼 만치 그의 눈이 깊숙이 꿈벅이고 축축이 번쩍이는 것이 그의 굳은 결심의 빛을 여지없이 말하고 있는 것도 같았다.

---

* 아총(兒塚). 어린아이의 무덤 혹은 주검.

T 씨(T 씨는 그와의 의(義)는 좋지 못하다 할망정 그래도 그에게는 단 하나밖에 없는 친아우였다.) 어렵기 짝이 없는 그들의 살림이면서도 이 단둘밖에 없는 형제가 딴 집 살림을 하고 있는 것도 그들의 의가 좋지 못한 까닭이었으나 그러나 그가 이 크나큰 결심을 의논하려 함에는 그는 그 T 씨의 집으로 달려가지 아니하면 아니 되었다.

"너나 나나 여기서는 살 수 없으니 우리 죽을 셈 치고 한번 뛰어나가 벌어 보자."

"형님은 처자도 없고 한 몸이니깐 그렇게 고향을 뛰어나가시기가 어렵지 않으시리다만 나만 해도 철없는 처가 있고 코 흘리는 저 업(T 씨의 아들)이 있지 않소. 자, 저것들을 데리고 여기서 살재도 고생이 자심한데 낯설은 남의 땅에 가서 그 남 못할 고생을 어떻게 하며 저것들은 다 무슨 죄란 말이오? 갈려거든 형님 혼자나 가시오. 나는 갈 수 없으니."

일상에 어머니를 모신 형, 그가 가까이 있어서 가뜩이나 살기 어려운데 가끔은 어머니를 구실로 그에게 뜯기어 가며 사는 것을 몹시도 괴로이 여기던 T 씨는 내심으로 그가 어서 어머니를 모시고 어디로든지 멀리 보이지 않는 곳으로 가기를 바라고 기다렸던 것이었다. 그가 홧김에,

"어머니 큰아들 밥만 밥입니까? 작은아들 밥도 밥이지요. 큰아들만 그렇게 바라지 마시고 작은아들네 밥도 가끔 가서 열흘이고 보름이고 좀 얻어잡숫다 오시구려."

이러한 그의 말이 비록 그의 홧김이나 술김의 말이라고는 하나 그러나 일상의 가난에 허덕이는 자식들을 바라볼 때에

불안스럽고 면구스러운 마음을 이기지 못하는 늙은 그들의 어머니는 작은아들 T 씨가 싫어할 줄을 번연히 알면서도 또 작은아들 역시 큰아들보다 조금도 나을 것 없이 가난한 줄까지 번연히 모르는 것도 아니었으나 그래도 큰아들 가엾은 생각에 하루고 이틀이고 T 씨의 집으로 얻어먹으러 터덜거리고 갔었다. 또 그 외에도 즉 어머니 생일날 같은 때,

"너도 어머니의 자식 나도 어머니의 자식 네나 내나 어머니의 자식 되기는 일반인데 내가 큰아들이래서 내 혼자서만 물라는 법이 있니? 그러니 너도 반만 물 생각해라……"

그럴 때마다 반이고 삼분의 일이고 T 씨는 할 수 없거나 있거나 싫은 것을 억지로 부담하여 왔었다. 이와 같은 것들이 다 T 씨가 그의 가까이 있는 것을 그다지 좋아하지 아니하는 까닭이었다.

"그럼 T야, 너 어머니를 맡아라. 나는 일 년이고 이태이고 돈을 벌어 가지고 돌아올 터이니 그러면 그때에는……"

"에— 다 싫소. 돈 벌어 가지고 오는 것도 아무것도 다 싫소. 내가 어머니가 낫했소. 그런 어수룩한 소리 하지도 마시오. 더군다나 생각해 보시오. 형님은 지금 저자도 다 없는 난 한 몸에 늙으신 어머니 한 분을 무엇을 그러신단 말이오? 나는 처자들이 우물우물하는데 게다가 또 어머니까지 어떻게 맡는단 말이오? 형님이 어머니를 모시고 다니시면서 고생을 시키든지 낙을 뵈우든지 그건 다 내가 알 배 아니니깐 어머니를 나한데 떠맡기고 갈 생각은 꿈에도 마시오."

이렇게 T는 그의 면전에서 한 번에 획 배알아 버리고 말았다.

어머니를 그 자식들이 서로 떠미는 이 불효, 어머니를 모시기를 싫어하는 이 불효, 이것도 오직 그들을 어찌할 수도 없이 비끄러매고 있는 적빈(赤貧), 그것이 그들로 하여금 차마 저지르게 한 조그마한 죄악일 것이다.

그 후 며칠 동안 그는 그의 길들였던 세대도구(世帶道具)를 다 팔아 가지고 몇 푼의 노비를 만들어서 정든 고향을 길이 등지려는 가련한 몸이 되었다. 비록 그다지 의는 좋지 못하였다고는 하나 그러나 그러한 형 그와의 불의도 다― 적빈 그것 때문이었던 그의 아우 T는 생사를 가운데 놓은 마지막 이별을 맡기며 눈물 흘려 설워하는 사람도 오직 이 T 하나가 있을 따름이었다.

"어머니, 형님, 언제나 또 뵈오리잇까?"

"잘 있거라, 잘 있거라."

목메인 그들의 차마 보지 못할 비극, 기차는 가고 T 씨는 돌아오고 한밤중 경성 역두에는 이러한 눈물의 이별극이 자족도 없이 있었다.

죽마의 친구 M 군이 학장의 여가를 타서 부산 부두까지 따라와서 마음으로의 섭섭함으로써 그들 모자를 보내 주었다. 새벽바람 찬 부두에서 갈림을 아끼는 친구와 친구는 손을 마주 잡고,

"언제나 또 만날까, 또 만날 수 있을까. 세상이라는 것은 우리가 생각하는 바 그러한 것은 아니라네. 부디 몸조심 부모 효도 잊지 말아 주게."

"잘 있게. 이렇게 먼 데까지 나와 주니 참 고맙기 끝없네. 지

네의 지금 한 말 언제라도 잊지 아니할 것일세. 때때로 생사를 알리는 한 조각 소식 부치기를 잊지 말아 주게. 자, 그러면.”

새벽 안개 자욱한 속을 뚫고 검푸른 물을 헤치며 친구를 싣고 떠나가는 연락선의 뒷모양을 어느 때까지나 하염없이 바라보아도 자취도 남기지 않은 그때가 즉 그해도 저물려는 십이월 십이 일 이른 새벽이었다.

그 후 그의 소식을 직접 들을 수 있는 고향의 사람에는 오직 M군이라는 그의 친구가 있을 따름이었다. 그가 처음의 한두 번을 제하고는 T씨에게 직접 편지하지 아니한 것과 같이 T씨도 처음의 한두 번을 제하고는 그에게 편지하지 아니하였다.

오직 그들 형제는 그도 M군을 사이로 하여 T씨의 소식을 얻어 알고 T씨도 M군을 사이로 하여 그의 생사를 알 수 있는 흐릿한 상태가 길이 계속되어 왔던 것이다.

M에게 보내는 편지(1신(信))

M 군, 추운데 그렇게 먼 곳까지 나와서 어머니와 나를 보내 주려고 사네의 정성을 다하였으니 그 고마운 말을 무엇으로 다 하겠나. 이 나의 충정의 만분의 일이라도 이 글발에 붙여 보려 할 뿐일세. 생전에 처음 고향을 떠난 이 몸의 몸과 마음의 더없는 괴로움 또한 어찌 이루 다 말하겠나. 다만 나의 건강이 조금도 축나지 아니한 것만 다시없는 요행으로 알고 있을 따름일세. 그러나 처음으로의 긴 동안의 여행으로 말미암아 어머님께서는 건강을 퍽 해하셔서 지금은 일어앉으시지도 못하

시니 이럴 때마다 이 자식의 불효를 생각하고 스스로 하늘을 우러러 한숨지으며 이 가슴이 찢어지는 것과 같은 아픔을 맛보는 것일세. 자네가 말한 바와 같이 역시 세상은 우리들이 생각한 바와는 몹시도 다른 것인 모양이야. 오나가나 나에게 대하여서는 저주스러운 것들뿐이요 차디찬 것들뿐일세그려!

*　*　*

이곳에는 조선 사람으로만 조직되어 있는 조합이 있어서 처음 도항(渡航)하여 오는 사람들을 위하여 직업 거주 등절을 소개도 하며 돌보아도 주며 여러 가지로 편의를 도모하기에 진력하고 있는 것일세. 나의 지금 있는 곳은 신호시*에서 한 일 리쯤 떨어져 있는 산지(山地)에 가까운 곳인데 이곳에는 수없는 조선 사람의 노동자가 보금자리를 치고 있는 것일세. 이 산비탈에 일면으로 움들을 파고는 그 속에서 먹고 자고 울고 웃고 씻고 빨래하고 바느질하고 하면서 복작복작 오물거리며 살아가는 것일세. 빨아 널은 흰 옷자락이 바람에 날리는 것이나 다홍 저고리와 연두 치마 입은 어린아이들의 오고 가며 뛰노는 것이나 고향 땅을 멀리 떠난 이곳일세만 그래도 우리끼리 모여 사는 것 같아서 그리 쓸쓸하거나 낯설지는 않은 듯해!

---

* 神戶市. 일본 고베 시. 도쿄와 오사카의 중간 지점에 있는 항구 도시.

***

　나는 아직 움을 파지는 못하였네. 헐어 빠진 함석 철판 몇 장과 화재 터에 못 쓸 재목 몇 토막을 아까운 돈의 몇 푼을 들여서 사다가 놓기는 하였네마는 처음 당해 보는 긴 여행 끝에 몸도 피곤하고 날도 요즈음 좀 춥고 또 그날그날 먹을 벌이를 하느라고 시내로 들어가지 아니하면 아니 될 몸이라 어떻게 그렇게 내가 들어 있을 움집이라고 쉽사리 팔 사이가 있겠나. 병드신 어머님을 모시고서 동포라고는 하지만 낯설은 남의 집에서 폐를 끼치고 있는 생각을 하며 어서어서 하루라도 바삐 움집이나마 파서 짓고 들어야 할 터인데 모든 것이 다 걱정거리뿐일세. 직업이라야 별로 이렇다는 직업이 있을 까닭이 없네. 더욱 요즈음은 겨울날이라 숙련된 기술 노동자 외에 그야말로 함부로 그날그날을 벌어먹고 사는 막벌잇군 노동자는 할 일이 아무것도 없는 것일세. 더욱이 나는 아직 이곳 사정도 모르고 해서 당분간은 고향에서 세간 기명을 팔아 가지고 노지 쓰고 나머지 얼마 안 되는 돈을 살이나 뼈를 긁어먹는 셈으로 갉아먹어 가며 있을 수밖에 없네. 그러나 이곳은 고향과는 그래도 좀 달라서 아주 하루에 한 푼도 못 벌어서 눈뜨고 편히 굶고 앉았거나 그렇지는 않은 셈이여.

***

　이불과 옷을 모두 팔아먹고 와서 첫째로 도무지 추워서 살

수 없네. 더군다나 병드신 늙은 어머님을 생각하면 어서 하루라도 바삐 돈을 변통하여서 덮을 것과 입을 것을 장만하여야할 터인데 그 역시 걱정거리의 하나일세.

* * *

아직도 여행 기분이 확 풀리지 아니하여 들뜬 마음을 진정시키지 못하였으니 우선 이만한 통지 비슷한 데 그치거니와 벌써부터 이렇게 고향이 그리워서야 어떻게 앞으로 길고 긴 날을 살아갈는지 의문일세. 이곳 사람들은 이제 처음이니깐 그렇지 조금 지나가면 차차 관계치 않다고 하데마는 요즈음은 밤이나 낮이나 눈만 감으면 고향 꿈이 꾸어지어서 도무지 괴로워 살 수 없네그려. 아― 과연 운명은 나의 앞길에 어떠한 장난감을 늘어놓을지는 모르겠네마는 모두를 바람과 물결에 맡길 작정일세. 직업도 얻고 어머니의 병환도 얼른 나으시게 하고 또 움집이라도 하나 마련하여 이국의 생활이나마 조금 안정이 된 다음에 서서히 모든 것을 또 알려 드리겠네. 나도 늙은 이머니와 특히 건강을 주의하겠거니와 자네도 아무쪼록 몸을 귀중히 생각하여 언제까지라도 튼튼한 일꾼으로의 자네가 되어 주기를 바라네. 떠난 지 며칠 못 되는 오늘 어찌 다시금 만날 날을 기필(期必)할 수야 있겠나만 운명이 전연 우리 두 사람을 버리지 않는다면 일후 또다시 반가이 만날 날이 없지는 않겠지! 한 번 더 자네의 끊임없는 건강을 빌며 또 자네의 사랑에 넘치는 글을 기다리며……. 친구 ×로부터……

M에게 보내는 편지(2신)

M 군! 하늘을 꾸짖고 땅을 눈 흘긴들 무슨 소용이 있겠나.

M 군, M 군! 어머니는 돌아가셨네. 세상에 나오신 지 오십
년에 밝은 날 하루를 보시지 못하시고 이렇다는 불평의 말씀
한마디도 못하여 부시고 그대로 이역의 차디찬 흙 속에 길이
잠드시고 말았네. 불효한 이 자식을 원망하시며 쓰라렸던 이
세상을 저주하시며 어머님의 외롭고 불쌍한 영혼은 얼마나
이 이역 하늘에 수없이 방황하실 것인가. 죽음! 과연 죽음이라
는 것이 무엇이겠나. 사람들은 얼마나 그 죽음을 무서워하며
얼마나 어렵게 알고 있나. 그러나 그 무서운 죽음, 그 어려운
죽음이라는 것이 마침내는 그렇게도 우습고 그렇게도 하잘것
없이 쉬운 것이더란 말인가. 나는 이제 그 일상에 두려워하고
어렵게 여기던 죽음이라는 것이 사람이 나기보다도 사람이
살아가기보다도 그 어느 것보다 가장 하잘것없고 가장 우스
꽝스러운 것이라는 것을 잘 알았네. 오십 년 동안 기구한 목숨
을 이어 오시던 어머님이 하루아침에 그야말로 풀잎에 맺혔
던 이슬과 같이 사라지고 마시는 것을 보니 인생이라는 것이
그다지도 허무하더라는 것을 느낄 대로 느꼈네.

M 군! 살길을 찾아서 고향을 등지고 형제를 떨치고 친구를
버리고 이곳으로 더듬거려 흘러온 나는 지금에 한 분밖에 아
니 계시던 어머님을 잃었네그려! 내가 지금 운명의 끊임없는

장난을 저주하면 무엇을 하며 나의 불효를 스스로 뉘우치며 한탄한들 무엇을 하며 무상한 인세*에 향하여 소리 지르며 외친들 그 또한 무엇하겠나! 사는 것도 죽는 것도 모두가 허무일세. 우주에는 오직 이 허무 외에는 아무것도 없는 것일세.

* * *

한 분 어머니를 마저 잃었으니 지금에 나는 문자(文字)대로 아주 홀몸이 되고 말았네. 이제 내가 어디를 간들 무엇 내 몸을 비끄러매는 것이 있겠으며 나의 걸어가는 길 위에 무엇 걸리적댈 것이 있겠나? 나는 일로부터 그날을 위한 그날의 생활 이러한 생활을 하여 가려고 하는 것일세. 왜? 인생에게는 다음 순간이 어찌 될지도 모르는 오직 눈앞의 허무스러운 찰나가 있을 따름일 터이니깐!

* * *

나는 지금에 한 사람의 훌륭한 숙련 직공일세. 사회에 처하여 당당한 유직자(有職者)일세. 고향에 있을 때 조금 배워 둔 도포업(塗布業)이 이곳에 와서 끊어져 가던 나의 목숨을 이어 주네. 써먹을 줄 어찌 알았겠나? 지금 나는 ××조선소 건구도공부(建具塗工部)에 목줄을 매고 있네. 급료 말인가? 하루

---

* 人世. 인간 세상.

에 일 원 오십 전 한 달에 사십오 원. 이 한 몸뚱이가 먹고살기에는 너무나 많은 돈이 아니겠나? 나는 남는 돈을 저금이라도 하여 보려 하였으나 인생은 허무인데 그것 무엇 그럴 필요가 있나? 언제 죽을지 아는 이 몸이라고 아주 바로 저금을 다 하고 그것 다 내게는 주제넘은 일일세. 나의 주린 창자를 채이고 남는 돈의 전부를 술과 그리고 도박으로 소비해 버리고 마는 것일세. 얻어도 술! 잃어도 술! 지금의 나의 생활 이 술과 도박이 없다 할진댄 그야말로 전혀 제로에 가깝다고 해도 과언이 아니겠네.

* * *

고향에도 봄이 왔겠지. 아! 고향의 봄이 한없이 그립네그려! 골목이 '앵도, 저리, 버찌'* 장사 다니고 개천가에 달래 장사 헤매는 고향의 봄이 그립기 한이 없네그려. 초저녁 병문**에 창자를 끊는 듯한 처량한 날라리 소리, 젖빛 하늘에 떠도는 고향의 봄이 더욱 한없이 그리워 산 설고 물 설은 이 땅에도 봄은 찾아와서 지금 내가 봄을 의지하고 있는 이 움집들 나날이 닥 붙은 산비탈도 엷은 양광(陽光)에 씻기어 가며 종달새 노래에 기지개 켜고 있는 것일세. 이때에 나는 유쾌하게 일하고 있는 것일세. 이 세상을 괴롭게 구는 봄이 밖에 왔건마는 그것은

---

* 앵두, 자리(紫李), 버찌. '자리'는 '자두'를 말한다.
** 屛門. 골목 어귀의 길가.

나와는 아무 관계가 없다는 듯이 소리 높이 목청 놓아 노래 부르며 떠들며 어머님 근심도 집의 근심도 또 고향 근심도 아무것도 없이 유쾌하게 일하고 있는 것일세.

* * *

어머님이 돌아가시던 그 움집은 나의 눈으로는 보기도 싫었네. 그리하여 나는 새로이 건너온 사람에게 그 움집을 넘기고 그곳에서 좀 뚝 떨어져서 새로이 움집을 하나 또 지었네. 그러나 그 새 움집 속에서는 누구라 나의 돌아오기를 기다리고 있겠나? 참으로 아무도 없는 것일세. 나는 일터에서 나오는 대로 밤이 깊도록 그대로 시가지를 정신없이 헤매다가 그야말로 잠을 자기 위하여 그 움집을 찾아들고 찾아들고 하는 것일세. 그러나 내가 거리 한 모퉁이나 공원 '벤치' 위에서 밤새운 것도 한두 번이 아닌 것은 말할 것도 없네.

자네는 지금의 나의 찰나적으로 타락된 생활을 매도할는지도 모르겠네. 그러나 설사 자네가 나를 욕하고 꾸지람을 한다 하더라도 어찌힐 수는 없는 일일세. 지금 나의 심정의 참 깊은 속을 살펴 알 사람은 오직 나를 제하고 아무도 없는 것이니깐. 원컨대 자네는 너무나 나를 책망 힐타만 말고서 이 나의 기막힌 심정의 참 깊은 속을 조금이라도 살펴 주기를 바라네.

* * *

어머님이 돌아가신 지도 벌써 두 주일이 넘었네그려. 그 즉
시로 자네에게 이 비참한 소식을 전하여 주려고도 하였으나
자네 역시 짐작할 일이겠지마는 도무지 착란(錯亂)된 나의 머
리와 손끝으로는 도저히 한 자를 그릴 수가 없었네. 그래서 이
렇게 늦은 것도 늦은 것이겠으나 아직도 나의 그 극도로 착란
되었던 머리는 완전히 진정(鎭靜)되지 못하였네. 요사이 나의
생활 현상 같아서야 사람이 사는 것이 무슨 의의(意義)가 있
는 것이겠으며 또 사람이 살아야만 하겠다는 것도 무슨 까닭
인지 도무지 알 수가 없네. 오직 모든 것이 우습게만 보이고
하잘것없이만 보이고 가치 없이만 보이고 순간에서 순간으로
옮기는 데에만 무엇이고 있다는 의의가 조금이라도 있는 것
인 듯하기만 하네. 나의 요즈음 생활은 나로서도 양심의 가책
을 전연 받지 않는 것도 아닐세. 그러나 지금의 나의 어두워
진 가슴에 한 줄기 조그마한 빛깔이라도 돌아올 때까지는 이
러한 생활을 계속하지 아니하면 아니 되겠네. 설사 이 당분간
이라는 것이 나의 눈을 감는 전(前) 순간까지를 가리키는 것이
된다 하더라도…….

* * *

어머님의 돌아가심에 대하여는 물론 영양부족으로 말미암
은 극도의 쇠약과 도에 넘치는 기한(飢寒)이 그 대부분의 원인

이겠으나 그러나 그 직접 원인은 생전 못하여 보시던 장시간의 여행 끝에 극도로 몸과 마음의 흥분과 피로를 가져온 데다가 토질(土質)이 다른 물과 밥으로 말미암은 일종의 토질* 비슷한 병에 걸리신 데 있는 것이라고 생각하네. 평소에 그다지 뛰어난 건강을 가지셨다고는 할 수 없었으나 별로 잔병치레를 하지도 아니하여 계시던 어머님이 이번에 이렇게 한 번에 힘없이 쓰러지실 줄은 참으로 꿈밖에도 생각 못하였던 바이야. 돌아가실 때에도 역시 아무 말도 아니하시고 오직 자식 낳아 길러서 남같이 호강은 못 시키나마 뼈마디가 빠지도록 고생시킨 것이 다시없이 미안하고 한이 된다는 말씀과 T를 못보시며 돌아가시는 것이 또 한 가지 섭섭한 일이라는 말씀, 자네의 후정(厚情)을 감사하시는 말씀을 할 따름이었네. 그러고는 그다지 몸의 고민도 없이 고요히 잠들 듯이 눈을 감으시데. 참 허무한 그러나 생각하면 우선 눈물이 앞을 가리는 어머님의 임종이었네. 어머님의 그 말들은 아직도 그 부처님 같은 어머니를 고생시킨 이 불효의 자식의 가슴을 에이는 것 같으며 내 일생 내가 눈감을 순간까지 어찌 그때 ㄱ 말씀을 나의 기억에서 사라질 수가 있겠나!

* * *

나는 일로부터 자유로이 세상을 구경하며 그날그날을 유쾌

---

* 土疾. 어떤 지방의 수질이나 토질이 맞지 않아 생기는 병. 풍토병. 토질병.

하게 살아가려고 하는 것일세. 나의 장래를 생각할 것도, 불쌍히 돌아가신 어머님을 생각할 것도 다 없다고 생각하네. 왜? 그것은 차라리 나의 못 박힌 가슴에 더없는 고통을 가져오는 것이니깐! 마음 가라앉는 대로 일간 또 자세한 말 그리운 말 적어 보내겠거니와 T는 지금에 어머님 세상 떠나가신 것도 모르고 그대로 —— 적빈(赤貧) 속에 쪼들리어 가며 허덕이겠지!? 또한 생각하면 가슴이 아프기 한이 없네. T에게는 곧 내가 직접 알려 줄 것이니 어머님의 세상 떠나신 데 대하여는 자네는 아무 말도 말아 주게. 자네의 정에 넘치는 글을 기다리고 아울러 자네의 더없는 건강을 빌며……. 친구 ×로부터.

M에게 보내는 편지(3신)

M 군! 내가 자네를 그리워 한없이 적조한* 날을 보내는 거와 같이 자네도 또한 나를 그리어 얼마나 적조한 날을 보냈나? 언제나 나는 자네의 끊임없는 건강을 알리우고 자네는 나의 또한 끊임없는 건강을 알리울 수 있는 것이 오직 우리 두 사람의 나시도 없는 기쁨이 아니겠나.

내가 신호를 떠나 이곳 명고옥**으로 흘러온 지도 벌써 반년! 아, 고향을 떠난 지도 벌써 꿈결 같은 삼 년이 지나갔네그려. 그동안에 나는 무엇을 하였나. 오직 나의 청춘의 몸 닳는

---

* 적조(積阻)하다. 서로 오래 떨어져 소식이 막히다. 격조(隔阻)하다.
** 名古屋. 일본의 도시 나고야.

삼 년이 속절없이 졸아들었을 따름일세그려! 신호 ××조선소 시대의 나의 생활은 그 가운데 비록 한 분의 어머니를 잃은 설움이 있었다고는 하나 그러나 가만히 생각하여 본다면 그것은 참으로 평온무사한 안일한 생활이었었네. 악마와 같은 이 세상에 이미 도전한 지 오래인 나로서는 이 평온무사한 안일한 직선생활(直線生活)이 싫증이 났네. 나는 널리 흐트러져 있는 이 살벌의 항(巷)이 고루고루 보고 싶어졌네. 그리하여 그곳에서 사귄 그곳 친구 한 사람과 함께 이곳 명고옥으로 뛰어온 것일세. 두 사람은 처음에 이곳 어느 식당 '보이'가 되었네.

세상이 허무라는 이 불후의 법칙은 적용되지 아니하는 곳이 없네. 얼마 전 그의 공휴일에 일상에 사냥(獵)을 즐기는 그는 그의 친구와 함께 이곳에서 퍽 멀리 떨어져 있는 어느 산촌(山村)으로 총을 메고 떠나갔네. 그러나 그날 오후에 그는 그의 친구의 그릇*으로 그 친구는 탄환에 맞아 산중에서 무참히 죽고 말았네. 그 친구는 겁결에 고만 어디로 도망하였으나 얼마 되지 아니하여 잡혔다고 하데. 일상에 쾌활하고 개방적이고 양기(陽氣)에 넘치던 그를 생각하여 다시 한 번 더 세상의 허무를 느낀 것일세. 그와 나의 사귀는 동안이 비록 며칠 되지는 아니하였으나 퍽— 마음과 뜻의 상통됨을 볼 수 있던 그를 잃은 나는 그래도 그곳을 획— 떠나지 못하고 지금은 그 식당 '헤드 쿡'이 되어 가지고 있으면서 늘 그를 생각하며 어떤 때에는 이 신변이 약간의 공허까지도 느낄 적이 다 있네.

---

* 잘못.

      * * *

  나의 지금 목줄을 매고 있는 식당은 이름이야 먹을 식 자 식당일세만 그것을 먹기 위한 식당이 아니라 놀기를 위한 식당일세. 이 안에는 피아노가 놓여 있고 라디오가 있고 축음기가 몇 개씩이나 있네. 뿐만 아니라 어여쁜 여자(女給)가 이십여 명이나 있으니 이곳 청등(靑燈)* 그늘을 찾아드는 버러지의 무리들은 '망핫탕'과 '화잇트홀스'**에 신경을 마비시켜 가지고 난조(亂調)의 재즈에 취하며 육향분복(肉香芬馥)한 소녀들의 붉은 입술을 보려고 모여드는 것일세. 공장의 기적이 저녁을 고할 때면 이곳 식당은 그런 광란의 뚜께를 열기 시작하는 것일세. 음란을 극한 노래와 광대에 가까운 춤으로 어우러지고 무르녹아서 그날 밤 그날 밤이 새어 가는 것일세. 이 버러지들은 사회 전 계급을 망라하였으니 직업이 없는 부랑아·샐러리맨·학생·노동자·신문기자·배우·취한, 그러나 여러 가지 계급의 그들이나 그러한 촉감의 향락을 구하며 염가의 헛된 사랑을 구하러 오는 데에는 다 한결같이 일치하여 버리고 마는 것일세.

  나는 밤마다 이 버러지들의 목을 축이기 위한, 신경을 마비시키기 위한 비료 거리와 마취제를 요리하기에 여념이 없는

---

* 청등홍가(靑燈紅街). 술집과 유곽이 늘어서서 유흥으로 흥청대는 거리. 화류계.
** '망핫탕(맨해튼)'과 '화잇트 홀스'는 위스키에 향료를 섞어 만든 칵테일의 일종이다.

것일세. 나는 밤새도록 이 어지러운 소음을 귀가 해지도록 듣고 있는 것일세. 더없는 흥분과 피로를 느끼면서 나의 육체를 노예화시켜서 그들에게 제공하고 있는 것일세. 그 피로와 긴장도 지금에 와서는 다 어느덧 면역이 되고 말았네만!

* * *

나는 몇 번이나 나도 놀랄 만치 코웃음 쳤는지 모르겠네. 나! 오늘까지 나 역시 그날의 근육을 판 그날의 주머니를 술과 도박에 떨고 떠는 생활을 계속하여 오던 나로서 그 버러지들을 향하여, 그 소음을 향하여 코웃음을 쳤다는 말일세. 내가 시퍼런 칼날을 들고 나의 손을 분주히 놀릴 때에 그들의 떠들고 날치는 것이 어떻게 그리 우습게 보이는지 몰랐네.

'무엇하러 저들은 일부러 술로 몸을 피로시키며 밤샘으로 정력을 감퇴시키기를 즐겨 할까? 무엇하러 저들의 포켓을 일부러 털어 바치러 올까?'

이것은 전면 나에게 대하여 수수께끼였네. 한편으로는 그들이 어린애같이 보이고 철없어 보이고 불쌍한 생각까지 들어서.

'내가 왜 술을 먹었던가, 내가 왜 도박을 했던가, 내가 왜 일부러 나의 포켓을 털어 바쳤던가…….'

이렇게 지나간 이태 남짓한 나의 생활에 대하여 의심도 하며 스스로 꾸짖으며 부끄러워도 하여 보았네.

'인제야 내 마음이 아마 바른길로 들었나 보다…….'

이렇게 생각하여 보았으나,

'술을 먹지 말아야지. 도박도 고만두어야지. 돈을 모아야지. 이것이 옳을까? 아, 그러나 돈은 모아서 무엇하랴. 무엇에 쓰며 누구를 주랴. 또 누구를 주면 무엇하랴.'

이러한 생각이 아직도 나의 머리에 생각되어 밤마다 모여드는 그 버러지들을 나는 한없이 비웃으면서도 그래도 나는 아직 그 타락적 찰나적 생활 기분이 남아 있는지 인생에 대한 허무와 저주를 아니 느낄 수는 없네. 그러나 이것이 나의 소생의 길일는지도 모르겠으나 때로 나의 과거 생활의 그릇됨을 느낄 적도 있으며 생에 대한 참된 의의를 조금씩이라도 알아지는 것도 같으니 이것이 나의 마음과 사상의 점점 약하여 가는 징조나 아닌가 하여 섭섭히 생각될 적도 없지 않으나 하여간 최근 나의 내적 생활 현상은 확실히 과도기를 걷고 있는 것 같으니 이때에 아무쪼록 자네의 나를 위한 마음으로의 교시(敎示)와 주저 없는 편달을 바라고 기다릴 뿐일세. 이렇게 심리 상태의 정곡(正鵠)을 잃은 나는 요사이 무한히 번민하고 있는 것이니깐!

* * *

직업이 직업이라 밤을 낮으로 바꾸는 생활이 처음에는 꽤 괴로운 것이었으나 지금 와서는 그것도 면역이 되어서 공휴일 같은 날 일찍 드러누우면 도리어 잠이 얼른 오지 아니하는 형편일세. 그러나 물론 이러한 생활이 건강상에 좋지 못할 것은 명백한 일이니 나로서 나의 몸의 변화를 인식하기는 좀 어려우나 일상에 창백한 얼굴빛을 가지고 있는 그 소녀들이 퍽 불쌍해 보이네.

그러나 또 한편 밤잠은 못 잘망정 지금의 나는 한 사람의 훌륭한 '쿡'으로서 누구에게도 손색이 없는 것일세. 부질없는 목구멍을 이어 가기에 나는 두 가지의 획식술*을 배웠구나 하는 생각을 하면 이 몸이 한없이 애처롭기도 하네! 쿡이니만큼 먹기는 누구보다도 잘 먹으며 또 이 식당 안에서는 그래 상당한 세력을 가지고 있는 것일세. 내가 몹시 쌀쌀한 사람이라 그런지 여급들도 그리 나를 사귀려고도 아니하나 들은즉 그들 가운데에서 퍽 고생도 많이 하고 기구한 운명에 쫓겨 온 불쌍한 사람도 많은 모양이야.

* * *

이 쿡 생활이 언제까지나 계속되겠으며 또 이 명고옥에 언제까지나 있을지는 나로서도 기필할 수 없거니와 아직은 이 쿡 생활을 그만둘 생각도 명고옥을 떠날 계획도 아무것도 없네. 오직 운명이 가져올 다음의 장난은 무엇인지 기다리고 있을 따름일세. 처음 신호에 닿았을 때, 그곳 누군가가 말한 것과 같이 날이 가고 달이 가면 차차 관계치 않으리라 하더니 참으로 요 사이는 고향도 형제도 친구도 다 잊었는지 별로 꿈도 안 꾸어지네. 오직 자네를 그리워하는 외에는 그저 아무나 만나는 대

---

* 獲食術. 밥벌이 방법이나 기술.

로 허허 웃고 사는 요사이의 나의 생활은 그다지 나로 하여금
적막과 고독을 느끼게 하지도 않네. 차라리 다행으로 여길까?

이곳은 그다지 춥지는 않으나 고향은 무던히 추우렷다. T는
요사이 어찌나 살아가며 업이가 그렇게 재주가 있어서 공부를
잘한다니 T 집안을 위해서나 널리 조선을 위해서나 또 한 번
기뻐할 일이 아니겠나? 자네의 나를 생각하여 주는 뜨거운 글
을 기다리고 아울러 자네의 건강을 빌며. ×로부터.

2회

M에게 보내는 편지(4신)

태양은—언제나 물체들의 짧은 그림자를 던져 준 적이 없
는 그 태양을 머리에 이고—였다느니보다는 비뚜로 바라다
보며 살아가는 곳이 내가 재생하기 전에 살던 곳이겠네. 태
양은 정오에도 결코 물체들의 짧은 그림자를 던져 주기를 영
인히 거절하여 있는—물체늘은 넓워이 시 _뒤사만을 가짐
에 만족하고 있지 아니하면 아니 될—그만큼 북극권에 가까
운 위경도(緯經度)의 숫자를 소유한 곳—그곳이 내가 재생하
기 전에 내가 살던 참으로 꿈 같은 세계이겠네. 원시를 자랑스
러운 듯이 이야기하며 하늘의 높은 것만 알았던지 법선*으로

---

*法線. 평면 상의 곡선 위에 있는 임의의 점의 접선에 수직이 되는 직선.

만 법선으로만 이렇게 울립(鬱立)하여 있는 무수한 침엽수들은 백중천중(百重千重)으로 포개져 있는 잎새 사이로 담황색 태양광을 황홀한 간섭작용으로 투과시키고 있는 잠자고 있는 듯한 광경이 내가 재생하기 전에 살던 그 나라 그 북극이 아니면 어느 곳에서도 얻어 볼 수 없는 시적 정조인 것이겠네. 오로지 지금에는 꿈――꿈이라면 너무나 깊이가 깊고 잊어버리기에 너무나 감명(感銘) 독한 꿈으로만 나의 변화만은 생의 한 조각답게 기억되네만 그 언제나 휘발유 찌꺼기 같은 값싼 음식에 살찐 사람의 지방 빛 같은 그 하늘을 내가 부득이 연상할 적마다 구름 한 점 없는 이 청천을 보고 있는 나의 개인 마음까지 지저분한 막대기로 휘저어 놓는 것 같네. 그것은 영원히 나의 마음의 흐리터분한 기억으로 조금이라도 밝은 빛을 얻어 보려고 고달파하는 나의 가엾은 노력에 최후까지 수반될 저주할 방해물인 것일세.

나의 육안의 부정확한 오차를 관대히 본다 하더라도 그것은 이십오 도에는 내리지 않을 치명적 슬로프〔傾斜〕였을 것일세. 그 뒷둑뒷둑하는 위험하기 짝이 없는 궤도 위의 바람을 쪼개고 맥진(驀進)하는 '도록코'* 위에 내 몸을 싣는다는 것은 전혀 나의 생명을 그대로 내던지려는 것과 조금도 다름없는 것일세. 이미 부정된 생을 식도(食道)라는 질긴 줄에 포박당하여 억지로 질질 끌려가는 그들의 '살아간다는 것'은 그들의 피부

---

* 영어의 '트럭(truck)'을 일본식 발음으로 적은 말. 손으로 미는 조그만 궤도 화차(貨車). 토막 공사장이나 광산에서 주로 사용한다.

와 조금도 질 것 없이 조금만치의 윤택도 없는 '짓'이 아니고 무엇이겠나. 그들의 메마른 인후(咽喉)를 통과하는 격렬한 공기의 진동은 모두가 창조의 신에 대한 최후의 모멸의 절규인 것일세. 그 음울한 소리를 들을 수 있는 사람은 누구나 다 싫다는 것을 억지로 매질을 받아 가며 강제되는 '삶'에 대하여 필사적 항의를 드리지 않을 사람이 어디 있겠나? 오직 그들의 눈에는 천고의 백설을 머리 위에 이고 풍우로 더불어 이야기하는 연산의 봉도라시*들도 한낱 아마의 우상밖에 아무것으로도 보이지 않는 것일세. 그때에 사람의 마음은 환경의 거울이라는 것이 아니겠나?

* * *

나는 재생으로 말미암아 생에 대한 새로운 용기와 환희를 한 몸에 획득한 것 같은 지금의 나로 변하여 있는 것일세. 그러기에 전세의 나를 그 혈사(血史)를 고백하기에 의외의 통쾌와 얼마의 자만까지 느끼는 것이 아니겠나? 내가 그 경사 위에서 참으로 생명을 내던지는 일을 하던 그 의식 없던 과정을 자네에게 쏟아뜨리는 것도 필연컨대 그 용기와 그 기쁨에 격려된 한 표상이 아닐까 하는 것일세.

---

* 산봉우리.

*　*　*

그때까지의 나의 생에 대한 신념은—구태여 신념이 있었다고 하면 그것은 너무나 유희적이었음에 놀라지 아니할 수 없네.

'사람이 유희적으로 살 수가 있담?'

결국 나는 때때로 허무 두 자를 입 밖에 헤뜨리며 거리를 왕래하는 한 개 조그마한 경멸할 니힐리스트였던 것일세. 생을 찾다가, 생을 부정했다가 드디어 처음으로 귀의하여야만 할 나의 과정은—나는 허무에 귀의하기 전에 벌써 생을 부정하였어야 될 터인데—어느 때에 내가 나의 생을 부정했던가……. 집을 떠날 때! 그때는 내가 줄기찬 힘으로 생에 매달리지 않았던가? 그러면 어머님을 잃었을 때! 그때 나는 어언간 무수한 허무를 입 밖에 방산시킨 뒤가 아니었던가? 그사이! 내가 집을 떠날 때부터 어머님을 잃을 때까지 그사이는 실로 짧은 동안……뿐이랴! 그동안에 나는 생을 부정해야만 할 아무런 이유도 가지지 않았던가? 생을 부정할 아무 이유도 없이 앙감질〔單足跳〕*로 허탄히 허무를 질질 흘려 왔다는 그 희롱적 나의 과거가 부끄럽고 꾸지람하고 싶은 것일세. 회한을 느끼는 것일세.

'생을 부정할 아무 이유도 없다. 허무를 운운할 아무 이유도 없다. 힘차게 살아야만 하는 것이…….'

---

* 한 발은 들고 한 발로만 뛰어가는 짓.

재생한 뒤의 나는 나의 몸과 마음에 채찍질하여 온 것일세. 누구는 말하였지.

"신에게 대한 최후의 복수는 내 몸을 사바로부터 사라뜨리는 데 있다."고. 그러나 나는 '신에게 대한 최후의 복수는 부정되려는 생을 줄기차게 살아가는 데 있다.' 이렇게…….

* * *

또한 신뢰(迅雷)와 같이 그 슬로프를 내려 줄이고 있는 얼마 안 되는 순간에, 어떠한 순간이었네. 내 귀에는 무서운 소리가 들려왔어.

"×야. 뛰어내려라 죽는다…….

"네 뒤 '토로'*가 비었다. 뛰어내려라!"

나는 거의 본능적으로 고개를 돌렸네. 과연 나의 뒤를 몇 칸 안 되게까지 육박해 온—반드시 조종하는 사람이 있어야만 할 그 토로에는 사람이 없는 것이었네. 나는 브레이크를 놓았네. 동시에 나의 도로도 무서운 속도로 나의 앞에 가는 토로를 육박하는 깃이었네. 나는 토로 위에서 필사적으로 부르짖었네.

"야! 앞의 토로야. 브레이크를 놓아라. 충돌된다. 죽는다. 내 토로에는 사람이 없다. 브레이크를 놓아라…….

그러나 앞의 토로는 브레이크를 놓을 수는 없었네. 그것은

---

* '토록코'의 준말.

레일이 끝나는 종점에 거의 가까이 닿았으므로 앞의 토로는 도리어 브레이크를 눌러야만 할 필요에 있는 것이었네.

'내가 뛰어내려. 그러면 내 토로의 브레이크는 놓아진다. 그러면 내 토로는 앞의 토로와 충돌된다. 그러면 앞의 놈은 죽는다……'

나는 뒤를 또 한 번 돌아다보았네. 얼마 전에 놀래어 브레이크를 놓은 나의 토로보다도 훨씬 먼저 브레이크가 놓아진 내 뒤 토로는 내 토로 이상의 가속도로 내 토로를 각각으로 육박해 와서 이제는 한두 간 뒤 — 몇 초 뒤에는 내 목숨을 내던져야 될 (참으로) 충돌이 일어날 — 그렇게 가깝게 육박해 있는 것이었네.

'뛰어내리지 아니하고 이대로 있으면 아무리 브레이크를 놓아도 나는 뒤 토로에 충돌되어 죽을 것이다. 뛰어내려? 그러면 내가 뛰어내린 그 토로와 그 뒤를 육박하던 빈 토로는 충돌될 것이다. 다행히 선로 바깥으로 굴러떨어지면 좋겠지만 선로 위에 그대로 조금이라도 걸쳐 놓인다면 그 뒤를 따르던 토로들은 이 가빠진 토로에 충돌되어 쓰러지고 또 그 뒤를 따르던 토로는 거기서 충돌되고, 또 그 뒤를 따르던 토로는 거기서 충돌되고, 이렇게 수없는 토로들은 뒤로 뒤로 충돌되어 그 위에 탔던 사람들은 죽고 다치고……!'

나는 세 번째 또한 거의 본능적으로 뒤를 돌아다보았네. 그러나 다행히 넷째 토로부터 앞에 올 위험을 예기하였던지 브레이크를 벌써 눌러서 멀리 보이지도 않을 만큼 떨어져서 가만가만히 내려오고 있는 것이었네. 다만 화산의 분화를 바리

보고 있는 사람의 눈초리와 같은 그러한 공포에 가득 찬 눈초리로 멀리 앞을, 우리들을 바라다보고 있는 것이네. 그때에,

'뛰어내리자. 그래야만 앞의 사람이 산다…….'

내가 화살 같은 토로에서 발을 떼려는 순간 때는 이미 늦었네. 뒤에 육박해 오던 주인 없는 토로는 무슨 증오가 나에게 그리 깊었던지 젖 먹은 기운까지 다하는 단말마의 야수같이 나의 토로에 거대한 음향과 함께 충돌되고 말았네. 그 순간에 우주는 나로부터 소멸되고 다만 오랜 동안의 무(無)가 계속되었을 뿐이었다고 보고할 만치 모든 일과 물건들은 나의 정신권 내에 있지 아니하였던 것일세. 다만 재생한 후 멀리 내 토로의 뒤를 따르던 몇 사람으로부터 '공중에 솟았던' 나의 그 후 존재를 신화 삼아 들었을 뿐일세.

* * *

재생되던 첫 순간 나의 눈에 비쳐진 나의 주위의 더러운 광경을 나는 자네에게 이야기하고 싶지 않네. 그것은 그런 것을 쓰고 있는 동안에 나의 마음에 혹이나 동요가 생기지나 아니할까 하는 위험스러운 의문에서—그러나 나의 주위에 있는 동무들의 참으로 근심스러워하는 표정의 얼굴들이 두 번째로 나의 눈에 비쳤을 때의 의식을 잃은 나의 전 몸뚱어리에서 다만 나의 입만이 부드럽게—참으로 고요히—참으로 착하게 미소하는 것을 내 눈으로도 보는 것 같았네. 나는 감사하였네. 신에게보다도 우선 그들 동무들에게—감사는 영원히 신에

게 드림 없이 그 동무들에게게만 그치고 말는지도 몰라. 내 팔이 아직도 나의 동체에 달려 있는가 만져 보려 하였으나 그 팔 자신이 벌써 전부터 생리적으로 움직일 수 없는 것이 된 지 오래였던 모양인데. 나는 다시 그들 동무들에게 감사하며 환계(幻界) 같은 꿈속으로 깊이 빠지고 말았네. 나는 어머니에게 좀 더 값있는 참다운 삶을 살 수 있게 하지 못한 '내'가 악마(신이 아니라.)에게 무수히 매 맞는 것을 보았네. 그리고 나는 '나'에게 욕하였고 경멸하였네. 그리고 나는 좀 더 건실하게 살지 않았던 쿡 생활 이후의 '내'가 또한 악마에게 매 맞는 것을 보았네. 그리고 나는 나에게 욕하였고 경멸하였네. 그리고 생에 새로운 참다운 의의와 신에 대한 최후적 복수의 결심을 마음속으로 깊이 암송하였네. 그 꿈은 나의 죽은 과거와 재생 후의 나 사이에 형상 지어져 있는 과도기에 의미 깊은 꿈이었네. 하여간 이를 갈아 가며라도 살아가겠다는 악지*가 나의 생에 대한 변경시키지 못할 신념이었네. 다만 나의 의미 없이 또 광명 없이 그대로 삭제되어 버린 과거—나의 인생의 한 부분을 섭게 조상(弔喪)하였을 따름일세.

* * *

털끝만 한 인정미도 포함하고 있지 아니한 바깥에 부는 바람은 이 북국에 장차 엄습하여 올 무서운 기절(期節)을 교활하

---

* 잘 안 될 일을 무리하게 해내려는 고집.

게 예고하고 있는 것이나 아니겠나? 번개같이 스치는 지난 겨울, 이곳에서 받은 나의 육체적 고통의 기억의 단편들은 눈 깜박할 사이에 무죄한 나를 전율시키는 것일세. 이 무서운 기절이 이 나라에 찾아오기 전에 어서 이곳을 떠나서 바람이나마 인정미(비록 그러한 사람은 못 만나더라도.) 있는 바람이 부는 곳으로 가야 할 터인데 나의 몸은 아직도 전연 부자유에 비끄러매여 있네. 그것은 육체적으로나 정신적으로나 의사 하는 사람은 나의 반드시 원상대로의 복구를 예언하데만 그러나 행인지 불행인지 나는 방문 밖에서,

"절뚝발이는 아무래도 면치 못하리라."

이렇게 근심(?)하는 그들의 말소리를 들었네그려.

'만일에 내가 그들의 이 말과 같이 참으로 절뚝발이가 되고 만다 하면—.'

나는 이 생각을 하며 내 마음이 우는 것을 느끼네.

'절뚝발이.'

여태껏 내 몸 위에 뒤집어씌워져 있던 무수한 대명찰(大名札) 외에 나에게는 또 이러한 새로운 대명찰 하나가 더 뒤집어지는구나. 어디까지라도 캄캄한 암흑에 지질리워* 있는 나의 앞길을 건너다보며 영원히 나의 신변에서 없어진 등불을 원망하는 것일세. 절뚝발이도 살 수 있을까—절뚝발이도 살게 하는 그렇게 관대한 세계가 지상에 어느 한 귀퉁이에 있을까? 자네는 이 속 타는 나의 물음—아니 차라리 부르짖음에 대하

---

* '지지르다'의 피동형. 기운이나 의견이 꺾이고 눌리다.

여 대답할 무슨 재료, 아니 용기라도 있겠는가?

* * *

북국 생활 칠 년! 그동안에 나는 지적으로나 덕적(德的)으로나 많은 교훈을 얻은 것은 사실일세. 머지 아니한 장래에 그전에 나보다 확실히 더 늙은 절뚝발이의 내가 동경에 다시 나타날 것을 약속하네. 그곳에는 그래도 조금이라도 따뜻한 나의 식어 빠진 인생을 조금이라도 덥혀 줄 바람이 불 것을 꿈꾸며 줄기차게 정말 악마까지도 나를 미워할 때까지 줄기차게 살겠다는 것도 약속하네. 재생한 나이니까 물론 과거의 일체 추상(醜相)은 곱게 청산하여 버리고 박물관 내의 한 권의 역사책으로 하여 가만히 표지를 덮는 것일세. 모든 새로운 광채 찬란한 역사는 이제로부터 전개할 것일세. 하면서도,

'절뚝발이가……?'

새로이 방문하여 오는 절망을 느끼면서도 아직 나는 최후까지 줄기차게 살 것을 맹세하는 것일세. 과거를 너무 지껄이는 것이 어리석은 일이라면 장래를 너무 지껄이는 것도 어리석은 일일 것일세.

* * *

M 군! 자네가 편지를 손에 들고 글자 글자를 자네 눈에 통과시킬 때, 자네 눈에 몇 방울 눈물이 있으리란 추측이 그렇

게 억측일까? 그러나 감히 바란다면 '첫째로는 자네의 생에 대한 실망을 경계할 것이며 둘째로는 나의 절뚝발이에 대하여 형식적 동정에 그칠 것이요, 결코 자살적 비애를 느끼지 말 것들.'이겠네. 그것은 나의 지금 이 '줄기차게 살겠다는' 무서운 고집에 조그마한 실망적 파동이라도 이끌어 올까 두려워서……. 나의 염세에 대한 결사적 투쟁은 자네의 신경을 번잡게 할 만치 되어 나아갈 것을 자네에게 약속하기를 꺼리지 아니하네. 자네의 건강을 비는 동시에 못 면할 이 절뚝발이의 또한 건강이 있기를 빌어 주기를 은근히 바라며. ×로부터.

M에게 보내는 편지(5신)

자네의 장문의 편지 그 가운데에 오직 자네의 건강을 전하는 구절 외에는 글자 글자의 전부가 오직 나의 조소를 사기 위한 외에 아무 매력도 가지지 아니한 것들이었네. 자네는 왜 남에게 의지하여 살아가려 하는가. 남에게 의지하여 살아간다는 것은 곧 생에 대한 권리를 그 사람 위에 가져올 자포자기의 짓이라는 것을 어찌 모르는가? 일조일석 많은 재물을 탕진시켜 버렸다 하여 자네는 자네 아버지를 무한히 경멸하며 나중에는 부수적으로 따라오는 절망까지 하소연하지 아니하였는가? 그것이 자네가 스스로 구실을 꾸며 가지고 나아가서 자네의 애를 써 잘 경영되어 나오던 생을 구태여 부정하여 보려는 것이 아니고 무엇이겠나? 그것은 비겁한 동시에(모든 비겁이 하나도 죄악 아닌 것이 없는 것과 같이) 역시 죄악인 것일세.

***

　어렵거든, 혹은 나의 말이 우의적으로 좋지 않게 들리거든 구태여라도 운명이라고 그렇게 단념하여 주게. 그것도 오직 자네에게 무한한 사랑을 받고 있는 나의 자네에게 대한 무한한 사랑에서 나온 것인 만큼 나는 자네에게 인생의 혁명적으로 새로운 제2차적 '스타일'을 충고치 아니할 수 없는 것일세. 그리고 될 수만 있으면 이 운명이라는 요물을 신용치 말아 주기를 바라는 것일세─이렇게 말하는 나 자신부터도 이 운명이라는 요물의 다시없는 독신자(篤信者)이면서도─.

　'운명의 장난?'

　하, 그런 것이 있을 수가 있나. 있다면 너무나 운명의 장난이겠네.

***

　M 군! 나는 그동안 여러 날을 두고 몹시 앓았네. 무슨 원인인지 나도 모르게, 이─ 원인 알 수 없는 병이 나의 몸을 산 채로 더 삶을 수 없는 데까지 삶아 가지고는 죽음의 출입구까지 이끌어 갔던 것일세. 그때에 나의 곱게 청산하여 버렸던 나의 정신 어느 모에도 남아 있지 않아야만 할 재생하기 전에 일어났던 일까지도 재생 후의 그것과 함께 죽 단열(單列)로 나의 의식 앞을 천천히 지나가고 있는 것이었네. 그리고 나는 반의식의 나의 눈으로 그 행렬 가운데서 숨차게 허더이던 파서의

나를 물끄러미 바라다보고 있던 것이었네. 그것은 내 눈에 너무도 불쌍한 꼴로 나타났기 때문에, 아— 그것들은—.

'이것이 죽은 것인가 보다. 적어도 죽어 가는 것인가 보다…….'

이렇게 몽롱히 느끼면서도,

'죽는 것이 이렇기만 하다면야…….'

이런 생각도 나서 일종의 통쾌까지도 느낀 것 같으며 그러나 죽어 가는 나의 눈에 비치는 과거의 나의 모양 그 불쌍한 꼴을 보는 것은 확실히 슬픈 일일 뿐 아니라 고통이었네. 어쨌든 나를 간호하던 이 집 주인의 말에 의하면 무엇 나는 잠을 자면서도 늘 울고 있더라던가…….

'이것이 죽는 것이라면—.'

이렇게 그 꼴사나운 행렬을 바라보던 나의 머리 가운데에는 내가 사랑에 주려 있는 형제와 옛 친구를 애걸하듯이 그리며 그 행렬 가운데에 행여나 나타나기를 무한히 기다렸던 것일세. 이 마음이 아마 어떤 시인의 병석에서 부른—

'얼른 이때 옛 친구 한 번씩 모두 만나 둘 거나.'

하던 그 시경(詩境)에 노는 것이니 아닌가 하였네.

* * *

순전한 하숙이라만 볼 수도 없으나 그러나 괴상한 성격을 각각 가진 사람들이 많이 모여 있는 지금의 나의 사는 곳일세. 이곳 주인은 나보다 퍽 연배에 속하는 사람으로 그의 일상생활 양(樣)으로 보아 나의 마음을 끄는 바가 적지 않았으되 자세한 것은 더 자세히 안 다음에 써 보내겠거니와 하여간 내가 고국을 떠나 자네와 눈물로 작별한 후로 처음으로 만난 가장 친한 친구의 한 사람으로 사귀고 있는 것일세. 그와 나는 깊이 깊이 인생을 이야기하였으며 나는 그의 말과 인격과 그리고 그의 생애에 많은 경의로써 대하고 있는 중일세.

* * *

운명의 악회*가 내게 끼칠 '프로그램'은 아직도 다하지 아니하였던지 나는 그 죽음의 출입구까지 다녀온 병석으로부터 다시 일어났네. 생각하면 그동안에 내가 흘린 '땀'만 해도 말[斗]로 계산할 듯하니 다시금 푹 젖은 욧바닥을 내려다보며 이 몸의 하잘것없는 것을 탄식하여 마지않았으며 피 비린 냄새 나는 눈망울을 달음박질시켜 가며 불려 놓았던 나의 '포켓'은 이번 병으로 말미암아 많이 줄어들었네. 그러나 병석에서도 나의 먹을 것의 걱정으로 말미암아 나의 그 '쏘켓'을 건드리게 되기는 주인의 동성이 너무나 컸던 것일세. 지금도 그의 동정을 받고 있을 뿐이야. 앞으로도 길이 그의 동정을 받지 않으리라고는 단언할 수 없으며.

'돈을 모아 볼까.'

내가 줄기차게 살아 보겠다는 결심으로 모은 돈을 남의 동

──────────

* 惡戲. 못된 장난을 함 또는 그 장난.

정을 받아 가면서도 쓰기를 아까워하는 나의 마음의 추한 것을 새삼스레 발견하는 것 같아서 불유쾌하기 짝이 없네. 동시에 나의 마음이 잘못하면 허무주의에 돌아가지나 아니할까 하여 무한히 경계도 하고 있었네.

* * *

M 군! 웃지 말아 주게 나는 그동안에 의학 공부를 시작하였네. 그것은 내가 전부터 그 방면에 취미가 있었다는 것도 속일 수 없는 일이겠으나 또 의사인 자네를 따라가고 싶은 가엾은 마음에서 그리한 것이라고 말하고 싶은 것도 속일 수 없는 일이겠네. 모든 것이 다 그 줄기차게 살아가겠다는 가엾은 악지에서 나온 짓이라는 것을 생각하고 부드러운 미소로 칭찬하여 주기를 바라는 것일세. 또다시 생각하면 나의 몸이 불구자이므로 세상에 많은 불구자를 동정하고자 하는 마음에서 그러는지도 모르겠으나 내가 불구자인 것이 사실인 만큼 내가 의학 공부를 시작한 것도 자네에게는 너무나 돌연적이겠으나 역시 사실인 것을 어찌하겠나? 여기에도 나는 수녀의 많은 도움을 받아 오는 것을 말하여 두거니와 하여간 이 새로운 나의 노력이 나의 앞길에 또 어떠한 운명을 늘어놓도록 만드는지 아직은 수수께끼에 부칠 수밖에 없네.

* * *

불쌍한 의문에 싸였던 그 '정말 절뚝발이가 되는지'도, 끝 끝내는 한 개의 완전한 절뚝발이로 울면서 하던 예언을 어기지 않은 채 다시금 동경 시가에 나타났네그려! 오고 가는 사람이 이 가엾은 '인생의 패배자' 절뚝발이를 누구나 비웃지 않고는 맞고 보내지 아니하는 것을 설워하는 불유쾌한 마음이 나는 아무리 용기를 내어 보았으나 소제시킬 수가 없이 뿌리 깊이 박혀 있네그려.

'영원한 절뚝발이. 그러나 절뚝발이의 무서운 힘을 보여 줄걸 자세히 보아라.'

이곳에서도 원한과 울분에 짖는 단말마의 전율할 신에 대한 복수의 맹서를 볼 수 있는 것일세. 내 몸이 이렇게 악지를 쓸 때에 나는 스스로 내 몸을 돌아다보며 한없는 연민과 고독을 느끼는 것일세. 물에 빠져 애쓰는 사람의 목이 수면 위에 솟았을 때 그의 눈이 사면의 무변대해임을 바라보고 절망하는 듯한 일을 나는 우는 것일세. 그때마다 가장 세상에 마음을 주어 가까운 사람에게 눌러싸여 따뜻한 이불 속에 고요히 누워서 그들과 또 나의 미소를 서로 교환하는 그러한 안일한 생활이 하루바삐 실현되기를 무한히 꿈꾸고 있는 것일세. 그것은 즉시로 내 몸을 깊은 '노스탤지어'에 빠뜨려서는 고향을 꿈꾸게 하고 친구를 꿈꾸게 하고 육친과 형제를 꿈꾸게 하도록 표상되는 것일세. 나는 가벼운 고통 가운데에도 눈물겨운 향수의 쾌감을 눈 감고 가만히 느끼는 것일세.

* * *

　명고옥의 쿡 생활 이후로 전전유랑의 칠 년 동안 한 번도 거울을 들여다볼 적이 없던 나는 절뚝발이로 동경에 돌아와 처음으로 거울에 비치는 나의 모양이 나로서도 놀라지 않을 수 없을 만치 그렇게도 무섭게 변한 데에 '악!' 소리를 지르지 아니할 수 없었네. 그것은 청춘―뿐이랴! 인생의 대부분을 박탈당한 썩어 찌그러진 흠집〔傷痕〕투성이의 값없는 골동품인 나였던 것일세.

　그때에도 나는 또한 나의 동체를 꽉 차서 치밀어 올라오는 무거운 '피스톤'에 눌리는 듯한 절망에 빠졌네. 그러나 즉시 그것은 나에게 아무것도 아니하는 것을 가르쳐 주며 이 패배의 인간을 위로하며 격려하여 주데. 그때에,

　'그러면 M 군도……. 아차, T도!'

　이런 생각이 암행열차(暗行列車)같이 나의 허리를 스쳐 갔네. 별안간 자네의 얼굴이 보고 싶어서 환등을 보는 어린아해의,

　'무엇이 나올까?'

하는 못생긴 생각에 가늑 잤네. 그래서 나노 사네에 나의 근영을 한 장 보내거니와 자네도 나의 환등을 보는 어린아해 같은 마음을 생각하여 자네의 최근 사진을 한 장 보내 주기를 바라네. 물론 서로 만나 보았으면 그 위에 더 시원하고 반가울 일이 있겠나만 기필치 못할 우리의 운명은 지금도 자네와 나, 두 사람의 만날 수 있는 아무 방책도 가르쳐 주지 않네그려!

*　*　*

　내가 주인에게 그만큼 나의 마음을 붙일 수까지 있었으리만큼 아직 나는 아무 데로도 옮길 생각은 없네. 지금 생각 같아서는 앞으로 얼마든지 이곳에 있을 것 같으니까 나에게 결정적 변동이 없는 한 자네는 안심하고 이곳으로 편지하여 주기를 바라네. T는 요즈음 어떠한가? 여전히 적빈에 심신을 쪼들리우고 있다 하니 그도 한 운명에 맡길 수밖에 없지 않겠나?

　나의 안부 잘 전하여 주게. 내가 집을 떠나 십 년 동안 T에게 한 장 편지를 직접 부치지 아니한 데 대하여서는—나의 마음 가운데에 털끝만치라도 T에게 악의가 있지 아니한 것은 물론 자네가 잘 알고 있으니깐—. 자네의 사진이 오기를 기다리며, 또 자네의 여전한 건강을 빌며—. 영원한 절뚝발이 ×로부터.

3

　벗어나려고 애쓰는 환경일수록 그 환경은 그 사람에게 매달려 벗어나지를 않는 것이다. T가 아무리 그 적빈을 벗어나려고 애써 왔으나 형과 갈린 지 십유여 년인 오늘까지도 역시 그 적빈을 면할 수는 없었다. 아버지의 불의의 실패가 있기 전까지도 그래도 그곳에서는 상당히 물적으로 유족한 생활을 하고 있던 M 군의 호의로 T가 결정적 직업을 가지게 되지 못

하였다 할진댄 세상에서—더욱이 가난한 사람은 더욱 가난
해지지 않으면 아니 되게 변하여 가는 세상에서 T의 가족들은
그날그날의 목을 축일 것으로 말미암아 더욱이나 그들의 머
리를 썩히지 않을 수 없었을 것이다. 그러나 다행히 위험성 적
은 생계를 경영해 나간다고는 하여도 역시 가난, 그것을 한 껍
데기도 면치 못한 것은 말할 것도 없다. 행인지 불행인지 T의
아내는 '업'이 하나를 낳은 뒤로는 사나이도 계집아이도 낳지
못하였다. 그리하여 T의 가정은 쓸쓸하였다. 그러나 다만 세
식구밖에 안 되는 간단한 가정으로도 그때나 이때나 존재하
여 왔던 것이다.

적빈 가운데에서 출생한 '업'이가 반드시 못났으리라고 추
측한다면 그것은 전연 사실과 반대되는 추측일 것이다. '업'
이는 그 아버지 T에게서도 또 그 외에 그 가족의 누구에게서
도 찾아볼 수 없을 만치 영리하고 예민한 재질과 풍부한 두뇌
의 소유자로 태어났던 것이다. 과연 '업'이는 어려서부터 간
기*로 죽을 뻔 죽을 뻔하면서 겨우 살아났다. 그러나 지금에는
건강한 몸이 되었다. T의 적빈한 가정에는 그들에게 다시없
는 위안거리였고 자랑거리였다. T의 부처는 '업'이가 어려서
부터 죽을 것을 근근이 살려 왔다는 이유로도 또 남의 자식보
다 잘나고 똑똑하다는 이유로도, 그 가정의 자랑거리라는 이
유로도, 그 아들의 덕을 보겠다는 이유로도 그들의 줄 수 있는
최절정의 사랑을 '업'에게 바쳐 왔던 것이다.

---

* 癎氣. 간질.

양육의 방침이 그 양육되는 아이의 성격의 거의 전부를 결정한다면 교육의 방침도 또한 그의 성격에 적지 아니한 관계를 끼칠 것이다. '업'이는 적빈한 가정에 태어났으나 또한 M 군의 호의로 받을 만큼의 계제적(階梯的) 교육*을 받아 왔다. 좋은 두뇌의 소유자인 '업'에게 대하여 이 교육은 효과 없지 않을 뿐이랴! 무엇에든지 그는 남보다 먼저 당할 줄 알고 남보다 일찍 알 줄 알고 남보다 일찍 느낄 줄 아는 혁혁한 공적을 이루었다. M 군이 해외에 있는 그 친구에게 보내는 편지마다 자기의 공로를 자랑하는 의미를 떠난 더없는 칭찬도 칭찬이었거니와 학교 선생이나 그들 주위의 사람들은 누구나 다 최고의 칭찬 하기를 아끼지 아니하여 왔던 것이다. T에게는 이것이 몸에 넘치는 광영인 것은 물론이요 그러므로 '업'이는 T의 둘도 없는 자랑거리요 보물이었던 것이다.

'훌륭한 아들을 가진 사람.'

이와 같은 말들은 T로 하여금 '업'을 위하여야 하는 것은 물론이요 이와 같은 말을 영구히 몸에 받기 위하여서는 '업'이를 T의 상전으로 위하게까지 시키었다. 너무 과도한 칭찬의 말은 T에게 기쁨을 줄 뿐만 이니라 T에게 또한 무거운 책임노 주는 것이었다.

'이 아들을 위해야 한다…….'

---

* 단계를 제대로 밟은 교육.

3회

업을 소유한 아버지의 T 씨가 아니었고 T 씨를 소유한 아들이었던 것이다. 업은 T 씨가 가장 그 책임을 다하여야만 하고 그 충실을 다하여야만 할 T 씨의 주인인 것이었다. T 씨는 업이 그 어머니의 배 속을 하직하던 날부터 오늘까지 성난 손으로 업을 때려 본 일이 한 번도 없었을 뿐만 아니라 변한 어조로, 꾸지람 한마디 못하여 본 채로 왔던 것이다.

'내가 지금은 이렇게 가난하지만 저것이 자라서 훌륭하게 되는 날에는 저것의 덕을 보리라…….'

다만 하루라도 바삐 업이 학업을 마치기만 그리하여 하루라도 바삐 훌륭한 사람이 되어지기만 한없이 기다리던 것이었다. 비록 업이 여하한 괴상한 행동에 나아가더라도 T 씨는,

'저것도 다 공부에 소용되는 일이겠지.'

하고 업이 활동사진 배우의 '브로마이드'를 사다가 그의 방 벽에다가 죽 붙여 놓아도 그것이 무엇이냐고 업에게도 M 군에게도 묻지도 아니하고 그저 이렇게만 생각하여 버리고 고만두는 것이었다. 더욱이 무식한 씨로서는 그런 것을 물어보거나 혹시 잘못하는 듯한 점에 대하여 충고라도 하여 보거나 하는 것은 필요 없는 간섭같이 생각되어 전혀 입을 내밀기를 주저하여 왔던 것이다. 언제나 T 씨는 업의 동정을 살펴 가며 업이가 T 씨 밑에서 사는 것이 아니라 T 씨가 업의 밑에서 사는 것과 같은 모순에 가까운 상태에서 그날그날을 살아왔던 것이다.

이런 때에 선천적 성격이라는 것은 의문이 많은 것이다. 사람의 성격은 외래의 자극 즉 환경에 따라 형성지어지는 것이라는 결론에 도달치 아니할 수 없는 것이다. 이와 같은 교육방침 밑에 있는 또 이와 같은 환경에서 자라나는 업의 성격이 그가 태어난 가정의 적빈함에 반대로 교만하기 짝이 없고 방종하기 짝이 없는 업을 형성할 것은 물론임에 오류를 발견할 수 없을 것이다. 업은 자기 주위의 모든 사람을 보기를 모두 자기 아버지 T 씨와 같이 보는 것이었다. 자기의 말을 T 씨가 잘 들어주듯이 세상 사람도 그렇게 희생적으로 자기의 말에 전연 노예적으로 굴종할 것이라고 믿는 것이었다. 자기를 호위하여 주리라고 믿는 것이었다. 업의 걷잡을 수도 없는 공상은 천마가 공중을 가는 것과 같이 자유롭게 구사되어 왔던 것이다.

『햄릿』의 '유령',* "올리브"의 '감람수의 방향', 브로드웨이의 '경종', "맘모톨"의 '리겔',** "오페라"좌의 '화문천정'*** 이

---

* 셰익스피어의 희곡 『햄릿(Hamlet)』의 한 장면. 왕자 햄릿은 아버지가 죽고 어머니가 숙부인 현왕과 결혼하자 크게 상심한다. 그러던 어느 날 죽은 아버지의 영혼이 나타나 자신이 동생인 클로디어스에게 살해되었음을 알리고 복수를 명령한다. 민감한 성품의 햄릿은 충격과 분노로 마음이 안정을 찾지 못하고 번뇌에 빠진다.
** 하늘의 성좌 가운데 오리온(Orion)자리의 베타 별로 알려진 별 리겔(Rigel). 오리온자리는 두 개의 일등성을 가지고 있는데, 그 하나는 오리온 왼쪽 어깨 부분의 베텔게우스이고, 다른 하나는 오른쪽 정강이 부분의 리겔이다. 벨트 부분에 해당하는 곳에는 오리온 삼태성과 그 아래 오리온 대성운이 자리하고 있다. 여기서 '맘모톨(mammoth tall)'이란 그리스 신화에 등장하는 거대한 사냥꾼 오리온을 말한다. 오리온은 포세이돈의 아들이며 거인 사냥꾼이다. 키오스 섬의 왕 오이노피온의 딸인 멜로페를 사랑했는데 오리온은 왕의 허락을 얻기 위해 사냥한 동물들을 사양하여 바쳤지만 왕은 여러 가지 평계로 딸과의

렇게…….

허영! 그것들은 뒤가 뒤를 물고 환상에 젖은 그의 머리를 끊이지 아니하고 지나가는 것이었다. 방종, 허영, 타락, 이것은 영리한 두뇌의 소유자인 업이라도 반드시 걸어야만 할 과정이 아닐까? 그들의 가정이 만들어 낸 그들의 교육방침이 만들어 낸 그러나 엉뚱한 결과를 가져오게 한 예기치 못한 기적. 업은 과연 지금에 그의 가정에 혜성같이 나타난 한 기적적 존재인 것이다.

4

M군은 실망하였다. 업은 아무리 생각하여 보아도 '마이너스'의 존재였다.

청혼을 회피한다. 오리온이 강제로 결혼하려 하자 오이노피온이 그를 술자리로 안내하여 대접한다. 그리고 술에 취한 오리온의 눈알을 파내어 버린다. 오리온은 눈을 잃고 실의에 빠지지만 아폴론에 의해 눈을 되찾고 세상을 볼 수 있게 된다. 그런데 이번에는 아폴론의 동생 아르테미스가 오리온과 결혼할 마음을 품는다. 이 사실을 알게 된 아폴론은 이를 말리기 위해 오리온을 없앨 계획을 세운다. 어느 날 멀리서 머리만 내놓고 걷는 오리온을 발견한 아폴론은 아르테미스에게 멀리 보이는 검은 점을 활로 맞혀 보라고 한다. 명사수였던 아르테미스가 쏜 화살은 바람을 가르며 날아가서 오리온의 머리에 명중한다. 아르테미스는 자신이 오리온을 죽게 한 것을 몹시 슬퍼하며 오리온을 별자리에 올려놓는다. 그것이 바로 하늘에 밝게 빛나는 오리온자리이다.
*** 파리 오페라좌의 천정에 그려진 벽화. 파리의 오페라좌(L'Opera)는 19세기 중반에 건축가 샤를 가르니에가 설계 건축한 것으로 근대 건축 미술을 대표한다.

'저런 사람이 필요할까? 아니 있어도 좋을까?'

그러나 '유해무익'이라는 참을 수 없는 결론이었다.

'가지가 돋고 꽃이 피기 전에 일찍이 그 순을 잘라 버리는 것이 낫지 않을까?'

M 군에 대하여서는 너무도 악착한 착상이었다. 그리하여,

'다시 한 번 업의 전도를 위하여 잘 지도하여 볼까?'

그러나,

'한 사람의 사상은 반응키 어려운 만치 완성되어 있지 않은가? 뿐만 아니라 설복을 당하기에는 업의 이지(理智)는 너무 까다롭다……'

M 군의 업에게 대한 애착은 근본적으로 다하여 버렸다. M 군의 이러한 정신적 실망의 반면에는 물질적 방면에서 받은 영향도 적지 아니하였다. 그것은 오늘날까지 업의 학비를 대어 오던 M 군이 수년 전에 그의 아버지가 불의의 액운으로 말미암아 파산을 당하다시피 되어 유유자적하던 연구실의 생활도 더 하지 못하고 어느 관립병원 촉탁의(囑託醫)가 되어 가지고 온갖 물질적 고통을 당하지 않으면 아니 되게 되었던 것이다. 그간으로도 M 군은 여러 번이니 업의 학비를 대기를 단념하려 하였던 것이었으나 그러나 아직 그의 업에 대한 실망이 그리 크지도 아니하였고 또 싹이 나려는 아름다운 싹을 그대로 꺾어 버리는 것도 같아서 어딘지 애착 때문에 매달려지는 미련에 끌리어 그럭저럭 오늘까지 끌어왔던 것이었으나 지금에 이르러서는 그의 업에 대한 애착과 미련도 곱게 어디론지 다 사라지고 말았다. 그렇기 때문에 이 물질적 관계가 그로 하여

금 업을 단념시키기를 더욱 쉽게 하였던 것이나 아니었던가
한다.

"업이! 이번 봄은 벌써 업이 졸업일세그려."

"네. 구속 많고 귀찮던 중학 생활도 이렇게 끝나려 하고 보
니 섭섭한 생각이 없는 것도 아닙니다……."

"그럼 졸업 후의 지망은?"

"음악학교!"

그래도 주저하던 단념은 M 군을 결정시켜 버렸다.

"업이 자네도 잘 알다시피 지금의 나는 나 한 몸뚱이를 지
지해 나아가기에도 어려운 가운데 있어! 음악학교의 뒤를 대
어 줄 수가 없다는 것은 결코 악의가 아니야. 나의 지금 생각
같아서는 천재의 순을 꺾는 것도 같으나 이제부터는 이만큼
이라도 자네를 길러 주신 가난한 자네의 부모의 은혜라도 갚
아 보는 것이 좋을 것 같네……."

이 말을 하는 M 군은 도저히 업의 얼굴을 쳐다볼 수가 없었
다. M 군의 이와 같은 소극적 약점은 업으로 하여금,

'오—네 은혜를 갚으란 말이로구나…….'

하는 부적당한 분개를 불 지르게 하는 것이있다. 그러나 이렇
게 말하는 M 군은 언제인가 학교 무슨 회에서 여흥으로 만인
의 이목이 집중되는 연단 위에서 '바이올린'의 줄을 농락하던
그 업이를 생각하고 섭섭히 생각한 것만치 그에게는 조금도
악의가 품어 있지 아니하였던 것이다. M 군의 업에 대한 '내
몸이 어렵더라도 시켜 보려 하였으나.' 하던 실망은 즉시로
'나를 미워하는 세상, 내 마음대로 되지 않는 세상.' 하는 실망

으로 옮겨졌다.

'내 생명을 꺾으려는 세상, 활동의 원동력을 주려 하지 않는 세상.'

'M 씨여, 당신은 나를 미워했지. 나의 천재를 시기했지. 나는 당신을 원망합니다⋯⋯.'

어두운 거리를 수없이 헤매는 것이, 여항의 천한 계집과 씩뚝꺽뚝 하소연하는 것이, 남의 집 담 모퉁이에서 밤을 새우는 것이, 공원 '벤치'에서 낮잠을 자는 것이, 때때로 죽어 가는 T 씨를 골라서 몇 푼의 돈을 긁어내어 피부의 옅은 환락을 찾아다니는 것이 중학을 마치고 나온 청소년 업의 그 후 생활이었다.

나날이 늘어 가는 것은 업의 교만 방종한 태도.

"아버지! 아버지는 왜 다른 아버지들과 같이 돈을 많이 좀 못 벌었습니까? 왜 남같이 자식 공부 좀 못 시켜 줍니까? 왜 남같이 자식 호강 좀 못 시켜 줍니까? 왜 돋으려는 새순을 꺾느냐는 말이오⋯⋯."

'아버지 무섭다.'는 생각은 업에게는 털끝만치도 있을 리가 없었다. 그것은 차라리 T 씨가 아들 업이를 무서워하는 것이 옳을 것 같은 상태였으니까.

"오냐, 다 내 죄다. 그저 애비 못 만난 탓이다⋯⋯."

T 씨는 이렇게 업에게 비는 것이었다.

'애비가 자식 호강 못 시키는 생각만 하고 자식이 애비 호강 좀 시켜 보겠다는 생각은 꿈에도 못하겠니? 예끼, 못된 자식⋯⋯.'

T 씨에게 이런 생각은 참으로 꿈에도 날 수 없었다. '천재를

썩힌다. 애비의 죄다.' ── 이렇게 T 씨의 생활은 속죄의 생활
이었다. 그날의 밥을 끓여 먹을 쌀을 걱정하는 그들의 살림 가
운데에서였으나 업의 '돈을 내라.'는 절대한 명령에는 쌀팔 돈
이고 전당을 잡혀서이고 그 당장에 내놓지 않고는 죽을 것같
이만 알고 있는 T 씨의 살림이었다. 차마 못할 야료*를 T 씨의
눈앞에서 거리낌 없이 연출하더라도 며칠 밤씩을 못 갈 데 가
서 자고 들어오는 것을 T 씨 눈으로 보면서도 '저것의 심정을
살피다 '는 듯이,

'미안하다. 다 내 죄가 아니면 무엇이냐.'는 듯이 업의 앞에
서 머리를 숙인 채 업에게 말 한마디 던져 볼 용기도 없이 마
치 무슨 큰 죄나 지은 종이 주인의 얼굴을 차마 못 쳐다보는
것과 같이 묵묵히 앉아 있는 것이었다. 때로는,

"해외의 형은 어쩌면 돈도 좀 보내 주지 않는담."

이렇게 얼토당토않은 그 형을 원망도 하여 보는 것이었다.
T 씨의 아들 업에 대한 이와 같은 죽은 쥐 같은 태도는 업의
그 교만 종횡한 잔인성을 더욱더욱 조장시키는 촉진제 외에
는 아무것도 아니었다. 업에 실망한 M 군과 M 군에 실망한 업
의 사이가 멀어져 감은 물론이요, 그러한 불합리한 I 씨의 태
도에 불만을 가득 가진 M 군과 자기 아들에게 주던 사랑을 일
조에 집어던진 가증한 M 군을 원망하는 T 씨의 사이도 점점
멀어져 갈 따름이었다. 다만 해외에 방랑하는 그의 소식을 직
접 듣는 M 군이 그의 안부를 전하는 동시에 그들의 안부를 알

---

* 惹鬧. 생트집을 하고 함부로 떠들어 댐.

려 T 씨의 집을 이따금 방문하는 외에는 그들 사이에 오고 감
의 필요가 전혀 없던 것이었다.

M에게 보내는 편지(6신)

두 달! 그것은 무궁한 우주의 연령으로 볼 때에 얼마나 짧
은 것일까? 그러나 자네와 나 사이에 가로질렸던 그 두 달이
야말로 나는 자네의 죽음까지도 우려하였음 직한 추측이 오
측(誤測)이 아닐 것이 분명할 만치 그렇게도 초조와 근심에 넘
치는 길고 긴 두 달이 아니었겠나. 자네와 나의 그 우려, 그러
나 내가 이 글을 쓰며 자네의 틀림없는 건강을 믿는 것과 같이
나는 다시없는 건강의 주인으로서 나의 경력이 허락하는 한
도까지 밤과 낮으로 힘차게 일하고 있는 것일세.

M 군! 나의 이 끊임없는 건강을 자네에게 전하는 기쁨과 아
울러 머지 아니하여 우리 두 사람이 얼굴과 얼굴을 서로 만나
겠다는 기쁨을 또한 전하는 것일세.

* * *

우스운 말이나 지금쯤 참으로 노련한 한 사람의 의학사로
완성되어 있겠지. 그 노련한 의학사를 멀리 떨어져 나의 요즈
음 열심히 하여 오던 의학의 공부가 지금에는 겨우 얼간 의사
하나를 만들어 놓았다는 것은 그 무슨 희극적 대조이겠나? 이
것은 이곳의 친구의 직접의 원조도 원조이겠지마는 또 한편

으로 멀리 있는 자네의 나에게 대하여 주는 끊임없는 사랑의 덕이 그 대부분이겠다고 믿으며 또한 자네가 더한층이나 반가워할 줄 믿는 소식이겠다고도 믿는 것일세. 내가 고국에 돌아간 다음에는 자네는 나의 이 약한 손을 이끌어 그 길을 함께 걸어 주겠다는 것을 약속하여 주기를 바라며 마지않는 것일세.

* * *

오늘날 꿈에만 그리던 고국으로 돌아가려 하고 보니 감개무량하여 나의 가슴을 어지럽게 하네. 십유여 년의 기나긴 방랑생활에서 내가 얻은 것이 무엇인가. 한 분의 어머니를 잃었네. 그리고 절뚝발이가 되었네. 글 한 자 못 배웠네. 돈 한 푼 못 벌었네. 사람다운 일 하나 못하여 놓았네. 오직 누추한 꿈속에서 나의 몸서리칠 청춘을 일생의 중요한 부분을 삭제당하기를 그저 달게 받아 왔을 따름일세. 차인잔고(差引殘高)가 무엇인가? 무슨 낯으로 고향 땅을 밟으며, 무슨 낯으로 형제의 낯을 내하며, 무슨 낯으로 고향 친구의 낯은 대할 것인가? 오직 회한, 차인잔고가 있다고 하면 오직 이 회한의 한 뭉텅이가 있을 따름이 아니겠나? 그러나 다시 생각하고 나는 가벼운 한숨으로써 나의 괴로운 마음을 안심시키는 것이니 그렇게 부끄러워야만 할 고향 땅에는 지금쯤은 나의 얼굴, 아니 나의 이름이나마 기억할 수 있는 사람의 한 사람조차도 있지 아니할 것일 뿐이랴. 그곳에는 이 인생의 패배자인 나를 마음으로

써 반가이 맞아 줄 자네 M 군이 있을 것이요, 육친의 형제 T가 있을 것이므로일세. 이 기쁨으로 나는 나의 마음에 용기를 내게 하여 몽매에도 그려한 고향의 흙을 밟으려 하는 것일세.

* * *

근 삼 년 동안이나 마음과 몸의 안정을 가지고 머물러 있는 이곳의 주인은 내가 자네와 작별한 후에 자네에게 주던 이만큼의 우정을 아끼지 아니한 그렇게 친한 친구가 되어 있다는 말을 자네에게 전한 것을 자네는 잊지 아니하였을 줄 믿네. 피차에 흉금을 놓은 두 사람은 주객의 굴레를 일찍이 벗어난 그리하여 외로운 그와 외로운 나는 적적(비록 사람은 많으나.)한 이 집안에 단 두 사람의 가족이 되었네. 이렇게 그에게 그의 가족이 없는 것은 물론이나 이만한 여관 외에 처처에 상당한 건물들을 그의 소유로 가지고 있는 꽤 있는 그일세.

나로서 들어 아는 바 그의 과거가 비풍참우(悲風慘雨)의 혈사를 이곳에 나열하면 무엇하겠냐만 과연 그는 문자대로의 고독한 낭인일세. 그러나 그의 친구들의 간곡한 권고와 때로는 나의 마음으로의 권고가 있음에도 불구하고 그는 결코 아내를 취하지 아니하는 것일세.

"돈도 그만큼 모았고 나이도 저만큼 되었으니 장차의 길고 긴 노후의 날을 의지할 신변의 고적을 위로할 해로가 있어야 아니하겠소?"

"하, 그것은 전혀 내 마음을 몰라주는 말이오."

일상에 내가 나의 객관의 고적을 그에게 하소연할 때면 그는 도리어 나를 부러워하며 자기 신변의 고적과 공허를 나에게 하소연하는 것일세. 그러면서도 그는 결코 아내를 얻지 아니하겠다 하며 그렇다고 허튼 여자를 함부로 대하거나 하는 일도 결코 없는 것일세.

'그러면 그가 여자에게 대하여 무슨 갖지 못할 깊은 원한이나 있는 것이 아닐까.' 하는 선입관념을 가진 눈으로 보아서 그런지 그는 남자에게는 어떤 사람에게든지 친절하게 하면서도 여자에게는 어떤 사람에게든지 냉정하기 짝이 없는 것일세. 예를 들면 이 집 여중(女中)*들에게 하는 그의 태도는 학대, 냉정, 잔인, 그것일세.

나는 때로,

"너무 그러지 마오, 가엾으니."

"여자니깐."

그는 언제나 이렇게 대답할 뿐이었네. 그의 이 수수께끼의 대답은 나의 의아를 점점 깊게만 하는 것이었네. 하루는 조용한 밤 두 사람은 또한 떫은 차를 마셔 가며 세상 이야기를 하고 있었네. 그 끝에,

"여자에 관련된 남에게 말 못할 무슨 비밀의 과거가 있소?"

"있소! 있되 깊소!"

"내게 들려줄 수 없소?"

"그것은 남에게 이야기할 필요도 이유도 전혀 없는 것이오.

---

* 일본어 じょしゅう. 식모나 가정부.

오직 신이 그것을 알고 있을 따름이어야 할 것이오. 그것은 내가 눈을 감고 내 그림자가 지상에서 사라지는 동시에 사라져야만 할 따름이오."

나는 물론 그에게 질기게 더 묻지 아니하였네. 그의 그림자와 함께 사라질 비밀이 무엇인지는 모르겠으나 쾌활한 기상의 주인인 그는 또한 남다른 개성의 소유자인 것일세.

* * *

그는 나보다 십여 세 만일세. 그의 나이에 겨누어 너무 과하다 할 만치 많이 난 그의 흰 머리털은 나로 하여금 공경하는 마음을 가지게 하네. 또한 동시에 그의 풍파 많은 과거를 웅변으로 이야기하고 있는 것도 같으니 그와 같은 그가 나를 사귀어 주기를 동년배의 터놓은 사이의 우의로써 하여 주니 내가 나의 방랑생활에 있어서 참으로 나의 '희로애락'을 바꿀 수 있는 사람은 오직 그뿐이라고 어찌 말하지 않겠나? 그와 나는 구구한, 그야말로 경제 문제를 벗어난 가족──그기 지금에 경영하고 있는 여관은 그와 내가 주객의 사이는커녕 누가 주인인지도 모르게 차라리 어떤 때에는 내가 주인 노릇을 하게끔 되는, 말하자면 공동 경영 아래에 있는 것과 같은 그와 나 사이인 것일세. 그의 장부는 나의 장부였고, 그의 금고는 나의 금고였고, 그의 열쇠는 나의 열쇠였고, 그의 이익과 손실은 나의 이익과 손실이었고, 그와 나의 모든 행동은 그와 내가 목적을 같이한 영향을 같이한 그와 나의 행동들이었네. 참으로 그와 내가 서로 믿음을 마치 한 들보를 떠받치고 있는 양편 두 개의 기둥이 서로 믿지 아니하면 아니 되는 사이와도 같은 것이었네.

* * *

이와 같은 기쁜 소식을 나열만 하고 있던 나는 지금 돌연히 그가 세상을 떠났다는 슬픈 소식을 자네에게 전하지 않을 수 없는 운명이 조우된 지 오래인 것을 말하네. 나와 만난 후 삼년에 가까운 동안뿐 아니라 그의 말에 의하면 그 이전에도 몸살이나 감기 한 번도 앓아 본 적이 없는 퍽 건강한 몸의 주인이던 그가 졸지에 이렇게 쓰러졌다는 것은 그와 오랫동안 같이 있던 나로서는 더욱이나 의외인 것이었네. 한 이삼 일을 앓는 동안에는 신열이 좀 있다 하더니 내가 옆에 앉아 있는 앞에서 조용히 잠자는 듯이 갔네.

"사람 없는 벌판에서 별을 쳐다보며 죽을 줄 안 내 몸이 오늘 이렇게 편안한 자리에 누워서 당신의 서러운 간호를 받아 가며 세상을 떠나니 기쁘오. 당신의 은혜는 명노(冥途)에 가서 반드시 갚을 것을 약속하오─. 이 집과 내 가진 물건의 얼마 안 되는 것을 당신에게 맡기기로 수속까지 다 되어 있으니 가는 사람의 마음이라 가엾이 생각하여 맡아 주기를 바라고 아무쪼록 그것을 가지고 고향에 돌아가 형제 친구들과 함께 기쁘게 살아 주기를 바라오. 내가 이렇게 하잘것없이 갈 줄은 나도 몰랐소. 그러나 그것도 다 내가 나의 과거에 받은 그 뼈살에 지나치는 고생의 열매가 도진 때문인 줄 아오. 나를 보내는 그대도 외롭겠소만 그대를 두고 가는 나는 사바에 살아 꿈즉이던 날들보다도 한층이나 외로울 것 같소!"

이렇게 쓰디쓴 몇 마디를 남겨 놓고 그는 갔네. 그 후 그의 장사도 치른 지 며칠째 되던 날, 나는 그의 일상 쓰던 책상 속에서 위의 말들과 같은 의미의 유서, 그리고 문서들을 찾아내었네.

* * *

이제 이것이 나에게 기쁜 일일까, 그렇지 아니하면 슬픈 일일까? 나는 그 어느 것이라도 말하기를 주저하는 것일세.

내가 그의 생전에 그와 내가 주고받던 친교를 생각하면 그의 죽음은 나에게 무한히 슬픈 일이 아니겠나만 어머니의 배 속을 떠나던 날부터 적빈에만 지질리워 가며 살아온 내가 비록 남에게는 얼마 안 되게 보일는지 모르겠으나 나로서는 나의 일생에 상상도 하여 보지도 못할 만치의 거대한 재산을 얻은 것이 어찌 그다시 기쁜 일이 아니겠다고 생각하겠는가. 이러한 나의 생각은 세상을 떠난 그를 생각하기만 하는 데에서도 더없을 양심의 가책을 아니 받는 것도 아니겠나 그러나 위의 말한 것은 나의 야심의 속임 없는 속삭임인 것을 어찌하겠나.

'어째서 그가 이것을 나에게 물려줄까?'

'죽은 그의 이름으로 사회업에 기부할까?'

이러한 생각들이 끊임없이 나의 머리에 지나가고 지나오고 한 것은 또한 내가 나의 마음을 속이는 말이겠나? 그러나 물론 전에도 느끼지 아니한 바는 아니나 차차 나이 들고 체력이 감퇴되고 원기가 좌절됨에 따라서 이 몸의 주위의 공허가 역력히 발견되고 청운의 젊은 뜻도 차차 주름살이 잡히기를 시작하여 한낱 고향을 그리워하는 마음, 한낱 이 몸의 쓸쓸한 느낌만이 나날이 커 가는 것일세. 그리하여 어서 바삐 고향에 돌아가 사랑하는 친구와 얼싸안기 원하며 그립던 형제와 섞이어 가며 몇 날 남지 아니한 나의 여생을 보내고 싶은 마음이, 좀 더 기쁨과 웃음과 안일한 가운데에서 보내고 싶은 마음이 날이 가면 갈수록 최근에 이르러서는 일층 더하여 가는 것일세. 내가 의학 공부를 시작한 것도 전전푼의 돈이나마 모으기 시작한 것도 그런 생각에서 나온 가엾은 짓들이었네.

　사회사업에 기부할 생각보다도 내가 가질 생각이 더 컸던 나는 드디어 그 가운데의 일부를 헤치어 생전 그에게 부수되어 있던 용인(庸人) 여중(女中)들과 얼마 아니 되는 채무를 처지한 다음 나머지의 전부를 가지고 고향에 돌아갈 결심을 하였네. 그들 가운데 몇 사람으로부터는 단언거니와 나의 일생에 들어 본 적이 없던 비난의 말까지 들었네.

　'돈! 재물! 이것 때문에 그의 인간성이 이렇게도 더럽게 변하고 말다니! 죽은 그는 나를 향하여 얼마나 조소할 것이며 침뱉을 것이냐.'

　새삼스러이 찌들고 까부라진 이 몸의 하잘것없음을 경멸하며 연민하였네. 그러면서도,

'이것도 다 여태껏 나를 붙들어 매고 있는 적빈 때문이 아니냐.'

이렇게 자기 변명의 길도 찾아보면서 자기를 위로하는 것이었네.

* * *

친구를 잃은 슬픔은 어느 결에 사라졌는가? 지금에 나의 가슴은 고향 땅을 밟을 기쁨, 친구를 만날 기쁨, 형제를 만날 기쁨, 이러한 가지의 기쁨들로 꽉 차 있네. 놀라거니와 나의 일생에 있어서 한편으로는 양심의 가책을 받아 가면서라도 최근 며칠 동안만큼 기뻤던 날이 있었던가를 의심하네.

아 ─ 이것을 기쁨이라고 나는 자네에게 전하는 것일세그려. 눈물이 나네그려!

* * *

자네는 일상 나의 소카 업의 칭찬의 말을 아끼지 아니하여 왔지. 최근에 자네의 편지에 이 업에 대한 아무런 말도 잘 볼 수 없음은 무슨 일일까? 하여간 젖 먹던, 코 흘리던 그 업이를 보아 버리고 방랑생활 십유여 년. 오늘날 그 업이 재질이 풍부한 생래의 영리한 업이로 자라났다 하니 우리 집안을 위하여서나 일상의 적빈에 우는 T 자신을 위하여서나 더없이 기뻐할 일이라고 생각하면서도 또 한편으로는 이제는 우리 간은 사람은 아무 소용이 없구나 하는 생각을 하니 감개무량하네. 또한 미구에 만나 볼 기쁨과 아울러 이 미지수의 조카 업이에 대하여 많은 촉망과 기대를 가지고 있는 것일세.

M 군! 나는 아무쪼록 빨리 서둘러서 어서 속히 고향으로 돌아갈 채비를 차리려 하거니와 이곳에서 처치해야만 할 일도 한두 가지가 아니고 해서 아직도 이곳에 여러 날 있지 아니하면 아니 될 형편이나 될 수만 있으면 세전(歲前)에 고향에 돌아가 그립던 형제와 친구와 함께 즐거운 가운데에서 오는 새해를 맞이하려 하네. 어서 돌아가서 지나간 옛날을 추억도 하여 보며 그립던 회포를 풀어도 보아야 할 터인데!

일기 추운데 더욱더욱 건강에 주의하기를 바라며 T에게도 불일간 내가 직접 편지하려고도 하거니와 자네도 바쁜 몸이지만 한번 찾아가서 이 소식을 전하여 주기를 바라네. 자, 그러면 만나는 날 그때까지 평안히—. ×로부터…….

4회

어디로 가나?

사람은 다 길을 걷고 있다. 그러므로 그들은 어디론지 가고 있다.

어디로 가나?

광맥을 찾으려는 것 같은 사람이 있는가 하면 산보하는 사람도 있다.

세상은 어둡고 험준하다. 그러므로 그들은 헤맨다. 탐험가나 산보자나 다 같이—.

사람은 다 길을 걷는다. 간다. 그러나 가는 데는 없다. 인생은 암야의 장단 없는 산보이다.

그들은 오랫동안의 적응으로 하여 올빼미와 같은 눈을 얻었다.

다 똑같다.

그들은 끝없이 목마르다. 그들은 끝없이 구한다. 그리고 그들은 끝없이 고른다.

이 '고름'이라는 것이 그들이 가지고 나온 모든 것들 가운데 가장 좋은 것이면서도 가장 나쁜 것이다.

이 암야에서도 끝까지 쫓겨난 사람이 있다. 그는 어떠한 것, 어떠한 방법으로도 구제되지 않는다.

—선혈이 임리(淋漓)한 복수는 시작된다. 영원히 끝나지 않는 복수를— 피, 밑(底) 없는 학대의 함정—.

* * *

사람에게는 고통이 없다. 그는 지구권 외에서도 그대로 학대받았다. 그의 고기를 전부 졸여서 '애(愛)'라는 공물을 만들어 사람들 앞에 눈물 흘리며도 보았다. 그러나 모든 것은 더한층 그를 학대하고 쫓아냈을 뿐이었다.

'가자! 잊어버리고 가자!'

그는 몇 번이나 자살을 꾀하여 보았던가! 그러나 그는 이

나날이 진하여만 가는 복수의 불길을 가슴에 품은 채 싱겁게 가 버릴 수는 없었다.

'내 뼈 끝까지 다 갈려 없어지는 한이 있더라도, 그때에는 내 정령(精靈) 혼자서라도…….'

그의 갈리는 이빨 사이에서는 뇌장(腦漿)을 갈아 마실 듯한 쇳소리와 피육(皮肉)을 말아 올릴 듯한 회오리바람이 일어났다.

그의 반생을 두고 (아마) 하여 내려오던 무위한 애(愛)의 산보는 끝났다.

그는 그의 몽롱한 과거를 회고하여 보며 그 눈멀은 산보를 조소하였다. 그리고 그의 앞에 일직선으로 뻗쳐 있는 목표 가진 길을 바라보며 득의의 웃음을 완이*히 웃었다.

* * *

닦아도 닦아도 유리창에는 성에가 슬었다. 그럴수록 그는 자주 닦았고 자주 닦으면 성에는 자꾸 슬었다. 그래도 그는 얼마든지 닦았다.

승상상 산바람 속에 옷고금을 날리며 섰다기 치음 들이왔을 때에는 퍽 따스하더니 그것도 삽시간이요 발밑에 '스팀'은 자꾸 식어만 가는지 삼등 객차 안은 가끔 소름이 끼칠 만치 서늘하였다.

---

* 莞爾. 빙그레 웃는 모양.

가방은 겨우 다나* 위에다 얹고 앉기는 앉았으나 그의 마음은 종시 앉지 않았다. 그의 눈은 유리창에 스는 성에가 닦아도 슬고 또 닦아도 또 슬듯이 씻어도 솟고 또 씻어도 또 솟는 눈물로 축였다. 그는 이 까닭 모를 눈물이 이상하였다. 그런 것도 그의 눈물의 원한이었는지도 모른다.

젖은 눈으로 흐린 풍경을 보지 아니하려 눈물과 성에를 쉴 사이 없이 번갈아 닦아 가며 그는 창밖을 내다보기에 주린 듯이 탐하였다. 모든 것이 이상하기만 할 뿐이었다.

'어찌 이렇게 하나도 이상한 것이 없을까? 아!' 그에게는 이것이 이상한 것이었다.

하염없는 눈물을 흘려서 그는 그의 백사지(白砂地) 된 뇌와 심장을 조상하였다.

회색으로 흐린 하늘에 소리 없는 까마귀 떼가 몽롱한 북망산을 반점 찍으며 감도는 모양—그냥 세상 끝까지라도 닿아 있을 듯이 겹친 데 또 겹쳐 누워 있는 적갈색의 벗어진 산들의 자비스러운 곡선—이런 것들이 그의 흥미를 일게 하지 않는 것도 아니었다. 그러나 이런 것들도 도무지 이상치 아니한 것이 그에게는 도무지 이상하였다.

이러한 가운데에도 그는 그의 눈과 유리창을 닦기를 게을리하지 않았다.

'남의 것을 왜 거저먹으려고 그러는 것일까?'

---

* 일본어로 '선반'.

그는 따개꾼*을 생각하여 보았다.

'남의 것을 거저—남의 것을—거저—.'

그는 또 자기를 생각하여 보았다.

'남의 것을 거저—남의 것을 거저 갖지 않았느냐—. 비록 그 사람은 죽어서 이 세상에 있지 않다 하더라도—그의 유서가 그것을 허락하였다 할지라도—유산의 전부를 거리낌이 없을 만치 그와 나는 친한 사이였다 하더라도—나는 그의 하고많은 유산을 거저 차지하지 않았느냐. 남의 것을—. 그는 아무리 친한 사이라 하더라도 남이다—. 남의 것을 거저, 나는 그의 유산의 전부를—사회사업에 반드시 바쳤어야 옳을 것을—. 남의 것이다—. 상속이 유언된 유산—거저—사회사업—남의 것—.'

그의 머리는 어지러웠다.

'고요한 따개꾼—체면 있는 따개꾼.'

그러나 그는 성에 슬은 유리창을 닦는 것과 같이 그의 주머니 속에 들어 있는 '돈'의 종잇조각—수형(手形)**을 어루만져 보기를 때때로 하는 것도 잊어버리지는 않았다.

발끝에서 올라오는 추위와 피곤, 머리끝에서 내려오는 산란한 피곤, 그것은 복부에서 충동되어서는 시장함으로 표시되었다. 한 조각의 마른 빵을 씹어 본 다음에 그는 물도 마시지 아니하였다. 오줌 누러 가는 것이 귀찮아서—.

---

* '소매치기'의 속어.
** 어음.

먹은 것이라고는 새벽녘에도 역시 마른 빵 한 조각밖에는 없다. 그때도 역시 물은 마시지 않았다.

그런데 그는 벌써 변소에를 몇 번이고 갔는지 모른다. 절름발이를 이끌고 사람 비비대는 차 안의 좁은 틈을 헤쳐 가며 지나다니기가 귀찮았다. 이것이 괴로웠다. 그리하여 이번에도 물을 마시지 아니한 것이다. 그러나 오줌을 수없이—. 그는 이것이 이 차 안의 특유인 미지근한 추위 때문이 아닌가? 이렇게도 생각해 보았다. 그는 변소에 들어서서는 반드시 한 번씩 그 수형을 꺼내어 자세히 검사하여 보는 것도 겸겸하였다.

'오냐, 무슨 소리를 내가 듣더라도 다시 살자.'

왼편 다리가 차차 아파 올라왔다. 결리는 것처럼, 저리는 것처럼, 기미(氣味) 나쁘게—.

'기후가 변하여서—풍토가 변하여서—.'

사람의 배를 가르고 그 내장을 세척하는 것은 고사하고(사람의 썩는 다리를 절단하는 것은 고사하고) 등에 난 조그만 부스럼에 '메스' 한 번을 대어 본 일이 없는 슬플 만치 풍부한 경험을 가진 훌륭한 의사인 그는 이러한 진단을 그의 아픈 다리에다 내려도 보았다. 그레 비지 아래를 긁어 올리고 아픈 다리를 내어 보았다. 바른편 다리와는 엄청나게 훌륭하게 뼈만 남은 왼편 다리는 바닥에서 솟아 올라오는 '풍토 다른' 추위 때문인지 죽은 사람의 그것과 같이 푸르렀다. 거기에 몇 줄기 새파란 정맥 줄이 반투명체가 내뵈듯이 내보이고 있었다. 털은 어느 사이엔지 다 빠져 하나도 없고 모공의 자국에는 파리똥 같은 검은 점이 위축된 피부 위에 일면으로 널려 있었다. 그는 그것을 '나의 것'이니만치 가장 친한 기분으로 언제까지라도 들여다보며 깔깔한 그 면을 맛 좋게 쓸어 다듬어 주고 있었다.

그때에 건너편 자리에 앉아 있던 신사(?)는 가냘픈 한숨을 섞어 혀를 한 번 쩍 하고 치더니 그 자리에서 일어서서 황황히 어디론지 가 버렸다.

"내리는 게로군. 저 가방, 여보시오, 저 가방."

그는 고개를 돌이켜 그 신사의 가는 쪽을 향하여 소리 질렀다,

"여보시오. 저 가방을 가지고 내리시오. 저……."

또 한 번 소리쳐 보았으나 그 신사의 모양은 벌써 어느 곳으로 가 버렸는지 보이지 않았다. '그가 생각나서 찾으러 오도록 나는 저 가방을 지켜 주리라.' 이런 생각을 그는 한턱 쓰는 셈으로 생각하였다.

"여보, 인젠 그 다리 좀 내놓지 마시오."

"아─참 저 가방─."

이렇게 불식간에 대답을 한 그는 아까 자리를 떠나 어디로 갔는지 없어졌던 그 신사가 어느 틈엔지 다시 그 자리에 와 앉아 있는 것을 그제야 겨우 부아 알았다. 신사는 또 서서히 입을 열어,

"여보, 나는 이제 몇 정거장 남지 않았으니 내가 내릴 때까지는 제발 그 다리 좀 내놓지 좀 마오!"

"네─하도 아프기에 어째 그런가 하고 좀 보았지오. 혹시 풍토가……."

"풍토? 당신 다리는 풍토에 따라 아프기도 하고 안 아프기

도 하고 그렇소?"

"네. 원래 이 왼편 다리는 다친 다리가 되어서 조금 일기가 변하기만 하여도 곧 아프기가 쉬운 — 신세는 볼일 다 본 — 그렇지만 이를 갈고 —."

"하하. 그러면 오, 알았소 — 그 왼편 —."

"네. 그럴 적마다 고생이라니 어디 참 —."

"내 생각 같아서는 그건 내 생각이지만 그렇게 두고 고생할 것 없이 병신 되기는 다 일반이니 아주 잘라 버리는 것이 좋을 것 같소. 저 내가 아는 사람도 하나, 그 이야기는 할 것도 없소만 어쨌든 그것은 내 생각에는 그렇다는 말이니까 당신보고 자르라고 그러는 말은 아니오만 — 하여간 그렇다면 퍽 고생이 되겠는데 —."

"글쎄 말씀이야 좋은 말씀이외다만 원 아무리 고생이 된다 하더라도 어떻게 제 다리를 자르는 것을 제 눈으로 뻔히 보고 있을 수가 있나요?"

"그렇지만 밤낮 두고 고생하느니보다는 낫겠다는 말이지요. 그것은 뭐 어쩌다가 그렇게 몹시 다쳤단 말이오?"

"그기요? 다 이루 밀할 수 있나요. 이 나리는 화태(樺太)*에서 일할 적에 토로에서 뛰어내리려다가 토로와 한데 뒹구는 바람에 이렇게 몹시 다친 거지요."

"화태?"

신사는 잠시 의아와 놀라는 얼굴빛을 보인 다음에 다시 말

---

* 일본 열도 북쪽의 섬 사할린.

을 이어,

"어쩌다가 화태까지나 가셨더란 말이오?"

"예서는 먹고살 수가 없고 하니까 돈 벌러 떠난다는 것이 마지막—천하에 땅 있는 데는 사람 사는 곳이고 안 가 본 데가 있나요. 이렇게 떠돌아다니는 게 올째 꼭! 가만 있자—열일곱 해 아니 열다섯 핸가—어쨌든 십여 년이지요."

"돈만 많이 벌었으면 그만 아니오?"

"그런데 어디 돈이 그렇게 벌리나요? 한 퓨—참 없습니다. 벌기는 고만두고 굶기를 남 먹듯 했습니다. 어머님 집 떠난 지 일 년도 못 되어 돌아가시고—."

"하, 어머님이—어머님도 당신하고 같이 가셨습디까.—처자는 그럼 다 있겠구려?"

"웬걸요—처자는 집 떠나기 전에 다 죽었습니다. 어린것을 나은 지—에 그게—. 어쨌든 에미가 먼저 죽으니까 죽을밖에요. 어머님은 아우에게 맡기고 떠나려고 했지만 원래 우리 형제는 의가 좋지 못한 데다가 아우도 처자가 다 있는 데다가 지치껀 이렇게 가난하니 어디 맡으려고 그럽니까?"

"아우님은 딘 한 분이오?"

"네. 그게 그렇게 사이가 좋지 못하답니다. 남이 보면 부끄러울 지경이지요."

"그래 시방 어떻게 해서 어디로 가는 모양이오?"

신사의 얼굴에는 연민의 빛이 보였다.

"십여 년을 별짓을 다 하고 돌아다니다가……. 참 그동안에는 죽으려고 약까지 타 논 일도 몇 번인지 모르지요. 세상이 다 우스꽝스러워서 술 노름으로 세월을 보낸 일도 있고, 식당 쿡 노릇을 안 해 보았나, 이래 보여도 양요리(洋料理)는 그래도 못 만드는 것 없이 능란하답니다. 일등 '쿡'이었으니까 화태에도 오랫동안 있었지요. 그때 저는 꼭 죽는 줄만 알았는데 그래도 명이 기니까 할 수 없나 보아요. 이렇게 절름발이가 되어 가면서도 여태껏 살고 있으니 그때 그 놈들(그는 누구라는 것도 없이 이렇게 평범히 불렀다.)이 이 다리를 막 자르려고 덤비는 것들을 죽어라 하고 못 자르게 했어요. 기를 쓰고 죽어도 그냥 죽지 내 살점을 떼 내던지지는 않겠다고 이를 악물었더니 그놈들이 그래도 내 억지는 못 이기겠던지 그냥 내버려 두었어요. 덕택에 시방 이 모양으로 절름발이 신세를 네─가기는 제가 갈 데가 있겠습니까? 아우의 집으로 가야지요. 의가 좋으니 나쁘니 해도 한배의 동생이요, 또 십여 년 만에 고향에 돌아가는 몸이니 반가워하지는 못할지라도 그리 싫어하지는 않을 것 같습니다. 고향이요? 고향은 서울, 아주 서울 태생이올시다. 서울에는 아우하고 또 극진히 친한 친구 한 사람이 있습니다. 그저 그 사람들을 믿고 시방 이렇게 가는 길이올시다. 그렇지만 내 이를 악물고라도."

"그럼 그저 고향이 그리워서 오는 모양이구려?"

"네. 그렇다면 그렇지요. 그런데 하기는……."

그는 별안간 말을 멈추는 것같이 하였다.

"그럼 아마 무슨 큰 수가 생겨서 오는 모양이로구려."

어디까지라도 신사의 말은 그의 급처(急處)를 찌르는 것이었다.

"수─에, 수가 생겼다면─ 하기야 수라도─."

"아주 큰 수란 말이로구려 하…….""

두 사람은 잠시 쓰디쓴 웃음을 웃어 보았다.

"다른 사람이 보면 하잘것없은 것일는지 몰라도 제게는 참
큰 수지요, 허고 보니."

"얘기를 좀 하구려. 그 무슨 그렇게 큰 순가."

"얘기를 해서 무엇하나요? 그저 그렇게만 아시지요.
뭐─ 해도 상관은 없기는 없지만……."

"그 아마 당신께 좀 꺼리는 데가 있는 게로구려? 그렇다면
할 수 없겠소만 또 그렇다고 하더라도 내가 당신을 천 리나 만
리나 따라다닐 사람이 아니요, 또 내가 무슨 경찰서 형사나 그
런 사람도 아니요, 이렇게 차 속에서 우연히 만났다가 헤어지
고 말 사람인데 설사 일후에 또 만나는 수가 있다 하더라도 피
차에 얼굴조차도 잊어버릴 것이니 누가 누군지 안단 말이오?
내가 또 무슨 당신의 성명을 아는 것도 아니고 상관없지 않겠
소."

"이, 그렇다면야─뭐, 제가 이야기 안한다는 까닭은 무슨
경찰에 꺼릴 무슨 사기 취재나 했다 해서 그러는 것이 아닙니
다. 이야기가 너무 장황해서 또 몇 정거장 안 가서 내리신다기
에 이야기가 중간에 끊어지면 하는 사람이나 듣는 사람이나
피차 재미도 없을 것 같고 그래서─."

"그렇게 되면 내 이야기 끝나는 정거장까지 더 가리다그
려─이야기가 재미만 있다면 말이오─."

"네? 아니─몇 정거장을 더 가셔도 좋다니 그것이 어떻게

하시는 말씀인지 저는 도무지─."

두 사람은 또 잠깐 웃었다. 그러나 그는 놀랐다.

"내 여행은 그렇게 아무렇게나 해도 상관없는 여행이란 말이오─."

"그렇지만 돈을 더 내셔야 않나요?"

"돈? 하, 그래서 그렇게 놀랜 모양이구려! 그건 조금도 염려할 것 없소. 나는 철도국에 다니는 사람인 고로 차는 돈 한 푼 아니 내고라도 얼마든지 거저 탈 수 있는 사람이니까. 나는 지금 볼일로 ××까지 가는 길인데 서울에도 볼일이 있고 해서 어디를 먼저 갈까 하고 망성거리던 차에 미안한 말이오만 아까 당신의 그 다리를 보고 그만 ×× 일을 먼저 보기로 한 것이오. 그렇지만 또 당신의 이야기가 아주 썩 재미가 있어서 중간에서 그냥 내리기가 아깝다면 서울까지 가면서 다 듣고 서울 일도 보고 하는 것이 좋을 듯도 하고 해서 하는 말이오."

"네─나는 또 철도국 차를 거저, 그것 참 좋습니다. 차를 얼마든지 거저─."

이 '거저' 소리가 그의 미리에 거머리 모양으로 묘하게 착 달라붙어서는 떨어지지 아니하였다. 아, 그는 잠깐 동안 혼자 애쓰지 아니하면 안 되었다. 억지로 태연한 차림을 꾸미며 그는 얼른 입을 열었다. 그러나 그 말마디는 묘하게 굴곡이 심하였다. 그는 유리창이 어느 틈에 밖이 조금도 내다보이지 않을 만치 슬은 성에를 닦기도 하여 보았다.

"말하자면 횡재, 에─횡재─무엇 횡재될 것도 없지만 또 횡재라면 그야─횡재 아니라고도 할 수 없지만 어쨌든 제기

고생고생 끝에 동경으로 한 삼 년 전에 다시 돌아왔습니다. 게서 친구 한 사람을 사귀었는데 그는 별 사람이 아니라 제가 묵고 있던 집 주인입니다. 그 사람은 저보다도 더 아무도 없는 아주 고독한 사람인데 그 여관 외에 또 집도 여러 채를 가지고 있었는데 있는 동안에 그 사람과 나는 각별히 친한 사이가 되어 그 여관을 우리 둘이서 경영하여 나가게 되었습니다. 그런데 그 사람이 얼마 전에 고만 죽었습니다. 믿던 친구가 죽었으니 비록 남이었지만 어떻게 설운지 아마 어머님 돌아가실 때만큼이나 울었습니다. 남다른 정분을 생각하고는 장사도 제 손으로 잘 지내 주었지요. 그런데 인제 그렇거든요 ─자, 그가 떡 죽고 보니까 그의 가졌던 재산─무엇 재산이라고까지는 할 것은 없을지는 몰라도 하여간 제게는 게서 더 큰 재산은 여태─그렇게 말할 것까지는 없을지 몰라도 어쨌든 상당히 큰 돈이니까요.─그게 어디로 가겠느냐, 이렇게 될 것이 아니냐 그런 말이거든요."

"그러니까 그것을 당신이…… 슬쩍 이렇게 했다는 말인 것이오그려. 하……, 따는……. 참……. 횡재는……."

"아, 천만에! 제 생각에는 그것을 죄다 사회사업에 기부할 생각이었지요 물론─."

"그런데 안했다는 말이지─."

"그런데 그가 죽기 전에 벌써 그가 저 죽을 날이 가까워 오는 것을 알고 그랬던지 다 저에게다 상속하도록 수속을 하여 놓고는 유서에다가는 떡 무엇이라고 써 놓았는고 하니."

"사회사업에 기부하라고 써─."

"아, 그게 아니거든요. 이것을 그대의 마음 같아서는 반드시 사회사업에 기부할 줄 믿는다. 그러나 죽는 사람의 소원이니 아무쪼록 그대로 가지고 고향으로 돌아가서 친척 친구와 함께 노후의 편안한 날을 맞고 보내도록 하라. 만일 그렇지 아니하고 내 말을 어기는 때에는 나의 영혼은 명도에서도 그대의 몸을 우려하여 안정할 날이 없을 것이라고—."

"하—대단히 편리한 유서로군! 당신 그 창작—."

신사는 말을 멈추었다. 그러나 그의 얼굴은 어디까지든지 냉소와 조롱의 빛으로 차 있었다.

"그래서 그의 죽은 혼령도 위로할 겸 저도 좀 인제는 편안한 날을 좀 보내 보기도 할 겸해서 이렇게 돌아오는 길이오—."

"하, 그럴듯하거든. 그래, 대체 그 돈은 얼마나 되며 무엇에다 쓸 모양이오?"

"얼마요? 많대야 실상 얼마 되지는 않습니다. 제게는—. 무얼 하겠느냐—먹고살고 하는 데 쓰지요."

"아, 그래 그저 그 돈에서 자꾸 긁어다 먹기만 할 모양이란 말이오? 사회사업에 기부하겠다는 사람의 사람은 딴사람인 모양이로군!"

"그저 자꾸 긁어다 먹기만이야 하겠습니까? 설마 하기는 시방 계획은 크답니다."

"제게 한 친구가 의사지요. 그전에는 그 사람도 남부럽지 않게 상당히 살았건만 그 부친 되는 이가 미두(米豆)라나요, 그런 것을 해서 우리 친구 병원까지를 들어먹었지요. 그래 시방은 어떤 관립병원에 촉탁의로 월급 생활을 하고 있다고 그렇게 몇 해 전부터 편지거든요. 그래서 친구 좋은 일도 할 겸 또 세상에 나처럼 아픈 사람 병든 사람을 위하여 사회사업도 할 겸—가서 그 친구와 같이 병원을 하나 낼까 생각인데요. 크기야 생각만은—."

"당신은 집이나 지키려오?"

"왜요, 저도 의사랍니다. 친구의 그 소식을 들었대서 그런 것은 아니지만 내 몸이 뱅신이니까 그러지 세상에 하고많은 불쌍한 사람 중에도 병든 사람, 앓는 사람처럼 불쌍한 이는 없는 것 같아서 저도 의학을 좀 배워 두었지요."

신사는 가벼운 미소를 얼굴에 띠우면서 '의학'을 배운 사람 치고는 너무도 무식하고 유치하고 저급인 그의 말에 놀란다는 듯이 '쩍' '쩍' 혀를 몇 번 찼다.

"그래 당신이 '의학'을 안단 말이오?"

"네, 안다고까지야—그저 좀 떙겼지요—가갸거겨—. 왜 그러십니까? 어디 편치 않으신 데가 있다면 제가 시방이라도 보아 드리겠습니다, 있습니까, 있으면—."

두 사람은 크게 소리치며 웃었다. 차창 밖은 어느 사이에 날이 저물어 흐린 하늘에 가뜩이나 음울한 기분이 떠돌았다.

차 안에는 전등까지도 켜졌다. 그러나 그들은 그것도 깨닫지 못하였다. 그는 밖을 좀 내다보려고 유리창의 성에를 또 닦았다. 닦인 부분에는 밖으로 수없는 물방울이 마치 말 못할 설움에 소리 없이 우는 사람의 뺨에 묻은 몇 방울 눈물처럼 여기저기에 붙어 있었다. 그것들은 차의 움직임으로 일순 후에는 곧 자취도 없이 떨어지고 그러면 또 새로운 물방울이 또 어느 사이엔지 와 붙고 하여 그 물방울은 늘 거의 같은 수효로 널려 있었다.

"눈이 오시는 게로군."

두 사람은 이야기를 멈추고 고개를 모아 창밖을 내다보았다. 눈은 '너는 서울 가니? 나는 부산 간다.' 하는 듯이 옆으로 만 빠르게 지나가고 있다. 이야기에 팔려 얼마 동안은 잊었던 왼편 다리는 여전히—아까보다도 더하게 아프고 쑤셨다 저렸다. 그는 그 다리를 옷 바깥으로 내리 쓰다듬으며 순식간에 '윗' 소리를 내며 입에 군침을 한 모금이나 꿀떡 삼켰다. 그 침은 몹시도 끈적끈적한 것으로 마치 '콘덴스드 밀크'*나 엿을 삼키는 기분이었다. 신사는 양미간에 조그만 내 천 자를 그린 채 그 모양을 한참이나 내려다보고 앉았더니 별안간 쾌활한 어조로 바꾸어 입을 열었다.

"의사가 다리를 앓는 것은 희괴한 일이로군!"

"제 똥 구린 줄 모른다고!"

두 사람은 이전보다도 더 크게 소리쳐 웃었다. 그 웃음은 추위에 원기를 지질리운 차 안의 승객들의 멍멍한 귀에 벽력같은 파동을 주었음인지 그들은 이 웃음소리의 발원지를 향하여 일제히 고개를 돌렸다. 두 사람은 이 모든 시선의 화살에 살이 간지러웠다. 그리하여 고개를 다시 창 쪽을 향하여 보았다가 다시 또 숙여도 보았다.

---

* condensed milk. 연유(煉乳).

얼마 만에 그가 고개를 돌렸을 때 통로 건너편에 그를 향하여 앉아 있는 젊은 여자 하나는 수건으로 얼굴을 가린 채 고개를 푹 수그리고 있는 것을 그는 발견할 수 있었다.

'우나?—무슨 말 못할 사정이 있는 게지.—누구와 생이별이라도 한 게지!'

그는 이런 유치한 생각도 하여 보았다.

"그러면 그 돈을 시방 당신의 몸에 지니고 있겠구려 그렇지 않으면!"

신사의 이 말소리에 그는 졸도할 듯이 나로 돌아왔다. 그 순간에 그의 머리에는 전광 같은 그 무엇이 떠도는 것이 있었다.

"아니요. 벌써 아우 친구에게 보냈어요. 그런 것을 이렇게 몸에다 지니고 다닐 수가 있나요."

하며 그는 그 수형이 든 옷 포켓의 것을 손바닥으로 가만히 어루만져 보았다. 한 장의 종이를 싸고 또 싸고 몇 겹이나 쌌던지 그의 손바닥에는 풍부한 질량의 쾌감이 느껴졌다. 그의 입 안에는 만족과 안심의 미소가 맴돌았다.

카 안은 제법 어두웠다.(그것은 더욱이 창밖이었을는지도 모르니 지금에 그의 세계는 이 차 안이었으므로이다.) 생각 없이 그는 아까 그가 바라보던 젊은 여자의 앉아 있는 곳으로 머리를 돌려 보았다. 그때에 여자는 들었던 얼굴을 놀란 듯이 숙이고는 수건으로 가려 버렸다. 더욱 놀란 것은 그였다.

'흥, 원 도무지 별일이로군!'

그는 군입을 다셔 보았다. 창밖에는 희미한 가운데에도 수없는 전등이 우는 눈으로 보는 별들과도 같이 번쩍이고 있었다.

"서울이 아마 가까운 게로군요?"

"가까운 게 아니라 예가 서울이오."

그는 이 빈약한 창밖 풍경에 놀랐다.

"서울! 서울! 기어코―어디 내 이를 갈고―."

그는 이 '이를 갈고' 소리를 벌써 몇 번이나 하였든지 모른다. 그러나 자기도 또 듣는 사람도 그것이 무슨 뜻인지 어찌하겠다는 소리인지 깨달을 수 없었다. 차 안은 이제 극도로 식어 온 것이었다. 그는 별안간 '시베리아' 철도를 타면 안이 어떠할까 하는 밑도 끝도 없는 생각을 하여 보기도 하였다.

사람들은 모아 부시럭부시럭 일어났다. 그도 얼른 변소에를 안전하도록 다녀온 다음 신사의 조력을 얻어 다나 위의 가방을 내렸다. 그리고 그것을 바른 손아귀에 꽉 쥐고서 내릴 준비를 하였다. 차는 벌써 역구내에 들어왔는지 무수한 검고 무거운 화물차 사이를 서서히 걷고 있는 것이었다.

차는 '칙' 소리를 지르며 졸도할 만치 큰 기적 소리를 한 번 울리고는 '승강장'에 닿았다. 소란한 천지는 시작되었다.

그는 잊어버리지 아니하고 그 여사의 있던 곳을 또 한 번 돌아다보았다. 그러나 그때에는 그 여자는 반대편 문으로 나갔기 때문에 그는 여자의 등과 머리 뒷모양밖에는 볼 수 없었다.

'에, 그러나 도무지―이렇게 기억 안 되는 얼굴은 처음 보겠어. 불완전, 불완전!'

그는 밀려 나가며 이런 생각도 하여 보았다. 그 여자의 잠깐 본 얼굴을 아무리 다시 그의 머릿속에 나타내어 보려 하였으나 종시 정돈되지 아니하는 채 희미하게 맴돌고 있을 뿐이었다. 아픈 다리, 차 안의 추위에 몹시 식은 다리를 이끌고 사람 틈에 그럭저럭 밀려 나가는 그의 머리는 이러한 쓸데없는 초조로 불끈 화가 나서 어지러운 것이었다.

승강대를 내릴 때에는 그는 그 신사 손목을 한번 잡아 보았다. 그러나 그것은 그가 무엇인지 유혹하여지는 것이 있었기 때문이었다. 쥐인이고 보았으나 그는 할 아무 말도 생각나지 아니하였다. 그는 잠깐 머뭇머뭇하였다.

"저 오늘이 며칠입니까?"

"십이월 십이 일."

"십이월 십이 일! 네, 십이월 십이 일!"

신사의 손목을 쥔 채 그는 이렇게 중얼거려 보았다. 순식간에 신사의 모양은 잡다한 사람 속으로 사라졌다.

5회

그는 찾고 또 찾았다. 그러나 누구인지 알지 못할 사람이 그의 손목을 당겨 잡았을 때까지 그는 아무노 찾지는 못하였다 희미한 전등 밑에 우쭐대는 사람들의 얼굴은 한결같이 다 똑같은 것만 같았다. 그는 그의 손목을 잡는 사람의 얼굴을 거의 저절로 내려다보았다. 그러나―눈―코―입―.

'하―두 개의 눈―한 개씩의 코와 입!'

소리 안 나는 웃음을 혼자 웃었다. 눈을 뜬 채!

"× 군, 나를 못 알아보나 × 군!"

한참 동안이나 두 사람의 시선은 그대로 늘어붙은 채 마구 매달려 있었다.

"M 군! 아! 하! 이거 얼마 만이십니까—얼마—. 에, 얼마 만인가—."

그의 눈에는 그대로 눈물이 괴었다.

"M 군! 분명히 M 군이시지요! 그렇지?"

침묵……. 이 부득이한 침묵이 두 사람 사이를 아니 찾아올 수 없었다. 입을 꽉 다문 채 그는 눈물에 흐린 눈으로 M 군의 옷으로 신발로 또 옷으로 이렇게 보기를 오르내리었다. 그의 머리(?)에 가까운 곳에는(?) 이상한 생각(같은 것)이 떠올랐다.

'M 군—그 M 군은 나의 친구였다. 분명히 역시.'

M 군보다 키는 차라리 그가 더 컸다. 그러나 그가 군을 바라보는 것은 분명히 '쳐다보는 것'이었다. 그의 이 모순된 눈에서는 눈물이 그대로 쏟아지기만 하였다—어느 때까지라도—.

군중의 잡답한 조음*은 하나도 그의 귀에 느껴지지 않았던 것은 물론이다—. 그리고 그뿐만 아니라 그의 눈이 초점을 잃어버렸던 것도,

'차라리 아까 그 신사나 따라갈 것을.'

전광 같은 생각이 또 떠올랐다. 그때 그는 그의 귀가 '형님' 소리를 몇 번이나 '들었던 기억'까지 쫓아 버렸다.

'차라리—아—.'

---

* 噪音. 시끄러운 소리.

'이 사람들이 나를 기다렸던가―아―.'

모든 것은 다 간다. 가는 것은 어언간 간 것이다. 그에게 있어도 모든 것은 벌써 다 간 것이었다.

다만, 그러고는 오지 아니하면 아니 될 것이 그 뒤를 이어서 '가기 위하여' 줄 대어 오고 있을 뿐이었다.

'아, 갔구나―. 간 것은 없는 것만도 못한 '없는 것'이다―모든―.'

그는 M 군과 T 씨와 그리고 T 씨의 아들 '업'―이 세 사람의 손목을 번갈아 한 번씩 쥐어 보았다. 어느 것이나 다 뻣뻣하고 핏기 없이 마른 것이었다.

"아우야―T―조카―업―네가 업이지―?"

그들도 그의 눈물을 보았다. 그리고 어두운 낯빛에 아무 말들도 없었다. 간단한 해석을 내린 것이었다.

"바깥에는 눈이 오지?"

"떨어지면 녹고―떨어지면 녹고 그러니까 뭐."

떨어지면 녹고―그에게는 오직 눈만이 그런 것도 아닐 것 같았다―. 그리고 비유할 곳 없는 자기의 몸을 생각하여 보았다.

네 사람은 걷기를 시작하였다―. 어느 틈엔지 그는 업의 손목을 꽉 잡고 있었다.

'네 얼굴이 그렇게 잘생긴 것은 최상의 행복이요 동시에 최하의 불행이다…….'

그는 업의 붉게 익은 두 뺨으로부터 코 밑의 인중을 한참이나 훔쳐보았다. 그곳은 그를 만든 신이 마지막 새끼손가락을 뗀 자리인 것만 같았다.

도영(倒映)되는 가로등과 헤드라이트는 눈물에 젖은 그의 눈 속에 이중적으로 재현되어 있는 것 같았다.

＊ ＊ ＊

T 씨의 집에서 이것저것 맛있는 음식을 시켜다 먹었다. 그 자리에 M 군도 있었던 것은 물론이다. 자리는 어리석기 쉬웠다. 그래 그는 입을 열었다.

"오래간만에 오고 보니―. 그것도 그래―만나고 보면 할 말도 없거든―. 사람이란 도무지 이상한 것이거든―. 얼싸안고 한 두어 시간 뒹굴 것 같지―. 하기야―그렇지만―떡― 당하고 보면 그저 한량없이 반갑다 뿐이지―또 별 무슨―."

자기 말이 자기 눈에 띌 때처럼 싱거운 때는 없다.

그는 이렇게 늘어놓는 동안에 '자기 말이 자기 눈에 띄었'다. 자리는 또 어리석어 갔다.

"이 세상에 벙어리나 귀머거리처럼―어쨌든 그런 병신이 차라리 나을 것이야―."

이런 말을 하고 나서 보니 너무 지나친 말인 것도 같았던 것이 눈에 띄었다. 그는 멈칫했다.

"×군, 말끝에 말이지―. 그래도 눈먼 장님은 아니니까 자네 편지는 자세 보아서 아네. 자네도 인제 고생 끝에 낙이 나느라고―하기는 우리 같은 사람도 자네 덕을 입지 않나! 하…….."

M 군의 이 말끝에 웃음은 너무나 기교적이었다. 차라리 웃을 만하였다.

'웃을 만한 희극.'

그는 누구의 이런 말을 생각하여 보았다. 그러고는 M 군의 이 웃음이 정히 그것에 해당치 않는 것인가도 생각하여 보았다. 그리고 속으로 웃었다.

"형님 언제나 심평*이 필까 '필까' 했더니……. 인제는 나도 기지개 좀 펴겠소―허……."

이렇게도 모든 '웃을 만한 희극'은 자꾸만 일어났다.

"하……! 하……!"

그는 나가는 데 맡겨서 그대로 막 웃어 버렸다. 눈 감고 칼 쌈하는 세 사람처럼 관계도 없는 세 가지 웃음이 서로 어우러져서 스치고 부딪고 맞닥치는 꼴은 '웃을 만한' 희극 중에서도 진기한 광경이었다.

열한 시쯤 하여 M 군은 돌아갔다. 그러고 나서 그는 곧 자리에 쓰러졌다. 곧 깊은 꿈속으로 떨어진 그는 여러 날 만에 극도로 피곤한 그의 몸을 처음으로 편안히 쉬게 하였다.

얼마를 잤는지(그것을 하여사 그에게는 너실 동안빈 필있다.) 귀가 그렇게 간지러웠던 까닭이 무엇이었던가를 찾아보았으나 어두컴컴한 방 안에는 아무것도 집어낼 것이 없었다.

'꿈을 꾸었나―그럼―.'

---

* 셈평. 생활의 형편. '셈평 펴이다'는 관용구로서 '생활이 아쉬움이 없을 정도로 넉넉하여지다.'라는 뜻이다.

꿈이었던가 아니었던가를 생각하여 보는 동안에 그의 의식은 일순간에 명료하여졌다. 따라서 그의 귀도 무엇인가를 구분해 낼 만치 정확히 간지러움을 가만히 느끼고 있었다.

'시계 소리—밤 소리(그런 것이 있다면.)—그리고—그리고—.'

분명히 통소 소리다.

'이럴 내가 아니다.'

그러나 그의 마음은 알 수 없이 감상적으로 변하여 갔다. 무엇이 이렇게 만들까를 생각하여 보았으나 알 수 없었다. 얼마 동안이나 어둠침침한 공간 속에서 초점 잃은 두 눈을 유희시키다가 별안간 그는 '통소의 크기는 얼마나 될까.'를 생각해 보았다. 그의 생각에는 그 통소의 크기는 그가 짚고 다니는 '스틱' 길이만은 할 것 같았다. 그렇지 아니하면 저런 굵은 옅은 소리가 날 수가 없을 것 같았다. 이런 생각을 하여 보고 나서 그는 혼자 웃었다.

'아까 그 신사나 따라갈 것을! 차라리!'

어찌하여 이런 생각이 들까, 그는 몇 번이나 생각하여 보았다. M 군과 T는 나를 얼마나 만가워하여 주었느냐—. 나는 눈물을 흘리기까지 아니하였느냐—. 업의 손목을 잡지 아니하였느냐—. M 군과 T는 나에게 얼마나 큰 기대를 가지고 있지 아니하냐—. 나는—그들을 믿고—오직—이곳에 돌아온 것이 아니냐—.

'아—확실히 그들은 나를 반가워하고 있음에 틀림은 없을까? 나는 지금 어디로 들어가느냐.'

그는 지금 그윽한 곳으로 통하여 있는(그 그윽한 곳에는 행복이 있을지 불행이 있을는지 모른다.) 층계를 한 단 한 단 디디며 올라가고 있는 것만 같다.

그의 가슴은 알지 못할 것으로 꽉 차 있었다. 그것을 그가 의식할 때에 그는 그것이 무엇인가를 황황히 들여다본다. 그때에 그는 이때까지 무엇엔지 꽉 채워져 있는 것 같은 그의 가슴속은 아무것도 없이 텅 빈 것으로 그의 눈앞에 나타난다.

'아무것도 없었구나—역시.'

그가 다시 고개를 들었을 때에는 빈 것으로만 알아졌던 그의 가슴속은 역시 무엇으로인지 차 있는 것을 다시 느껴지는 것이었다.

모든 것이 모순이다. 그러나 모순된 것이 이 세상에 있는 것만큼 모순이라는 것은 진리이다. 모순은 그것이 모순된 것이 아니다. 다만 모순된 모양으로 되어져 있는 진리의 한 형식이다.

'나는 그들을 반가워하여야만 한다—. 나는 그들을 믿어 오지 아니하였느냐? 그렇다. 확실히 나는 그들이 반가웠다 . 이 —나는 그들을 믿어야 한다— 아니나. 나는 벌써 그들을 믿어 온 지 오래다—. 내가 참으로 그들을 반가워하였던가—. 그것도 아니다—. 반갑지 아니하면 아니 될 이 경우에는 반가운 모양 외에 아무런 모든 모양도 나에게—이 경우에—나타날 수는 없다. 어쨌든 반가웠다—.'

시계는 가느단 소리로 네 시를 쳤다. 다음은 다시 끔찍끔찍한 침묵 속에 잠기고 만다. T 씨의 코 고는 소리와 업의 가냘픈 숨소리가 들려올 뿐이다. 그의 귀를 간질이던 통소 소리도 어느 사이엔지 없어졌다.

'혹시 내가 속지나 않은 것일까—. 사람들은 모두 다 서로 속이려고 드는 것이니까. 그러나 설마 그들이—. 나는 그들에게 진심을 바치리라—.'

사람은 속이려 한다. 서로서로—. 그러나 속이려는 자기가 어언간 속고 있는 것을 깨닫지 못하는 것이다. 속이는 것은 쉬운 일이다. 그러나 속는 것은 더 쉬운 일이다. 그 점에 있어 속이는 것이란 어려운 것이다. 사람은 반성한다. 그 반성은 이러한 토대 위에 선 것이므로 그들은 그들이 속이는 것이고 속는 것이고 아무것도 반성치는 못한다.

이때에 그도 확실히 반성하여 보는 것이었다. 그러나 그는 아무것도 반성할 수 없었다.

'나는 아무도 속이지 않는다. 그 대신에 아무도 나를 속일 사람은 없을 것이다.'

그는 '반가워하지 아니하면 안 된다—사랑하지 아니하면 안 된다—믿지 아니하면 안 된다' 등의 '……지 아니하면 안 되'는 의무를 늘 생각하고 있나. 그러나 이 '……지 아니하면 안 된다'라는 것이 도덕상에 있어 어떠한 좌표 위에 놓여 있는 것인가를 생각해 볼 수는 없었다. 따라서 이 그의 소위 '의무'라는 것이 참말 의미의 '죄악'과 얼마나 한 거리에 떨어져 있는 것인가를 생각해 볼 수 없었는 것도 물론이다.

사람은 도덕의 근본성을 고구하기 전에 우선 자기의 일신을 관념 위에 세워 놓고 주위의 사물에 당한다. 그러므로 그들의 최후적 실망과 공허를 어느 때고 반드시 가져온다. 그러나 그것이 왔을 때에 그가 모든 근본 착오를 깨닫는다 하여도 때는 그에게 있어 이미 너무 늦어지고야 말고 하는 것이다.

인류의 역사가 시작될 때부터 사람은 얼마나 오류를 반복하여 왔던가. 이 점에 있어서 인류의 정신적 진보는 실로 가엾을 만치 지지(遲遲)한 것이라고 아니할 수 없다.

'주위를 나의 몸으로써 사랑함으로써 나의 일생을 바치자—.'

그는 이 '사랑'이라는 것을 아무 비판도 없이 실행을 '결정'하여 버리고 말았다.

'그러나 내가 아까 그 신사를 따라갔던들? 나는 속을는지도 모른다. 그러나 반드시 속을 것을 보증할 사람이 또 누구냐—. 그 신사에게 나의 마음과 같은 참마음이 없다는 것을 보증할 사람은 또 누구냐……'

이러한 자기 반역도 그에게 있어서는 관념에 상쇄될 만큼도 없는 극히 소규모의 것이었다. 집을 떠나 천애(天涯)를 떠다닌 저 십여 년, 그는 한 번도 이만큼이라도 깊이 생각해 본 적이 없었다. 그의 머리는 냉수에 낚았나 써낸 것같이 맑고 두명하였다. 모든 것은 이상하였다.

'밤이라는 것은 사람이 생각하여야만 할 시간으로 신이 사람에게 준 것이다.'

그는 새삼스러이 이 밤의 신비를 느꼈다.

'그 여자는 누구며 지금쯤은 어디 가서 무엇을 생각하고는 울고 있을까?'

그의 눈앞에는 그 인상 없는 여자의 얼굴이 희미하게 떠올랐다. 얼굴의 평범이라는 것은 특이(못생긴 편으로라도.)보다 얼마나 못한 것인가를 그는 그 여자의 경우에서 느꼈다.

'그 여자를 따라갔어도.'

이것은 그에게 탈선 같았다. 그리하여 그는 생각하기를 그쳤다. 그는 몸 괴로운 듯이 (사실에) 한 번 자리 속에서 돌아누웠다. 방 안은 여전히 단조로이 시간만 삭이고 있다. 그때 그의 눈은 건너편 벽에 걸린 조그마한 일력 위에 머물렀다.

'DECEMBER 12'

이 숫자는 확실히 그의 일생에 있어서 기념하여도 좋을 만한(그 이상의) 것인 것 같았다.

'무엇하러 내가 여기를 돌아왔나?'

그러나 그곳에는 벌써 그러한 '이유'를 캐어 보아야 할 아무 이유도 없었다. 그는 말 안 듣는 몸을 억지로 가만히 일으켰다. 그리하고는 손을 내밀어 일력의 '12' 쪽을 떼어 냈다.

'벌써 간 지 오래다.'

머리맡에 벗어 놓은 웃옷의 '포켓' 속에서 꺼내어서는 그 일력 쪽을 집어넣었다――. 마치 그는 정신을 잃은 사람이 무의식으로 하는 꼴로――.

천장을 향하여 눈을 꽉 감고 누웠다. 그의 혈관에는 인제 피가 한 방울씩 두 방울씩 돌기를 시작한 것 같았다. 완전히 편안한 상태였다.

주위는 침묵 속에서 단조로운 음악을 연주하고 있는 것 같았다.

'생명은 의지다.'

무의미한 자연 속에 오직 자기의 생명만이 넘치는 힘을 소유한 것 같은 것이 그에게는 퍽 기뻤다. 그때에 퍽 가까운 곳에서 닭이 홰를 '탁탁' 몇 번 겹쳐 치더니 청신한 목소리로 이튿날의 첫 번 울음을 울었다. 그 소리가 그에게는 얼마나 생명의 기쁨과 의지의 힘을 표상하는 것 같았는지 몰랐다. 그는 소리 안 나게 속으로 마음껏 웃었다─.

조금 후에는 아까 그 소리 난 곳보다도 더 가까운 곳에서 더 한층이나 우렁찬 목소리로의 '꼬끼오'가 들려왔다. 그는 더없이 기뻤다. 어찌할 수도 없이 기뻤다. 그가 만일 춤출 수 있었다 하면 그는 반드시 일어나서 춤추었을 것이다. 그는 견딜 수 없었다.

"T─T─집에서 닭을 치나?"

"T─업아─집에서…….”

그러나 아무 대답도 없었다. 다만 T 씨의 코 고는 소리와 업의 가냘픈 숨소리가 전과 조금도 다름없이 계속되고 있을 뿐이었다. 그곳에는 다시 아무 일도 일어나지 아니한 때와 도로 마찬가지로 변하였다 (사실 아무 일이고 일어나지는 않았으니.)

'승리! 승리!'

어언간 그는 또다시 괴로운 꿈속으로 들어가 버렸다─해가 미닫이에 꽤 높았을 때까지─.

* * *

아무리 그는 찾아보았으나 나무도 없는 마른 풀밭에는 천 개나 만 개나 한 모양의 무덤들이 일면으로 널려 있기만 할 뿐이었다. 찾을 수 없으리라는 것을 나서기 전부터도 모르는 것은 아니었다. 그러나 그는 나섰다. 또 찾을 수가 있었대야 아무 소용도 없을 것이었으나 그러나 그의 마음 가운데는 무엇이나 영감이 있을 것만 같았다.

'반가이 맞아 주겠지! 적어도 반갑기는 하겠지!'

지팡이를 쥔 손, 손등은 바람에 터져 새빨간 피가 흘렀으나 손바닥에는 축축이 식은땀이 배었다. 수건을 꺼내어 손바닥을 닦을 때마다 하염없는 눈물에 젖은 눈가와 뺨을 씻는 것도 잊지는 않았다. 눈물은 뺨에 흘러서 그대로 찬 바람에 어는지 싸늘하였다—두 줄기만이 더욱이나—.

"왜 눈물이 흐를까—무엇이 설울까?"

그에게는 다만 찬 바람 때문인 것만 같았다. 바람이 소리 지르며 불 때마다 그의 눈은 더한층이나 젖었다. 키 작은 잔디의 벌판은 소리 날 것도 없이 다만 바람과 바람이 시로 어어 드는 칼날 같은 비명이 있을 뿐이었다.

해가 훨씬 높았을 때까지 그는 그대로 헤매었다. 손바닥의 땀과 눈의 눈물을 한 번씩 더 씻어 낸 다음 그는 아무 데고 그럴 법한 자리에 가 앉았다.

그곳에도 한 개의 큰 무덤과 그 옆에 작은 무덤이 어깨를 마주 댄 것처럼 놓여 있었다. 그는 한참 동안이나 물끄러미 그것을 내려다보았다.

'세상에 또 나와 같은 젊은 아내와 어린 자식을 한꺼번에 갖다 파묻은 사람이 또 있는가 보다.'

그는 그러한 남과 이러한 자기를 비교하여 보았다.

'그러한 사람도 있다면 그 사람도 지금은 나같이 세상을 떠돌아다닐 터이지. 그리고 또 지금쯤은 벌써 그 사람도 죽어 세상에서 없어져 버렸는지도 모르지.'

그는 자기가 지금 무엇하러 이곳에 와 있는지 몰랐다. 반가워하여 주는 사람이 없는 것은 그래도 고사하고라도 그에게 반가운 것의 아무것을 찾을 수도 없다. 그렇게 마른 풀밭에 앉아 있는 그의 모양이 그의 눈으로도 '남이 보이듯이' 보이는 것 같았다.

'가자—가—. 이곳에 오래 있을 필요는 없다—. 아니 처음부터 올 필요도 없다—. 사람은 살아야만 한다—. 그러다가 어느 날이고는 반드시 죽고야 말 것이다—. 그러나 사람은 어디까지라도 살아야만 할 것이다. 죽는 것은 사람의 사는 것을 없이 하는 것이므로 사람에게는 중대한 일이겠다—. 죽는 것— 죽는 것—과연 죽는 것이란 사람이 사는 가운데에는 가장 두려운 것이다—. 그러나—죽는 것은 사는 것의 그 나큰 한 부분이겠으나 그러나 죽는 것은 벌써 사는 것과는 아무 관계도 없는 것이다. 사람은 죽는 것에 철저하여야 할 것이다. 그러나 죽는 것에는 벌써 눈이라도 주어 볼 아무 값도 없어지는 것이다. 죽는 것에 대한 미적지근한 미련은 깨끗이 버리자—. 그리하여 죽는 것에 철저하도록 살아 볼 것이다—.'

인생은 결코 실험이 아니다. 실행이다.

사람은 놀랄 만한 긴장 속에서 일각의 여유조차도 가지지 아니하였다.

'보아라, 이 언덕에 널려 있는 수도 없는 무덤들을. 그들이 대체 무엇이냐, 그것들은 모든 점에 있어서 무(無) 이하의 것이다.'

해는 비칠 땅을 가졌으므로 행복이다. 그러나 땅은 해의 비침을 받는 것만으로는 행복되지 않다. 그곳에 무엇이 있을까?

'보아라, 해의 비침을 받고 있는 저 무덤들은 무엇이 행복되랴──. 해는 무엇이 행복되며!'

그것은 현상이 아니다. 존재도 아니다. 의의 없는 모양(?)이다.(만일 이러한 말이 통할 수 있다면.)

'생성하고 자라나고 살고──. 아──그리하여 해도 땅도 비로소 행복된 것이 아니랴!'

그의 머리 위를 비스듬히 비추고 있는, 그가 사십 년 동안을 낯익게 보아 오던 그 해가 오늘에 있어서는 유달리 숭엄하여 보였고 영광에 빛나는 것만 같았다. 더욱이나 따뜻한 것만 같았고 더우이니 밝은 것만 같았다.

십여 년 전에 M군과 함께 어린 것을 파묻고 힘없는 몸이 다시 집을 향하여 걷던 이 좁고 더러운 길과 그리고 길가의 집들은 오늘 역시 조금도 변한 곳은 없었다.

'사람이란 꽤 우스운 것이야.'

그는 의식 없이 발길을 아무 데로나 죽은 것들을 피하여 옮겼다. 어디를 어느 곳으로 헤맸는지 그가 이 촌락(?)을 들어설

수가 있었을 때에는 세상은 벌써 어둠컴컴한 암흑 속에 잠긴
지 오래였다.

　집에는 피곤한 사람들의 코 고는 무거운 소리가 흐릿한 등
광과 함께 찢어진 들창으로 새어 나왔다. 바람은 더한층이나
불고 그대로 찼다. 다 쓰러져 가는 집들이 작은 키로 늘어선
것은 그곳이 빈민굴인 것을 말하는 것이었다. 그러나 그에게
는 그래도 이곳이 얼마나 '사람 사는 것' 같고 따스해 보이는
지 놀랐다.

* * *

　그는 도무지 그들의 마음을 짐작할 수가 없었다. 어느 때에
는 그에게 무한한 호의를 보여 주는 것같이 하다가도 또 어느
때에는 쓸쓸하기 짝이 없었다. 그는 도무지 갈피를 잡을 수조
차 없었다. 일로 보아 하여간 그들이 그에게 무엇이나 불평이
있는 것만은 분명하였다. 어느 날 밤에 그는 그들을 모두 불렀
다, 이야기라도 같이 하여 보자는 뜻으로,

　"T! 일가 좋으니 나쁘니 하여도 지금 우리에게 누가 있나
다만 우리 두 형제가 있지 않나—. 아주머니(T 씨의 아내를 그
는 이렇게 불렀다.), 그렇지 않소. 또 그리고 업아, 너도 그렇지
아니하냐. 우리 외에 설령 M 군이 있다 하더라도 — 하기야
M 군은 우리들 가족과 마찬가지로 친밀한 사이겠지만 그래
도 M 군은 '남'이 아닌가."

　그는 여기서 말을 뚝 끊고 한 번 그들의 얼굴들을 번갈아 들

여다보았다. 그들의 얼굴에는 기쁜 표정은 없었다. 그러나 적어도 근심스럽거나 어두운 표정은 아니었다. 그리고 그뿐만 아니라 무엇이나 그들은 그에게 요구하고 있는 듯한 빛도 어렴풋이 볼 수 있었다.

"자! 우리 일을 우리끼리 의논하지 아니하고 누구하고 의논하나—나에게는 벌써 먹은 바 생각이 있어! 그것은 내 말 하겠으되—또 자네들에게도 좋은 생각이 있으면 나에게 말 하여 주었으면 좋겠어. 하여간 이 돈은 남의 것이 아닌가. 남의 것을 내가 억지로(?) 얻은 것은—죽은 사람의 뜻을 어기듯 하여 이렇게 내가 차지한 것은 다 우리들도 한번 남부럽지 않게 잘살아 보자는 생각에서 그런 것이 아닌가. 지금 이 돈에 내 것 남의 것이 있을 까닭이 없어. 내 것이라면 제각기 다 내 것이 될 수 있겠고 남의 것이라면 다 각기 누구에게나 남의 것이니깐. 자, 내 눈에 띄지 못한 나에게 대한 불평이 있다든지 또 어떻게 하였으면 좋겠다든가 하는 생각이 있다든지 하거든 우리가 같이 서로 가르쳐 주며 의논하여 보는 것도 좋지 아니한가?"

그는 또 한 번 고개를 돌려 가며 그들의 얼굴빛을 살펴보았다. 그러나 아무 변화도 찾아낼 수 없었다.

"그러면 내가 생각하고 있다는 것을 이야기하여 보자! 내 생각 같아서는—이 돈을 반에 탁 갈라서 자네하고 나하고 반분씩 노놔 갖는 것도 좋을 것 같으나 기실 얼마 되지 않는 것을 또 반에 나누고 말면 더욱이나 적어지겠고 무슨 일을 해 볼 수 없겠고 그럴 것 같아서! 생각다 생각 끝에 나는 이런 생각을 했어!"

그의 얼굴에는 무슨 이야기!? 못할 것을 이야기하는 것 같은 어려운 표정이 보였다.

"즉 반분하고 고만두는 것보다는 그것을 그대로 가지고 같이 무슨 일이고 하여 보자는 말이야. 그러는 데는 우리는 M 군의 힘도 빌 수밖에는 없어. 또 우리 둘의 힘만으로는 된다 하더라도―생각하면 우리는 옛날부터 M 군의 신세를 끔찍이 져 왔으니까, 지금은 거의 가족과 마찬가지로 친밀한 사이가 되어 있지 않은가―. 그러한 사람과 함께 협력해 보는 것도 좋지 아니할까 하는데―또 M 군은 요사이 자네들도 아다시피 매우 곤궁한 속에서 지내고 있지 않은가 말이야―. 하면 여지껏 신세 진 은혜도 갚아 보는 셈으로!"

"M 군은 의사이지. 하기는 나도 그 생각으로 그랬다는 것은 아니로되 어쨌든 의학 공부를 약간 해 둔 경력도 있고 하니―M 군의 명의로 병원을 하나 내는 것이 어떠할까 하는 말이거든!"

그는 이 말을 툭 떨어뜨린 다음 입 안에 모인 굳은 침을 한 모금 꿀떡 삼켰다.

"그야 누구의 이름으로 하든지 상관이야 없겠시만―그래도 M 군은 그 방면에 있어서는 상당히 연조도 있고 또 이름도 있지 않은가―. 즉 그것은 우리의 편리한 점을 취하는 방침상 그러는 것이고―무슨 그 사람이 반드시 전부의 주인이라는 것은 아니거든―. 그래서는 수입이 얼마가 되든지 삼분하여 논키로! ―어떤가? 의향이."

그들의 얼굴에는 여전히 아무 다른 표정도 찾아낼 수는 없었다. 꽉 다물고 있는 그들의 입을 아무리 들여다보아도 열릴 것 같지도 않았다.

"자, 좋으면 좋겠다고, 또 더 좋은 방책이 있으면 그것을 말하여 주게! 불만인가—덜 좋은가?"

방 안은 고요하다. 밖에도 아무 소리도 나지 않았다.—버러지 소리의 한결같은 '리듬' 외에는 방 안은 언제까지라도 침묵이 계속하려고만 들었다.

그날 밤에 그는 밤이 거의 밝도록 잠들지 못하였다. 끝없는 생각의 줄이 뒤를 이어서 새어 나오는 것이었다.

'모든 사람의 일들은 불행이다. 그러나 사람은 사람이 그렇게도 불행하므로 행복된 것이다.'

그에게는 불행의 쾌미(快味)가 알려진 것도 같았다.

'이대로 가자—. 이대로 가는 수밖에는 아무 도리가 없다. 이제부터는 내가 여지껏 찾아 오던 '행복'이라는 것을 찾기도 고만두고 다만 '삶'을 값있게 만들기에만 힘쓰자. 행복이라는 것은 없다—. 있을 가능성이 없는 것이다—. 나는 이 있을 수 없는 것을 여지껏 찾았다. 나는 그릇 '겨냥' 대었다—. 그러므로 나는 확실히 '완전한 인간의 패배자'였다—. 때는 이미 늦은 것 같다. 그러나 또 생각하면 때라는 것이 있을 것 같지도 않다—. 나는 다만 삶에 대한 굳은 의지를 가질 따름이어야만 한다—. 그 삶이라는 것이 싸움과 슬픔과 피로투성이 된 것이라 할지라도—. 그곳에는 불행도 없다—. 다만 힘 세찬 '삶'의 의지가 그냥 그 힘을 내어 휘두르고 있을 따름이다.'

인간은 실로 인간 외에는 아무것도 아니었다. 그들은 얼마나 애를 썼나, 하늘도 쌓아 보고 지옥도 파 보았다. 그리고 신도 조각하여 보았다. 그러나 그들은 땅 이외에 그들의 발 하나를 세울 만한 곳을 찾아내지 못하였고 사람 이외에 그들의 반려도 찾아낼 수 없었다.─그들은 땅 위와 사람들의 얼굴들을 번갈아 바라다보았다. 그러고는 결국 길게 한숨 쉬었다.

'벗도 갈 곳도 없다─. 이 괴로운 몸을 그래도 이 험악한 싸움터에서 질질 끌고 돌아다녀야 할 것인가─. 그밖에 도리가 없다면! 사람아 힘 풀린 다리라도 최후의 힘을 주어 세워 보자. 서로서로 다 같이 또 다 각기 잘 싸우자! 이것이다. 그리고 이것이 있을 따름이고나─.'

그는 그의 몸이 한층이나 더 피곤한 듯이 자리 속에서 한 번 돌쳐 누웠다. 피곤함으로부터 오는 옅은 쾌감이 전신에 한꺼번에 스르르 기어 올라옴을 그는 느낄 수 있었다.

'하여간 나는 우선 T의 집에서 떨어지자. 그것은 내가 T의 집에 머물러 있는 것이 피차에 고통을 가져온다는 이유로부터라느니보다도 그까짓 일로 마음을 귀찮게 굴어 진지한 인간 투쟁을 방해시킬 수는 없다.'

밤이 거의 밝게쯤 되어서야 겨우 그는 최후의 결정을 얻었다. 설령 그가 T 씨의 집을 떠난다 하여도 그는 지금의 형편으로 도저히 혼자 살아갈 수는 없다. 그리하여 그는 M 군과 함께 있기로 결정하였다. 그리고 T 씨가 좋아하든지 말든지 그의 방침대로 병원을 낸 다음 수입은 삼분할 것도 결정하였다.

지금 M 군의 집은 전일의 대가(大家)를 대신하여 눈에 띄지도 아니할 만한 오막살이였다. 모든 것이 결정되는 대로 병원 가까이 좀 큰 집을 하나 산 다음 M 군의 명의로 자기도 M 군의 가족이 될 것도 결정하였다. 또 병원을 신축하기에 넉넉하다면 아주 그 건물 한 모퉁이에다 주택까지 겸할 수 있도록 하여 볼까도 생각하였다. 그러나 그것은 그에게는 될 것 같지도 않게 생각되었다.

* * *

햇해는 왔다. 그의 생활도 한층 새로운 활기를 띠어 오는 것 같았다. 즐겁지도 슬프지도 않은 새해였으나 그에게는 다시 몹시 의미 깊은 새해였던 것만은 사실이었다.

6회

생물은 다 즐거웠다. 적어도 즐거운 것같이 보였다. 그가 봄을 만났을 때 봄을 보았을 때 죽을힘을 다 기울어 가며 긍정히였던 '생'이라는 것에 대한 새로운 회의와 그에 좇는 실망이 그를 찾았다. 진행하며 있는 온갖 물상 가운데에서 그 하나만이 뒤에 떨어져 남아 있는 것만 같았다. '벌써 도태되었을' 그를 생각하고 법칙이라는 것의 때로의 기발한 예외를 자신에서 느꼈다. 그러나 그에게는 아직도 여력이 있었다. 긍정에서 부정에 항거하는 투쟁 — 최후의 피투성이의 일전이 남아 있

었다. 그것은 '용납되지 않는 애(愛)', '눈먼 애'—그것을 조
건 없이 세상에 헌상하는 그것이었다.

인간 낙선자(落選者)의 힘은 오히려 클 때도 있다. 봄을 보
았을 때, 지상에 엉키는 생을 보았을 때, 증대되는 자아 이외
의 열락을 보았을 때 찾아오는 자살적 절망에 충돌당하였을
때 그래도 그는 의연히 차라리 더한층 생에 대한 살인적 집착
과 살신성인적 애(愛)를 지불하는 데 용감하였다. 봄을 아니
볼 수 없이 볼 수밖에 없었을 때 그는 자신을 혜성이라 생각하
여도 보았다. 그러나 그가 혜성이기에는 너무나 광채가 없었
고 너무나 무능하였다. 다시 한 번 자신을 일 평범 이하의 인
간에 내려뜨려 보았을 때 그가 그렇기는 너무나 열락과 안정
이 없었다. 이 중간적(실로 아무것도 아닌) 불만은 더욱이나 그
를 광란에 가깝게 심술 내도록 하는 것이었다.

* * *

T 씨에 대한 그의 관심은 그가 그의 생에 대한 신조의 안으
로 깊이 늘어가면 늘어살수록 거 사기만 하는 것이었다. 그 원
인이 어느 곳에 있는지는 하여간 그가 T 씨의 집을 나온 것은
한낱 도의적으로만 생각할 때는 한 '잘못'이라고도 할 수 있겠
으나 그의 그러한 결정적 일이 동인(動因)에 있어서는 추호의
'잘못'도 섞이지 아니하였다는 것은 그가 변명할 수 있을 뿐
만 아니라 나아가 역설할 수까지 있는 것이었다. 그의 인상이
몹시 나빠서 그랬던지 M 군의 가족으로부터도 그는 환영받지

못하였을 뿐만 아니라 M 군의 어린아이들까지도 딸지는 않았다. 그러나 그는 그 때문에 자신의 불복을 느끼거나 혹은 M 군의 집을 떠날 생각이나 다시 T 씨의 집으로 들어갈 생각 같은 것은 하지도 아니하였다. 그까짓 것들은 그에게 있어 별로 문제 안 되는, 자기는 그 이상 더 크나큰 문제에 조우하여 있는 것으로만 여겼다. 밤이면 밤마다 자신의 실추된 인생을 명상하고 멀지 아니한 병원을 아침마다 또 저녁마다 오고 가는 것이 어찌 그다지 단조할 것 같았으나 그에게 있어서는 실로 긴장 그것이었다. 언제나 저는 다리를 이끌고서 홀로 그 길과 그 길을 오르내리는 것은 부근 사람들에게 한 철학적 인상까지 주는 것 같았다. 그러나 누구 하나 그에게 말 한마디나 한 번의 주의를 베풀어 보려는 사람은 없었다.

그는 그러한 똑같은 모양으로 가끔 T 씨의 집을 방문한다. 그것은 대개는 밤이었다. 그가 넉 달 동안 T 씨의 문지방을 넘어 다녔으나 T 씨를 설복할 수는 없었다.

"오너라, 같이 가자!"

"형님에게 신세 끼치고 싶지 않소."

그들의 회화는 일상에 이렇게 긴단하였다. 그러고는 그 뒤에 반드시 길다란 침묵이 끝까지 끼어들고 말고는 하였다. 때로는 그가 눈물까지 흘려 가며 T 씨의 소매에 매달려 보았으나 T 씨의 따뜻한 대답을 얻어 들을 수는 없었다.

* * *

늦은 봄의 저녁은 어지러웠다. 인간과 온갖 물상과 그리고 그런 것들 사이에 끼어들어 있는 공기까지도 느른한 난무를 하고 싶은 대로 하고 있는 것만 같았다. 젖빛 하늘은 달을 중심으로 하여 타기만만(惰氣滿滿)*한 폭죽을 계속하여 방사하고 있으며 마비된 것 같은 별들은 조잡한 회화(會話)를 계속하고 있는 것 같았다. 온갖 것들은 한참 동안의 광란에 지쳐서 고요하다. 그러나 대지는 넘치는 자기 열락을 이기지 못하여 몸 비트는 것같이 저음의 아우성 소리를 그대로 단조로이 헤뜨리고만 있는 것도 같았다. 그 속에 지팡이를 의지하여 T 씨의 집으로 걸어가는 그의 모양은 전연히 세계에 존재할 만한 것이 아닌 만치 타계에서 꾸어 온 괴존재와도 같았다. 물론 그 자신은 그런 것을 인식할 수 없었으나(또 없었어야 할 것이다. 만일 그가 그런 것을 인식할 수 있었던들 그가 첫째 그대로 살아 있을 수가 없는 것이니까.) 때로 맹렬한 기세로 그의 가슴을 습격하는 치명적 적요는 반드시 그것을 상증한 것이거나 적어도 그런 것에 원인 뇌는 것이었다. 보는 것와 듣는 깃과 그리고 생각하는 것에 피곤한 그의 이마 위에는 그의 마음과 살을 한데 쥐어짜 내어놓은 것과도 같은 무색투명의 땀이 몇 방울인가 엉키었다. 그는 보기 싫게 절며 움직이는 다리를 잠시 동안 멈추고 땀을 씻어 가며 '후—' 한숨을 쉬었다.

---

* 게으름이 가득하다.

'아 — 인생은 극도로 피로하였다.'

T 씨의 문지방을 그는 그날 밤에 또한 넘어섰다. 그러고는 세상의 모든 것을 다 사양하는 듯한 옅은 목소리로

"업이야 — 업이야."를 불렀다.

T 씨는 아직 일터에서 돌아오지 아니하였다. 업이도 어디를 나갔는지 보이지 아니하였다. T 씨의 아내만이 희미한 불 밑에서 헐어 빠진 옷자락을 주무르고 앉아 있었다. 편리하지 아니한 침묵이 어디까지라도 두 사람의 사이에 심연을 지었다. 그는 생각과 생각 끝에 준비하였던 주머니의 돈을 꺼내어 T 씨의 아내 앞에 놓았다.

"자 — 그만하면 — 그만큼이나 하였으면 나의 정성을 생각해 주실 게요 — . 자 — ."

몇 번이었던가 이러한 그의 피와 정성을 한데 뭉치어(그 정성은 오로지 T 씨 한 사람에 향하여 바치는 정성이었다느니보다도 그가 인간 전체에게 눈물로 헌상하는 과연 살신적 정성이었다.) T 씨들의 앞에 드린 이 돈이 그의 손으로 다시금 쫓겨 돌아온 것이 헤아려서 몇 번이었던가. 그 여러 번 가운데 T 씨들이 그것을 반기만이라도 한 일이 단 한 번이라도 있었던가. 그러나 참으로 개와 같이 충실한 그는 이것을 바치기를 잊어버리지는 아니하였다. 일어나는 반감의 힘보다도 자기의 마음이 부족하였음과 수만의 무능하였음을 회오하는 힘이 도리어 더 컸던 것이다.

T 씨의 아내는 주무르던 옷자락을 한편에 놓고 핏기 없는 두 팔을 아래로 축 처뜨리었다. 그러나 입은 열릴 것 같기도

하면서 한마디의 말은 없었다.

"자—그만하였으면—자—."

두 사람의 고개는 말 없는 사이에 수그러졌다. 그의 눈에서 굵다란 눈물이 더 뚝뚝 떨어졌을 때에 T 씨의 아내의 눈에서도 그만 못지아니한 눈물이 흘렀다. 대기는 여전히 단조로이 울었다.

"자—그만하면—."

"네—"

그대로 계속되는 침묵이 그들의 주위의 모든 것을 점령하였다.

* * *

그가 일어서자 T 씨가 들어왔다. 그는 나가려던 발길을 멈칫하였다. 형제의 시선은 마주친 채 잠시 동안 계속하였다. 그 사이에 그는 T 씨의 안면 전체에서부터 퍼져 나오는 강한 술의 취기를 인식할 수 있었다.

"T! 내 미음이 그르지 않은 것을 알아다 !!"

"하…… 하……."

T 씨는 그대로 얼마든지 웃고만 서 있었다. 몸의 땀내와 입의 술내를 맡을 수 없이 퍼뜨리면서!

"T야…… 네가 내 말을 이렇게나 안 들을 것은 무엇이냐? T! 나의……."

"자, 이것을 좀 보시오! 형님! 이 팔뚝을!"

"본다면!"

"아직도 내 팔로 내가…… 하…… 굶어 죽을까 봐 그리 근심이오? 하…….'"

T 씨가 팔뚝을 걷어든 채 그의 얼굴을 뚫어질 듯이 들여다볼 때 그의 고개는 아니 수그러질 수 없었다.

"T─나는 지금 집으로 도로 가는 길이다─. 어쨌든 오늘 저녁에라도 좀 더 깊이 생각하여 보아라."

아직도 초저녁 거리로 그가 나섰을 때에 그는 T 씨의 아직도 선웃음 소리를 그의 뒤에서 들을 수 있었다. 걷는 사이에 그는 무엇인가 이제껏 걸어오던 길에서 어떤 다른 터진 길로 나올 수 있었던 것과 같은 감을 느꼈다. 그러나 또한 생각하여 보면 그가 새로 나온 그 터진 길이라는 것도 종래의 길과는 그다지 다름없는 협착하고 괴벽한 길이라는 것 같은 느낌도 느껴졌다.

* * *

C라는 간호부에게 대하여 그는 처음부터 적지 않게 마음을 이끌려 왔다. 그가 C 간호부에게 대하여 소위 호기심이라는 것은 결코 이성적 그 어떤 것이 아닐 것은 말할 것도 없다. 그가 C 간호부의 얼굴을 마주할 때마다 그는 이상한 기분이 날 적도 있었다.

'도무지 어디서─본 듯해─.'

C는 일상 그와 가까이 있었다. 일상에 말이 없이 침울한 기

분의 여자였다. 언제나 축축이 젖은 것 같은 눈이 아래로 깔려서는 무엇인가 깊은 명상에 잠겨 있었다. 그러다가는 묵묵히 잡고만 있던 일거리도 한데로 제쳐 놓고는 곱게 살 속으로 분이 스며 들어간 얼굴을 두 손으로 가리우고는 그대로 고개를 숙여 버리고는 하는 것이다. 더욱 그 두 손으로 얼굴을 가리울 때,

'어디서 본 듯해─도무지.'

생각날 듯 날 듯하면서도 종시 그에게는 생각나지 아니하였다. 다른 사람들에게 생소한 C가 그에게 많은 친밀의 뜻을 보여 주고 있는 것도 같았으나 각별히 간절한 회화 한 번이라도 바꾸어 본 일은 없다. 늘 그의 앞에서 가장 종순하고 머리 숙이고 일하고 있었다.

첫여름의 낮은 땅 위의 초목들까지도 피곤의 빛을 보이고 있었다. 창밖으로 내려다보이는 종횡으로 불규칙하게 얽힌 길들은 축축한 생기라고는 조금도 찾아볼 수는 없고 메마른 먼지가 '포플러' 머리의 흔들릴 적마다 일고 일고 하는 것이 마치 극도로 쇠약한 병자가 병상 위에서 가끔 토하는 습기 없는 입김과도 같이 보였다. 고색창연한 낡은 도시의 부정건한 건축물 사이에 소밀도(疎密度)로 끼어 있는 공기까지도 졸음 졸고 있는 것같이 병하니 보였다. C는 건너편 책상에 의지하여 무슨 책인지 열심히 읽고 있었다. 그는 신문 조각을 뒤적거리다 급기 졸고 앉아 있었다. 피곤해 빠진 인생을 생각할 때 그의 졸음 조는 것도 당연한 일이었다.

"선생님! 졸으십니까? 아─저도!"

그 목소리도 역시 피곤한 한 인생의 졸음 조는 목소리에 지나지 않았다.

"선생님! 선생님! 선생님! 선생님!"

최면술사가 어슴푸레한 푸른 전등 밑에서 한 사람에게 무슨 한마디고를 무한히 시진*하도록 '리피트'**시키고 있는 것과도 같이 꿈속같이 고요하고 어슴푸레하였다.

"선생님! 선생님! 저도 한때는 신이라는 것을 믿었던 일이 있답니다!"

"……."

"선생님 신은 있는 것입니까? 있을 수 있는 것입니까? 있어도 관계치 않는 것입니까?"

"흥…… C 씨! 소설에 그런 말이 있습니까?"

"여기서도! 그들은 신을 믿으려고 애를 쓰고 있습니다그려! 한때의 저와 같이!"

"……."

또한 졸음 조는 것 같은 침묵이 그사이에 한참이나 놓여 있었다. '앵도 저리 버찌ㅡ.' 어린 장사의 목소리가 자꾸만 그들이 쉬려는 귀를 귀찮게 굴고 있었나.

"선생님! 저를 선생님의 곁에다ㅡ제가 있고 싶어하는 때까지 두어 주시지요."

"그것은? 그러면? 그렇다면?"

---

* 澌盡. 기운이 쑥 빠지다.

** repeat. 반복.

"선생님! 선생님은 저를 전연 모르셔도 저는 선생님을 잘 알고 있습니다."

그의 들려는 잠은 일시에 냉수 끼얹은 것같이 깨어 버리고 말았다.

"즉! 안다면?"

"선생님! 팔 년!—어쨌든 그전—명고옥의 생활을 기억하십니까?"

"명고옥?—하—명고옥?"

"선생님! 제가—죽은 ××의 아우올습니다."

"응! ××? 그—아!"

고향을 떠나 두 형매(兄妹)는 오랫동안 유랑의 생활을 계속하였다. 죽음으로만 다가가는 그들을 찾아오는 극도의 곤궁은 과연 그들에게는 차라리 죽음만 같지 못한 바른 삶이었다. 차차 움 돋기 시작하는 세상에 대한 조소와 증오는 드디어 그들의 인간성까지도 변형시켜 놓지 않고는 마지아니하였다. ××는 그의 본명은 아니었다. 그가 이십이 조금 넘었을 때 그는 극도의 주림을 이기지 못하여 남의 대야 한 개를 훔친 일이 있었다. 물론 일순간 후에는 부끄러움의 참회의 눈물을 흘렸으나 한 번 엎질러 놓은 물은 다시 어찌할 수도 없었다. 첫째로 법의 눈을 피한다느니보다도 여지껏의 자기를 깨끗이 장사 지낸다는 의미 아래에서 자기의 본명을 버린 다음 지금의 ××라는 이름을 가지게 된 것이다. 청정된 새로운 생활을 영위하여 나아가기 위하여 어린 누이의 C를 이끌고 그의 발길이 돌아 들어선다는 곳이 곧 명고옥—×—그냥 삼 년 외국 생활을 겪어 보던 그 식당이었다. 우연한 인연으로 만난 이 두 신생에 발길 들여놓은 인간들은 곧 가장 친밀한 우인이 되었었다.

"참회! 자기가 자기의 과거에 대하여 참으로 참회의 눈물을 흘렸다 하면 그는 그의 지은 죄에 대하여 속죄받을 수 있을까?"

그는 ××로부터 일상에 이러한 말을 침울한 얼굴을 하고는 하는 것을 들었다.

"만인의 신은 없다. 그러나 자기의 신은 있다."

그는 늘 이러한 대답을 하여 왔었다.

"지금이라도 내가 그 대야를 가지고 그 주인 앞에 엎드려 울며 사죄한다면 그 주인은 나를 용서할 것인가? 신까지도 나를 용서할 것인가."

어느 밤에 ××는 자기가 도적하였다는 것과 같은 모양이라는 대야를 한 개 사 가지고 돌아온 일까지도 있었다. ××의 얼굴에는 취소할 수 없는 어두운 구름이 가득히 끼어 있는 것을 그는 볼 수 있었다.

"아무리 생각하여도   이 성저를 두고누고 싫는 것보다는— ××! 내일은 내가 그 주인을 찾아가겠소. 그리고 그 앞에서 울어 보겠소."

그는 죽을힘을 다하여 ××를 말렸다.

"이왕 이처럼 새로운 생활을 하기 시작하여 놓은 이상 이렇게 하는 것은 자기를 옛날 그 죄악의 속으로 다시 돌려보내는 것이 되지 않을까? 참회가 있는 사람에게는 그 순간에 벌써 모든 것으로부터 용서받았어! 지난날을 추억하느니보다는 새 생활을 근심할 것이야!"

××의 친구 중에 A라는 대학생이 있었다. C는 A에게 부탁되어 있었다. A는 아직도 나 어린 C였으나 은근히 장래의 자기의 아내 만들 것까지도 생각하고 있었다. C도 A를 극히 따르고 존경하여 인류의 깊은 정의를 맺고 있었다.

늦은 가을 하늘이 맑게 개인 어느 날 ××와 A는 엽총을 어깨에 —즐거운 수렵의 하루를 어느 깊은 산중에서 같이 보내게 되었다. 운명은 악희라고만은 보아 버릴 수 없는 악희를 감히 시작하였으니 A의 겨냥 댄 탄환은 ××의 급처에 명중하고 말았다. 모든 일은 꿈이 아니었다. 기막힌 현실일 뿐이랴! 어떻게 할 수도 없는 엄연한 과거였다. A는 며칠의 유치장 생활을 한 다음 머리 깎은 채 어디론지 종적을 감춘 후 이 세상에서 그의 소식을 아는 사람은 한 사람도 없게 그의 자취는 이 세상에서 사라져 버리고 말았다. 일시에 두 사람을 잃어버린 C는 A가 우편으로 보내 준 얼마의 돈을 수중에 한 다음 그대로 넓은 벌판에 발길 들어놓았다.

"그동안 칠 년, 팔 년의 저의 삶에 대하여서 어떤 구여운 이야기할 수 있겠습니까?"

이곳까지 이야기한 C의 눈에는 몇 방울의 눈물이 분 먹은 뺨에 가느다란 두 줄의 길을 내어 놓고까지 있었다.

"제가 선생님을 뵈옵기는 오라버님을 뵈오러 갔을 때 몇 번밖에는 없었습니다—. 그러나 제가 생각해도 이상히 선생님의 얼굴만은 저의 기억에 가장 인상 깊은 그이였나 보아요!"

이곳까지 들은 그는 여지껏 꼼짝할 수도 없이 막혔던 그의
호흡을 비로소 회복한 듯이 길다란 심호흡을 한 번 쉬었다.

"C 씨—그래 그 A 씨는 그 후 한 번도 만나지 못하셨소?"

"선생님! 제가 누가 있겠습니까? 이렇게 천하를 헤매는 것
도 A 씨를 찾아보겠다는 일념입니다—. A 씨는 벌써 죽었는
지도 모릅니다—. 다행히 오늘—돌아가신 오라버님의 기
념처럼 ×선생님을 이렇게 만나 모시게 되니—선생님이 아
무쪼록 죽은 오라버님을 생각하시고 저를 선생님 곁에 제
가 싫증 나는 날까지 두어 두세요. 제가 싫증이 났을 때에는
또—선생님, 가엾은 이 새를 저 가고 싶은 대로 가게 내버려
두어 두세요. 저는⋯⋯."

수그러지는 고개에 두 손이 올라가 가리워질 때에,

'도무지 어디서 본 듯해!'

그 기억은 아무리 생각하여도 명고옥에서의 기억은 아니었
고 분명히 다른 어느 곳에서의 기억에 틀림없는 것이었다. 그
러나 종시 그의 기억에 떠올라 오지는 아니하였다.

"선생님! A 씨나 오라버님이나—그들을 위하여서라도 저
는 죽을힘을 다하여 신을 믿어 보려고 하였습니다. 그러나 지
금은 신의 존재커녕은 신의 존재의 가능성까지도 의심합니
다."

"만인을 위한 신은 없습니다. 그러나 자기 한 사람의 신은
누구나 있습니다."

창밖의 길 먼지 속에서는 구세군 행려도(行旅徒)의 복음과
찬미가 소리가 가장 저음으로 들려왔다.

* * *

　사람들은 놀래어 T 씨를 둘러쌌다. 그리고 떠들었다. 인사불성 된 T 씨의 어깨와 팔 사이로는 붉은 선혈이 옷 바깥으로 배어 흘러 떨어지고 있었다.

　"이 사람 형님이 병원을 한답디다."

　"어딘고? 누구 아는 사람 있나."

　"내 알아—어쨌든 메고를 갑시다."

　폭양은 대지를 그대로 불살라 버릴 듯이 내리쬐고 있었다. 목쉰 지경노래*와 목도소리**가 무르녹은 크나큰 공사장 한 귀퉁이에서는 자그마한 소동이 일어났었다. 그러나 잠시 후에는 '그까짓 것이 다 무엇이냐.'는 듯이 도로 전 모양으로 돌아가 버렸다.

* * *

　T 씨는 서의 일주야 만에야 의식이 회복되었다. 상처는 그다지 큰 것이 아니었으나 높은 곳에서 떨어지느라고 몹시 놀란 것인 듯하였다. T 씨의 아내는 곧 달려와서 마음껏 간호하였다. 그러나 업의 자태는 나타나지 아니하였다. 그가 T 씨의 병실 문을 열었을 때 T 씨 부부의 무슨 이야기 소리를 들었다.

---

* 지정(地釘)노래. 터를 다지면서 인부들이 부르는 노래.
** 무거운 물건이나 돌덩이를 밧줄로 얽어 어깨에 메고 옮기며 하는 소리. 두 명, 네 명, 여덟 명이 짝이 되어 맞메고, 소리를 하며 발을 맞추어 간다.

그러나 그의 얼굴을 보자마자 곧 그쳐 버린 듯한 표정을 그는 읽을 수 있었다. T 씨의 아내의 아래로 숙인 근심스러운 얼굴에는 '적빈' 두 글자가 새긴 듯이 뚜렷이 나타나 있었다.

"T야! 상처는 대단치 않으니 편안히 누워 있어라. 다—, 염려는 말고—."

"……."

그는 자기 방에서 또 무엇인가 깊이 깊은 것을 생각하고 있었다.

그 생각하고 있는 자기조차 무엇을 생각하고 있는지 모를 만큼 그의 두뇌는 혼란—쇠약하였다.

'아—극도로 피곤한 인생이여!'

세상에 바치려는 자기의 '몫'의 가는 곳—혹 이제는 이 몫을 비록 세상이 받아라도 하여 주는 때가 돌아왔나 보다—하는 생각도 떠올랐다. 험상스러운 손가락 사이에 끼어 단조로운 곡선으로 피어 올라가고 있는 담배 연기와도 같이 그의 피곤해 빠진 뇌수에서도 피비린내 나는 흑색의 연기가 엉거 올라오는 것 같았다.

'오냐, 만인을 위한 신이야 없을망정 자기 하나를 위한 신이 왜—없겠느냐?'

그의 손은 책상 위의 신문을 집었다. 그리고 그의 눈은 무의식적으로 지면 위의 활자를 읽어 내려가고 있는 것이었다.

'교회당에 방화! 범인은 진실한 신자!'

그의 가슴에서는 맺혔던 화산이 소리 없이 분화하기 시작하였다. 그러나 그는 아무 뜨거운 느낌도 느낄 수는 없었다.

다만 무엇인가 변형된(혹은 사각형의) 태양이 적갈색의 광선을 방사하며 붕괴되어 가는 역사의 때아닌 여명을 고하는 것을 그는 볼 수 있는 것도 같았다—.

* * *

T 씨는 저녁때 드디어 병원을 나서서 그의 집으로 돌아갔다. T 씨의 아내만이 변명 못할 신세의 눈초리를 그에게 보여 주며 쓸쓸히 T 씨의 인력거 뒤를 따라갔다. 그는 모든 것을 이해하여 버렸다.

"T야—T야—."

그는 그 뒤의 말을 이을 수 있는 단어를 찾아낼 수 없었다. T 씨의 얼굴에는 전연 표정이 없었다. 그저 병원을, 의식이 회복되자 형의 병원인 줄을 알은 다음에 있을 곳이 아니니까 나간다는 그것이었다. 세상 사람들은 그를 비웃기도 하였고 욕하는 이까지도 있었다.

"그 형인지 무엇인지 전 구두쇤가 봅디다."

"이 염천에 먹고사는 것은 고사하고 하루 십에서 아무리 한대야 상처가 낫기는 좀 어려울걸!"

그의 귀는 이러한 말들에 귀머거리였다.

"그저 그렇게 내보내면 어떻게 사노? 굶어 죽지."

그 뒤로도 그의 발길이 T 씨의 집 문지방을 아니 넘어선 날은 없었다. 또 수입의 삼분의 일을 여전히 T 씨의 아내에게 전하는 것도 게을리하지는 아니하였다. 뿐만 아니라 다른 의사를 대게 하여(그와 M 군은 T 씨로부터 거절하였으므로.) 치료는 나날이 쾌유의 쪽으로 진섭*되어 가고 있었다.

수입의 삼분의 일이 무조건으로 T 씨의 손으로 돌아가는 데 대하여 M 군은 적지 않게 불평을 가졌다. 그러나 물론 M 군이 그러한 불평을 입 밖에 낼 리는 없었다. 그가 또한 이러한 것을 눈치 못 챌 리는 없었다. 그러나 그 역시 어찌할 수도 없는 일이었다. 어떤 때에는 이러한 것을 터놓고 M 군의 앞에 하소하여 볼까도 한 적까지 있었으나 그러지 못한 채로 세월에게 질질 끌려가고 있었다.

'다달이 나는 분명히 T의 아내에게 그것을 전하여 주었거늘! 그것이 다시 돌아오지 아니하기 시작한 지가 이미 오래거든―. 그러면 분명히 T는 그것을 자기 손에 다달이 넣고 써 왔을 것을―T의 태도는 너무 과하다―. 극하다―.'

그는 더 참을 수 없는 것을 느꼈다. 그러나 더 참을 수 없는 것을 참아 넘기는 것이 그가 세상에 바치고자 하는 그의 참마음이라는 것을 깊이 자신하고 모든 유지되어 오던 현상을 게을리 아니할 뿐 아니라 한층 더 부지런히 하였다.

* * *

오늘도 또한 그의 절름발이의 발길은 T 씨의 집 문지방을

---

* 診攝. 병의 진료와 섭생.

넘어섰다. T 씨의 아내만이 만면한 수색*으로 그를 대하여 주었다. 물론 이야기 있을 까닭이 없었다. 비스듬히 열린 어두컴컴한 방문 속에서는 T 씨의 앓는 소리 섞인 코 고는 소리가 들렸다.

 "좀 어떤가요?"

 "차차 나아 가는 것 같습니다."

 "의사는?"

 "다녀갔습니다…….."

 "무어라고 그럽니까요?"

 "염려할 것 없다고…….."

 그만하여도 그의 마음은 기뻤다. 마루 끝에 걸터앉아 이마에 맺힌 땀에 씻으려 할 때 그의 머리 위 하늘은 시커멓게 흐려 들어오고 있었다. 그런가 보다 하는 사이에 주먹 같은 빗방울이 마당의 마른 먼지를 폭발시키기 시작하였다. 서늘한 바람이 한 번 획 불어 스치더니 지구를 싸고 있는 대기는 별안간 완연 전쟁을 일으킨 것 같았다. T 씨의 초가 지붕에서는 물이라고 생각힐 수도 없는 더러운 액체가 줄줄 쏟아지기 시작하었다. 그는 고개를 늘어 하늘을 처다보았나. 그지 무한치 겁기만 하였다. 다만 가끔 번쩍거리는 번개가 푸른 빛의 절선(折線)을 큰 소리와 함께 그리고 있을 뿐이었다. 세상 사람들에게 이 기다리고 기다리던 비가 얼마나 새롭고 감사의 것일 것이었으랴마는——그에게는 다만 그의 눈과 귀에 감각되는 한

---

* 愁色. 걱정과 근심이 서린 표정.

현상에 지나지 않는 것이었다. 새로울 것도 감사할 것도 아무 것도 없었다. 피곤한 인생 —그는 얼마 동안이나 멀거니 앉아 있다가 정말 인간들이 내다 버린 것 모양으로 앉아 있는 T 씨의 앞에 예의 것을 내밀었다. T 씨의 아내는 그저 고개를 숙였을 뿐이었고 여전히 아무 말도 없었다. 그는 또 거북한 기분 속에서 벗어나려고

"업이는 어딜 갔나요? 요새는 도무지 볼 수가 없으니 —. 더러 들어앉아서 T 간병도 좀 하고 하지……."

"벌써 나간 지가 닷새 —도무지 말을 할 수도 없고……."

"왜 말을 못하시나요?"

"……."

우연한 회화의 한 토막이 그에게 적지 아니한 의아의 파문을 일으켰다.(속으로는 분하였다.)

"에 —못된 자식 —. 애비가 죽어 드러누웠는데."

그는 비 오는 속으로 그대로 나섰다. 머리 위에는 우레와 번개가 여전히 끊이지 아니하고 일었다.

'신은 이제 나를 징벌하려 드는 것인가……'

'나는 죄가 없다 —. 자 —내가 무슨 죄가 있는가 좀 보아라 —. 나는 죄가 없다!'

그는 자기의 선인임을 나아가 역설하기에는 너무나 약한 인간이었다. 자기의 오직 죄 없음을 죽어 가며 변명하는 데 그칠 줄밖에 몰랐다.

'만인의 신! 나의 신! 아! 무죄!'

모든 것은 걷잡을 수 없이 뒤죽박죽이었다. 자동차의 헤드

라이트가 빗속에서 번개와 어우러져서 번쩍였다.

7회

그것이 벌써 찌는 듯한 여름 어느 날의 일이었다면 세월은 과연 빠른 것이다. 축 늘어진 나뭇잎에는 윤택이랄 것이 없었다. 영원히 윤택이 나지 못할 투명한 수증기가 세계에 차 있는 것 같았다.

꼬박꼬박 오는 졸음을 참을 수 없어 그는 창밖을 바라보았다. 사람들은 여전히 무거운 발길을 옮겨 놓으며 있었다. 서로 만나는 사람은 담화를 하는 것도 같았다. 장사도 지나갔다. 무엇이라고 소리 높이 외쳤을 것이다. 그러나 모든 사람들은 입만 뻥긋거리는 데에 그치는 것같이 소리 나지 아니하였다. '고요한 담화인가?' 그에게는 그렇게 생각이 되었다. 벽돌집의 한 덩어리는 구름이 해를 가렸다 터놓을 때마다 흐렸다 개였나 하였다. 그러나 그것도 지극히 고요한 이동이었다. 그의 윗눈썹은 차차 무게를 늘리는 것 같았다. 얼마 가시 아니하여서는 아랫눈썹 위에 가만히 얹혔다. 공기가 겨우 통할 만한 작은 그 틈에서는 참을 수 없는 졸음이—그것도 소리 없이—새어 나왔다.

병원은 호흡을…… 불규칙한 호흡을 무겁게 계속하고 있었다. 그 불규칙한 호흡은 그의 졸음에 혼화되어 적이 얼마간 규칙적인 것같이 보였다.

어린아이 울음소리가 아래층에서 들렸다. 그러나 그것도 그의 엿가락처럼 늘어진 졸음의 줄을 건드려 볼 수도 없었다. 한 번 지나가는 바람과 같았다. 그 뒤에는 또 피곤한 그의 졸음이 그대로 계속되어 갔을 뿐이다.

그가 있는 방 '도어'가 이상한 음향을 내며 가만히 열렸다. 둔한 '슬리퍼' 소리가 둘, 셋, 넷 하고 하나가 끝나기 전에 또 하나가 났다. 저절로 돌아가는 '도어'의 경첩은 '도어'를 '도어' 틀 틈 사이에 무거운 짐을 내려놓는 모양으로 갖다 끼웠다. 그러고는 가느다란 숨소리 ─ 혹 전연 침묵이었는지도 모를 ─ 남아날 듯한 비중(比重) 늘은 공기가 실내에 속도 더딘 파도를 장난하고 있었다.

일 분 ─ 이 분 ─ 삼 분…….

"선생님! 선생님! 주무세요? 선생님……."

C 간호부는 몇 번이나 그의 어깨를 흔들어 보았다. 그의 어깨에 닿은 C 간호부의 손은 젊디젊은 것이었다. 그는 쾌감 있는 탄력을 느꼈는지도 모른다. 그러나 그것은 그 때문에 더욱이나 졸음은 두께 두꺼운 것이 되어 갔다.

"선생님! 잠에 취하셨세요? 선생님!"

구르마바퀴* 도는 소리 ─ 매미 잡으러 몰려다니는 아이들의 소리 ─ 이런 것들은 아직도 그대로 그의 귓바퀴에 붙어 남아 있어서 손으로 몰래 훑으면 우수수 떨어질 것도 같았다. 그렇게 그의 잠! 졸음은 졸음 그것만으로 단순한 것이었다.

---

* 수레바퀴.

장주(壯周)의 꿈과 같이 ─ 눈을 비벼 보았을 때 머리는 무겁고 무엇인가 어둡기가 짝이 없는 것이었다. 그 짧은 동안에 지나간 그의 반생의 축도를 그는 졸음 속에서도 피곤한 날개로 한번 휘거쳐 날아 보았는지도 몰랐다. 꿈을 기억할 수는 없었으나 꿈을 꾸었는지도 혹은 안 꾸었는지도 그것까지도 알 수는 없었다. 그는 어딘가 풍경 없는 세계에 가서 실컷 울다 그 울음이 다하기 전에 깨워진 것만 같은 모든 그의 사고의 상태는 무섭고 어두운 것이었다.

　"선생님! 잠에 취하셨세요? 퍽 곤하시지요? 깨워 드려서 ─ 곤하신데 주무시게 둘걸!"

　그는 하품을 한번 큼직하게 하여 보았다. 머리와 그리고 머리에 딸리지 아니하면 아니 될 모든 것은 한 번에 번쩍 가벼워졌다. 동시에 짧은 동안의 기다란 꿈도 한 번에 다 날아간 것과 같았다. 그러고는 그의 몸은 또다시 어찌할 수도 없는 현실의 한 모퉁이로 다시금 돌아온 것 같았다.

　"선생님! 그러기에 저는 선생님께 아무런 짓을 하여도 관계치 않지요! 다 용서해 주세요?"

　"그야!"

　"선생님 졸리셔서 단잠이 푹 드신 걸 깨워 놓아서 그래도 선생님은 저를 용서해 주시지요?"

　"글쎄!"

　"용서하여 주시고 싶지 않으세요? 선생님."

　"혹시!"

　"선생님 오늘 일은 용서하여 주시지 않으셔도 좋습니다. 그렇지만 한 가지 청이 있습니다. 더위에 괴로우신 선생님을 잠깐만 버려도 그것은 정말 선생님 용서해 주실는지요?"

"즉 그렇다면!"

"며칠 동안만 선생님 곁을 떠나 더위의 선생님을 내버리고 저만 선선한 데를 찾아서 정말 잠깐 며칠 동안만—. 선생님 혹시 용서해 주실 수가 있을는지요? 정말 며칠 동안만!"

"선선한 데가 있거든 가오. 며칠 동안만이랄 것이 아니라 선선한 것이 싫어질 때까지 있다 오오. 제 발로 걷겠다 용서 여부가 붙겠소? 하하."

그의 얼굴에서는 웃을 때에 움직이는 근육이 확실히 움직이고는 있었다. 그러나 평상시에 아니 보이던 몇 줄기의 혈관이 뚜렷이 새로 보였다.

"선생님 그렇게 하시는 것은 싫습니다. 선생님 저를 미워하십니까? 저를 미워하시지는 않으시지요? 절더러 어디로 가라고 그러시는 것입니까? 그러시는 것은 아니시겠지요?"

"그 회화에는 나는 관계가 없는 것 같소 하하, 그러나 다 천만의 말씀이오."

"그러시면 못 가게 하시는 걸 제가 조르다 조르다 겨우 허락—용서를 받게—. 이렇게 하셔야 저도 가는 보람도 있고 또 가도 얼른 오고—선생님도 보내시는—용서하시는 보람이 계시지 않습니까?"

"허락할 것은 얼른 허락하는 것이 질질 끄는 것보다 좋지."

"그것은 그렇지만 재미가 없습니다."

"나는 늙어서 아마 그런 재미를 모르는 모양이오."

"선생님은!"

"늙어서! 하하…….""

돌아앉는 C 간호부는 품속에서 손바닥보다도 작은 원형의 거울을 끄집어내어 또 무엇으로인지 뺨, 이마를 싹싹 문지르고 있었다. 잊지 않은 동안 같이 있던 그들 사이였건만 그로서는 실로 처음 보는 일이요, 그의 눈에는 한 이상한 광경으로 비쳤다.

* * *

미목수려*한 한 청소년이 이리로 걸어오는 것이 보였다. 양편 손에는 여러 개의 상자가 매달려 있었다. 흑과 백으로만 장속**한 그 청소년의 몸에서는 거의 광채를 발하다시피 눈부셨다. 들창에 매달려 바깥만을 내다보고 있던 C 간호부는 그때에 그의 방에서 나갔다. 거의 의식을 잃은 그는 C 간호부의 풍부한 발이 층계를 내려가는 여러 음절의 소리 가운데의 몇 토막을 들었을 뿐이었다. 아래층에서는 가벼운—그러나 퍽 명랑한 웃음소리가 알아듣지 못할 정도로 흐려진 그러나 퍽 짤막한 담화 소리에 섞여 들려왔다. 쿵—쿵—쿵쿵, 분명히 네 개의 발이 층계를 올라오고 있었다.

"큰아버지!"

---

* 眉目秀麗. 용모가 빼어난 모습.
** 裝束. 옷차림.

"선생님!"

고개를 숙인 채 그의 앞에 나란히 서 있는 이 두 청춘을 바라볼 때에 그의 눈에서는 번개가 났다. 혹은 어린 양들에게 백년의 가약을 손수 맺게 하여 주는 거룩한 목사와도 같았다. 그의 가슴에서는 형상 없는 물질이 흔들렸다. 그 위에 뜬 조그만 사색의 배를 파선시키려는 듯이

"업아, 내가 너를 본 지 몇 달이 되는지?"

고개를 숙인 업의 입술은 떨어질 것 같지도 아니하였다.

"업아, 네가 입은 옷은 감도 좋거니와 꼭 맞는다."

그의 시선은 푸른빛을 내며 업의 입상을 오르내렸다.

"업아, 네가 가지고 온 이 상자 속에 든 것은 무슨 좋은 물건이냐? 혹시 그 가운데에는 나에게 줄 선물도 섞여 있는지 하나, 둘, 셋—넷—다섯—."

그의 시선은 다시금 판자 위에 나란히 놓여 있는 여러 개의 상자 위를 하나둘 거쳐 가며 산보하였다.

"업아, 아버지의 상처는 좀 나은가? 아니 너 최근에 너의 집을 들른 일이 혹 있는가?"

"……"

"내가 보는 대로 말하고 보면 아마 지금 여행의 길을 떠나는 모양이지 아마?"

"……"

방 안에는 찬바람이 돌았다. 들창을 새어 들어오는 훈훈한 바람도 다 이 방 안에 들어오자마자 바깥 온도를 잃어버리는 것과 같았다.

"C 씨! C 씨는 언제부터 나의 업이와 친하였는지 모르겠으나—자—두 사람에게 내가 물을 말은 이렇게 두 사람이 내 앞에 함께 나타난 뜻은 무슨 뜻인지? 이야기할 것이 있는지 혹 나에게 무엇을 줄 것이 있는지—."

C 간호부는 고개를 숙인 채 좌우를 두어 번 둘러보더니 무슨 생각이 급히 떠올랐는지 황황히 그 방을 나갔다. 남아 있는 업 한 사람만이 교의에 걸터앉은 그 앞에 깎아 세운 장승과 같이 무몽사세로 서 있었다. 그는 교의에서 몸을 일으키며 담배를 한 개 피워 물었다. 연기의 빛은 신선한 청색이었다.

"업아—이리 와서 앉아라. 큰아버지는 결코 너에게 악의를 가지지 아니하였다. 나의 묻는 말을 속이지 말고 대답하여라."

"네가 돈이 어디서 생기니? 네가 버는 것은 아니겠지."

"어머님이 주십니다."

"아범에게는 얻어 본 일이 없니?"

"없습니다."

"그만하면 알았다."

업은 처음으로 그의 얼굴을 한 번 쳐다보았다.

"C 양은 어떻게 언제부터 알았니?"

"우연히 알았습니다. 사귄 지는 아직 한 달도 못 됩니다."

"저것들은 다 무엇이냐?"

"해수욕에 쓰는 것입니다. 옷—그런 것."

"해수욕—그러면 해수욕을 가는데 하하…… 작별을 하러 온 것이로군. 물론 C 양과 둘이서?"

"네. 제 생각은 큰아버지를 뵈옵고 가지 않으려 하였습니다만 C 간호부의 말이 우리 둘이서 그 앞에 나가 간곡히 용서를 빌면 반드시 용서하여 주시리라고—그 말을 제가 믿은 것은 아닙니다. 그러나 저는 아니 올 수 없었습니다. 또 C 간호부는 큰아버지께서는 우리 두 사람의 사이도 반드시 이해하여 주시리라는 말도 하였습니다만 물론 그 말도 저는 믿지 않았습니다."

"잘 알았어. 나는—그러면 나로서는 혹 용서하여 줄 점도 있겠고 혹 용서하지 아니할 점도 있을 테니까."

"그럼 무엇을 용서하시고 무엇은 용서하지 아니하실 터인지요?"

"그것은 보면 알 것 아닌가."

그의 말끝에는 가벼운 경련이 같이 따랐다. 책상 위에 끄집어내어 쌓아 놓은 해수욕 도구는 꽤 많은 것이었다. 그는 그 자그마한 산 위에 알코올의 소낙비를 내렸다. 성냥 끝에서 옮겨붙은 불은 검붉은 화염을 발하며 그의 방 천장을 금시로 시커멓게 그슬어 놓았다. 소리 없이 타오르는 직물류, 고무류의 그 자그마한 산은 보는 동안에 부너져 가고 무너져 가고 하였다. 그 광경은 마치 꿈이 아니면 볼 수 없는, 동작이 있고 음향이 없는 반 환영과 같았다. 벽 위의 시계가 가만히 새로 한 시를 쳤다. 업의 얼굴은 초일초 분일분 새파랗게 질려 갔다.

입술은 파래지며 심히 떨었다. 동구(瞳球)를 싸고 있는 눈 윗두덩도 떨었다. 눈의 흰자위는 빛깔을 잃으며 회갈색으로 변하고 검은자위는 더욱더욱 칠흑으로 변하며 전광 같은 윤택을 방사하였다. 그러나 동상 같은 업의 부동자세는 조금도 변형되려고 하지 않았다.

'푸지직' 소리를 남기고 불은 꺼졌다. 책상을 덮어 쌌던 '클로스'도 책상의 '바니시'*도 나타나고 눌었다. 그 위에 해수욕 도구들의 타고 남은 몇 줌의 검은 재가 엉기어 있었다. 꼭 닫은 '도어'가 바깥으로부터 열렸다.

"선생님!"

오식 한마디 — 잠시 나부거리는 그 입술이 달려 있는 C 간호부의 얼굴은 심야의 정령의 그것과도 같이 창백하고도 가련하였다. 그뿐만 아니었다. 그러한 C 간호부의 서 있는 등 뒤에 부동명왕의 얼굴과 같이 흑연 화염 속에 인쇄되어 있는 T 씨의 그것도 그는 볼 수 있었다. 일순 후에는 그의 얼굴도 창백화하지 아니할 수 없었고 그의 입술도 조금씩 조금씩 그리하여 커다랗게 떨리기 시작하였다.

* * *

흐르는 세월이 조락의 가을을 이 냥 위에 방문 시켰을 때는 그가 나뭇잎 느껴 우는 수림을 산보하고 업의 병세를 T 씨의 집 대문간에 물어 버릇하기 시작하였는 지도 이미 오래인 때였다.

업은 절대로 그를 만나지 아니하려는 것이었다. 그는 업의

---

* varnish. 니스 칠을 한 표면.

병세를 부득이 T 씨의 집 대문간에서 묻지 아니하면 아니 되었다. 오직 T 씨의 아내가 근심과 친절을 함께하여 그를 맞아 주었다.

"좀 어떻습니까? 그 떠는 증세가 조금도 낫지 않습니까?"

"그거 마찬가지예요. 어떡하면 좋을지요?"

"무엇 먹고 싶다는 것, 가지고 싶다는 것은 없습니까? 하고 싶다는 것은 또 없습디까?"

"해수욕복을 사 주랍니다. 또 무슨 '아루꼬'(알코올?)……."

"네네, 알았습니다."

천 가지 만 가지 궁리를 가슴 가운데에 왕래시키려 그는 병원으로 돌아왔다. 필요 이외의 회화를 바꾸어 본 일이 없는 사이쯤 된 M 군에게 그는 간곡한 어조로 말을 붙여 보았다.

"M 군, 도무지 모를 일이야. 모든 죄가 결국은 내게 있다는 것이 아닐까? M 군, 자네가 아무쪼록 좀 힘을 써 주게."

"힘이야 쓰고 싶지만 자네도 마찬가지로 나도 만나지 않겠다는 환자의 고집을 어떻게 하느냐는 말일세. 청진기 한 번이라도 대어 보아야 성의 무성의 여부가 생기지 않겠나?"

"내 생각 같아서는 그 입에게는 청진기의 필요도 없을 것 같건만……."

"그것은 자네가 밤낮 하는 소리, 마찬가지 소리."

그에게는 이 이상 더 말을 계속시킬 용기조차도 힘조차도 없었다. 책상 위에 놓인 한 장의 편지 ─ 발신인 주소도 성명도 그 겉봉에는 씌어 있지만. ─ 가 있었다.

선생님! 가을바람이 부니 인생이라는 더욱이나 어두운 것이라는 것이 생각됩니다.

　표연히 야속한 마음을 가슴에 품은 채 선생님의 곁을 떠난 후 벌써 철 하나가 바뀌었습니다. 이처럼 흐르는 광음 속에서 우리는 무엇을 속절없이 찾고만 있을까요? 그동안 한 장의 글월을 올리지 않다가 이제 새삼스레 이 펜을 날려 보는 저의 심사를 혹은 선생님은 어찌나 생각하실는지는 저도 모르겠습니다, 그렇습니다. 세상은 즉 오해 속에서 오해로만 살아가는 것인가 합니다. 선생님이 우리들을 이해하셨기에 우리들은 선생님의 거룩한 사랑까지도 오해하였습니다. 그리하여 병상에 누워 있는 업 씨를─그리고 또 표연히 선생님의 곁을 떠난 저도 선생님께서 오해하셨습니다. 제가 드리고자 하는 이 그다지 짧지 않은 글도 물론 전부가 다 오해투성이겠지요. 그러니 선생님께서 제가 이 글을 드리는 태도나 또는 그 글의 내용을 오해하실 것도 물론이겠지요. 아, 세상은 어디까지나 오해의 갈고리로 연쇄되어 있는 것이겠습니까? 저의 오라버님의 최후도 또 그이(대학생─C 간호부의 내면)도 그때의 일도 그 후의 일도 보는 섯이 나 오해 때문에　기 시이었습니까? 제가 저의 신세를 이 모양으로 만든 것도, 이처럼 세상을 집 삼아 표랑의 삶을 영위하게 된 것도 전부 다─그 기인은 오해─. 우리 어리석은 인간들의 무지로부터 출발된 오해 때문이 아니었으면 무엇이었던가 합니다.(어폐를 관대히 보아주세요.) (중략)

선생님이 저에게 끼쳐 주신 하해 같은 은혜에 치하의 말씀이 어찌 이에서 다하겠습니까만 덧없는 붓끝이 오직 선생님의 고명과 종이의 백색을 더럽힐 따름입니다.

선생님, 이제 저는 과거에 제가 가졌던 모든 오해를 오해 그대로 적어 올려 보겠습니다. 그것은 제가 지금도 그 오해를 그 오해째 그대로 가지고 있는 까닭이겠습니다.

선생님! 선생님께서는 '업' 씨와 저 두 사람 사이를 과연 어떠한 색채로 관찰하시었는지요?(어폐를 아무쪼록 관대히 보아주십시오.) 아닌 것이 아니라 저는 '업' 씨를 마음으로 사랑하였습니다. 또 '업' 씨도 저를 좀 더 무겁게 사랑하여 주었습니다. 이제 생각하여 보면—업 씨의 나이—이제 스물한 살—저 스물여섯—. 과연 우리 두 사람의 사랑이 철저한 사랑이었다 할지라도 이와 같은 연령의 상태의 아래에서는 그 사랑이란 그대로 좀 더 좀 더 빛다른 그 무엇이 있지 아니하면 아니 되지 않겠습니까?

두 사람의 만남—무엇이라 할까.—하여간 우연 중에도 너무 우연이겠습니다. 그것은 말씀 올리기 꺼립니다. 혹시 병상에 누워 계신 '업' 씨이 신상에 어떠한 이상이라도 있지나 아니할까 하여 다만 저희들 두 사람의 사랑의 내용을 불구자적 병적이면 불구자적 병적 그대로라도 사뢰어 볼까 합니다.(아—끝없는 오해 아직도—아직도.)

선생님! 제가 '업' 씨를 사랑한 이유는 업 씨의 얼굴…… 면영(面影)이 세상에서 자취를 감추고 만 그이의 면영과 흡사하였다는—다만 그 한 가지에 지나지 않습니다. 그이는—지금쯤은 퍽 늙었겠지요! 혹 벌써 이 세상 사람이 아닌지도 모릅니다. 그러나 저의 기억에 남아 있는 그이의 면영은 그이와 제가 갈리지 아니하면 아니 되었던 그 순간의 그것째로 신선하게 남아 있습니다.

남의 사랑을 받는 것은 행복입니다—. 남을 사랑하는 것은 적어도 기쁨입니다. 남을 사랑하는 것이나 남의 사랑을 받는 것이나 인간의 아름다움의 극치이겠습니다.

저는 생각하였습니다. 저의 업 씨에 대한 사랑도 과연 인간의 아름다움의 하나로 칠 수 있을까를. 그러나 저는 저로도 과연 저의 업 씨에 대한 사랑에는 너무나 많은 아욕(我慾)이 품겨 있는 것을 발견하였습니다. 그리하여 곧— 저는 저의 업 씨에 대한 사랑을 주저하였습니다.

그러나 또 한 가지 아뢰올 것은 업 씨의 저에 대한 사랑입니다. 경조부박한 생활, 부피 없는 생활을 하여 오던 업 씨는 저에게서 비로소 처음으로 인간의 내음 나는 역량 있는 사랑을 느낄 수 있었다 합니다. 업 씨의 말을 들으면 업 씨의 저에 대한 사랑은 적극적으로 업 씨가 저에게 제공하는 그러한 사랑이라느니보다는 서의 사랑이 깃이 있다면 업 씨는 업 씨 자신의 저에 대한 사랑을 신선한 대로 그대로 소지한 채 그 깃 밑으로 기어들고 싶은 그러한 사랑이었다고 합니다.

하여간 업 씨의 저에 대한 사랑도 우리가 항상 볼 수 있는 시정 간의 사랑보다는 무엇인가 좀 더 깊이가 있었던 듯하며 성스러운 것이었던가 합니다. 여러 가지 점으로 주저하던 저는 업 씨의 저에 대한 사랑의 피로 말미암아 무던한 용기를 얻을 수 있었습니다. 선생님 — 저희들은 어쨌든 이제는 원인을 고구(考究)할 것 없이 서로 사랑하여 자유로 사랑하여 가기로 하였습니다. 이만큼 저희들은 삽시간 동안에 눈멀어 버리고 말았습니다. 선생님 — 저희들의 사랑 꼴은 생리적으로도 한 불구자적 현상에 속하겠지요. 더욱, 사회적으로는 한 가련한 탈선이겠지요. 저희들도 이것만은 어렴풋이나마 느꼈습니다. 그러나 사람이 자기의 심각한 추억의 인간과 면영이 같은 사람에게 적어도 호의를 갖는 것은 사람의 본능의 하나가 아닐까요? 생리학에나 혹은 심리학에나 그런 것이 어디 없습니까? 또 사회적으로도 영(靈)끼리만이 충돌하여 발생되는 신성한 사랑의 결합체가 존재할 수 있다는 것이 그다지 해괴한 사건에 속할까요! (중략)

선생님! 해수욕장도 저의 제의였습니다. 해수욕 도구도 제 돈으로 산 것입니다. 업 씨는 헤엄도 칠 줄 모른다 합니다. 또 물을 그다지 즐기는 것도 아니었습니다. 그러나 저의 말이라면 어디라도 가고 싶다 하였습니다. 그것을 한 계집의 간사한 유혹이라느니보다도 모성의 갸륵한 애무와도 같은 느낌이었다 합니다.

선생님! 너무나 가혹하시지나 아니하셨던가요? 그것을 왜 살라 버리셨습니까? 업 씨에게도 기쁨이 있었습니다. 저도 모성애와 같은 사랑을 업 씨에게 베푸는 것이 또 사랑을 달게 받아 주는 것이 무한한 기쁨이었습니다.

그 기쁨을 선생님은 검붉은 화염 속에 불살라 버리시었습니다. 그 이상한 악취를 발하며 타오르는 불길은 오직 그 책상 위의 목면과 고무만을 태운 데 그친 줄 아십니까? '도어' 뒤에 서 있던 저의 심장도(확실히), 또 그리고 업 씨의 그것도, 업 씨의 아버님의 그것도 다 살라 버린 것이었을 것입니다.

저의 등 뒤에 사람이 있는지 알 길이 있었겠습니까? 하물며 그 사람이 누구인가를 알 길은 더욱이나 있었겠습니까? 얼마 후에, 참으로 긴 동안의 얼마 후에 그이가 업 씨 아버님인 것을 알 수 있었습니다.(저는 업 씨의 아버님을 모릅니다. 그러나 그때에 처음으로 알았습니다.) 선생님께서도 의외이셨겠지요? 업 씨의 아버님이 그곳에 와 계신 데 대하여는……. 그러나 저는 업 씨의 아버님이 그곳에 와 계신 데 대하여서 업 씨의 아버님 자신으로부터 그 전말을 자세히 들었습니다. 그것은 이곳에서 아뢸 만한 것은 못 됩니다. (중략)

병석에서도 늘 해수욕복을 원한다는 소식을 저는 업 씨의 친구 되는 이들에게서 얻어들을 수 있었습니다. 선생님도 물론 잘 아시겠지요. 선생님! 감상이 어떠십니까? 무엇을 의미함이었든지 저는 업 씨의 원을 풀어 드리고자 합니다.

선생님! 나머지 저의 월급이 몇 푼 있을 줄 생각합니다. 하기 주소로 송부하여 수십시오, 오해 속에서 나온 오해의 글인 만큼 저는 당당히 닥쳐오는 오해를 인수할 만한 준비를 갖추어 가지고 있습니다. 너무 기다란 글이 혹시 선생님께 폐를 끼치지 아니하였나 합니다. 관대하신 용서와 선생님의 건강을 빌며.

　　　　　　××통 ×정목○○　C 변명(變名) △△ 올림

십이월 십이 일　**373**

* * *

그는 어디까지라도 자신을 비판하여 보았고 반성하여 보았다.

그는 다달이 잊지 않고 적지 않은 돈을 T 씨의 아내 손에 쥐여 주었다. T 씨의 아내는 그것을 차마 T 씨의 앞에 내놓지 못하였으리라. T 씨의 아내는 그것을 업에게 그대로 내주었으리라. 업은 그것을 가지고 경조부박한 도락에 탐하였으리라. 우연히 간호부를 만나 해수욕행까지 결정하였으리라. 애비(T 씨가)가 다쳐서 드러누웠건만 집에는 한 번도 들르지 않은 자식, 그 돈을 — 그 피가 나는 돈을 그대로 철없고 방탕한 자식에게 내주는 어머니 — 그는 이런 것들이 미웠다. C 간호부만 하더라도 반드시 유혹의 팔길을 업의 위에 내밀었을 것이다. 그는 이것이 괘씸하였다.

그러나 한 장 C 간호부의 그 편지는 모든 그의 추측과 단안을 전복시키고도 오히려 남음이 있었다.

"역시 모든 죄는 나에게 있다."

그의 속주머니에는 적지 아니한 돈이 들어 있었나. C 간호부는 삼층 한 귀퉁이 조그만 '다다미' 방에 누워 있었다. 그 품에 전에 볼 수 없던 젖먹이 갓난아이가 들어 있었다.

"C 양! 과거는 어찌 되었든 지금에 이것은 도무지 어찌 된 일이오?"

"선생님! 아무것도 저는 말하고 싶지는 않습니다. 사람의 일생은 이렇게 죄악만으로 얽어서 놓지 아니하면 안 되는 것입니까?"

"C 양! 나는 그 말에 대답할 아무 말도 가지지 못하오. 오해와 용서! 그러기에 인류 사회는 그다지 큰 풍파가 없이 지지되어 가지 않소?"

"선생님! 저는 지금 아무것도 후회하지 않습니다. 모든 것을 다 후회하지 아니하면 아니 될 것이니까요. 선생님! 이것을 부탁합니다."

C 간호부의 눈에서는 맑은 눈물방울이 흘렀다. 그는 C 간호부의 내미는 젖먹이를 의식 없이 두 손으로 받아 들었다. 따뜻한 온기가 얼고 식어 빠진 그의 손에서 전하여 왔다. 그때에 그는 누워 있는 C 간호부의 초췌한 얼굴에서 십여 년 전에 저세상으로 간 아내의 면영을 발견하였다. 그는 기쁨, 슬픔이 교착된 무한한 애착을 느꼈다. 그리고 C 간호부의 그 편지 가운데의 어느 구절을 생각 내어 보기도 하였다. 그러고는 모든 C 간호부의 일들에 조건 없는 용서 ── 라느니보다도 호의를 붙였다.

"선생님! 오늘 이곳을 떠나가시거든 다시는 저를 찾지는 말아 주셔요. 이것은 제가 낳은 것이라 생각하셔도 좋고, 안 낳은 것이라 생각하셔도 좋고, 아무쪼록 선생님 이것을 부탁합니다……."

하려던 말도 시키려던 계획도 모두 허사로 다만 그는 그의 '포켓' 속에 들었던 돈을 C 간호부 머리 밑에 놓고는 뜻도 아니한 선물을 품에 안은 채 첫눈 부실거리는 거리를 나섰다.

'사람이란 그 추억의 사람과 같은 면영의 사람에게서 어떤

연연한 정서를 느끼는 것인가.'

이런 것을 생각하여도 보았다.

* * *

업의 병세는 겨울에 들어서 오히려 점점 더하여 가는 것이었다. 전신은 거의 뼈만 남고 살아 있다고 볼 수 있는 것은 눈과 입, 이 둘뿐이었다. 그 방에는 윗목에는 철 아닌 해수욕 도구로 차 있었다. 업은 앉아서나 누워서나 종일토록 눈이 빠지게 그것만 바라보고 앉아 있었다.

"아버지 ─ 말쑥한 새 기와집 안방에서 가 누워서 앓았으면 병이 나을 것 같애 ─. 아버지 기와집 하나 삽시다. 말쑥하고 정결한……."

업의 말이었다는 이 말이 그의 귀에 들자 어찌 며칠이라는 날짜가 갈 수 있으랴. 즉시 업의 유원(遺願)은 풀릴 수 있었다. 새 집에 간 지 이틀, 업은 못 먹던 밥도 먹었다. 집안사람들과 그는 기뻐하였다. 그저 한없이 ─.

그러나 이미 때는 돌아왔다. 사흘 뇌던 날 아침(그 아침은 몹시 추운 아침이었다.) 업은 해수욕을 가겠다는 출발이었다. 새 옷을 갈아입고 방문을 죄다 열어 놓고 방 윗목에 쌓여 있는 해수욕 도구를 모두 다 마당으로 끄집어내게 하였다. 그러고는 그 위에 적지 않은 해수욕 도구의 산에 알코올을 들이부으라는 업의 명령이었다.

"큰아버지께 작별의 인사를 드리겠으니 좀 오시라고 그래

주시오. 어서어서 곧—지금 곧."

그와 업의 시선이 오래—참으로 오래간만에 서로 마주쳤을 때 쌍방에서 다 창백색의 인광을 발사하는 것 같았다.

"불! 인제 게다가 불을 지르시오."

몽몽한 흑연이 둔한 음향을 반주시키며 차고 건조한 천공을 향하여 올라갔다. 그것은 한 괴기를 띤 그다지 성스럽지 않은 광경이었다.

가련한 백부의 그를 입회시킨 다음 업은 골수에 사무친 복수를 수행하였다.(이것은 과연 인세의 일이 아닐까? 작자의 한 상상의 유희에서만 나올 수 있는 것일까?) 뜰 가운데에 타고 남아 있는 재 부스러기와 조금도 못함이 없을 때까지 그의 주름살 잡힌 심장도 아주 새카맣도록 다 탔다.

그날 저녁때 업은 드디어 운명하였다. 동시에 그의 신경의 전부도 다 죽었다. 지금의 그에게는 아무것도 없었다.

다만 아득하고 캄캄한 무한대의 태허가 있을 뿐이었다.

여—요에헤—요—그리고 종소리 상두꾼의 입 고운 소리가 차고 높은 하늘에 울렸다.

8회

그의 발은 마치 공중에 떠서 옮겨지는 것만 같았다. 심장이 타고, 전신의 신경이 운전을 정지하고—그의 그 힘없는 발은 아름다운 생기에 충만한 지구 표면에 부착될 만한 자격도 없는 것 같았다.

그의 눈앞에서는 그 몽몽한 흑연—업의 새 집 마당에서 피어오르던 그 몽몽한 흑연의 인상이 언제까지라도 아른거려 사라지려고는 하지 않았다.

뼈만 남은 가로수도 넘어가고 나머지 빈약한 석양에 비추어 가며 기운 시진해하는 건축물들도 공중을 횡단하는 헐벗은 참새의 떼들도—아니 가장 창창하여야만 할 대공(大空) 그것까지도—다— 한 가지 흑색으로밖에는 그의 눈에 보이지 아니하였다. 그의 호흡하고 있는 산소와 탄산가스의 몇 리터도 그의 모세관을 흐르는 가느다란 핏줄의 그 어느 한 방울까지도 다 흑색—그 몽몽한 흑연과 조금도 다름이 없는—이 아니라고는 그에게 느끼지 않았다.

'나는 지금 어디를 향하여 가고 있는 것일까?'

'아니 아니—이것이 나일까—. 이것이 무엇일까? 나일까, 나일 수가 있을까?'

가로등, 건축물, 자동차, 피곤한 마차와 짐구루마—하나도 그의 눈에 이상치 아니한 것은 없었다.

'저것들은 다 무슨 맛에 지 짓들이림!'

그러나 그의 본기를 상실치는 아니한 일신의 제 기관들은 그로 하여금 다시 그의 집으로 돌아가게 하지 않고는 두지 않았다.

손을 들어 그의 집 문을 밀어 열려 하여 보았으나 팔뚝의 관절은 굳었는지 조금도 들리지는 않았다. 소리를 질러 집안사람들을 불러 보려 하였으나 성대는 진동관성(振動慣性)을 망각하였는지 음성은 나오지 아니하였다.

'창조의 신은 나로부터 그 조종의 실줄을 이미 거두었는가?'

눈썹 밑에는 굵다란 눈물방울이 맺혀 있었다. 그러나 그 자신도 그것을 감각할 수 없었다. 그 위 등 뒤에서 웬 사람인지 외투에 내려앉은 눈을 터느라고 옷자락을 흔들고 있었다.

"무엇을 그렇게 생각하고 있나?"

"8? 누구―누구요."

"왜 그렇게 놀라나? 날세 나야."

"업이가 갔어."

"응? 기어코?"

두 사람은 이 이상 더 이야기하지 않았다. 어둠침침한 그의 방 안에는 몇 권의 책이 시체와 같이 이곳저곳에 조리 없이 산재하여 있을 뿐이었다.

외풍이 반자*를 울리며 휙 스쳤다.

"으아―."

"하하, 잠이 깼구나. 잘 잤느냐, 아아 울지 마라. 울 까닭은 없지 않느냐. 짖 달리고?―아이, '간부' 짖꼭지기 어디 갔을까. 우유를 뎁혀 놓았는지 원―아아아, 울지 마라, 울지 말아야 착한 아이지―. 아―이런 이런!"

가슴에 끓어오르는 무량한 감개를 그는 억제할 수 없었다. 그저 쏟아져 흐르기만 하는 그 뜨거운 눈물을 그 어린것의 뺨

---

* 방 안의 천장.

에 부비며 씻었다. 그리고 힘껏 힘껏 그것을 껴안았다. 어린것은 젖을 얻어먹을 수 있을 때까지는 염치없는 울음을 그치지는 않았다.

* * *

T 씨는 그대로 그 옆에 쓰러졌다. 구덩이는 벌써 반이나 팠다. 그때 T 씨는 그 옆에 쓰러졌다.

언 땅을 깨쳐 가며 파는 곡괭이 소리 ─ 이리 뒤치적 저리 뒤치적 나가떨어지는 얼어 굳은 흙덩어리 ─ 다시는 모두어질 길 없는 만가(輓歌)의 토막과도 같이 처량한 것이었다.

사람들은 달려들어 T 씨를 일으켰다. T 씨의 콧구멍과 입속으로는 속도 빠른 허연 입김이 드나들었다. 그 옆에 서 있는 그의 서 있는 그의 모양 ─ 그 부동자세는 이 북망산 넓은 언덕에 헤어져 있는 수많은 묘표나 그렇지 아니하면 까막까치 앉아 날개 쉬는 헐벗은 마른나무의 그 모양과도 같았다.

관은 내려갔다. T 씨와 그 아내와 그리고 그의 울음은 이때일시에 폭발하였다. 북망산 식양천에는 곡직착종(曲直錯綜)된 곡성이 처량히 떠올랐다. 업의 시체를 이 모양으로 갖다 파묻고 터덜터덜 가던 그 길을 돌아 들어오는 그들의 모양은 창조주에게 가장 저주받은 것과도 같았고 도주하던 '카인'의 일행들의 모양과도 같았다.

* * *

그는 잊지 아니하고 T 씨의 집을 찾았다. 그러나 업이 죽은 뒤의 T 씨의 집에는 한 바람이 하나 불고 있었다. 또 그러나 그가 T 씨의 집을 찾기는 결코 잊지는 않았다.

T 씨는 무엇인가 깊은 명상에 빠져서는 누워 있었다. T 씨는 일터에도 나가지 아니하였다. 다만 누워서 무엇을 생각하고 있을 뿐이었다.

"T!"

"……."

그는 T 씨를 불러 보았다. 그러나 T 씨는 대답이 없었다. 또 그러나 그에게도 무슨 할 말이 있어서 부른 것은 아니었다. 그는 쓸쓸히 그대로 돌아오기는 하였다. 그러나 이러한 방문이나마 그는 결코 게을리하지 아니하였다.

* * *

북부에는 하룻밤에 두 $\times$ — 서의 동시에 큰 화재가 있었다. 북풍은 집집의 풍령(風鈴)을 못 견디게 흔드는 어느 날 밤은 이 뜻하지 아니한 두 곳의 화재로 말미암아 일면의 불바다로 화하고 말았다. 바람 차게 불고 추운 밤임에도 불구하고 사람들은 원근에서 몰려 들어와서 북부 시가의 모든 길들은 송곳 한 개를 들어 세울 틈도 없을 만치 악머구리 끓듯 야단이었다. 경성의 소방대는 비상의 경적을 난타하며 총동원으로 두

곳에 나누어 모여들었다. 그러나 충천의 화세는 밤이 깊어 갈수록 점점 더하여 가기만 하는 것이었다. 소방수들은 필사의 용기를 다하여 진화에 노력하였으나 연소의 구역은 각각으로 넓어만 가고 있을 뿐이었다. 기와와 벽돌은 튀고 무너지고 나무는 뜬숯*이 되고 우지직 소리는 끊일 사이 없이 나고 기둥과 들보를 잃은 집들은 착착으로 무너지고 한 채의 집이 무너질 적마다 불똥은 천길만길 튀어 오르고 완연히 인간 세계에 현출된 활화지옥(活火地獄)이었다. 잎도 붙지 아니한 수목들은 헐벗은 채로 그대로 다 타 죽었다.

불길이 삽시간에 자기 집으로 옮겨붙자 세간 기명은 꺼낼 사이도 없이 한길로 뛰어나온 주민들은 어디로 갈 곳을 알지 못하고 갈팡질팡 방황하였다.

"수길아!"

"복동아!"

"금순아!"

다 각기 자기 자식을 찾았다. 그 무리들 가운데에는,

"업아! 업아!"

이렇게 소리 높여 외치며 쏘다니는 한 사람도 있었다. 그러나 정신의 조리를 상실한 그들 무리는 그 소리 하나쯤은 귓등에 담을 여지조차도 없었다. 두 구역을 전멸시킨 다음 이튿날 새벽에 맹렬하던 그 불도 진화되었다. 게다가 그 닭이 울던 이 두 동리는 검은 재의 벌판으로 변하고 말았다.

───────────

* 장작으로 때고 난 뒤에 잉걸을 꺼서 만든 숯.

이같이 큰일에 이르기까지 한 그 불의 출화 원인에 대하여
는 아무도 아는 사람이 없었다. 다만 그날 밤에는 북풍이 심하
였던 것, 수 개의 소화전은 얼어붙어서 물이 나오지 아니하였
던 까닭에 많은 소방수의 필사적 노력도 허사로 수수방관치
아니하면 아니 되었던 곳이 있었던 것 등을 말할 수 있을 뿐이
었다.

* * *

M 군과 그 가족은 인명이야 무사하였지만 M 군은 세간 기
명을 구하러 드나들다가 다리를 다쳤다.

이재민들은 가까운 곳 어느 학교 교사에 수용되었다. M 군
과 그 가족도 그곳에 수용되었다.

M 군이 병들어 누운 옆에는 거의 전신이 허물이 벗다시피
된 그가 말뚝 모양으로 서 있었다. 초췌한 그들의 안모(顏貌)
에는 인세의 괴로운 물질이 주름살 져 있었다.

그가 그 맹화 가운데에서 이리저리 날뛰었을 때,

‘무엇을 찾으러 — 무슨 녹석으로 내가 이리니.’

물론 자기도 그것을 알 수는 없었다. 첨편에 불이 붙어도 오
히려 부동자세로 저립(佇立)하고 있는 전신주와 같이 그는 멍
멍히 서 있었다. 그때에 그의 머리에 벽력같이 떠오르는 그 무
엇이 있었다. 얼마 전에 그가 간호부를 마지막 찾았을 때 C 간
호부의 ‘이것을 잘 부탁합니다.’ 하던 그것이었다. 그는 그대
로 맥진적으로 맹렬히 붙어 오르는 화염 속을 헤치고 뛰어 들

어갔다. 그리하여 그 젖먹이를 가슴에 꽉 안은 채 나왔다. 어린것은 아직 젖이 먹고 싶지는 않았던지 잠은 깨어 있었으나 울지는 않았다. 도리어 그의 가슴에 이상히 힘차게 안겼을 제 놀라서 울었다.

'그렇지. 네 눈에는 이 불길이 이상하게 보이겠지.'

그러나 그의 옷은 눌었다. 그의 얼굴과 팔뚝, 손을 데었다. 그러나 그는 뜨거운 것을 느낄 사이도 없었고 신경도 없었다. 타오르는 M 군과 그의 집, 병원, 그것들에 대하여는 조그만 애착도 없었다. 차라리 그에게는,

'벌써 타 버렸어야 옳을 것이 여지껏 남아 있었지.'

이렇게 그의 가슴은 오래오래 묵은 병을 떠나 버리는 것과 같이 그 불길이 시원하게 느껴졌다. 다만 한 가지 생명과도 바꿀 수 없는 보배를 건진 것과 같은 쾌감을 그 젖먹이에게서 맛볼 수 있었다.

* * *

한 사람 중년 노동지기 자수하였나. 대화재에 싸여 있던 중첩한 의문은 일시에 소멸되었다.

'희유의 방화범!'

신문의 이 기사를 읽고 있는 그의 가슴 가운데에는 그 대화에 못지아니한 불길이 별안간 타오르고 있었다.

"T야! T야!"

T 씨는 그날 밤 M 군과 그의 집, 병원 두 곳에 그 길로 불을

놓았다. 타오르지 않을까를 염려하여 병원에서 많은 '알코올' 을 훔쳐 내어 부었다. 불을 그어 댄 다음 그 길로 자수하려 하 였으나 타오르는 불길이 너무도 재미있는 데 취하였고 또 분 주 수선한 그때에 경찰에 자수를 한대야 신통할 것이 조금도 없을 것 같아서 그 이튿날 하기로 하였다.

날이 새자 T 씨는 곧 불터를 보러 갔다. 그것은 T 씨의 마음 가운데 상상한 이상 넓고 큰 것이었다. T 씨는 놀라지 아니할 수 없었다. 하루 이틀━T 씨는 차츰차츰 평범한 인간의 궤도 로 복구하지 아니하면 아니 되게 되었다. 그러나 이대로 언제 까지라도 끌고 갈 수는 없었다.

'희유의 방화범!'

경찰에 나타난 T 씨에게 세상은 의외에도 이러한 대명찰을 수여하였다.

* * *

(모든 사건이라는 이름 붙을 만한 것들은 다 끝났다. 오직 이제 남 은 것은 '그'라는 인간의 갈 길을, 그리하여 삶 끝을 신택히며 지정하 여 주는 일뿐이다. '그'라는 한 인간은 이제 인간의 인간에서 넘어야 만 할 고개의 최후의 첨편에 저립하고 있다. 이제 그는 그 자신을 완 성하기 위하여 인간의 한 단편으로서의 종식을 위하여 어느 길이고 걷지 아니하면 아니 될 단말마다.

작가는 '그'로 하여금 인간 세계에서 구원받게 하여 보기 위하여 있는 대로 기회와 사건을 주었다. 그러나 그는 구조되지 않았다. 작자는 영혼을 인정한다는 것이 아니다. 작자는 아마 누구보다도 영혼을 믿지 아니하는 자에 속할는지도 모른다. 그러나 그에게 영혼이라는 것을 부여치 아니하고는──즉 다시 하면 그를 구하는 최후에 남은 한 방책은 오직 그에게 '영혼'이라는 것을 부여하는 것 하나가 남았다.)

9회 완(完)

황막한 벌판에는 흰 눈이 일면으로 덮여 있었다. 곳곳에 떨면서 있는 왜소한 마른나무는 대지의 동면을 수호하는 가련한 패잔병과도 같았다. 그 위를 하늘은 쉴 사이도 없이 함박눈을 떨구고 있다. 소와 말은 오직 외양간에서 울었다. 사람은 방 안으로 이렇게 세계를 축소시키고 있었다.

길을 걷는 사람이 있다. 다른 사람들이 걷기를 그친 황막한 이 벌판길을 걷는 사람이 있다.

그는 지금 어디로 가는지, 어디로부디 왔는지 알 길이 없었다. 벌판 가운데 이디로부터 어디까지나 늘어서 있는지 전신주의 전신은 찬 바람에 못 견디겠다는 듯이 '윙' 소리를 지르며 이 나라의 이 끝에서 이 나라의 저 끝까지라도 방 안에 들어앉아 있는 사람과 사람의 음신(音信)을 전하고 있다.

'기쁜 일도 있겠지. 그러나 또 생각하여 보면 몹시 급한 일도 있으렷다. 아무런 기쁜 일도 아무런 쓰라린 일도 다 통과시켜 전할 수 있는 전신주에 늘어져 있는 전신이야말로 나의 혈

관이나 모세관과도 같다고나 할까?'

까마귀는 날았다. 두어 조각 남아 있는 마른 잎은 두서너 번 조그만 재주를 넘으며 떨어졌다.

"깍! 깍!"

"왜 우느냐?"

그는 가슴을 내려다보았다. 어린것은 어느 사이엔지 그 품 안에 잠이 들었다.

"배나 고프시 않은지 인!"

도홍색 그 조그마한 일면 피부에는 두어 송이 눈이 떨어져 서는 하잘것없이 녹아 버렸다. 그러나 어린것은 잠을 깨려고 도 차갑다고도 아니하는 채 술한 눈썹은 아래로 덮여 추잡한 안계(眼界)를 폐쇄시켰고 두 조그만 콧구멍으로는 찬 공기가 녹아서 드나들고 있었다.

선로가 나타났다. 잠들은 대지의 무장과도 같았다. 희푸르 게 번쩍이는 그 쌍줄의 선로는 대지가 소유한 예리한 칼이 아 니라고는 볼 수 없었다. 그는 선로를 건너서서 단조로이 뻗쳐 있는 그 칼날을 좇아서 한없이 걸었다.

"꽹! 꽹!"

수많은 곡괭이가 언 땅을 내리찍는 소리였다. 신작로 한편 에는 모닥불이 피어 있었다. 푸른 연기는 건조 투명한 하늘로 뭉겨 올랐다. 추위는 별안간 몸을 엄습하는 것 같았다.

"꽝! 꽝!"

청등한 금속의 음향은 아직도 계속되었다. 그 소리는 이쪽 으로 점점 가까이 들려온다. 그리고 그는 그 소리 나는 곳을 향하여 걷고 있었다. 그는 모닥불에 가 섰다. 확 끼치는 온기가 죽은 사람을 살릴 것같이 훈훈하였다.

"우선 살 것 같다──."

오므라들었던 전신의 근육이 조금씩 조금씩 풀어지는 것 같았다.

"불! 흥! 불──내 심장을 태우고 내 전신의 혈관과 신경을 불사르고 내 집 내 세간 내 재산을 불살라 버린 불! 이 불이 지금 나의 몸을, 이 얼어 죽게 된 나의 몸을 덥혀 주다니! 장작을 하나씩 하나씩 뜬숯을 만들고 있는 조그만 화염들! 장래에는 또 무엇 무엇을 살라 뜬숯을 만들려는지!

그것은 한 물체가 탄소로 변하는 현상에만 그칠까──. 산화 작용? 아하 좀 더 의미가 있지나 않을까? 그렇게 단순한 것인가?"

그의 눈앞에는 이제 한 새로운 우주가 전개되고 있었다. 그곳은 여지껏 그가 싸여 있던 그 검은빛의 분위기를 대신하여 밝은 빛의 정화된 공기가 있었다. 차디찬 무관심을 대신하여 동정이 있었고 사랑이 있었다. 그는 지금 일보 일보 그 세계를 향하여 전진을 계속하고 있는 것이었다.

'이리 오너라. 그대 배고픈 자여!'

이러한 소리가 들려왔다.

'이리 오너라, 그대 심혈의 노력에 보수 받지 못하는 자여!'

이러한 소리도 들렸다.

'그대는 노력을 버리지 말 것이야. 보수가 있을 것이니!'

이러한 소리도 또 들려오기도 하였다.

"꽝! 꽝!"

그때 이 소리는 그의 귀밑까지 와서 뚝 그쳤다. 그리하고는 왁자지껄하는 소리와 함께 많은 사람들이 그의 서 있는 모닥 불 가에 모여들었다.

"불이 다 꺼졌네!"

"장작을 좀 더 가져오지!"

굵은 장작이 징겨졌다.* 마른 장작은 푸지직 소리를 지르며 타올랐다. 그리하여 검푸른 연기가 부근을 흐려 놓았다.

"에 —추워 —. 에 —뜨시다."

모든 사람들의 곱은 입술에서는 이런 소리가 흘러나왔다.

연기는 검고 불길은 붉었다. 푸지직 소리는 여전히 났다. 이 제 그의 눈앞에 나타났던 새로운 우주는 어느 사이엔지 소멸 되고 해수욕 도구를 불사르던 어느 장면이 환기되었다.

"불이냐! 불이냐!"

그의 심장은 높이 뛰었다. 그 고동은 가슴에 안겨 있는 어린 것을 눌러 죽일 것 같았다. 그는 품 안의 것을 끌러서는 모닥 불 곁에 내려놓았다, 그러고는 가슴을 확 풀어 헤치고 마음껏 그 불에 안겨 보았다. 새로이 끼쳐 오는 불기운은 그의 떠는 가슴을 한층이나 더 건드려 놓는 것 같았다.

무슨 동기로인지 그의 머리에는 알코올이라는 것이 연상되 었다.

"엣 — 불? 불이냐?"

---

* '쟁이다'의 방언. 물건을 여러 개 차곡차곡 포개어 쌓다.

어린것을 모닥불 곁에 놓은 채 그는 일직선으로 그 선로를 밟아 뛰어 달아나기를 시작하였다. 그의 시야를 속속으로 스쳐 지나가는 선로 침목이 끝없이 늘어놓여 섰을 뿐이었다. 그의 전신의 혈관은 이제 순환을 시작한 것 같았다.

"누구야, 누구야?"

"앗!"

"누구야? ― 어디 가는 거야?"

"아 ― 저 불! 불!"

"하……!"

그의 전신은 사시나무 떨리듯 떨렸다.

"아 ― 인제 죽을 때가 돌아왔나 보다! 아니 참으로 살아야 할 날이 돌아왔나 보다!"

그는 이렇게 생각하였다. 그 사람은 그의 그 모양을 조소와 경멸의 표정으로만 내려다보고 있었다. 그러나 이제야 최후로 새 우주가 그의 앞에는 전개되었던 것이다.

"여보십시오!"

그는 수작하기 곤란한 이 자리에서 이렇듯 입을 열어 보았으나 별로 그 사람에 대하여 할 말은 없었다. 그는 몹시 머뭇머뭇하였다.

"왜 그러오?"

"저 ― 오늘이 며칠입니까?"

"오늘? 십이월 십이 일?"

"네!"

기적 일성과 아울러 부근의 '시그널'은 내려졌다. 동시에 남행 열차의 기다란 장사(長蛇)가 그들의 섰는 곳으로 향하여 달려왔다.

"여보, 여보, 기차! 기차!"

"……."

"여보, 여보, 저거! 이리 비켜!"

"……."

"앗!"

그는 지금 모든 세상에 끼치는 많은 노력에도 불구하고 보수 받지 못하였던 모든 거룩한 성도(聖徒)들과 함께 보조를 맞추어 새로운 우주의 명랑한 가로를 걸어가고 있는 것이었다.

그의 눈에는 일상에 볼 수 없었던 밝고 신선한 자연과 상록수가 보였고, 그의 귀에는 일상에 들을 수 없었던 유량 우아한 음악이 들려왔다. 그리고 그가 호흡하는 공기는 맑고 따스하고 투명하였고, 그가 마시는 물은 영겁을 상징하는 영험의 생명수였다. 그는 지금 논공행상에 선택되어 심판의 궁정(宮廷)을 향하여 걷고 있는 것이었다.

순사 후에 그이 머리에 얹혀질 월계수의 황금관을 생각할 때에 피투성이 된 그의 일신은 기쁨에 미쳐 떠었다. 내사—틀 찾아서, 우주애를 찾아서 그는 이미 선택된 길을 걷고 있는 데 다름없었다.

그러나 또한 생각하여 보면 불을 피하여 선로 위에 떨고 섰던 그는 과연 어디로 갔던가?

그는 확실히 새로운 우주의 가로를 보행하였을 것이다. 그러나 또 그의 영락한 육체 위로는 무서운 '에너지'의 기관차의 차륜이 굴러 넘어갔는지도 모른다. 그리하여 그의 피곤한 뼈를 분쇄시키고 타고 남은 근육을 산산이 저며 놓았는지도 모른다. 그리하여 기관차의 '피스톤'은 그의 해골을 이끌고 그의 심장을 이끌고 검붉은 핏방울을 칼날로 희푸르러 있는 선로 위에 뿌리며 십 리나 이십 리 밖에 있는 어느 촌락의 정거장까지라도 갔는지도 모른다. 모닥불을 쬐던 철로 공사의 인부들도, 부근 민가의 사람들도 황황히 그곳으로 달려들었다. 그러나 아까에 불을 피하여 달아나던 그의 면영은 찾을 수도 없었다. 떨어진 팔과 다리, 동구(瞳球), 간장(肝臟), 이것들을 차마볼 수 없다는 가애로운 표정으로 내려다보며 새로운 우주의 가로를 걸어가는 그에게 전별의 마지막 만가를 쓸쓸히 들려주었다.

그 사람은 그가 십유여 년 방랑생활 끝에 고국의 첫 발길을 실었던 그 기관차 속에서 만났던 그 철도국에 다닌다던 사람인지도 모른다. 사람은 이 너무나 우연한 인과를 인식지 못할는지도 모른다. 그러나 사람이 알거나 모르거나 인과는 그 인과의 법칙에만 충실스러이 하나에서 둘로, 그리하여 셋째로 수행되어 가고만 있는 것이었다.

'오늘이 며칠입니까?'

이 말을 그는 그 같은 사람에게 우연히 두 번이나 물었는지도 모른다. 따라서

'십이월 십이 일!'

이 대답을 그는 같은 사람에게서 두 번이나 들었는지도 모른다. 그러나 모든 것은 다 그들에게 다만 모를 것으로만 나타

나기도 하였다.

　인과에 우연이 되는 것이 있을 수 있을까? 만일 인과의 법칙 가운데에서 우연이라는 것을 찾을 수 없다 하면 그 바퀴가 그의 허리를 넘어간 그 기관차 가운데에는 C 간호부가 타 있었다는 것을 어떻게나 사람은 설명하려 하는가? 또 그 C 간호부가 왁자지껄한 차창 밖을 내다보고 그리고 그 분골쇄신된 검붉은 피의 지도를 발견하였을 때 끔찍하다 하여 고개를 돌렸던 것은 어떻게나 설명하려 하는가? 그리고 C 간호부가 닫힌 차창에는 허연 성에가 슬어 있었다는 것은 어찌나 설명하려는가? 이뿐일까, 우리는 더욱이나 근본적 의아에 봉착할 수도 있다는 것이다.

　만일 지금 이 C 간호부가 타고 있는 객차의 그 칸이 그저께 그가 타고 오던 그 칸일 뿐만 아니라 그 자리까지도 역시 그 같은 자리였다 하면 그것은 또한 어찌나 설명하려느냐?

　북풍은 마른나무를 흔들며 불어왔다. 먹을 것을 찾지 못한 참새들은 전선 위에서 배고픔으로 추운 날개를 떨며 쉬고 있었다.

　그가 피를 남기고 간 세상에는 어디까지나 깊은 쇠락의 겨울이었으나 그러나 그가 논공행상을 받으려 행진하고 있는 새로운 우주는 사시장춘이었다.

　한 영혼이 심판의 궁정을 향하여 걸어가기를 이미 출발한 지 오래니 인생의 어느 한 구절이 끝난 것인지도 모른다. 그러나 사람들 다 몰려가고 난 아무도 없는 모닥불 가에는 그가 불을 피하여 달아날 때 놓고 간 그 어린 젖먹이가 그대로 놓여 있었다.

끼쳐 오는 온기가 퍽 그 어린것의 피부에 쾌감을 주었던지 구름 한 점 없이 맑게 개어 있는 깊이 모를 창공을 그 조그마한 눈으로 뜻있는 듯이 쳐다보며 소리 없이 누워 있었다. 강보* 틈으로 새어 나와 흔들리는 세상에도 조그맣고 귀여운 손은 일만 년의 인류 역사가 일찍이 풀지 못하고 그만둔 채의 대우주의 철리를 설명하고 있는 것인지도 모른다.

그러나 그 부근에는 그것을 알아들을 수 있는 '파우스트'** 의 노철학자도 없었거니와 이것을 조소할 범인들도 없었다.

어린것은 별안간 사람이 그리웠던지 혹은 배가 고팠던지 '으아' 울기를 시작하였다. 그것은 동시에 시작되는 인간의 백 팔번뇌를 상징하는 것인지도 몰랐다.

"으아!"

과연 인간 세계에 무엇이 끝났는가. 기막힌 한 비극이 그 종막을 내리기도 전에 또 한 개의 비극은 다른 한쪽에서 벌써 그막을 열고 있지 않은가?

그들은 단조로운 이 비극에 피곤하였을 것이나 그러나 그들은 그것을 연출하기도 결코 잊지는 아니하여 또 그것을 구경하기에도 결코 배부르지는 않는다.

"으아!"

어떤 사람은 이 소리를 생기에 충만하였다 일컬을는지도

---

* 襁褓. 포대기.
** Faust. 독일의 문호 괴테의 희곡. 이 작품에 등장하는 주인공의 이름이기도 하다.

모른다. 또한 그러할는지도 모른다. 그러나 이것이 확실히 인생극의 첫 막을 여는 '사이렌'인 것에도 틀림은 없다.

"으아!"

한 인간은 또 한 인간의 뒤를 이어 또 무슨 단조로운 비극의 각본을 연출하려 하는고. 그 소리는 오늘에만 '단조'라는 일컬음을 받을 것인가.

"으아!"

어찐히 그 소리는 그치지 아니하려는가.

"으아!"

너는 또 어느 암로*를 한번 걸어 보려느냐. 그렇지 아니하면 일찍이 이곳을 떠나려는가. 그렇다. 그 모닥불이 다 꺼지고 그리고 맹렬한 추위가 너를 엄습할 때에는 너는 아마 일찌감치 행복의 세계를 향하여 떠날 수 있을는지도 모른다.

"으아!"

"으아!"

이 소리가 약하게 그리하여 점점 강하게 들려오고 있을 뿐이었다.

《조선(朝鮮)》, 1930년 2월~12월 연재.

---

* 闇路. 어둠의 길.

이상 소설의 서사적 성격

이상에게 소설이란 무엇인가?

이상이 시도한 여러 방식의 글쓰기 가운데 소설은 특별한 의미를 지닌다. 그가 조선총독부 건축 기사 시절 '의주통 공사장'의 공사 감독관실에서 쓴 최초의 소설 「십이월 십이 일(十二月 十二日)」에는 이런 구절이 담겨 있다.

"나는 죽지 못하는 실망과 살지 못하는 복수, 이 속에서 호흡을 계속할 것이다. 나는 지금 희망한다. 그것은 살겠다는 희망도 죽겠다는 희망도 아무것도 아니다. 다만 이 무서운 기록을 다 써서 마치기 전에는 나의 그 최후에 내가 차지할 행운은 찾아와 주지 말았으면 하는 것이다. 무서운 기록이다. 펜은 나의 최후의 칼이다."

1930년 나이 스무 살의 청년 이상에게서 나온 이 말은 듣는

이의 가슴을 서늘하게 한다. 이상이 말하는 "무서운 기록"이 바로 소설에 해당한다. "최후의 칼"을 들고 "죽지 못하는 실망과 살지 못하는 복수"의 싸움에서 얻어 낸 것이 소설이다. 이런 식으로 말한다면 소설이야말로 이상에게는 운명적인 글쓰기라고 할 수밖에 없다.

이상 소설과 일상성의 의미

이상의 소설은 주인공의 하루의 일과로 이야기를 끝내는 작품들이 대부분이다. 「지도의 암실」, 「지주회시」, 「동해」, 「종생기」, 「환시기」, 「실화」 등이 모두 그렇다. 이 작품들에서 그려 내고 있는 하루라는 제약된 시간은 일반적인 시간의 보편적 속성과는 관계없이 등장인물의 사적 체험 속에서 재구성된 실제적 경험의 시간이다. 그런데 이 제한된 하루 동안의 시간은 일상적으로 반복되며 순환되는 특징을 지닌다.

이상의 첫 단편 소설 「지도의 암실」은 소설이라는 양식이 하루라는 짧은 시간을 통해 삶의 모든 경험적 요소들을 어떻게 하나의 통일체로 해석할 수 있는지를 보여 주는 새로운 시도에 해당한다. 이 소설의 서두에서 묘사하고 있는 방 안의 풍경과 주인공인 '그'의 행동은 결말 부분의 그것과 아주 흡사하다. 새벽 4시가 넘어서야 잠자리에 들어가는 주인공의 모습을 그리면서 소설의 이야기를 시작하고 있는데 결말에서도 똑같이 4시가 되어서야 잠자리에 드는 주인공의 모습을 그리면서 이야기가 끝난다. 이상은 이 같은 순환론적 시간의 인식 방법을 통해 인간의 삶 속에서 시간의 지속이라는 것이 어떻게 하나의 통일체로 인식될 수 있는지를 보여 준다. 그러므로 소설 「지도의 암실」의 서사 구조는 그것을 지배하고 있는 시간의 속성에 의해 결정된다고 할 수 있다. 이 작품은 공적 시간 개념을 전복하는 시간에 대한 사적 체험을 중심으로 서사가 전개된다. 이러한 구성법은 경험적인 현실과 주체의 내적 의식 사이에 이루어지고 있는 긴극을 지양하기 위한 기법적인 모색과 관련되는 것이지만 그 '미학적 위장'이 다분히 실험적이다. 그 이유는 작품의 이야기 속에서 주인공의 행위가 그 구체성을 잃고 있는 데에서 찾아진다. 주인공의 행위가 들어설 자리에는 관념적이고도 추상적인 사념의 연쇄가 이어진다. 심지어는 이야기의 서술 과정에서 등장인물의 대화가 모두 생략되어 있거나 간접화되어 있다. 이 '추상화의 원칙'은 이 소설이 지향하고 있는 새로운 서사의 문법과 직결되어 있음을 말하는 것이다.

소설 「지주회시」에서도 소설의 서사 구조를 지배하고 있는 하루 동안이라는 시간이 그려진다. 이 작품에는 '그'라는 주인공과 그의 아내가 등장한다. 전체 텍스트는 '1'과 '2'로 구분되어 전반부와 후반부로 나누어지는데, 각각의 서두에는 "그날 밤에 그의 안해가 층계에서 굴러떨어지고"라는 사건의 실마리가 마치 단서 조항처럼 내세워져 있다. 소설 결말에서도 다시 주인공의 입을 통해 "층계에서 나려 굴러라."라고 되뇌게 한다. '아내가 층계에서 굴러떨어지다.'라는 사건의 모티프는 이 소설의 텍스트를 전반부와 후반부로 분할하는 데에 결정적인 작용을 하게 된다. 그러므로 이 모티프를 내세우고 이를 다시 결말에 되뇌게 하는 것은 스토리 전개를 위해 고도로 계산된 서사 전략에 해당한다고 할 수 있다. 이 사건의 모티프는 크리스마스 날 오후부터 그 이튿날 오후까지의 하루 동안으로 고정되어 있는 서사적 시간 속에서 가장 중요한 계기로 작용하고 있는 것이다.

이상의 동경 생활을 배경으로 하고 있는 단편 「실화」의 경우에도 이야기의 시간은 주인공인 '나'(작품 속에서는 작가 자신의 이름인 '이상'으로 불린다.)를 중심으로 이루어지는 동경에서의 하루의 일과로 국한되어 있다. 주인공 '나'는 동경의 하숙방에서 12월 23일 아침에 경성에서 온 두 통의 편지를 받는다. 하나는 친구인 '유정'이 보낸 것이고 다른 하나는 '연'이가 보낸 것이다. 모두 다시 서울로 돌아오라고 적었다. '나'는 이 편지를 받고 마음이 심란하다. '나'는 아침에 편지를 받아 보고는 'C'라는 유학생 남녀가 동거하는 집에 가서 두 사람과 이야기를 나눈다. 그러나 머릿속은 아침에 받은 편지 때문에 어지럽고 마음도 갈피를 삽기 어렵다. 저녁이 되어서야 하숙으로 돌아오는 길에 또 다른 유학생 'Y'를 만난다. 둘은 다방에서 커피를 마시고 신주쿠의 카페를 찾아간다. 그리고 밤이 늦도록 시간을 보내면서 고민에 빠진다. 이 같은 줄거리 내용을 따라가다 보면 여기 표시된 '12월 23일'이라는 날짜가 작가 자신의 경험적 일상에 그대로 적중하는 것이 아닌가 생각된다.

이상의 소설에서 그려지는 하루 동안이라는 제약된 시간은 도시적인 현대인의 삶의 전부에 해당한다. 이 하루 동안이 바로 소설의 중심이며 이야기의 핵심이 된다. 하루 낮과 밤이라는 정해진 시간 속에서 온갖 경험적 요소들이 서로 뒤섞여서 자연적, 객관적인 시간의 단순한 순서나 단위와 극명하게 대비된다. 소설의 주인공들은 모든 흘러간 기억들을 하루라는 시간 속에 주입한다. 이러한 방법을 통해 하루 동안이라는 제약된 시간이 소설에서 특별한 현재를 구성하고 있는 셈이다.

그런데 이상이 자신의 소설에서 하루라는 시간의 제약을 무한하게 확장하기 위해 끌어들이고 있는 것은 이른바 '시간화된 공간'이다. 인물의 의식 내면에서 자유롭게 연상된 정신의 궤적을 따라 공간은 확대되기도 하고 수축되기도 하고 가변적인 것으로 드러난다. 이런 식으로 시간화된 공간은 현실과 환상을 넘나들며 일상적인 현실의 고정된 틀을 넘어선다. 그러므로 이상의 소설에서는 시간의 흐름이 일상적인 현실 속에서 드러내는 규범이라든지 그 지속의 과정과 서로 불일치하게 드러난다. 이상 문학에서 시간은 마치 정신이 시간을 경험하는 것처럼 지연되기도 하고 즉각적으로 이동하거나 도약하기도 한다. 이 과정에서 인물의 기억과 욕망이 무의식의 세계와 서로 겹치면서 극적으로 제시되고 있는 것이다.

이상 소설과 메타 픽션의 문제

이상은 자신의 소설 안에서 그 소설의 서사 자체에 대해 말할 때가 많다. 이러한 진술은 서사의 진행 과정 속에서 텍스트의 창작 과정을 정교하게 반영한다. 이 경우에 작가는 자기 소설에 대한 이론가가 되고 서사의 외부에 존재하는 모든 것이 작품 속으로 불려 들어오기 마련이다. 이러한 특징을 드러내는 소설을 '메타 픽션'이라고 명명할 수 있는데, 이상의 소설 가운데 「지도의 암실」, 「동해」, 「날개」, 「종생기」 등이 특히 이러한 메타적 글쓰기의 특징을 잘 보여 준다. 이상은 이들 작품 속에서 이야기 자체의 서사화 과정에 메타적인 간섭을 가하고 그 방향을 되풀이하여 언급한다. 이러한 과정을 통해 이상은 독자들에게 자신의 소설이 어떻게 서사화되고 있으며, 또 얼마나 허구적인 것인지 설명한다. 이런 특이한 메타적 전략은 소설이라는 것이 허구라는 사실을 더욱 진지하게 위장하는 효과를 드러낸다. 여기서 문제가 되는 것은 전통적인 개념으로서의 허구와 리얼리티 사이의 관계가 무너지게 된다는 점이다.

이상의 소설 가운데 단편 「동해」는 메타적 글쓰기를 통해 텍스트의 창작 과정을 정교하게 반영하고 있다. 이 작품의 테스트는 '촉각(觸角)', '패배(敗北) 시작(始作)', '걸인(乞人) 반대(反對)', '명시(明示)', 'TEXT', '전질(顚跌)'이라는 여섯 단락으로 나누어져 있다. 이 여섯 단락에 붙어 있는 소제목들은 모두 각 단락의 서사 내용이나 텍스트적 성격을 암시한다. 이 작품의 중심에는 작중 화자를 겸하고 있는 '나'라는 인물이 자리하고 있으며, 어느 날 가방을 싸 들고 '나'를 찾아온 '임(姙)'이라는 여인이 그 상대역을 담당한다. '임'은 '나'의 친구인 '윤(尹)'이라는 사내와 살고 있던 여인이다. 세 사람은 서로 이미 잘 알고 지내던 사이이다. 이런 식의 인물 설정이라면, 쉽게 애정 갈등의 삼각 구도를 떠올릴 수 있다. 그러나 문제는 그리 간단하지는 않다. 「동해」의 서사는 '임'이라는 여인이 '나'와 '윤'이라는 사내 사이를 오가면서 벌이는 교묘한 애정 행각에 초점을 맞추고 있다. 작가는 이 흔해 빠진 주제의 통속성을 벗어나기 위해 다채로운 서사 기법을 동원한다. 이 소설에서 메타적 글쓰기의 기법을 통해 구축되는 상호 텍스트의 공간을 제대로 이해하지 못하면 서사 구조의 중층성을 제대로 설명할 수 없다.

이상의 대표작으로 손꼽히는 소설 「날개」를 보면, 그 서두에 짤막한 머리글이 붙어 있다. 발표 당시의 잡지 원문에서는 굵은 선으로 이루어진 상자 안에 이 글이 담겨 있다. 그러므로 서사의 텍스트 내에서 진행되는 이야기 자체와는 구별된다. 이 글은 소설 「날개」의 창작과 관련되는 작가의 말에 해당한다. 그러나 이 글에 설정되어 있는 대화적 상황은 그리 단순하지 않다. 이 글에 등장하는 '나'는 작가 자신을 위장한다. 그러므로 소설 「날개」의 서사를 주도하고 있는 삼중 화자 '나'와도 그 목소리를 일정 부분 공유하고 있다. 경험적 자아로서의 '나'와 위장된 작가로서의 '나', 그리고 서사적 자아로서의 '나'가 각각 작용하고 있다는 말이다. 이것은 결국 소설 「날개」가 메타적 글쓰기의 전략에 의해 서사화되고 있음을 말해 주는 것이기도 하다. 다시 말하자면, 소설 「날개」는 그 서두에서부터 작품 속의 이야기가 허구의 산물에 지나지 않는다는 사실을 강조함으로써, 허구의 세계와 실재의 현실 사이에 어떤 괴리가 존재한다는 점을 드러내고 있다고 할 것이다.

소설 「종생기」의 첫 문장은 당나라 시인 최국보의 한시 「소년행(少年行)」에 대한 패러디로 시작한다. 이 시의 첫 구절 '유극산호편(遺郤珊瑚鞭)'의 첫머리 두 글자를 순서를 바꾸어 쓰고, 마지막의 '편(鞭)'자를 탈락시켜 버린 채 '극유산호(郤遺珊瑚)'라고 적고 있다. 그러면서 소설 속의 화자는 이 구절을 두고 "다섯 자 동안에 나는 두 자 이상의 오자를 범했는가 싶다."라고 밝힌다. 이 의도적인 패러디의 방식 속에 「종생기」의 이야기를 이해하는 데에 필요한 '산호편'의 열쇠가 숨겨져 있다. '산호편'은 단순히 말채찍을 뜻하기도 하지만, 자신의 신분과 위상을 상징한다. 그러므로 「종생기」의 화자는 "죽는 한이 있더라도 이 산호(珊瑚) 채찍일랑 꽉 쥐고 죽으리라."라고 말하는 것이다. 그러나 실상은 이 작품의 첫대목에서 벌써 '산호편(珊瑚鞭)'의 '편(鞭)'자를 빼놓고 있다. 이 기호의 변형은 텍스트의 차원에서 이루어진 작위적인 것이지만 실제의 서사에서 '산호편'의 상실 또는 부재를 암시한다. 소설 속의 주인공은 이미 '산호편'을 잃어버린 것이다. 절대로 놓지 않겠다는 '산호편'이 텍스트상에서 하나의 탈락된 기호로 표시되고 있기 때문이다. 이처럼 소설 「종생기」의 서두 부분은 작품 속에서 전개될 서사에 대한 일종의 메타적 진술로 이루어진다. 그리고 이 서두 부분에서 소설의 이야기 내용을 미리 암시하면서 작가 자신의 의도를 교묘하게 감추기도 하고 드러내기도 한다. 소설 「종생기」의 이야기는 자유분방한 한 여인에 대한 사랑과 그 배반을 중심으로 서사화된다. 이러한 이야기 내용은 자신의 위신을 잃어버린 채 거리에서 한 여인을 만나 희롱하게 되는 봄날의 정경을 그려 낸 최국보의 「소년행」의 내용과 그대로 일치한다. 그러나 이 소설은 여인의 부정(不貞)이라는 행위의 구체적인 양상보다는 '나'라는 화자를 통한 자기 비판적 진술이 서사의 무게를 유지한다. 말하자면, 작가로서의 자신의 삶에 대한 회의와 반성, 인생과 죽음, 문학과 예술에 대한 단상 등이 이 작품의 핵심에 해당한다는 말이다.

이상이 시도하고 있는 메타적 글쓰기는 소설의 새로운 가능성을 탐색하고자 하는 작가적 신념에 의해 이루어진 것이다. 이상의 소설에서 메타적 글쓰기가 두드러지게 드러나고 있다는 것은 텍스트 내부의 세계와 외부의 세계 사이의 관련성에 대한 새로운 인식이 요구되고 있음을 의미한다. 이상의 소설은 근대 소설이 신봉해 온 플롯의 짜임새, 영웅적 주인공이 수행하는 의미 있는 행동, 서사의 인과적인 전개 등과 같은 규범적인 요건이 더 이상 존재하지 않음을 보여 준다. 이러한 요소들은 모두 가공된 것이며 현실 속에 존재하지 않는 것이기 때문이다. 전통적인 소설에서는 인재나 실재하는 사실과 꾸며진 허구가 구분된다. 이 엄격한 구별은 실재의 세계와 상상의 세계를 구획하는 것과 마찬가지다. 그러나 메타 픽션은 이러한 관계 자체를 거부하면서 그것이 얼마나 불완전하고 얼마나 인위적인 거짓인가를 강조하게 된다. 물론 메타 픽션은 자기 반영적인 속성으로 인하여 텍스트 밖의 세계보다는 오히려 텍스트 내에서 이루어지는 내적인 메커니즘에 관심을 기울인다. 그런데 이상의 소설이 지향하고 있는 메타적 속성은 서사의 세계에서 자기 탐닉적인 요소가 강하다. 이러한 자기 집착이 사회적, 역사적 현실로부터 도피하거나 초월하고 있다는 비판을 야기할 가능성이 높다. 그렇지만 이것은 도덕적으로 무책임하고 퇴폐적인 작가 의식을 강조하기 위한 것이 아니라 오히려 그러한 경향을 보이고 있는 현실을 해체한다는 점에서 하나의 역설적 상황을 만들어 낸다. 현실 세계의 리얼리티 자체가 근본적인 회의에 봉착해 있는 상황에서 메타적 글쓰기의 등장은 먼저 개인의 자율성에 대한 투쟁에 관심을 집중하면서 그 소외 현상과 파멸의 과정을 추적하고 있는 것이다.

이상은 자신의 소설을 통해 경험적 현실의 문제성을 고민하기보다는 예술의 양식으로서의 문학이 어떻게 인간의 삶의 경험들을 반영하고 구성하는가 하는 방법의 문제에 관심을 기울이고 있다. 그는 객관적 현실이 언어를 통해 수동적으로 반영된다는 전통적인 관념을 거부하면서, 언어 자체가 지니는 독립적이면서도 자족적인 속성을 최대한 활용하고자 한다. 이상이 소설 속에서 메타적 글쓰기라는 새로운 전략을 따르고 있는 것은 실재의 현실 자체에 대한 신념이 붕괴되었다는 회의론적 인식에 근거한다고 할 수 있다. 그는 소설이라는 것이 하나의 꾸며진 세계이며 허구에 불과하다는 사실을 강조한다. 그러므로 실재와 허구 사이에 어떤 직접적인 관련성이 존재할 수 없음을 암시한다. 이 같은 새로운 인식은 이상 문학의 출발점에서부터 드러난다. 그가 건축학도로서 쌓은 과학 기술과 문명에 대한 인식은 현대 물리학의 발전에 따라 이루어진 인간관과 우주론의 획기적인 변화에 대한 관심에서 비롯된 것이다. 뉴턴적인 고전 물리학의 모든 체계와 신념이 아인슈타인의 상대성 이론 이후 여지없이 붕괴된다는 사실은 이상이 그의 일본어 시에서 일찍이 고심 속에 형상화하고자 한 주제이기도 하다. 이상은 객관적 현실 또는 실재에 대한 신념이 사실은 상대적인 것에 불과하다는 사실을 인지한다. 그리고 절대 불변의 진리라는 것이 존재할 수 없다는 것을 깨닫는다. 그러므로 그는 메타적 글쓰기의 방법을 통해 텍스트의 내적 공간을 확대하고 서사의 중층성을 확립하면서 텍스트 내부의 세계를 새롭게 구조화하는 데에 주력하게 되는 것이다.

이상 소설과 서사의 모더니티

한국 근대 소설에서 문학적 모더니티의 문제는 1930년대에 들어서야만 그 성격과 방향이 분명해진다. 이것은 1920년대 이후 한국 사회가 식민지 근대의 모순에 대한 인식을 바탕으로 사회 계급의 갈등과 그 변화에 관심을 집중하면서 이른바 계급 문화 운동을 전반적으로 확산한 경험과 직결되어 있다. 일본 식민지 지배 상황에서 이루어진 한국 사회의 변화 가운데 일제의 독점적 자본주의의 횡포에 대한 비판과 저항은 1920년대 후반부터 적극화되기 시작한 소작 쟁의, 노동 파업 등을 통해 확인된다. 하지만 일제는 이른바 '만주사변'(1931)

을 통한 군국주의의 확립과 함께 한국 사회의 사상운동에 대한 탄압을 통해 지배력을 더욱 강화한다. 당시 한국 사회가 직면하고 있는 객관적 현실의 위기는 사회 내부에 확산되는 전쟁에 대한 불안과 공포만이 아니라 현실적인 삶 자체에 대한 절망감에서도 찾아진다. 현실에 대한 불안이 역사에 대한 환멸을 야기하고 삶의 리얼리티에 대한 신념조차 붕괴시키게 된다. 그 결과 개별적 주체로서의 성격의 분열, 현실 상황과 성격의 부조화를 겪자, 이러한 상황적 모순을 타개하기 위한 새로운 행동과 실천의 모색, 지성과 모럴의 확립 등을 주장하게 된다.

이상의 소설이 보여 주는 모더니티의 개념은 식민지 근대의 담론 공간에서는 언제나 유동적이다. 그 이유는 서구의 근대라는 개념이 제시하는 시대적 범위 속에서 한국 사회의 근대를 논하기 어렵기 때문이다. 특히 일본의 식민지 지배 상황 속에서 이루어진 한국 사회의 근대적 변혁 과정을 염두에 둘 경우 어떤 문화적 변화의 움직임이 사회 내부에 존재해 왔는지를 살핀다는 것은 그리 쉬운 일이 아니다. 새로운 문화의 현상들이 어떤 방향으로 양식사적, 문화사적인 토대를 형성하고 있었는지를 알아야만 한다.

이상 소설은 그 창작 과정 자체에서부터 이미 본질적으로 사실주의적인 속성과 거리가 먼 양식적 요소로 채워지며 반리얼리즘적인 경향을 나타낸다. 그의 소설은 리얼리티에 대한 효과 대신에 자신의 주관적 감정과 경험적 요소들을 종종 과장하기도 하고 엉뚱한 방향으로 왜곡하기도 한다. 이러한 특징은 현실을 통합적으로 인식하고 거기에 어떤 합리적 질서를 부여하는 작업과는 거리가 멀다. 오히려 현실의 한 부분을 자기화하는 작업에만 매달린다. 그렇기 때문에 그의 소설은 현실의 어떤 부분을 반영하여 묘사하고 있는 것이 아니라 오히려 그 현실의 어떤 측면에 대응할 수 있는 하나의 독자적인 이야기로서 존재한다. 어떤 의미에서 볼 때 이상이 그의 소설에서 그려 내고자 하는 현실은 존재하지 않는 것일 수 있다. 그의 현실은 그의 작품을 밀터 비로소 탄생하는 것이다.

이상 소설에서 가장 주목되는 것은 인물의 추상성이다. 단편 소설 「지도의 암실」에서부터 「실화」에 이르기까지 소설 속 인물들은 그 사회적 존재 기반을 전혀 보여 주지 않는다. 이러한 사회 배경의 제거는 인물의 성격 자체를 추상화한다. 이상의 소설 속에 등장하는 주인공들은 뿌리 뽑힌 도회인으로 거리를 배회하고 소외된 지식으로서 자의식에 칩거하기도 하며 때로는 사물의 본질에 대해 깊이 사고하는 모습을 보여 주기도 한다. 이상 소설의 주인공은 어떤 구체적인 의도를 가지고 행동을 전개하는 것이 아니다. 주인공의 의식 속에서 일어나고 있는 갖가지 상념은 마치 몽환적인 것처럼 보이기도 하는 단편적 사고들과 함께 끝도 없이 전개된다. 주인공은 다른 사람들과 어떤 이야기를 나누는 경우도 별로 없고 자신의 입으로 어떤 말도 늘어놓지 않는다. 대화 없이 진행되는 서사에서 그 흐름을 주도하는 것은 주인공의 내면 의식이다. 그러므로 이상의 소설에는 경험적 주체로 존재하는 현실적 인물의 행동 대신에 하나의 의식, 하나의 사념만이 그 추상성을 대변한다. 다시 말하면, 이상의 소설 속에서는 행위의 구체성이 사상된 자리에 사고의 관념성 또는 추상성이 터 잡고 있는 것이다. 주인공의 의식 내면에서 이루어지고 있는 사념들은 현실 속의 삶과는 별로 관계가 없으며, 이러한 의식 세계를 그려 내는 문장 또한 통사적 질서를 제대로 지키지 못한다.

이상 소설에서 주인공의 기억과 회상은 이른바 자동기술법이라고 명명된 서술상의 기법을 통해 무질서하게 나열된다. 그의 언어는 서사의 진행을 설명해 줄 수 있는 언술의 논리성을 거의 담아내지 못할 정도로 비문법적이다. 이러한 언어의 특징은 잠재의식적인 삶을 해방하거나 파악하는 데에 의미를 둔다. 등장인물들이 주고받는 대화는 상당 부분 생략되어 있으며, 그 텍스트의 공간을 내적 독백으로 채워 나간다. 여기서 내적 독백은 연속적인 줄거리나 주인공의 행동에 얽매이지 않고 어떤 질서를 갖는 시간적 순서에도 얽매이지 않은 기억 연상 등으로 이루어진다. 소설 「지도의 암실」이나 「날개」에서 성과를 드러낸 내적 독백은 억압된 충동이나 감추어진 욕구들, 참기 어려운 금지된 취향을 폭로해 주며 대개 무의식 속에서 그 만족이 이루어지는 욕구들을 드러내 준다. 「지주회시」에서 볼 수 있는 주인공의 내적 독백은 주관적으로나 객관적으로 아무런 실체도 없고 무질서하며 이질적인 연속체이며 대화의 상대자가 없으며 그저 흘러가는 말의 홍수 또는 생각의 흐름이다. 그러므로 내적 독백은 통제되지 못하는 주체, 자신의 자동적인 연상들 속에 침잠해 있는 주체를 보여 주고 있는 것이다.

이상 소설이 놓인 자리

이상이 남긴 소설은 13편에 지나지 않는다. 이 작품들은 일반적으로 이해되고 있는 '소설'이라는 양식의 자질을 제대로 갖추고 있는 경우가 많지 않다. 그의 소설 속에는 행동을 통해 발전해 가는 성격도 없고, 어떤 하나의 줄거리를 가진 이야기가 없다. 그의 소설 속의 인물들은 말과 행동을 통해 성격화되기보다는 의식과 사고를 통해 그 존재를 드러낸다. 그렇기 때문에 하나의 잘 짜진 스토리를 기대하는 독자들에게는 이상의 소설이 언제나 혼란스럽게 느껴진다.

이상의 소설 속에는 하찮은 일상들이 자리한다. 이것은 의미 있는 행동과 사건을 플롯의 원리에 따라 배치해야 하는 사실주의 소설의 특성과 배치된다. 이야기 속의 하찮은 일들은 모두 도회의 시가지에서 일어나지만 그것이 필연적으로 야기하는 사건이란 당초에 존재하지 않는다. 그의 소설은 객관적인 현실에 대한 리얼리티를 제거한 대신에 주관성이라는 새로운 하나의 지표를 핵심으로 내세운다. 이 주관성에 근거하여 미궁 속의 인물이 보여 주는 사소한 일들 속에서 형이상학적 사유도 가능해지며, 본능적인 충동의 단순성도 암시된다.

이상의 소설에는 어떤 특정한 이념이나 가치가 두드러지게 드러나는 법이 없다. 이야기의 내용도 해체되어 있고, 줄거리라는 것도 뚜렷하지 않다. 소설가로서 이상은 어떤 특정한 방법과 관점에 따르거나 기성적 권위를 부여받는 가치와 이념을 인정하지 않는다. 그는 단지 자신이 가지는 특수한 시각,

사물에 대한 지각에 충실하다. 이러한 자기 시각에 대한 경사(傾斜)를 모더니스트로서의 이상의 태도라고 할 수도 있다. 이상의 소설에서 볼 수 있는 새로운 충동은 삶을 예술 속에 종속시키려는 의욕이다. 휴머니즘적 사실주의의 간판을 내건 문학이 문단을 주도하던 때에 그 거만한 세속주의에 반기를 든 이상은 이미 절대적 가치라든지 역사적 전망이라든지 하는 '신(神)'적 존재가 사라져 버린 시대의 예술 철학의 가능성에 도전한다.

이상의 소설은 그 궁극적인 실체가 언어적 텍스트라고 할 수 있다. 이 언어적 텍스트에는 실체와 본질, 현실과 이상이 서로 갈등하는 모순된 양상들이 담긴다. 때로는 상징화되고 때로는 비약되고 때로는 패러디되어 엉뚱한 상상의 공간을 만들어 낸다. 이상의 소설은 물론 현실의 세계를 떠나지 않는다. 그러나 그의 언어는 언제나 이 현실의 영역을 넘어설 수 있는 또 다른 공간을 준비하고 있다. 이러한 실험성과 전위성으로 인하여 이상 소설은 여전히 다양한 비평적 담론과 그 해석을 둘러싼 논쟁을 야기해 놓고 있다. 이상 문학의 정신적 지향과 가치는 어떤 목표를 둔 사회적 실천으로 이어지지 못하였지만 그 문학적 존재 자체가 아직도 현실에 대한 엄청난 충격이라는 점은 부인할 수 없는 사실이다.

2012년 11월
권영민

작가 연보

1910년   9월 23일(음 8월 20일) 경성부 북부 순화방 반정동 4통 6호에서 부 김영창(金永昌)과 모 박세창(朴世昌)의 2남 1녀 중 장남으로 출생. 본명은 김해경(金海卿)이며 본관은 강릉(江陵).

제적부에 기재된 본적은 경성부 통동(뒤에 통인동으로 개칭) 154번지임. 이곳은 선대부터 줄곧 지내 온 서서로서 이상이 태어날 당시에는 조부 김병복(金炳福)이 가장으로 살림을 이끔. 부친 김영창은 일본 강점 이전 구한말 궁내부(宮內府) 활판소(活版所)에서 일하다가 사고로 손가락이 절단된 뒤 일을 중단하고 집 근처에 이발관을 개업하여 가계를 꾸림. 이상의 형제는 누이동생 김옥희(金玉姬)와 남동생 김운경(金雲卿)이 있음.

1913년	백부 김연필(金演弼)의 집으로 옮겨 그곳에서 성장. 이상의 백부 김연필은 본처와의 사이에 소생이 없어서 조카인 이상을 데려다가 친자식처럼 키우고 그 학업을 도움. 소실로 들어온 김영숙(金英淑)에게 딸린 사내아이를 자신의 호적에 입적하는데, 그가 바로 백부 김연필과 백모 김영숙 사이에 태어난 것처럼 호적에 등재된 김문경(金汶卿)임. 김연필은 구한말 융희(隆熙) 3년(1909년 5월)에 관립 공업전습소(工業專習所) 금공과(金工科)의 제1회 졸업생으로 한일합방 직후에는 총독부 상공과의 하급직 관리로 일한 것으로 알려져 있음.
1917년	여덟 살 되던 해 누상동(樓上洞)에 있던 신명학교(新明學校)에 입학. 신명학교 재학 중에 구본웅(具本雄, 1906~1953, 화가)과 동기생이 되어 오랜 친구로 지냄.
1921년	신명학교를 졸업한 후 조선불교중앙교무원(朝鮮佛敎中央敎務院)에서 경영하는 동광학교(東光學校)에 입학.
1922년	동광학교가 보성고등보통학교(普成高等普通學校)와 합병되어 보성고보에 편입. 보성고보 재학 중 미술에 관심을 가지고 화가 지망생이 되며 학업 성적도 상급 수준에 오름.
1926년	3월 보성고보 제4회 졸업생이 됨. 경성 동숭동(東崇洞)에 소재한 경성고등공업학교(京城高等工業學校) 건축과(建築科)에 입학.

1928년 경성고등공업학교 졸업 기념 사진첩에 본명인 김해
경 대신 이상(李箱)이란 별명을 씀.

1929년 경성고등공업학교 건축과를 수석으로 졸업하자 학
교의 추천으로 조선총독부 내무국(內務局) 건축과
(建築課) 기수(技手)로 발령을 받음. 11월에는 조선
총독부 관방회계과(官房會計課) 영선계(營繕係)로
자리를 옮김.

조선에 신술해 있던 일본인 건축 기술자들을 중심
으로 결성한 조선건축회(朝鮮建築會, 1922년 3월 결
성)에 정회원으로 가입하였고, 이 학회의 일본어 학
회지 《조선과 건축(朝鮮と建築)》의 표지 도안 현상
모집에 1등과 3등으로 당선.(12월)

1930년 조선총독부에서 일본의 식민지 정책을 일반에게
홍보하기 위해 발간하던 잡지 《조선(朝鮮)》 국문판
의 1930년 2월호부터 12월호까지 9회에 걸쳐 처녀
작이며 유일한 장편 소설인 「십이월 십이 일(十二月
十二日)」을 '이상(李箱)'이란 필명으로 연재.

1931년 제10회 조선미술전람회에 서양화 『사상(自像)』이
입선.(6월)

일본어로 쓴 시 「이상한 가역반응(可逆反應)」 등 20여
편을 《조선과 건축(朝鮮と建築)》에 세 차례에 걸쳐
발표.

폐결핵 진단을 받았고 병의 증세가 점차 악화.

1932년 이상의 성장 과정을 돌보아 준 백부 김연필이 1932년

5월 7일 뇌일혈로 사망.

《조선과 건축(朝鮮と建築)》에 「건축무한육면각
체」라는 제목으로 일본어 시 「AU MAGASIN DE
NOUVEAUTES」, 「출판법」 등을 발표.

《조선(朝鮮)》에 단편 소설 「지도의 암실」을 '비구
(比久)'라는 필명으로 발표하고, 단편 소설 「휴업과
사정」을 '보산(甫山)'이라는 필명으로 잇달아 발표.

《조선과 건축(朝鮮と建築)》의 표지 도안 현상 공모
에서 가작 4석(席)으로 입상.

1933년　폐결핵으로 인하여 직무를 수행하기 어렵게 되자
조선총독부 기수직을 사직하고 봄에 황해도 배천
(白川)온천에서 요양. 배천온천에서 알게 된 기생
금홍을 서울로 불러올려 종로 1가에 다방 '제비'를
개업하면서 동거.(6월)

1933년 8월에 결성된 문학 단체 '구인회(九人會)'의
핵심 동인인 이태준(李泰俊), 정지용(鄭芝溶), 김기
림(金起林), 박태원(朴泰遠) 등과 교유하기 시작하고
정지용의 주선으로 잡지 《가톨닉청년(靑年)》에 「꽃
나무」, 「이런 시」 등을 국문으로 발표.

1934년　이태준의 도움으로 시 「오감도(烏瞰圖)」를 《조선중
앙일보(朝鮮中央日報)》에 연재하게 되지만 15편을
발표한 후 독자들의 항의와 비난으로 연재를 중단.
박태원의 소설 「소설가 구보 씨의 일일」이 《조선중
앙일보(朝鮮中央日報)》에 연재(1934년 8월 1일~9월

19일)되는 동안 '하융(河戎)'이라는 필명으로 작품 속의 삽화를 그림.

'구인회'의 동인으로 김유정(金裕貞), 김환태(金煥泰) 등과 함께 가담.

1935년 다방 '제비'를 경영난으로 폐업한 후 금홍이와 결별. 인사동의 카페 '쓰루(鶴)'를 인수하여 운영하다가 실패. 다방 '69'를 개업 양도하고 명동에서 다방 '무기(麥)'를 경영하다가 문을 닫은 후 성천, 인천 등지를 유랑.

구본웅(具本雄)이 이상을 모델로 「친구의 초상(肖像)」을 그림. 그 후 구본웅은 부친이 운영하던 인쇄소 창문사(彰文社)에 이상의 일자리를 주선.

1936년 창문사에 근무하면서 구인회 동인지《시(詩)와 소설(小說)》의 창간호를 편집 발간.

단편 소설 「지주회시」, 「날개」를 발표하면서 평단의 관심을 받자 자기 문학에 새로운 자신감을 얻게 됨. 이해에 가장 많은 시와 수필을 발표.

연작시 「역난(易斷)」을 발표하였으니 「위독(危篤)」을《조선일보(朝鮮日報)》에 연재.

6월 변동림(卞東琳, 구본웅의 계모의 이복동생)과 결혼하여 경성 황금정(黃金町)에서 신혼살림을 차림.

10월 하순에 새로운 문학 세계를 향하여 일본 동경으로 떠남.

동경에서는 주로《삼사문학(三四文學)》의 동인 신

백수, 이시우(李時雨), 정현웅(鄭玄雄), 조풍연(趙豊衍) 등을 자주 만나 문학을 토론.

1937년　2월 사상 혐의로 동경 니시간다〔西神田〕경찰서에 피검. 한 달 정도 조사를 받다가 폐결핵이 악화되어 동경제국대학 부속 병원으로 옮겨짐.

단편 소설 「동해(童骸)」, 「종생기(終生記)」를 발표.

4월 16일 서울에서 부친 김영창과 조모가 함께 세상을 떠남.

4월 17일 동경제대 부속 병원에서 28세를 일기로 요절. 위독하다는 급보를 듣고 일본으로 건너온 부인 변동림에 의해 유해가 화장된 후 미아리 공동묘지에 안장.

5월 15일 경성 부민관에서 이상과 고(故) 김유정(3월 29일 작고)을 위한 합동 추도식이 열림.

세계문학전집 **300**

이상 소설 전집

1판 1쇄 펴냄 2012년 11월 5일
1판 27쇄 펴냄 2024년 6월 25일

지은이 이상
책임 편집 권영민
발행인 박근섭, 박상준
펴낸곳 (주)민음사

출판등록 1966. 5. 19. (제 16-490호)
서울특별시 강남구 도산대로1길 62(신사동) 강남출판문화센터 5층 (우편번호 06027)
대표전화 02-515-2000 팩시밀리 02-515-2007
www.minumsa.com

© 권영민, 2012. Printed in Seoul, Korea

ISBN 978-89-374-6300-6 04800
ISBN 978-89-374-6000-5 (세트)

세계문학전집 목록

세계문학전집은 계속 간행됩니다.